古典文獻研究輯刊

初 編

曾 永 義 主編

第 7 冊

性靈詩人與志怪小說家的自我觀照：
袁枚生死書寫之研究

張 正 良 著

國家圖書館出版品預行編目資料

性靈詩人與志怪小說家的自我觀照：袁枚生死書寫之研究／張
正良 著 — 初版 — 台北縣永和市：花木蘭文化出版社，2010
〔民 99〕
目 2+226 面；19×26 公分
（古典文學研究輯刊 初編：第 7 冊）
ISBN：978-986-254-371-9（精裝）
1.（清）袁枚 2. 清代文學 3. 文學評論
847.5 99018479

ISBN - 978-986-2543-71-9

9 789862 543719

古典文學研究輯刊
初 編 第 七 冊 ISBN：978-986-254-371-9

性靈詩人與志怪小說家的自我觀照：袁枚生死書寫之研究

作 者 張正良
主 編 曾永義
總 編 輯 杜潔祥
出 版 花木蘭文化出版社
發 行 所 花木蘭文化出版社
發 行 人 高小娟
聯絡地址 台北縣永和市中正路五九五號七樓之三
電話：02-2923-1455 ／傳真：02-2923-1452
網 址 http://www.huamulan.tw 信箱 sut81518@ms59.hinet.net
印 刷 普羅文化出版廣告事業
初 版 2010 年 9 月
定 價 初編 28 冊（精裝）新台幣 45,000 元

性靈詩人與志怪小說家的自我觀照：
袁枚生死書寫之研究

張正良　著

作者簡介

張正良，1972 年出生於臺南縣鄉間，大學時期與文學初相逢，似曾相識的生命觸動，於是心靈就不斷的在文學版圖中探索。1995 年從臺南師範學院語教系畢業，進入教育界服務於南投縣南投國小至今。2002 年冀在文學領域更上層樓，進修於中正大學中文研究所，深層的文學內涵鎔鑄，喚起文學靈魂的甦醒，2005 年幸授碩士學位。致力於引導孩童們從文章創作中，體驗徜徉文學世界的怡然。

提　要

　　袁枚是盛清時期提倡性靈的佼佼者，其生活、園林、文學都有他個人性靈的無限蔓延，如影隨形的無處不在，他語言文字背後，情感欲望泌泌滲出推陳自我的形象。

　　袁枚許多有關自挽的詩作，及邀友人和自挽詩的作品，袁枚均整理成書並刊行。袁枚到處向人索和詩，好像要留下些什麼紀念似的。對於死袁枚毫不避諱地談論，以狂放之姿言「人人有死何須諱？都是當初死過來」。

　　死亡雖然是一個事件，但是走向死亡卻是連續的過程，文學家面對死亡逼近的過程，對真實死亡事件進行語文書寫，文學家的生命意識會傳佈在其中。故筆者嘗試將死放在生之過程中加以理解，而取材自與袁枚自敘傳文有關的性靈詩，及呈現生死看法的志怪小說《子不語》、《續子不語》來探究。從生死書寫的角度加以觀察，相互觀照袁枚面對生死的自我形象，冀能對袁枚文學呈示的現象多了解。當袁枚身處「生命危機」時，他的文學中呈現出怎樣的自我形象？從他的生死書寫中對「自我現象」的推陳，產生諸多的二元矛盾性與他受崇拜間有怎樣的關係？

謝　辭

　　中正有著綠意的校園，令我下班後來到中正上學，身體雖然疲憊，然心靈充盈著安舒。更讓我雀躍的是，中文所老師們的人文氣息薰陶。三年的光陰，在熱情的南風中，將告一段落。

　　這篇論文的完稿，要感恩許多人。感謝三年來指導過我的師長，使我向學術的殿堂前進。謝謝毛師文芳的指導，老師對於學術研究的用心與熱忱，的確值得我效法與學習。是老師上進精神刺激著我努力，每當遇到寫作瓶頸時，老師循循善誘，讓我走出思緒的盲點。感謝老師在論文的架構與研究方法上，提點我諸多意見與啟發。一路上在老師引領下，我才堅強地經歷這一遭。感謝陳師金木與蕭師義玲在忙碌地研究工作中，特地撥冗審查論文，細心檢閱，詳加指正，予我寶貴的修改建議，以彌補我論文疏漏之處。

　　感謝同門同學宗毅在論文撰寫期間，互相的鼓勵與討論，彼此分享寫作心得。感謝我們班代明賢的用心，聯絡傳佈系上的訊息。感謝金松學長架設網頁，分享學長姐們的學習經驗。感謝莉環學姐對於口試經驗的分享與提醒。感謝清彬、韻柔在洽辦論文口試上的協助。

　　感謝我所服務學校，南投國小蔣校長碧珠的勉勵，以及同事們的關心照顧。感謝父母的支持與體諒，身邊長輩的照料。感恩這一路上親朋師友的陪伴，促使我完成這本論文，謹以此論文獻予我親愛的家人。

2005 年仲夏　正良　謹誌於山城

目次

壹、緒　論 〔註1〕

一、研究動機

　　人類的性靈從來就是屬於個人私密的範疇，在外在的形式環境下，處於自由空間。不論在專制的古代或是民主自由的現代，性靈的本質從沒有改變，只是在歷史時空環境中或隱或顯而已，性靈本質依然活潑靈動，由多元的途徑展現，於繪畫、書法、音樂、舞蹈、文學、事業、生活中揮灑。

　　如果我們採用穆勒所定義的自由──一種對性、原創性、歧異性和天才、品味的追求與維護──我們可以在十八世紀的傳統中國，找到足夠的空間，

〔註 1〕 本論文所引用之袁枚文本，請參見：
　　(1) 袁枚著，《隨園詩話》、《隨園詩話補遺》（臺北縣：漢京文化事業有限公司，1984 年 2 月初版）。爲方便引註，書名以《詩話》簡稱之。
　　(2) 袁枚著，《小倉山房詩集》、《小倉山房詩集補遺》請參見，王英志編，《袁枚全集》第一冊（江蘇：江蘇古籍出版社，1993 年 9 月初版）。爲方便引註，書名以《詩集》簡稱之。
　　(3) 袁枚著，《小倉山房文集》請參見，王英志編，《袁枚全集》第二冊（江蘇：江蘇古籍出版社，1993 年 9 月初版）。爲方便引註，書名以《文集》簡稱之。
　　(4) 袁枚著，《小倉山房尺牘》請參見，王英志編《袁枚全集》第五冊（江蘇：江蘇古籍出版社，1993 年 9 月初版）。爲方便引註，書名以《尺牘》簡稱之。
　　(5) 袁枚編，《續同人集》請參見，王英志編《袁枚全集》第六冊（江蘇：江蘇古籍出版社，1993 年 9 月初版）。
　　(6) 袁枚著，《子不語》、《續子不語》請參見，王英志編《袁枚全集》第四冊（江蘇：江蘇古籍出版社，1993 年 9 月初版）。
　　以下的引註若再引用這些書籍，僅列書名、卷次／篇名／條次、頁次於引文後。

讓有特殊才華的士大夫發抒個性，營造出品味獨特的士大夫文化。這種恣情縱欲的自由空間，在二十世紀中國歷史的許多時段中，都受到極度甚至完全的壓縮。從這樣的視角出發，我們格外能體會在專制皇權中的那片廣大自主空間的可貴。〔註2〕

袁枚是盛清時期提倡性靈的佼佼者，其生活、園林、文學都有他個人性靈的無限蔓延，如影隨形的無處不在，他語言文字背後，情感欲望泌泌滲出推陳自我的形象。對於專制皇權體制的官僚制度組織成員，袁枚進士及第後，當了一段歲月的官員，自己不喜官途之環境，又遇仕途上的人事問題，他的性靈蠢蠢欲動，藉此機會就轉進隨園。

袁枚帶動了性靈詩派在盛清時的鼎盛風氣，他也成為「隨園派」〔註3〕群體中的偶像人物。袁枚在隨園派雖為偶像人物，可惜袁枚的影響力，在他離世後就逐漸消逝，他並沒有留下典範般的長遠迴響。當性靈派的主導人物離世時，幾乎派門的生命力就減弱了，甚至進入瓦解的階段。王英志先生云：

> 嘉慶二年性靈派主將袁枚逝世，性靈派聲譽開始下降。……性靈派興起于乾隆十四年（1749）至二十年（1755），初步成派，三十年代產生影響，五十年代至嘉慶二年袁枚逝世前為鼎盛期。嘉慶三年至嘉慶十九年為逐漸衰落期。整個時期又以乾隆五十年左右為前后期分界。性靈派存在時間一個甲子多點。因此從時間角度而言，性靈派不過跨越乾嘉二朝，基本呈共時性形態。〔註4〕

雖然形式上的性靈派在盛清文學流派中退場了，但是袁枚身為一位作家，將自我的情感欲望真實書寫在文學，展現個人主義般的自由空間，相信在袁枚以後的作家，出現性靈自由表達個人情感欲望——自我現象——的作家，是

〔註 2〕 詳細內容請參見李孝悌著，《戀戀紅塵——中國的城市、欲望與生活》（臺北市：一方出版社，2002 年初版），頁 24。

〔註 3〕 「隨園派」一詞是袁枚所自稱，其言：「獨吾門下有兩君子：一韓廷秀，字紹真，金陵人；一吳貽詠，字種芝，桐城人。二人者，與余相識已久，無師弟稱。韓中庚戌進士，吳人癸丑翰林後，都來執贄稱師。其胸襟迥不凡矣。余按：西漢惟于曼倩宮廷尉後，才北面迎師，學春秋。二賢可謂有古人風。韓題劉霞裳兩粵遊草云：『隨園弟子半天下，提筆人人講性情。讀到君詩忽驚絕，每逢佳處現先生。經年共領江山趣，一點真傳法乳清。努力更成三百首，小倉集定不單行。』余道此詩，亦隨園派。」請參見《隨園詩話補遺》，卷八，第六十條，頁 786～787。

〔註 4〕 請參見王英志著，《袁枚暨性靈派詩傳》（長春市：吉林人民出版社，2000 年1 月第一版第一次印刷），頁 16～17。

可以預見的。因爲性靈自由被啓動就存在了，存在作家的作品裡。

　　在明清的作家中，筆者找到袁枚許多有關自挽的詩作，及邀友人和自挽詩的作品，袁枚均整理在自己的書中來刊行，袁枚的自挽文學是有趣的文學創作〔註5〕。自挽始自陶淵明〔註6〕，晚明的文人此舉也大有人在，延續至袁枚時，袁枚並非單純自挽，他開創自挽文學的另一風貌，這樣的現象眞是令人好奇。「久住人間去已遲，行期將近自家知。老夫未肯空歸去，處處敲門索挽詩。……臘盡春歸又見梅，三才萬象總輪迴。人人有死何須諱？都是當初死過來。」（〈諸公挽章不至，口號四首催之〉《詩集》卷三十二，頁800）詩中袁枚對人生的結束，他已先自我預期，但是袁枚一副不善罷甘休的心態，自己寫下自挽詩，又到處向人要和詩，好像要留下些什麼紀念似的。對於死袁枚毫不避諱地談論，以狂放之姿言「人人有死何須諱？都是當初死過來」。閱讀袁枚自挽詩，不禁令人想一探袁枚何以能表現出如此豪邁口吻之詩呢？

　　曹淑娟先生曰：

　　　　死亡作爲莊嚴人生的一部份，既是普遍而共同的事實，卻也是個別而相殊的經驗。環繞著死亡，人們體認生命歷程的有限性，由生到死不可回轉的必然性，也感受著不可預知、不可演練的迷離虛幻之感，死生亦大矣的喟嘆，令人不能不徘徊往復、致意再三。文學作爲生命意識的表現，死亡的課題自古至今都是創作活動關注的對象。……面對死亡的議題，可能大多數人沈浸於恐慌傷痛之中，但是不同的生命個體、相殊的生存情境與生活經驗，使得人們對於死亡的回應也有不同。……人身常在，有關死亡的文學活動未曾停歇。有的反映著以死亡作爲普遍命題的思索與感受，有的則載述了與死亡照面的個別經驗，而這些經驗或者來自他人，或者來自自身向死亡逼近的過程，表現的形式手法與情感姿態繁複而多元。繁複多元的表現背後，疊映著它們所生成的社會習俗、宗教信仰、倫理感情、

〔註5〕筆者研究此主題，是受毛文芳師的啓發，老師致力用心於明清文學的研究領域，老師曾言：「明清時期的文人，有一些自挽的文學作品，這些作品裡頭，有著文人『顧影自憐』的身影。」筆者試著，想從袁枚有關生死書寫的文學作品進行觀察，了解袁枚在生死書寫中的顯影情形。

〔註6〕請參見曹淑娟撰，〈從自敘傳文看明代士人的生死書寫〉（古典文學：第十五集，2000年9月），頁208。

　　意義價值等等文化機制的光影。〔註7〕

死亡是人的共通現象，但面對死亡每個人的看法不一定相同。每個人有著自己面對死亡的態度，此態度決定於個人生命的背景。死亡雖然是一個事件，但是走向死亡卻是連續的過程，文學家面對死亡逼近的過程，對真實死亡事件而進行語文書寫，以此為課題來發表文學作品，該文學家的生命意識會傳佈在其中。故筆者嘗試將死放在生之過程中加以理解，以袁枚文學作品裡與生死書寫有關的語言文字加以觀察，冀能對袁枚文學呈示的現象多了解。

　　有曹先生〈從自敘傳文看明代士人的生死書寫〉一文的啟發，加上王英志先生對袁枚生死觀的研究觀點〔註8〕，筆者更肯定本論文的研究取向。筆者就以袁枚自身自敘傳文中的性靈詩為主，而不取材袁枚為他人死亡而作的文學作品。袁枚最標榜自我的性靈詩，袁枚的性靈詩幾是他生活點滴的紀錄，因此在詩作中袁枚的自我形象，是有可信度的。再則袁枚還是志怪小說作家，在小說中也有著作者的顯影，呈示出他個人的生死觀點在裡頭。從袁枚親身面對病與死的詩作，以及隱含個人生死看法的志怪小說，來為袁枚個人作自我觀照。當袁枚身處「生命危機」時，他的性靈詩與志怪小說呈現出怎樣的自我形象？從他的生死書寫中對「自我現象」〔註9〕的推陳，產生諸多的二元矛盾性與他受崇拜間有怎樣的關係？這些有趣的問題，實是引發筆者探討此

〔註7〕筆者由〈從自敘傳文看明代士人的生死書寫〉一文得到啟發，而擬定「袁枚生死書寫之研究」為研究論文題目，特此感謝曹淑娟先生。此段曹先生所言，關於文人面對生命死亡而抒發的文學，確有值得觀察探究之處。引文請參見，同註6，頁205～206。

〔註8〕據筆者所蒐集到有關袁枚的論文中，直接研究袁枚生死觀的學者，是王英志先生。他所提出袁枚的生死觀是：「有生就有死」與「尊生與戀生」。王英志先生如此的看法，相當切中袁枚的生死觀，但並沒有將袁枚對生死的看法完全說盡，因此筆者本論文對袁枚生死書寫作研究，其可探究的空間頗大。請參見王英志著《袁枚評傳》（南京：南京大學出版社，2002年5月第一版第一次印刷），頁362～372。

〔註9〕羅蘭·巴特云：「公開賦予作家一副健康的肉身，透露出他喜歡略帶澀味的白酒與半生不熟的牛肉，對我而言是更具奇蹟、更富高貴本質的藝術產品。並不是他每天的日常生活細節讓我更清楚他的靈魂本質，或讓它更清晰，而是這個作家藉這種自信所強調的整體神話的奇特性。因為我不得不將能一邊穿著藍色睡衣、一邊又能彰顯自己是宇宙良心的巨大存在實體，歸屬於某種超人特質，或以喜愛乳酪的呼聲同時宣佈他們即將出現的『自我現象學』為業。」請參見羅蘭·巴特著，許薔薔譯，《神話學》（臺北市：桂冠圖書股份有限公司，2002年6月初版二刷），頁23。

論文主題的主因。

二、關於袁枚

（一）袁枚簡述

袁枚字子才，小字瑞官，號簡齋，又號存齋，世稱隨園先生，晚年自號隨園老人、倉山叟等。他出生在西元 1716 年（康熙五十五年），卒於西元 1797 年（嘉慶二年），人生的長度共有八十二年的歲月，袁枚在三十三歲辭官後，他的事業由官途轉而投入文學創作事業，在文學的性靈天地裡悠遊自在，他一生的創作豐富。著述之作有：《小倉山房詩集》、《小倉山房文集》、《小倉山房外集》、《袁太史稿》、《小倉山房尺牘》、《牘外餘言》、《子不語》、《隨園詩話》、《隨園隨筆》、《隨園食單》等。編纂之作有：《續同人集》、《八十壽言》、《紅豆村人詩稿》、《南國詩選》、《碧腴齋詩存》、《湄君詩集》、《袁家三妹合稿》、《隨園女弟子詩選》等作品。存目之作〔註10〕有：《幽光集》、《積翠軒詩稿》、《五家集》、《今雨集》等作品。〔註11〕

《清史稿》中對袁枚的記載云：

> 錢塘人。幼有異稟。年十二，補縣學生。弱冠，省叔父廣西撫幕，巡撫金鉷見而異之，試以〈銅鼓賦〉，立就，甚瑰麗。會開博學鴻詞科，遂疏薦之。時海內舉者二百餘人，枚年最少。試報罷。乾隆四年，成進士，選庶吉士。改知縣江南，歷溧水、江浦、沭陽、調劇江寧。時尹繼善為總督，知枚才，枚亦遇事盡其能。市人至以所判事作歌曲刻行四方。枚不以吏能自喜。既而引疾家居。再起發陝西，丁父憂歸，遂牒請養母。卜築江寧小倉山，號「隨園」，崇飾池館，自是優游其中者五十年。時出游佳山水，終不復仕。盡其才以為文辭詩歌，名流造請無虛日，詼諧詼蕩，人人意滿。後生少年一言之美，稱之不容口。篤于友誼，編修程晉芳死，舉借券五千金焚之，且恤其孤焉。天才穎異，論詩主抒寫性靈，他人意所欲出不達者，悉為達之。士多效其體。著《隨園集》，凡三十餘種。上自公卿，下至市井販，皆知其名。海外琉球有來求其書者。然枚喜聲色，其所

〔註10〕存目之作意指著，袁枚編選或注釋的他人著作知其名而不見其書者。
〔註11〕袁枚的這些文學作品，是依王英志先生所考證，而加以引用。同註8，頁296～310。

作亦頗以滑易獲世譏云。卒年八十二。〔註12〕

《清史稿》對袁枚的評論算中肯，稱許袁枚年少展現文才。爲官治績深獲百姓之心。袁枚一生優游在文學約有五十年，他是辭官後才眞正投入在性靈詩創作與宣傳，在生前造就性靈詩的風潮。然而他的爲人重聲色，是他受世人譏評之處。

袁枚的隨園文學注重在論詩，袁枚的詩較受世人矚目。然而他論文也頗有見地，也值得我們來探討。隨園文論在桐城派文人看來，被批評爲小說氣，甚至被譏爲野狐禪。郭紹虞先生曾予袁枚較持平的評論，袁枚對自己所作古文頗自負，從他個人自信觀之，實不應人云亦云地譏斥袁枚的文論。袁枚所作古文自有其價值，因在清中葉一般的學者大多致力於考據工作，能承續清初學者思想而加以發揮的清中葉學者，大概只有章實齋與袁簡齋二位了。雖然章、袁二人學問思想有所不同，但是能承繼清初學者思想是值得肯定的。廣博地做學問是他們爲學有成就的要因。〔註13〕

袁枚之文被桐城派所譏，然郭紹虞先生卻另有一番見解，肯定袁枚論文之處，在於袁枚爲學的態度，不將學問侷限在狹小的範圍裡。袁枚曾在〈宋儒論〉一文中言：

> 宋儒之講學而談心性者，際其時也，氣運爲之也。今之尊宋儒者亦際其時也，氣運爲之也。是何也？漢後儒者有兩家：一箋注，一文章。爲箋注者，非無考據之功，而附會不已；爲文章者，非無潤色之功，而靡曼不已。於是宋之儒捨其器而求諸道，以異乎漢儒；捨其華而求諸實，以異乎魏、晉、隋、唐之儒。又目擊夫佛老家譸張幽渺，而聖人之精旨微言反有所閼而未宣；於是入虎穴，探虎子，闖二氏之室，儀神易貌，而心性之學出焉。」

此段話是袁枚對宋儒之學，爲何會走入心性之學的看法。宋儒爲傳承闡揚儒家要旨，面對佛老二家的挑戰，所以宋儒精研儒家心性之學，以期使儒學再

〔註12〕 採用王英志先生所輯之袁枚傳記資料，是因王英志先生所考訂編輯之《袁枚全集》獲學界公認而眾人引用。請參見王英志編，《袁枚全集》（江蘇：江蘇古籍出版社，1993年9月初版），第八冊，附錄二之袁枚傳記資料，頁1～2。已回對國史館校註《清史稿》（臺北市：臺灣商務印書館股份有限公司，1999年9月初版第一次印刷）卷四百九十二，列傳二百七十二，文苑二，頁11182。

〔註13〕 請參見郭紹虞著，《中國文學批評史》（臺北市：五南圖書出版有限公司，1994年8月初版一刷），頁512。

顯優勢。此處袁枚沒有批評宋儒之不是，只是客觀陳述理由。

> 孔子之道若大海然，萬壑之所朝也。漢、晉、唐、宋諸儒，皆觀海
> 赴海者也。其注疏家，海中之舟楫桅篷也；其文章家，海中之雲烟
> 草樹也；其講學家，赴海者之郵驛路程也。路程至宋，定矣盡矣，
> 但少一行者耳。「未之能行，惟恐有聞」，何暇再爲之貌其迹而拾其
> 瀋乎？有源而無流，溝井之水也；有本而無末，槁暴之木也。安得
> 不考名物象數於漢儒，不討論潤色於晉、唐之儒乎？……後世學者
> 未必能勝宋儒，亦未必不如宋儒。要惟是其言，而不必迁拘墨守；
> 非其言，而不必菲薄詆呵。則所以論宋儒者定矣，所以論漢、唐、
> 魏、晉諸儒者，亦定矣。（《文集》卷二十一，頁 367～368）

此段袁枚在表達，歷史上各朝代之儒者，對於孔子之學的闡述，各有不同詮釋，然這些是趨向孔子之學的諸多路徑，具有殊途同歸之意，並不是彼此不可見容。袁枚是用一種包容納藏的心胸，吸收各家所長，往學問之路深入。

在袁枚的詩論主張方面，也有被人誤解之處，其原因可能是：袁枚生性風流好美色，如此行徑在舊禮教是不被見容的。因此舊禮教者對於袁枚的詩抱輕視看法，他的詩論更引不起舊禮教者的興趣，故就被抹煞了。予袁枚此負面評價的代表人物，是章學誠與趙翼。屬正統派的王昶，更把袁枚的詩視爲野狐禪。沈德潛對袁枚有所微辭之處，就在詩中的語言文字，呈示情欲太多，且顯得輕佻。袁枚所著的《隨園詩話》，被詬病內容的收取太過泛濫。再則袁枚的爲學層面頗廣，連考據之屬也涉及，被人批評爲蕪雜浮淺。〔註14〕

如此的說法，指出袁枚的爲人放誕風流行徑，影響到他的詩論。這是牽涉到德與才的考量，也可說是爲學與做人的考量。若只論袁枚之才，不見袁枚之爲人，其詩論頗有可觀之處。若以禮教道德爲評論準則，則袁枚的詩才，就無一可論之處了。袁枚在世人的眼光裡，就是徘徊在才與德之間，故有稱者亦有譏者。

袁枚是清代乾嘉詩壇盟主、性靈派主將，以及古文家、小說家，大半生

〔註14〕郭紹虞說：「有了上述幾種原因，所以隨園詩論，在當初雖曾披靡一時，然而一到身後，非惟繼起無人，即求不背師說者已不可多得了；非惟不背師說，即不求至入室操戈者也不可多得了。」詳細內容請參見，郭紹虞著，《中國文學批評史》（臺北市：五南圖書出版有限公司，1994 年 8 月初版一刷），頁 525～526。

致力于詩文創作。其思想以孔、孟與莊子爲基礎。袁枚承襲晚明啓蒙思想之遺風，尊孔而疑孔，入俗又超俗，舊習未盡卻思想解放，是封建盛世向近代社會過渡時期傑出的文學家與思想學術批評家。〔註15〕

（二）捨仕途轉隨園文學之路

袁枚一生的行事作風，雖然都是他自己所決定的，但是不論他怎麼去評論他人，他也是脫離不了在評斷他人的同時，自己也受到了他人的影響。筆者認爲袁枚會作生挽詩，並不是空穴來風，畢竟他不是歷史上第一個作自挽的文人，是受到歷史上文人的影響。據曹淑娟先生研究，曾引陶淵明的自挽文學：「晉陶淵明病不求藥、不禱祀，爲自祭文、輓歌自寫臨終心情，並留下遺占之言，早已展示了一個善處生死之際的典範，後代希陶慕陶者，實多有見於此。所謂『處百齡之內，居一世之中，倏忽白駒，寄寓逆旅，與大塊而枯榮，隨中和而放蕩，豈能戚戚勞於憂畏，汲汲役於人間。』」以如此的說法，陶淵明的自挽、自祭文學，是一項宿昔的典型，也可說是此類文學的初始。〔註16〕

筆者認爲袁枚受陶淵明影響而有自挽的想法與作法，這是其來有自的，因袁枚對陶淵明詩中，呈現作者性靈的特性給予讚賞。袁枚曾云：「宋潛溪曰：『人皆云：『陶淵明不肯用劉宋年號，故編詩但書甲子。』此誤也。陶詩中凡十題甲子，皆是晉未亡時，最後丙辰，安帝尚存，瑯琊王未立：安得晉家年號乎？其自題甲子者，猶之今人編年纂詩，初無意見。』」（《詩話》卷十二，第五十八條，頁414）袁枚此處對陶淵明的了解，是從歷史時間的角度切入，來判定陶淵明並不是不肯用劉宋的年號，而是以甲子記年來編詩，是正常的現象，不是因不喜劉宋，才用甲子來編詩的。如此看來，袁枚並不是眞正懂陶淵明的內在思維。據葉嘉瑩先生言：

> 陶淵明第一次出來做官，他的傳記上說是因爲「親老家貧，起爲州祭酒」，這是爲貧而仕。可是在孫恩叛亂的時候，陶淵明曾做過桓玄的官吏，還曾爲桓玄奉使入京，向朝廷請求討伐孫恩。那時他以爲桓玄果然是爲國家做事的，但隨著桓玄野心的逐漸暴露，他失望了。桓玄篡逆的時候，討伐桓玄的主力是劉裕，陶淵明也做過劉裕手下的官吏，可見他也曾以爲劉裕是可以爲國家擔當大事的人。但劉裕

〔註15〕此資料引自此書的內容簡介部分。同註8，無頁碼。
〔註16〕同註6，頁208～209。

也開始走上了篡逆的道路，這使陶淵明相當失望，於是第二次辭官不做了。陶淵明最後一次出來做官，他自己在〈歸去來分辭〉的序裡曾說過，是因為「幼稚盈室，絣無儲粟」，這又是為貧而仕。但他這一次做彭澤縣令，也只做了八十天左右就辭職不幹了。因為，當時那個官僚社會是腐敗、邪惡的，不但完全不符合陶淵明的理想，而且使他無法忍耐。〔註17〕

那麼就算陶淵明不用劉宋年號來編詩，也是有正當的理由，因為劉宋取得天下的方式，並不是淵明心目中理想的方式。

　　故筆者看出袁枚對淵明的理解，是有誤解的地方，袁枚就因著誤解而對淵明發表評論。甚至是應和著淵明的〈飲酒二十首〉詩〔註18〕，而作〈陶淵明有〈飲酒二十首〉，余天性不飲，故反之作不飲酒二十首〉詩《詩集》卷十五，頁 292～294）陶淵明的〈飲酒二十首〉詩中，將他的人生態度、價值觀、理想影射於其中；袁枚的〈陶淵明有〈飲酒二十首〉，余天性不飲，故反之作不飲酒二十首〉詩，也是如此。袁枚的用意，是要以此對陶淵明發表評論與對比的詩作，讓人覺得自己是有別於淵明的殊異性。故可從這兩組詩來觀照袁枚的人生觀、價值觀、心中的理想，也可以較清晰地察覺，袁枚離仕轉文學之路的心路歷程。

1. 隱逸是向文學轉折的手法

　　袁枚在〈陶淵明有〈飲酒二十首〉，余天性不飲，故反之作不飲酒二十首〉詩中，特意與陶淵明打對台，有企圖突出自己想法比陶淵明高的意味。袁枚以為陶淵明還依賴酒來示現超脫之境，還是有所待的。心境的體會不一定得依恃酒來契入，仍是可以有一樣的體會境地。陶淵明在世人的心中，有一不為五斗米折腰的清名。仕途上的生活不合乎他心中的理想，他實在很想發揮儒家的治世精神，然而晦暗的政界，令他無法施展抱負，轉而獨善其身，所以寧願選擇捨仕途走向隱逸的生活，他的目的是捍衛自我的理想。在盛清時空下的袁枚，他走向離宦隱逸於園林中之路，是刻意地選擇乞病歸隱，有他的政治前途發展性上的考量，也有轉行的思索。在盛清時期的「士商」階層

〔註17〕請參見葉嘉瑩著，《陶淵明飲酒詩講錄》（臺北市：桂冠圖書股份有限公司，2000 年 2 月初版一刷），頁 225～226。

〔註18〕請參見逯欽立校注，《陶淵明集》（北京：中華書局出版，1982 年 6 月第一版第二次印刷），頁 86～100。

之間是互通的，甚至是二種職業兼備在一身。

　　觀看袁枚一生所做的事業，有任公職、文學作家、地主、販售文學作品的商業行為。若要以截斷式來決定袁枚的事業，是不能判定的，因他是集士商職業於一身。然貫穿他一生不會因階段性而更改的職業，就是「文人」的身份。這個身份是袁枚最喜歡的，因為「文人」為他帶來讓人流傳的聲名，附帶著有助於他文學作品的銷售。袁枚在《隨園詩話》中曾提及：

> 余在山陰，徐小汀秀才交十五金買全集三部，余歸如數寄之。未幾，信來，説信面改「三」作「二」，有挖補痕，方知寄書人竊去一部矣。林遠峰云：「新建吳某夜被盜，七人明火執仗，捆縛事主，甚鬧，最後有美少年，盛服而至，翻擷架上，見宋版文選、小倉山房詩集各一部。笑曰：『此富兒能讀隨園先生文，頗不俗：可釋之。』手兩書而去。」余按唐人載李涉遇盜一事，彷彿似之。至于竊書者，則又古人所無。方藕舡明府云：「高麗進士李承熏、孝廉李喜明、秀才洪大榮等，俱在都中購隨園集，問余起居、年齒甚殷。」嘻，余愧矣！
> （《詩話補遺》卷六，第一條，頁711）

袁枚從竊書事件，把自己文學作品受人喜愛的程度表露無遺。特別提此事，是見證自己的文名與文學作品銷售量成正比。

　　袁枚在仕途路上，官升不上去，又要居於人下，無法施展自我適情適性理想，所以辭官而隱。袁枚的理想與淵明截然不同，袁枚的心思放在自我經營為主，而淵明是關心天下蒼生的治世理想。因此淵明隱後的生活清苦自樂，但袁枚不甘於清苦，另尋舒適暢意的生活。離仕是袁枚自我解放的自由，他曾說：「橛馬負千鈞，長鞭挾以走。一旦放華山，此身為我有。」（〈解組歸隨園〉《詩集》卷五，頁87），當官的公務對袁枚是一種負擔。「今園之功雖未成，園之費雖不貲，然或而待周，或損而待修，固未嘗有迫以期之者也；孰若余昔年之腰笏磬折，里魁喧呶乎？代惡草，剪虬枝，惟吾所為，未嘗有制而掣肘者也；孰若余昔時之仰息崇轅，請命大胥者乎？」（〈隨園後記〉《文集》卷十二，頁205～206）如今袁枚在隨園經營，真實感受一切由自我作主，沒有他者牽制干涉的自由。袁枚對自己棄官後的生涯規畫很滿意，「自分官職得郡文學已足，而竟知大邦；家計得十具牛已足，而竟擁百畝；園得一椽已足，而竟四記之，疏名目而分咏之。私揣余懷，過矣哉！不意數年，過之中又有過焉。」（〈隨園五記〉《文集》卷十二，頁208）他心中對於理想的步步實踐，

獲得成長而欣喜，生活經濟上有餘。「隨園」名號招牌的呈現，隨園好比商業公司的名號。因袁枚所規劃的隨園是與文學結合的，「將植梅花樹松，與門生故人詩飲其中。」（〈隨園六記〉《文集》卷十二，頁 209）袁枚所營運之隨園是私人的祕密花園，也是對外開放的場域，因此隨園混含著私人的神祕性與聲名的傳播性。

2. 重現世名

淵明言：「有酒不肯飲、但顧世間名。所以貴我身、豈不在一生。一生復能幾、倏如流電驚。鼎鼎百年內、持此欲何成。」〔註19〕淵明對於人生於世，與「道」的相較之下，人生百年實在短暫。而且今生消失又不能重來，若是汲汲營營於世間聲名的追求，那大可不必。當今生生命結束時，一切將歸零，因此淵明淡薄名利，投注心力於道的體悟與生活，精神生命的超脫。袁枚對飲酒之習興趣缺缺，「淵明與劉伶，開口不離酒。終竟兩人賢，果然為酒否？我自赴華胥，不煩杜康引。酒味吾不知，酒意吾能領。」（《詩集》卷十五，頁 292）袁枚自言無需依賴酒，也能對酒意有體會，似乎表露出袁枚較淵明、劉伶高明之處，特別標榜而提高自己的聲名，袁枚這裡有沽名之嫌。「形神天所付，名字吾自取。形名兩無時，此身置何所？朝見一莖絲，暮吟一首詩。借形傳我名，名傳形不知。」（《詩集》卷十五，頁 294）形神是出於自然，而名字所代表的價值是自我所營造。袁枚思索著形名與自身存在感時，他得到自己認定自我的方式。形還在世上時，我的聲名就同時存在，有一天形消殞於世間，聲名有何用處呢？這樣的說法對「現世名」較重視，所以詩中才加入「朝見一莖絲，暮吟一首詩」此二句，呈現詩人對創作付出心力。有文人身份的袁枚，頗自恃自我的詩才，是他現世中個人聲名價值所在。

> 有中丞某，自稱平生不好名。余戲之曰：「人之所以異于禽獸者，以其好名也。孔子曰：『君子去仁，惡乎成名？』又曰：『君子疾沒世而名不稱焉。』大聖人尚且重名如此，後世人不好名而別有所好：則鄙夫事君，無所不至矣。」屈悔翁云：「才子多貪色，神仙不好名。」不如司空表聖曰：「名能不朽輕仙骨，理到忘機近佛心。」（《詩話》卷十四，第五十條，頁 482～483）

袁枚認為聖人孔子也好名，故將好名視為人之常態。又將好名作為禽獸與人

的分界，他在上段敘述中，均在強調好名之價值。甚至在袁枚認知中，「好名」如能創造不朽聲名的話，是比不重「現世名」的神仙高明。袁枚自幼對於立名之事常存自心，「余幼咏懷云：『每飯不忘惟竹帛，立名最小是文章。』先師嘉其有志。中年見查他山贈田間先生云：『語雜詼諧皆典故，老傳著述豈初心？』近見趙雲松和錢嶼沙先生云：『前程雲海雙蓬髻，末路英雄一卷書。』皆同此意。」（《詩話》卷十四，第六十六條，頁 488～489）袁枚所欲立之名是「文名」，自小就有此志向，到了中年時對此志向更是肯定。當世文學作品能流行，且能留存到後世是袁枚所堅持的理想。「余刻詩話、尺牘二種，被人翻板，以一時風行，賣者得價故也。近聞又有翻刻隨園全集者。劉霞裳在九江寄懷云：『年來詩價春潮長，一日春深一日高。』余戲答云：『左思悔作三都賦，枉是便宜賣紙人。』」（《詩話補遺》卷三，第十六條，頁 630～631）此事件的敘述，顯示袁枚的文學作品，深受讀者歡迎。他還自比於洛陽紙貴的情形，想必袁枚內心欣喜之情。「好學忘老，存心對天；行樂一世，傳名千年。」（《詩話補遺》卷三，第三十條，頁 639～640）這幾句話是刻在袁枚所購得的水晶方印上，他相當喜愛這些字句。「行樂一世，傳名千年。」是袁枚重要的生命要項。

袁枚在世即得世人肯定他的詩名，「蔣心餘太史自稱詩仙，而稱余為詩佛。想亦廣大教主之義。」（《詩話補遺》卷三，第二十九條，頁 639）蔣心餘自封為詩仙，但對袁枚的封稱又在詩仙之上為「詩佛」。袁枚的弟子梅冲更是為此作了一首〈詩佛歌〉：

> 心餘太史不世情，獨以詩佛稱先生。先生平生不好佛，攢眉入社辭不得。佛之慈悲罔不包，先生見解同其超。佛之所到無不化，先生法力如其大。一聲忽作獅子吼，喝破炎摩下方走。天上地下我獨尊，雙管兔毫一隻手。人間遊戲撒金蓮，急流勇退全其天。小倉山居大自在，一吟一咏生雲烟。有時披出紅袈裟，南天門邊縛夜叉。八萬四千寶塔造，天魔龍象爭紛挐。有時敷坐如善女，低眉微笑寂無語。天外心從何處歸，鵲巢于頂相爾汝。眼前指點說因由，千山頑石皆點頭。三唐兩宋攝其總，四大海水八毛孔。一心之外無他師，六合以內皆布施。先生即佛佛即詩，佛與先生兩不知。我是如來大弟子，夜半傳衣得微旨。放膽為作詩佛歌，願學佛者從隗始。（《詩話補遺》卷三，第二十九條，頁 639）

袁枚在弟子們的心目中，已有詩佛的稱號。袁枚不好佛老之事，他的學生們都明白，但是仍以詩佛來稱袁枚，所以弟子就得特別的說明。其中清楚的表示，袁枚雖不喜佛，但他的詩才特質具有，佛的慈悲、法力、大自在、化眾生……等作用，所以他的學生就將袁枚詩才類比成佛了。

　　袁枚立志成就文名，肯定現世聲名的價值。由以上陳述與淵明之理想天差地別，袁枚刻意作「不飲酒」詩，爲自標別於淵明，又高於淵明〈飲酒詩〉的說法，實是難脫沽名之嫌。

三、性靈文學

　　學者們對於袁枚性靈說的研究不在少數，對於袁枚性靈說的淵源與內容，有相當研究成果。在這些研究中，袁枚的性靈說在文學上，是前有承與袁枚自身有所創新的。學者葛兆路先生於《中國性靈文學思想研究》〔註 20〕中，將性靈文學的淵流溯推至莊子的學說，這是不無道理的，因袁枚在《隨園詩話》常讚評詩有一「天籟」〔註 21〕的原則。筆者相互比對王建生先生的《袁枚的文學批評》〔註 22〕、王英志先生的《袁枚評傳》〔註 23〕、葛兆路先生的《中國性靈文學思想研究》、司仲敖先生的《隨園及其性靈詩說之研究》〔註 24〕等的研究。看到袁枚性靈說的淵源有三個共同影響人物：鍾嶸、楊萬里、袁宏道。前賢學者的研究中，都提到袁枚對鍾嶸、楊萬里、袁宏道三位的詩作或詩論，有認同的地方也有批評之處。袁枚自己說「以爲詩寫性情，惟吾所適」（《詩話》卷一，第六條，頁 3）袁枚以自我爲本位，對前人詩作取重人性情部分、直抒胸臆、不拘格套，以合順袁枚的性靈主張，袁枚在此表現出相當強的主觀性。

〔註 20〕請參見葛兆路著，《中國性靈文學思想研究》（臺北市：文津出版社，1995 年 1 月初版一刷）。

〔註 21〕袁枚論及「天籟」之處。請參見《隨園詩話》：卷一，第六條，頁 3。卷二，第十五條，頁 39。卷四，第五十四條，頁 122。卷四，第六十五條，頁 126。卷七，第四十七條，頁 228。卷八，第八十六條，頁 279。卷十四，第四十九條，頁 482。《隨園詩話補遺》：卷二，第六十一條，頁 615～616。卷四，第六十七條，頁 675。卷五，第三十五條，頁 689。卷六，第四十六條，頁 729。

〔註 22〕請參見王建生撰，《袁枚的文學批評》（臺北市：聖環圖書股份有限公司，2001 年 12 月一版一刷）。

〔註 23〕同註 8。

〔註 24〕請參見司仲敖著，《隨園及其性靈詩說之研究》（臺北市：文史哲出版社，1988 年 7 月初版）。

　　與袁枚同時代的文學大家對袁枚亦有所影響，袁枚對這些文學大家也是有所瞭解與批評，袁枚之所以如此做，是與自身主體意識對性靈主張的執著，脫離不了關係的。與袁枚同時代的文學大家有：主神韻說的王士禎、主格調說的沈德潛、主肌理說的翁方綱、厲鶚、杭世駿等浙派詩人。袁枚與他人詩論的主張互相對話，在對話當中，走出自己性靈說的路。王鐙容《傳播、聲譽、性別：以袁枚《隨園詩話》的文化研究》一文中關於這樣的對話，提及：「性靈詩說的構築其實也同時來自與當時的神韻、格調、肌理、浙派詩的不斷對話，詩學立場的不同、發言位置各異，袁枚與各家詩論的區隔，醞造了性靈與各家不同的表述方式。」〔註25〕雖然在袁枚所處的時代，同時有著不同主張的詩論，袁枚仍是對自己性靈說維持定性。

　　袁枚性靈說的內涵，在諸多學者的界說下，筆者認為王英志先生的界說較妥切，因王氏是從袁枚生平的著作《隨園詩話》、《小倉山房文集》、《小倉山房詩集》、《小倉山房外集》、《小倉山房尺牘》……中，作整體的觀察，所以他的界說較不會偏頗太多。王英志先生說：

> 性靈說的理論核心或主旨是從詩歌創作的主觀條件的角度出發，強調創作主體必須有真情、個性、詩才三方面要素。在這三塊理論基石上又生發出：創作構思需要靈感，藝術表現應具獨創性並自然天成；作品內容以抒發真情實感、表現個性為主，感情等所寄寓的詩歌意象要靈活、新鮮、生動、風趣；詩歌作品宜以感發人心，使人產生美感為其主要藝術功能等藝術觀點。〔註26〕

由此知袁枚性靈說，重視的是詩者個人的性情。他說：「凡作詩者，各有身份，亦各有心胸。」（《詩話》卷四，第一條，頁101）、「古之君子，以詩名者，大都自抒所得，而非有意於求名，故一篇一句傳誦于士大夫之口。」（《詩話補遺》卷二，第二十一條，頁600）表示袁枚對呈現自我情感與思想在詩作中，是他作詩堅守的原則。

　　在袁枚人生八十二年的歲月中，在三十三歲時，是他與為官仕途疏離的一個轉捩。其人生的轉折為何如此的突兀呢？若從袁枚離開仕途後，規畫隨園的建立，是不難看出他的心中是有一份理想的藍圖，亦是一份對自我的認

〔註25〕請參見王鐙容撰，〈傳播、聲譽、性別——以袁枚《隨園詩話》為中心的文化研究〉（國立暨南國際大學中國文學研究所碩士論文，2002年），頁85。
〔註26〕同註8，頁394。

同與自我的定位。這可從其「三改隨園」的努力與用心，索出一些端緒。以楊鴻烈先生《袁枚評傳》中的說法，袁枚是在乾隆十三年（1748）購得隨園所在地的〔註27〕。依王英志先生《袁枚評傳》中的三改隨園之說：第一次改造是在乾隆十八年（1753），第二次改造是在乾隆二十二年（1757），第三次改造完成是在乾隆三十三年（1768）〔註28〕。袁枚爲隨園作記的〈隨園六記〉中，爲何將所建之園林取名「隨」園呢？他有所說解：「嘗讀《晉書》，太保王祥有歸葬、隨葬兩議，方知『隨』之時義，不止嚮晦入宴息已也。……餘以一園之故，冒三善而名焉。誠古今來園局之一變，而『隨』之時義通乎死生晝夜，推恩錫類，則亦可謂大矣，備矣，盡之矣。」〔註29〕這裡袁枚所詮釋「隨」的意義，所用的「嚮晦入宴息」〔註30〕是取自《易經》的「隨卦」。袁枚藉此說明他爲人處事的心態，在生活中的人事物都讓其隨時而運作，順著自然或人文環境的時勢，不用刻意非得一定要怎麼做才行，掌握「變化」而遂己意而適懷爲原則。也因爲這樣的原則，所以袁枚對「隨園」有三次改造的情事。同時袁枚也是爲適己所好，在〈隨園四記〉中言：「人之欲，惟目無窮。耳耶，鼻耶，口耶，其欲皆易窮也。目仰而觀，俯而窺，盡天地之藏，其足窮之耶？……園悅目者也，亦藏身者也。人壽百年，悅吾目不離乎四時皆是，藏吾身不離乎行坐者是。」袁枚適意悅心者在於「悅吾目」，因目可使人之欲沒有窮盡。他可得其欲而常愉悅，其關鍵在「目」所「視」之形色者，可見袁枚是相當重視感官的賞心，尤以視覺感官爲甚。

　　袁枚曾自詡言：「作詩，不可以無我，無我，則剿襲敷衍之弊大。」（《詩話》卷七，頁216）此處袁枚確切的表達其爲詩的立場，是主張「我」是詩作

〔註27〕請參見楊鴻烈著，《袁枚評傳》（臺北市：盤庚出版社，無標明出版年及版次），頁52。

〔註28〕同註8，頁147～154。

〔註29〕「三善」是指：「塋旁隙地曠如，余仿司空表聖故事，爲己生壙。將植梅花樹松，與門生故人詩飲其中。若是者何？子隨父也。壙界爲二，俾異日夾溝可疼。若是者何？妻隨夫也。壙尾留斬板者水數處。若是者何？妾隨妻也。沿塋而西，有高嶺宰衍而長，凡傔從、扈養、婢媼之亡者，聚而瘞焉。若是者何？僕隨主也。嗟乎！古人以廬墓爲孝，生壙爲達，瘞狗馬爲仁。餘以一園之故，冒三善而名焉。」請參見《小倉山房文集》，卷十二，〈隨園六記〉，頁209。

〔註30〕請參見南懷謹，徐芹庭註譯，《周易今註今譯》（臺北市：臺灣商務印書館股份有限公司，1995年10月修訂版第九次印刷），頁126～127。

的主導者，所以詩中不可沒有作者的鋪著，這也是他對「獨寫性靈」〔註31〕
的讚許原因。《隨園詩話》卷十三中云：

> 李嘯村最長絕句，人有薄其尖新者；不知溫子昇云：「文章易作，逋
> 峭難為。」若嘯村者，不愧逋峭矣。其泰州舟次云：「煙汀月暉影微
> 微，辨得宵衣草上飛。垂髮女兒知溫槳，不辭風露送人歸。」夜泛
> 紅橋云：「天高月上玉繩低，酒碧燈紅夾兩堤。一串歌喉風動水，輕
> 舟圍住畫橋西。」……青溪云：「粉墻經掃落花塵，一帶樓臺樹影昏。
> 雨細風斜簾未捲，縱無人在亦消魂。」……此是嘯村最佳詩；而歸
> 愚別裁集只選上巳憶白門一首，云：「楊柳晚風深巷酒，桃花春水隔
> 簾人。」不過排湊好看字面，最為下乘。捨性靈而講風格者，往往
> 捨彼取此。（《詩話》卷十三，頁441～442）

袁枚在此處將刻意造作的詩視為下乘作品，然他所嘉稱的是李嘯村詩中，清
楚自然表露作者情感的詩句。再則在《隨園詩話》言：「最愛周櫟園之論詩曰：
『詩、以言我之情也，故我欲為則為之，我不欲為則不為。原未嘗有人勉強，
督責之，而使之必為詩也。是以三百篇稱心而言，不著姓名，無意於詩之傳，
並無意於後人傳我之詩。嘻！此其所以為至與！今之人，欲借此以見博學，
競聲名，則誤矣！』」（《詩話》卷三，頁73）袁枚任己之情於詩作中，是他個
人最喜愛的。〔註32〕

　　袁枚這麼鍾愛自己性情，他較在意的是何種性情呢？於《小倉山房（續）
文集·答蕺園論詩書》云：「且夫詩者由情生者也。有必不可解之情，而後有
必不可朽之詩。情所最先，莫如男女。古之，屈平以美人比君，蘇、李以夫
妻喻友，由來尚矣。」〔註33〕袁枚在此段表白，自己很在意男女之情，此情
是種令人可能產生不可解之情於心，有如此內心不可解之情的糾結，而後必

〔註31〕 袁枚云：「嘯村工七絕，其七律亦多佳句，如『馬齒坐叨人第一，蛾眉媿對月
　　　　初三。』『賣花市散香沿路，踏月人歸影過橋。』『春服未成愛冷，家書空寄
　　　　不妨遲。』皆獨寫性靈，自然清絕。腐儒以雕巧輕之，豈知鈍根，正當飲此
　　　　聖藥耶？」請參見《隨園詩話》，卷十，頁361。

〔註32〕 袁枚云：「餘最愛言情之作，讀之如桓子野聞歌，輒喚奈何。」請參見《隨園
　　　　詩話》，卷十，頁360。

〔註33〕 清·袁枚著，《小倉山房（續）文集》，收於王英志編，《袁枚全集》（江蘇：
　　　　江蘇古籍出版社，1993年9月第一版第一次印刷），第二冊，〈答蕺園論詩書〉，
　　　　卷三十，頁527。以下的引註若再引用此書，僅列書名、卷次／篇名、頁次於
　　　　引文後。

有可能創作不朽之詩。這就是袁枚「詩感」的來源，且是他欲作不可朽之詩的理想。

　　「詩感」是創作詩靈感的來源。袁枚看重男女之情，將此情感自然抒於詩中。男女之情，非是一單純邏輯性的，應是錯綜複雜非理性居多。如果詩作是以男女之情爲醞釀底蘊的話，自是有多元化且令人無法想像預測的作品出現。袁枚較重視男女之情，依人性言，男女間情感既相逢，在交會沈浸久時，就難保還能保持男女之間禮的分際，有可能逾越了禮的界線，而落在情欲當中。袁枚曾在〈清說〉中云：

> 天下之所以叢叢然望治於聖人，聖人之所以殷殷然治天下者，何哉？
> 無他，情欲而已矣。老者思安，少者思懷，人之情也；而「老吾老
> 以及人之老，幼吾幼以及人之幼」者，聖人也。「好貨」、「好色」，
> 人之欲也；而使之有「積倉」、有「裹糧」、「無怨」、「無曠」者，聖
> 人也。使眾人無情欲，則人類久絕而天下不必治；使聖人無情欲，
> 則漠不相關，而亦不肯治天下。後之人不能如聖人之感通，然不至
> 忍人之所不能忍，則絜矩之道，取譬之方，固隱隱在也。自有矯清
> 者出，而無故不宿於內；然後可以寡人之妻，孤人之子，而心不動
> 也。一餅餌可以終日，然後可以浚民之膏，減吏之俸，而意不回也。
> 謝絕親知，僵仆無所避，然後可以固位結主，而無所躊躇也。己不
> 欲立矣，而何立人？己不欲達矣，而何達人？故曰不近人情者，鮮
> 不爲大奸。（〈清說〉《文集》卷二十二，頁 374～375）

由此段陳述，袁枚不贊同抑制情欲的抒發，更是以爲身爲人，就應順人之情欲。人有情欲的需求時，大方坦白的去滿足它。袁枚內心有如此對情欲開放的見解，與其作詩的性靈說二者間是相互影響的。

四、前人研究成果概述

　　筆者在前人對袁枚的相關研究基礎上，進行著對袁枚的研究，筆者在蒐集相關資料過程中，銘感陳金木先生與連文萍先生之賜〔註34〕，而得以快速

〔註34〕請參見：
　　陳金木撰，〈網際網路與學術研究兼論區域網路中的清代詩學資源〉，《第六屆
　　中國詩學會議論文集》（臺北市：萬卷樓圖書股份有限公司，2002 年 12 月初
　　版），頁 149～194。
　　連文萍撰，〈袁枚研究資料目錄初編〉，請參見《國立中央圖書館館刊》（第二

且較全面地蒐集相關參考資料。連文〈袁枚研究資料目錄初編〉，收集臺灣、大陸、日本及韓國四個地區所出版之袁枚著作及研究袁枚之論文，計有袁枚著作（包括後人註解及選註）五十一種；研究袁枚之專書二十種；研究之單篇論文二百二十三篇。時間自西元 1769 年至 1992 年 2 月。陳先生所撰〈網際網路與學術研究兼論區域網路中的清代詩學資源〉一文，正可補足連文萍先生所編之資料，在臺灣有關研究袁枚的論文方面，可補足至西元 2001 年 9 月計有十九篇。在大陸有關研究袁枚的論文方面，可補足至西元 2001 年 3 月計有六十九篇。在二位前輩的研究基礎上，筆者再加以蒐集西元 2001 年 3 月以後，有關研究袁枚的論文，在臺灣有關研究袁枚的論文，筆者蒐至西元 2004 年 2 月。在大陸有關研究袁枚的論文，筆者蒐至西元 2003 年 4 月。

　　前賢學者們對袁枚的研究，著重於：（一）與袁枚生平及思想有關者：袁枚之年譜〔註35〕、對袁枚自傳式的評著〔註36〕、袁枚的思想〔註37〕。（二）與袁枚文學有關者：袁枚的詩作〔註38〕、袁枚的小品文〔註39〕、袁枚的筆記小

十六卷第二期，1993 年 12 月），頁 197～208。

〔註35〕 請參見：

杜松柏著，《袁枚》（臺北市：河洛圖書出版社，無標明出版年代及版次）。

王英志撰，〈袁枚家族考述〉，《聊城師範大學學報（哲學社會科學版）》（第一期，2000 年），頁 105～110。

〔註36〕 請參見：

王英志著，《袁枚評傳》（南京：南京大學出版社，2002 年 5 月第一版第一次印刷）。

楊鴻烈著，《袁枚評傳》（臺北市：盤庚出版社，無標明出版年代及版次）。

簡有儀著，《袁枚研究》（臺北市：文史哲出版社，1988 年 4 月初版）。

〔註37〕 請參見：

李孝悌著，《戀戀紅塵——中國的城市、欲望與生活》（臺北市：一方出版社，2002 年初版）。此書中李氏以「袁枚與十八世紀中國傳統中的自由」一章，討論著袁枚人生觀在清代，有著自由主義的影子，再來反觀於現代的自由現況，作一反省探討。袁枚重個性化的行為，似乎對突破專制爭取個人自由有相當的影響力。

揚帆編，陳文新著，《袁枚的人生哲學》（臺北市：揚智文化事業股份有限公司，1995 年 12 月初版一刷）。

王英志撰，〈袁枚的生死觀〉，《錦州師範學院學報》（第二十四卷第二期，2002 年 3 月），頁 22～25。陳寒鳴撰，〈袁枚反正宗傳統的早期啟蒙思想〉，《中國社會科學院研究生院學報》（第三期，2002 年），頁 79～111。

〔註38〕 請參見：

胡明著，《袁枚詩學述論》（安徽合肥：黃山書社，1986 年 4 月初版一刷）。

石玲撰，〈袁枚詩歌的歷史承遞意義〉，《新亞論叢》（第四卷，2002 年 8 月），

說〔註40〕、袁枚的駢文〔註41〕、對袁枚文學的批評〔註42〕、袁枚的山水遊記

頁 220～224。

張健撰，〈袁枚的不飲酒詩二十首析論〉，《明道文藝》（第二六一卷，1997 年 12 月），頁 150～161。

龔鵬程撰，〈憐花意識：才子文人的心態與詩學〉，《中國文學與文化研究學刊》第一期（香港：香港大學中文系，2002 年 6 月），頁 47～82。

高大威撰，〈典律重構：袁枚論《詩／經》〉，《第六屆中國詩學會議論文集》（臺北市：萬卷樓圖書股份有限公司，2002 年 12 月初版），頁 93～147。

邱燮友撰，〈袁枚〈落花〉詩探微〉，《第六屆中國詩學會議論文集》（臺北市：萬卷樓圖書股份有限公司，2002 年 12 月初版），頁 69～92。

王忠祿撰，〈論袁枚詩歌的民主意識〉，《甘肅教育學院學報》（第十九卷第二期，2003 年），頁 21～25。

〔註39〕 請參見張慧珍撰，〈袁枚小品文研究〉（國立政治大學中國文學研究所碩士論文，1990 年）。

〔註40〕 請參見：

閻志堅著，《袁枚與子不語》（瀋陽市：遼寧教育出版社，1993 年 9 月第一版第二次印刷）。

吳玉惠撰，〈袁枚《子不語》研究〉（東海大學中國文學研究所碩士論文，1988 年 12 月）。

吳聖青撰，〈《閱微草堂筆記》與《子不語》中兩性關係研究〉（中國文化大學中國文學研究所碩士論文，2000 年 10 月）。

張瓊分撰，〈乾嘉士人鬼神觀試探——以紀昀、袁枚為中心〉（國立清華大學歷史研究所碩士論文，2000 年 6 月）。

王英志撰，〈袁枚《子不語》的思想價值〉，《明清小說研究》（第六十三期，2002 年），頁 175～188。

李志孝撰，〈《聊齋誌異》與《子不語》比較研究〉，《天水師專學報》（第十八卷第四十一期，1998 年），頁 23～26。

李志孝撰，〈審醜：《子不語》的美學視點〉，《甘肅高師學報》（第四卷第一期，1999 年），頁 31～34。

李莉撰，〈淺析《子不語》卷五之〈奉行初次盤古成案〉〉，《青海民族學院學報》（第一期，2003 年），頁 28～31。

馮藝超撰，〈《子不語》中冥界故事研究〉，《中華學苑》（第四十四期，1994 年 4 月），頁 209～233。

馮藝超撰，〈《子不語》的成書、取材來源及創作態度試探〉，《國立政治大學學報》（第六十九期，1994 年 9 月），頁 123～140。

劉雲興撰，〈讀袁枚〈鬼買缺〉和〈枯骨自贊〉〉，《學習與探索》（第一○九期，1997 年），頁 126。

韓石撰，〈“惡”的展現：論袁枚和《子不語》〉，《南京師大學報》（第一期，1995 年），頁 79～83。

〔註41〕 請參見李丹博撰，〈袁枚駢文試論〉，《廣西師範大學學報（哲學社會科學版）》（第三十四卷第二期，1998 年 6 月），頁 57～63。

〔註42〕 請參見王健生著，《袁枚的文學批評》（臺北市：聖環圖書股份有限公司，2001

〔註 43〕。（三）與袁枚詩論有關者：袁枚的詩論——性靈說〔註 44〕、袁枚詩派
——性靈派〔註 45〕、袁枚的《隨園詩話》詩話〔註 46〕。（四）其它方面有：隨
園食單〔註 47〕、袁枚與婦女文學〔註 48〕、袁枚的園林〔註 49〕等。〔註 50〕在如

<hr>

年 12 月一版一刷）。

〔註 43〕 請參見：

王建生撰，〈蔣心餘與袁枚、趙翼及江西文人交遊〉，《東海大學學報》（第十
一期，1994 年 12 月），頁 11～29。

張慧珍撰，〈袁枚遊記作品之探討〉，《輔英學報》（第十五期，1995 年 12 月），
頁 235～243。

〔註 44〕 請參見：

司仲敖著，《隨園及其性靈詩說之研究》（臺北市：文史哲出版社，1988 年 1
月初版）。

吳兆路著，《中國性靈文學思想研究》（臺北市：文津出版社，1995 年 1 月初
版一刷）。

郭紹虞著，《中國詩的神韻、格調與性靈說》（臺北市：河洛圖書出版社，1975
年 9 月臺景印初版）。

余淑瑛撰，〈袁枚其人及其性靈說〉，《嘉義技術學院學報》（第五十八卷，1998
年 6 月），頁 105～123。

周佩芳撰，〈袁枚詩論美學研究〉，《國立臺灣師範大學國文研究所集刊》（第
四十四卷，2000 年 6 月），頁 383～511。

〔註 45〕 請參見王英志著，《袁枚暨性靈派詩傳》（長春市：吉林人民出版社，2000 年
1 月第一版第一次印刷）。

〔註 46〕 請參見：

王英志著，《袁枚和隨園詩話》（臺北市：萬卷樓圖書有限公司，1993 年 6 月
初版）。

顧遠薌著，《隨園詩說的研究》（據商務印書館 1936 年版影印）（北京：中國
書店，1988 年 3 月初版一刷）。

王鏡容撰，〈傳播、聲譽、性別——以袁枚《隨園詩話》為中心的文化研究〉
（國立暨南國際大學中國文學研究所碩士論文，2002 年）。

陳美慧撰，〈「隨園詩話」有關「紅樓夢」一段話及其版本考釋〉，《古今藝文》
（第三十卷，第二期，2004 年 2 月），頁 47～53。

〔註 47〕 請參見包雲志撰，〈袁枚與「隨園食單」〉，《中國飲食文化基金會會訊》（第十
卷第一期，2004 年 2 月），頁 16～19。

〔註 48〕 請參見：

王麗斐撰，〈袁枚與婦女文學〉，《臺南師院學生學刊》（第十三卷，1991 年 12
月），頁 212～224。

陳旻志撰，〈至情祇可酬知己——袁枚與隨園女詩人開啟的性靈詩觀〉，《鵝湖
月刊》（第二十八卷第一期，2002 年 7 月），頁 26～38。

劉詠聰撰，〈「曲園不是隨園叟，莫誤金釵作贄人」——袁枚與俞樾對女弟子態
度之異同〉，《嶺南學報（創刊號）》（第一卷，1999 年 10 月），頁 417～472。

王英志撰，〈關於隨園女弟子的成員、生成與創作〉，《井岡山師範學院學報

此多前賢學者的研究基礎上，筆者看到學者的研究趨向，隨著時代與研究方法不同而改變。

就筆者所蒐集有關袁枚的研究資料中，在 2001 年以後在臺灣與袁枚有關之研究，大多與袁枚的詩脫離不了關連，可能與袁枚的性靈詩作數量龐大（四千餘首）有關。龔鵬程先生在袁枚的詩中，看到情欲自由流竄，是因袁枚的憐花意識所致。邱燮友先生則是以袁枚〈落花〉詩，作主題式的研究，了解到袁枚詠物詩不只是詠物，而且要能託物寄興，更要有弦外之音。主張詩歌的隱含性，運用意象以達暗示或象徵的效果。高大威先生論述袁枚斬斷了「詩」與「經」的葛藤，重構了作為新典律的《詩經》，他遭衛道人士譏評之處在此，其有所創新突破之處亦在此。高氏以為袁枚已將詩言志的傳統改變，而成為詩言情的詩觀。以上三位學者對袁枚詩的研究，所得的結果似乎都與袁枚的性格密切相關。袁枚重視情欲自由不拘，依個人性情入詩，強調詩人性靈的自由。袁枚重視性靈自由影響所及，在李孝悌先生所撰《戀戀紅塵──中國的城市、欲望與生活》一書有專章探討〔註 51〕。袁枚重視個人自由意志，在文學與處世行徑上都在凸顯自己的個性。故李氏以為袁枚在滿清專制政權下，自我開闢了一片自由的天空，能與現代的自由主義相應。目前與袁枚詩有關較新之研究，是王鐿容所撰〈傳播、聲譽、性別──以袁枚《隨園詩話》為中心的文化研究〉一文。以接受理論、讀者反應批評、文化消費、女性主義等觀察方法，來對《隨園詩話》作文化研究。王鐿容是在舊文本材料之下，採用新的研究方法，以較新的視角來詮釋袁枚的詩話。

對袁枚作研究的學者，除了對詩感興趣外，還對袁枚的《隨園食單》、婦女文學等感興趣。只要是現代研究趨勢所重視的，似乎都可從袁枚的文學與生平中找到材料來研究。大陸研究袁枚的學者，所發表的論文中，大部分出

　　　　（哲學社會科學）》（第二十三卷第一期，2002 年 2 月），頁 18～25。

〔註 49〕 請參見：

　　　王英志撰，〈袁枚「一造三改」隨園考述〉，《中國典籍與文化》（第三十九期），頁 109～115。

　　　李曉光撰，〈隨園故址考辨〉，《東南文化》（第五期，1999 年），頁 96～99。

〔註 50〕 以上筆者對袁枚的相關研究，作一大約的分類，並引用一些資料當代表。王鐿容對於前賢學者們的研究亦有介紹，且他的研究論文，是臺灣學者目前對袁枚詩話較新的研究資料。請參見王鐿容撰，〈傳播、聲譽、性別──以袁枚《隨園詩話》為中心的文化研究〉（國立暨南國際大學中國文學研究所碩士論文，2002 年），頁 10～11。

〔註 51〕 同註 37、註 38。

自王英志先生之手。王氏在學術上對研究袁枚的重大貢獻，在於 1993 年校編出版的《袁枚全集》，此書一出嘉惠欲研究袁枚者良多。1993 年以後凡研究袁枚之學者，所引用文本參考資料，均引自《袁枚全集》。在大陸地區王氏是研究袁枚的大家，他對袁枚研究的深度與廣度實無多人能出其右。王氏其它有關袁枚之著作有：《性靈派研究》、《袁枚傳》。此外王氏還在大陸地區之《文學評論》、《文藝研究》、《文學遺產》等數十家學術刊物發表論文，在 2002 年5 月王氏將其對袁枚之相關研究，集著成《袁枚評傳》一書。此書對於後人之研究，提供重要的參考資料來源。書中研究所及有：（一）康乾盛世江南文化思想概略。（二）求學應試。（三）出仕從政。（四）歸隱隨園。（五）主盟詩壇。（六）性靈派主將。（七）晚年紅粉青山。（八）著作考辨。（九）思想基礎：三分孔、孟二分莊。（十）思想學術批評。（十一）生死觀與飲食觀。（十二）詩論與詩學批評。（十三）詩歌創作。（十四）古文觀與古文創作。（十五）小說觀與《子不語》的思想價值。（十六）深遠影響。筆者在王氏的研究基礎上，展開觀察袁枚的視野，而進行本論文之探究。

從不同的角度研究著袁枚，對袁枚的文學作品進行詮釋，待這些不同觀點的研究論文匯聚在一起，期能對袁枚其人與文學，更清晰深入的了解。

五、研究觀點與面向

王英志先生在《袁枚評傳》中，言及袁枚詩中有以病為詩的部分，王氏並沒有針對此部分專門研究，他只是輕言帶過〔註 52〕。筆者以為，在「生命危機」的脈絡下，袁枚病中為詩的部分，就成為一類值得關心的文學資料。袁枚自挽文學與病中詩二部分，與他個人的生命危機的處理關係密切，再則他的筆記小說《子不語》與《續子不語》，表達袁枚自我的生死觀，並一定程度影響著他臨終前的詩作心境。

筆者在諸多前賢的研究基礎上作研究，在研究的取材上，筆者找到二類袁枚的文學作品──病中詩、自挽文學，幾無前賢學者專門探究。再選擇袁枚的筆記小說《子不語》與《續子不語》作探究〔註 53〕，小說中表述著袁枚

〔註52〕王英志先生云：「描摹生活瑣事如〈齒痛〉〈染鬚〉這類無聊的作品，亦是不值一曬的。」同註 8，頁 522。

〔註53〕前賢學者對袁枚小說的研究偏重在兩性關係、故事類型、鬼神觀、故事取材、冥律等方面的研究，筆者以故事中袁枚闡述的道德世界與情欲世界互動關係，且從其兩個世界交織而成的生死觀，作觀察研究，以別於前賢學者。有

自我的生死觀，這與病中詩、自挽文學可以合併觀察。此三類袁枚文學作品的取材，可由袁枚個人的「生命危機」，將三類文本材料聚攏起來。透過袁枚這些文學作品，觀察袁枚生死書寫的文學現象。

就論文主要的研究面向簡述如下：

（一）「面對疾病」的研究面向：筆者用疾病敘述的角度來觀察袁枚病中詩，把袁枚當作一位病患，他在生病期間，留下的文字敘述，是對病情的敘說與心理的感觸。從此類文學作品中，可找到袁枚顯露的自我形象。雖然身體患病，但袁枚並沒有因此停下他的文學創作，袁枚一直展現著文才。同時亦將自我對物與情的眷戀，抒發在病中詩的字裡行間。一種對病中孤獨的填補，在病中透過文學創作，與友人的探視、詩唱和往來，延伸了病中的觸角，得到生理與心理的滿足。病中詩的內容，有時袁枚卻用遊戲狂放的心態創作，或用一些矛盾的語言作詩。袁枚在病中戲談生死來去之想法，有時令人覺得他是位豁達之輩；有時又讓人覺得他爲情牽纏。他這樣反覆不定的病中詩語言，更引誘人想去一探矛盾背後的眞相。

（二）「面對死亡」的研究面向：袁枚病中詩，詩中對於生死的看法，已在蘊釀與成形。袁枚因爲病而使他對於生命死亡更切身，袁枚的自挽文學作品，就是對死亡而作的，所以此部分的文學作品與生死學脫不了關連性。袁枚的自挽文學與陶淵明的自挽詩有相當的淵源，尤其袁枚特別作不飲酒詩，與陶淵明的飲酒詩互別。袁枚特意凸顯與淵明的相異處，二人呈現截然不同的人生觀與理想。袁枚的自挽詩與告存詩，均是有感生命臨終告別之作，然八十自壽詩是以「生」爲慶之詩。可是袁枚自壽詩的作法，卻是在賀壽的詩題下，呈現類似於自挽口吻的寫法，有著一生回憶的點滴與光榮在其中。袁枚在作自挽詩與告存詩，心中已準備迎接死亡，但自壽詩雖有自挽意味，可是袁枚的心中存著就算是死，他仍企盼心中的眷戀能夠持續，他的眷戀是什

關兩性關係的研究，請參見吳聖青撰，《《閱微草堂筆記》與《子不語》中兩性關係研究》（中國文化大學中國文學研究所碩士論文，2000 年 10 月）。有關故事類型的研究，請參見吳玉惠撰，〈袁枚《子不語》研究〉（東海大學中國文學研究所碩士論文，1988 年 12 月）。有關鬼神觀的研究，請參見張瓊分撰，〈乾嘉士人鬼神觀試探——以紀昀、袁枚爲中心〉（國立清華大學歷史研究所碩士論文，2000 年 6 月）。有關故事取材與冥律的研究，請參見馮藝超撰，〈《子不語》的成書、取材來源及創作態度試探〉，《國立政治大學學報》（第六十九期，1994 年 9 月），頁 123～140。馮藝超撰，〈《子不語》中冥界故事研究〉，《中華學苑》（第四十四期，1994 年 4 月），頁 209～233。

麼呢？他不願意失去什麼呢？袁枚爲何到處向人索「自挽」、「告存」、「自壽」詩的和詩呢？他如此積極進行和詩的文學活動，難道他的心中是害怕死亡嗎？還是袁枚另有用意？實讓人好奇想一窺究竟。

（三）「面對怪力亂神」的研究面向：袁枚的筆記小說，在該書的序言裡，他自言作此書的目的，是爲了自娛。然細觀此書，並不像袁枚所說的了以自娛的創作動機而已，若只爲自娛，書中的生死觀怎可能有序地自成一具體見解呢？袁枚在小說中提倡自己的情欲觀，發表對認同情欲自由的看法。小說採用道德與情欲事件同時呈現，在二者的互動拉鋸間，袁枚認爲應有的分際，是三分理七分情，情欲的所佔的成分，顯然越過了道德，但是書中的道德勸化立場仍是堅定的，因爲情欲世界要生存，必須有最基本的道德良知來鞏固，人類的社會群體性才能維持。道德與情欲世界要以袁枚所要的方式存在，似乎得合乎袁枚架構在小說故事中的生死觀。可看出袁枚在小說中，利用上帝、神的口吻，表述自我的觀點，分明當自己是主宰者，把自己所要傳達的情欲見解，適意地馳騁在故事的情節裡。小說中袁枚所架構的生死觀，是幫助自己安於情欲自由之生活。袁枚在小說裡的「道德的世界」與「情欲的世界」，到底架構了怎樣的生死觀，才符合袁枚心中的理想呢？

（四）附帶一提的是，本論文之附錄一文「眷戀美色——袁枚詩作中的情欲主體意識初探」〔註54〕：盛清時期主張性靈說的詩人袁枚，他的詩才豐富性，正如他情感的多采多姿一般。他曾被評論言：「其人與筆兩風流，紅粉青山伴白頭」。袁枚詩作中關涉其與同性或異性間情感之詩，留下相當多的紀錄。處在明清時期著重文人「主體意識」的潮流中，袁枚力倡性靈說更是此潮流中的佼佼者。文人重視個體生命的個性化展現，其文學作品與其性格傾向或嗜好，想必是息息相關的。

針對袁枚與同性或異性愛戀情感，所抒發之詩作作分析，以觀察袁枚爲兩性情感所作詩的創作動力來源，透過此探究，筆者試圖瞭解袁枚因風流情感而作的詩，其所呈現個人情欲主體意識的樣貌。袁枚在詩作中所體現的情欲主體意識，與筆記小說裡所寄寓的，成相呼應現象。個人情欲的觀感，與生死觀有相關連。人對死執著不捨，可能是對情欲的眷戀。眷戀愈深者愈怕

〔註54〕〈眷戀美色——袁枚詩作中的情欲主體意識初探〉一文是筆者之舊作，因與本論文主題有相近之處，故置於論文附錄以供參考。此篇小論文，已通過中正大學中研所碩士專班論文集刊之內外審查，准予刊載，待編輯後印行。請參見本論文附錄二，頁 220～249。

死，反之則懼死的程度減弱。筆者以爲「眷戀美色——袁枚詩作中的情欲主體意識初探」與本論文主題有相近之處，故置於論文後當附錄以供參考。

　　筆者對「面對疾病」、「面對死亡」與「面對怪力亂神」等三個研究面向的探究，袁枚的病中詩與自挽詩、告存詩、自壽詩中的生死見解，與筆記小說中的生死看法有著怎樣的牽連？意味著袁枚的生死書寫，在詩與小說中有共通的生死看法嗎？袁枚最終面對死亡的心態如何呢？他的生死書寫可見其對「生死」的有待，袁枚相當重視「生」的價值，爲自己形體消失後，留下傳世的文學作品與隨園的一景一物，供後人睹物或閱讀文學作品，再次重現自我的身影。於「人人有死何須諱？都是當初死過來」的說法中，又見袁枚對生死的自恃。如此面對生死兩端的心態，眞讓費疑猜。袁枚利用與「生死」有關的文學作品或話題，造成他個人在隨園文學人際群中的偶像魅力，筆者試著藉助羅蘭・巴特的《神話學》來解讀，袁枚於此部分文學中的一些二元現象。

　　筆者所採用袁枚文學作品資料的引用，是根據王英志先生所考證編纂的《袁枚全集》〔註55〕，觸及的觀點包含：生死學、疾病敍述、心理學、神話學，由於筆者才疏學淺，對於方法理論的使用不敢妄談，就論文分析所需而作觀點上的借鏡引用而已。本論文共分：「緒論」、「面對疾病」、「面對死亡」、「面對怪力亂神」、「結論」五部分。附錄二一文「眷戀美色——袁枚詩作中的情欲主體意識初探」因與主題相近故置入。

〔註55〕請參見王英志編，《袁枚全集》（江蘇：江蘇古籍出版社，1993 年 9 月初版），總共有八冊。

貳、面對疾病：病中詩

一、前　言

　　1972 年文學首度成為美國醫學教育學程科目，醫學院出現文學與醫學的專任教授，截至 1998 年為止，全美國至少已有 74% 的美國醫學院開設文學與醫學的課程，其中半數以上的學院將其列為必修科目。近年來有越來越多的各級醫學生、住院醫師以及開業醫師參與文學課程相關的工作坊。疾病敘事與疾病誌除了成為文學研究的類型，也出現了學術期刊與專業社群，在大學裡擁有研究生和訓練課程，被期許為臨床醫學文化創造一種轉向（或重構）的可能性。疾病的文學敘述可以提供作瞭解病患生命具體而有力的學習材料，閱讀偉大的醫學文學作品能夠讓臨床家認識醫療行為對個體巨大的力量；透過對於疾病敘事的研究，臨床醫師得以切中疾病個體的故事，敘事倫理方得以實踐。傳統經典和當代各種不同臨床情境下新的書寫，包括小說、詩歌和戲劇都值得再現成為人文醫學的文本，交由病患和臨床醫師閱讀。〔註1〕

　　人個體生命的階段，都脫離不了生、老、病、死四個階段，也就是任何人都得經歷這般的生命歷程。這些生命階段的經驗，會為自我的生命歷史留下各樣的紀錄，就文人來說，紀錄的型式應是以文學的書寫方式來表達。袁枚既是盛清時期的文人，亦是倡性靈詩說的主流大家，對文學中表達生命的真實情感是非常在乎的。在他生病期間詩的創作用心是真切動人，筆者找出

〔註1〕詳細內容請參見李宇宙撰，〈疾病的敘事與書寫〉，《中外文學》（第三十一卷第十二期，2003 年 5 月），頁 51。

的數量約有六十八首。這些詩作橫跨袁枚人生期間，是從二十七歲至八十二歲，共有五十六年的歲月。若以病人的病歷資料而言，這些詩可說是袁枚「疾病誌」構成的重要部分，因為這是他留下來的資料，唯一可查索的文字紀錄。依李宇宙先生言：

> 疾病誌寫作即是敘事行動的一種，旨在描繪疾病、治療、甚至死亡的經驗，嚴格說來是傳記或自傳體的次文類，一種關於「我」的書寫。……以一種人類的共通經驗而言，疾病的影響一直是文學書寫的對象之一，然而將此種經驗超脫出其他人性特質而作為書寫的對象時，疾病就被賦予了特殊的含意：它不僅是個人因外界病原或內在體質而進入某種脆弱狀態的表稱而已，還是觀照個體內在或自然社會的縮影或反射。人在處理疾病時情緒反應、行為表現一旦成為書寫的對象時，所有藏在「人」這個指稱背後的巨大力量也就相應地自潛伏的陰影中浮現。易言之，疾病的書寫不但跳脫出傳統文類的範疇，而進入了更大的、社會性的架構中。〔註2〕

這樣的見解似乎是把疾病的文字書寫，假設在其背後有隱喻性存在，這就是為生命階段留下的見證資料。當它成為文學性的書寫時，就會有文學性的隱喻功能，因此我們觀察這些文人病中的文學書寫，是可以見出文人對生命的認知，亦可以從其文學書寫中看出當時的時代環境背景，與時代環境背景對文人的影響。

袁枚對自我的主體意識呈示於文學創作中，其用意是強烈的。袁枚云：「作詩，不可以無我，無我，則剿襲敷衍之弊大。」（《詩話》卷七，頁216）在此處袁枚就將自己立場表明的很清楚，文人的主體意識「我」在文學作品中是必要的條件〔註3〕。因此袁枚對於自己心中所認知的事物或是觀點，他

〔註2〕 請參見李宇宙撰，〈疾病的敘事與書寫〉，《中外文學》（第三十一卷第十二期，2003年5月），頁53。

〔註3〕 中研院中國文哲所研究員王璦玲女士所言：「個人對於自身存在之自覺與認知，而此種自覺與認知使得自我面對客體時，成為一個價值之反省者與行動之決定者」。請參見，「『明清文學與思想中之主體意識與社會』國際學術研討會」中央研究院中國文哲研究編《中國文哲研究所通訊》（第十二卷第四期，2002年12月），頁3。從以上所言，可瞭解到主體意識是表示著，個人對自我的認知，當「主體意識」成為人們、藝術家、作者等的判斷依據的時候，一切的存在會有意義，都是因為認知的人認為有意義時，這時意義才是真實的。在人的主體意識成型時，他的心中在面對客體時，自然有其心中預設的

都會表露於文學中，這可以讓讀者，閱讀起袁枚的文學創作，就好像在翻閱袁枚的生命生活史一般。在袁枚一生中小病不斷，而大病跟著，與身體的疾病對抗共存，在這段歲月袁枚留下了文學的紀錄，也表達自己的生命觀點。袁枚曾自我憐惜說：「自憐生性像梧桐，一到秋來便改容。」（《詩集》卷三十二，頁 791）此話出於〈病中作〉一詩，可感受到袁枚對自己身體疾病的無奈，他用了文學的手法將自己的病與秋天的季節結合，除了自己常逢秋天時節生病的週期性〔註4〕，另就一年四季而言，秋天對萬物來說是生命力較弱的時期。以生命的時序而言，是一個接近尾聲的前奏。病與死像是孿生兄弟，人在病中似乎對死亡的思索會較有機會碰觸，袁枚就是一個例子，他與疾病是纏綿到死的。

以下就對袁枚生病期間所作的詩，進行剖析，來了解他面對生死時的想法，與病中詩的書寫所呈現的認知：

二、病中情感的需求

袁枚在他的生病期間，他仍是創作不斷，意旨著他為詩之才能，不是生理的疾病就能阻止其才華的展現。袁枚這類性靈派的詩人，利用人生的生活體驗與情感的感受，在每個人生的細微轉折處都可入詩的。正可顯示袁枚性靈詩的範圍寬廣。袁枚在他的病中詩提及：「自從一病餘，聞聲輒掩耳。甚至妻孥，揮手亦不理。自知大不祥，老身殆休矣。誰知理舊書，欣欣色尚喜。偶作病中詩，高歌夜不止。推敲字句間，從首直至尾。要教百句活，不許一字死。或者結習存，餘生尚有幾？」（〈答東浦方伯信來問病〉《詩集》卷三十七，頁 924）袁枚在病中，對自己的妻兒都可不加理會，也無啥樂趣可言。唯一能讓他稍展歡顏的，就只有整理自己昔時所作的詩，才能讓他吟詩歌唱到深夜。令人覺得一個病人，在極不舒適之下，盡量避開人群的干擾，進行詩的創作，或許這樣的專注能轉移生理的病況吧！不可思議的是，他對病中創

考量，也就是所謂生命個體的「理想」。

〔註4〕 袁枚曾在其詩中多次說明，他常在秋天時生病的情形，可見於袁枚云：「無秋不病中年後，有酒重歌碧月天。」請參見〈病起對月〉《小倉山房詩集》，卷十四，頁 264。袁枚云：「病每防秋先自怯，天如成例不姑容。」請參見〈又病〉卷十五，頁 295。袁枚云：「衰年一病先防死，騷客三生最怕秋。」請參見〈瘧〉卷二十六，頁 568。袁枚云：「九月芙蓉開滿園，病夫無福倚欄杆。」請參見〈園中芙蓉盛開病中不得見，戲題一絕寄調章淮樹太守、家春圃觀察、香亭別駕〉卷二十六，頁 568。

作詩，並不會因爲生病，而對詩的水準要求降低，反而是自我要求甚嚴的「推敲字句間，從首直至尾。要教百句活，不許一字死。」如此所要花費的心力更多了。這種的能力激發，是袁枚受到死亡焦慮的影響產生的〔註5〕，所以他才說：「或者結習存，餘生尚有幾幾？」這詩是袁枚在他八十二歲時所寫的，他已深刻的體會到自己的大限或許將至，所以他對所剩時光的珍惜與把握，將自己作詩的才華，留下一美好呈示。

　　袁枚曾自我肯定的說過，每當自己生病時，常會有作夢的情形，且常在夢中有所靈感，有奇妙的詩句浮現，於是他就將這樣的天來之筆，在夢醒後創成完整的詩。有詩序云：「余病中每夢得奇句，醒輒忘之。今年痁作熱甚，似有霞帔者持紙求詩：余書『萬樹接天風掃海，一人手結虹霓帶』云云。其結句云：『瑤妃浴罷天河窄。』熱退僅憶此三句，似非人間語，爲足成之。」（〈病中作〉《詩集》卷十四，頁 262～263）袁枚利用病中，作夢的機會較平時爲多，用這種潛意識乍現所得到的妙詩句，配合袁枚的詩才，創組成詩：

> 萬樹接天風掃海，一人手結虹霓帶。黃金梯滑升天行，鳳凰挽臂星辰迎。風裳飄飄拜玉宇，口含北斗與天語。天上美人半故人，素手拈花相爾汝。王母微笑不掉頭，痴龍小謫三千秋。雲窗奏事不甚解，略聞海水西南流。宮漏簌簌天鼓急，金輪影逼扶桑直。三十六宮珍珠明，瑤妃浴罷天河窄。（〈病中作〉《詩集》卷十四，頁 262～263）

袁枚趁甦醒時，對夢中猶有所記憶，將其隻字片語作成一首詩，確實是有難

〔註5〕Robert 云：「同一個人有時候可能把死亡當成是其他的現象的一種象徵，有時拿死亡來開玩笑：有時故意忽略死亡：有時客觀地思考死亡的問題：有時用幻想的方式思考死亡：有時抗拒和死亡有關的問題，有時則拒絕去想死亡以外的問題。同樣地，這個人也可能同時對死亡感到害怕、無聊或是好奇：或把它當成存在的神祕中心：或感到異常平靜，暫時卸下那個在宇宙中追逐希望和計畫的小我的包袱，而絲毫不覺得受到威脅。」此段所言，人面對自己的死亡時，每個人所產的反應及應對行爲，會有各式各樣的情形，甚至同一個就會產生多種同時存在多種反應及應對行爲，這可能就要由該個體生命，對自我生命存在的認知，以及對死亡所抱持的觀念。有時候一個人的一生中面多次臨終感受時，並不能肯定他每一次面對自己的死亡焦慮時，所作的反應及應對行爲都會一致。筆者這裡所指的是，袁枚詩才展現更被激發的情形，只是袁枚面對死亡焦慮，所產生的各種反應與應對行爲的其中一種。請參見 Robert Kastenbaum 著，劉震鐘、鄧博仁譯，《死亡心理學》（臺北市：五南圖書出版有限公司，2002 年 8 月初版三刷），頁 174～175。

度。但袁枚仍能將其構思成一首詩，若無詩才，要完成如此的任務是不易的。

以道家老子對人生欲望的看法是：「何謂貴大患若身，吾所以有大患者爲吾有身。及吾無身、吾有何患。」〔註6〕以老子的觀點人爲何會有一些多餘的煩惱憂苦呢？主要是因爲人有了這個軀體生命，人爲了去滿足這個軀體生命，而有了種種的欲求。如果人沒有了這個軀體生命，那麼對於欲望的追求，就會消失了。老子旨在告訴人們要清心寡欲，才能免除欲望所惹來的多餘煩惱。反過來想，人存活在這世上就少不了有欲望，除非人死亡，否則欲望大都是如影隨行地伴著我們。今天當人們面對死亡時，也就意味著自己的欲求即將失去，所以一個重視現世價值的人，相對的就會把握生命還在時，盡力完成自己的欲求。

袁枚在病中詩有對欲求堅持的現象，此處筆者所要討論的著重點，在於袁枚病中寄情於物與人情交流。以下就分別論述之：

（一）寄情於物

袁枚的詩中，以物爲題材的詠物詩，不在少數。舉凡隨園中的二十四個景物〔註7〕、玉、鏡、簾、床、燈、扇、尺、杖、帳、香、風帆、馬鞭、古樹、石、劍、鐘、舟、楊、桃花、梅、書……等。袁枚莫不將其情感投注於上頭，發而爲詩。他曾作了〈惜玉詩〉：

> 序：余性耽古玉，得復散去。最者瑗一、璧二、玉蟬四、田莞印一觽一、兔一、琫二。客夏爲利市三倍，又都決捨，僅留翁仲、斷珈、環玦、李騰印、瓚柄而已。宋李伯時有此癖，共璜琥一十六雙，散於身後。然則余達或過之，而好猶未也。思往念存，詩能已乎？《得寶歌》殘曲一章，摩挲銅狄尚思量。萬般聚散前緣，何必瓊瑰立數行！物縱無情我有情，殘花剩蕊更分明。公卿莫笑階趨慢，玉珮瓊琚自一生。（《詩集》卷十一，頁 209）

袁枚將自我情感或是意識加附在物上，是將「我」的範圍延伸到物上。看到這些物，處處可感自我形象在其中。甚而將物吟詠成詩，更是把這份情感深化在心中。黑格爾云：「詩人能深入到精神內容意蘊的深處，把隱藏在那裡的

〔註6〕請參見王淮注釋，《老子探義》（臺北市：臺灣商務印書館股份有限公司，2001年6月初版第十二次印刷），頁 53～54。

〔註7〕請參見《小倉山房詩集》，卷十五，〈隨園二十四詠〉，頁 298～303。

東西搜尋出來，帶到意識的光輝裡。」〔註8〕意味著詩人的詠物，不是能草率行之的，非得有一番深情才能成詩。

袁枚一生中喜愛的物（包含景）都在隨園裡，袁枚在自然山水中遊歷與參訪他人的園林後，大都盡力將自己所賞愛的物與景納入隨園中。而且他平生也投下精力去建造與經營隨園，看遍各處美景，袁枚仍是對隨園中的物景情有獨鍾。他有一首詩云：「柳漸芊綿水漸波，隨園此際好烟蘿。桃花千樹開如雪，讓與漁郎看得多。」（〈路上憶隨園桃花〉《詩集》卷三十，頁676）。據王英志先生說：

> 隨園以自然山水為依據，再構建人文景觀，二者渾然一體，十分和諧。自然山水固然清幽迷人，人文景觀亦典雅怡神。其大體布局與基本建構如下：小倉山西側有室曰「夏涼冬燠所」，為袁枚讀書握管之地。此室夏日南窗外，有習習涼風，人暑熱頓消；冬日木架上有銅爐升火，溫暖如春。隨園西端為「小眠齋」，階前疊石為芍藥臺，香氣襲人，花光醉容，為隨園二十三間房屋中最僻靜之所。此外有「書倉」，為書庫，藏書多時達三十萬卷；有「琉璃世界」，室內有榻有几有櫥有架，架上陳列印章圖書；有「南軒」，中藏小倉山房全集之版，平時關閉；有「詩城」，沿西山一帶築數百步長廊，盡糊貼友人投贈、題壁之詩，多達數萬首；有「詩世界」，用于儲藏海內投詩者之詩稿，堆如山積。還有「捧月樓」、「蔚藍天」、「因樹為屋」、「南臺」、「綠曉閣」等，皆各有特色。房舍之外，則有不少亭軒點綴于山水之間，環境顯得幽雅而舒適。例如：「柳谷」……此外還有「制花軒」、「半山亭」、「回波閘」、「藤花廊」、「山上草堂」、「雲松亭」、「天風閣」等景觀，真有《紅樓夢》大觀園的意味。〔註9〕

袁枚如此苦心規劃自己的園林，生活在自己創造的理想國中。這些在在都有袁枚的身影在上頭，可說是袁枚自我生命延伸在物景上。人的個體生命是屬於小我，一旦延伸寄予在其它東西上，小我的世界就拓展開成一較大我的領域。可是當袁枚生病期間，他是否仍是心繫著身外之物呢？

有詩云：「故人旌節駐三吳，肯辱高軒為病夫。……鴻飛碧海烟波淡，雨

〔註8〕請參見黑格爾著，朱孟實譯，《美學》（四）（臺北市：里仁書局，1983 年 3 月），頁 44。

〔註9〕請參見王英志著，《袁枚評傳》（南京：南京大學出版社，2002 年 5 月第一版第一次印刷），頁 152～154。

過黃梅木葉粗。更有閒情談玉石，問君曾得水蒼無。」（〈謝吳令魏濬川問病〉《詩集》卷七，頁110）袁枚在病中，與友人寄詩往來間仍不忘談論玉石，對玉石的關愛之心不減。除此之外袁枚對於他一手所創設的東西，極其深心珍惜，在病中仍不褪其關懷之情。有詩云：

> 序：余山居五十年，四方投贈之章幾至萬首。梓其尤者，其底本及餘詩無安置所，乃造長廊百餘尺而盡糊之壁間，號曰「詩城」。

> 十丈長廊萬首詩，誰家門富敢如斯？請看珠玉三千首，可勝珊瑚七尺枝？推襟送抱好辭章，四海風人聚一堂。不待恭王來壞壁，早聞絲竹響宮牆。不用烏曹磚一片，不須伯鯀造成功。但教詩將文房守，四面雲梯孰敢攻！城下梅花千樹栽，羅浮春到一齊開。參橫月落群仙降，定與詩魂共往來。（〈詩城詩〉《詩集》卷三十七，頁922）

此詩袁枚作於八十二歲的生病期間。詩城是袁枚一手所創立的，從詩中可看出袁枚相當滿意自己如此作為，亦同時肯定詩城的價值。這面牆聯繫了很多作詩的同好友人，對於選詩糊貼於牆上，完全取決在袁枚的手中，所以袁枚握有選詩的主導權。雖然在病中他無法掌控自己的身體康復自如，但是這詩城的詩完全在袁枚的掌控中。或許藉此來彌補自己在生病中的缺憾吧！滿足自己對事物掌控的欲望。

　　袁枚病中對無生命物的惜愛是有的。那關於自然景物的部分，亦關心嗎？有詩云：「久已東風到若耶，千枝香雪未橫斜。寒梅似為居停病，忍住春寒緩放花。兒童走報蕊初含，待到花朝賞尚堪。我欲杖藜扶病起，巡簷一笑死猶甘。」（〈憶梅〉《詩集》卷三十七，頁911）這裡所指的梅是隨園中之梅，袁枚對梅的喜愛是「我欲杖藜扶病起，巡簷一笑死猶甘。」深情款款動人心弦。袁枚對山水遊歷之心，一直都是熱摯的，病雖稍好，就迫不及待安排自然之行。有詩云：

> 仙衣化蝴蝶，蝶去不我親：梅花化美女，無花空有村。明知古人語，渺茫難具論。奈已書上見，未免胸中存。參橫月落時，沈思欲斷魂。擬扶綠玉杖，一問黃野人。羅浮四百峰，所踏都可數。只有飛雲嶺，吾衰勇難賈。此處號洞天，佳名震千古。其實幽敻處，拔十僅得五。……倘取名山圖，品題甲乙譜。吾將不帝秦，詎肯中分魯！且吟詩數章，庶免嘲啞虎。（〈病起游羅浮得詩五首〉《詩集》卷三十，頁698~699）

袁枚的閒情逸緻，幾乎不受病的阻撓，除非是死而後已，否則對遊山玩水就是樂此不疲。病中偷閒是袁枚擅長之事，有詩云：「嫌忙翻愛病，借病好吟詩。細雨苔三徑，春愁笛一枝。日長衛放早，官懶吏來遲。看見閒中物，游絲及地時。」（〈借病〉《詩集》卷三，頁 42）借病可推掉一些人情事故與暫時放下手頭的工作，得到一短暫的寧靜。只要自己的心想開，病時是一不錯的時機。不過袁枚認為自己的閒，是能做自己想做的事，而不被干擾，盡情的做著讓自己快活的事。

含有精神與物質特性的書籍，亦是袁枚病中不可或缺的部分。生理的病既無法預期與免除，那精神食糧，就可由自己自在的汲取，這樣或許可平衡一下生理與精神之間的關係吧。有詩云：

> 百病可決捨，惟書最難別。欲重溫一番，桑榆景太迫。翻經恐遺史，讀子慮思集。追思購買時，千金不顧直。簡斷為搜全，編殘替補。精華多手抄，驅使當吏卒。旦夕與綢繆，丹黃與甲乙。幾枝蠟燭光，幾點心頭血。子孫未必知，蠹魚或能說。今朝大整理，吾生萬事畢。懶寫紙三千，自慚年八十。南朝沈麟士年過八十，手抄書三千餘紙。且喜書中人，九原盡羅列。不久即相逢，何須更私覿。（〈燈下理書不能終卷，自傷老矣〉《詩集》卷三十六，頁 889～890）

這首詩是袁枚在八十歲那年所寫，在寫這首詩之前他才剛生了一場病，有詩為證：〈病十月十八日〉：「一病原非死，年衰易吃驚。醫巫招幾輩，兒女坐三更。老樹風霜耐，閒雲去住輕。寒蟬雙翅在，依舊作吟聲。」（《詩集》卷三十六，頁 888）病後一有精神，就著手整理他的藏書，他所謂的整理不只是藏書外表紙張的修整，是包括對各類書籍的閱讀。他的閱讀是細讀，親手將書中的精華抄錄在紙上，是作讀書紀錄整理資料，這是袁枚嗜好閱覽群書的興趣。更令人覺得不簡單的是他曾在病中有詩〈病起〉云：「病起深知事虛，玉樓已去又回車。玉皇問我何留戀，尚有人間未讀書。」（《詩集補遺》卷一，頁 955）詩中袁枚以玉皇對他詢問的方式，來表達他若要離世了，他尚還有何可留戀不捨的呢？此處袁枚自答說「尚有人間未讀書」，可見袁枚對讀書之事甚愛之。

袁枚除了愛覽古今圖書外，他對自己的詩，自我賞識有佳。詩是袁枚情感的真心流露，袁枚作詩有個特色，他無時無刻無處無地不寫詩。一生創作了四千多首詩，閱讀自己的詩作，就像在觀看著自己平生的歷史般，令人回味無窮。他在病中亦常閱讀自己的詩集，有詩〈病中不能看書，惟讀《小倉

山房詩》而已）云：「病中何事最相宜？惟有攤書力尚支。悅耳偶聽窗外鳥，賞心只看自家詩。一生陳迹重重在，萬里游蹤處處追。吟罷六千三百首，恍如春夢有回時。」（《詩集》卷三十七，頁910）袁枚借著閱讀自己的詩集，回憶著生命歷程中的點點滴滴。作此詩時，袁枚身上患有嚴重的痢疾，對生命大限的覺知，應蠻深刻的。所以借詩集來回首他的平生，或許可慰藉自己此刻心中的些許不安。

（二）人情交流

袁枚一生重情感，他在病中對人情的浸潤，亦是在所多有。此處筆者所言的人情，包含男女或男男之間情感（包括夫妻）、師生（女弟子）間的情誼等。袁枚在生病中，多少會對死亡之事多想了一些。有詩〈不寐有感〉云：「老去神衰夜不眠，更籌數盡五更天。乞誰送入華胥國？一夢強於活一年。人生在世如雲耳，雲來雲去雲本無。生怕易來不易去，惡風攔阻在中途。」（《詩集》卷三十七，頁910）袁枚覺知自己年老病態，可能不久於人世，所以藉著雲朵的來去無常，象徵著人的生命，生死來去本是自如的。但是雲朵的來去自如，並非是一帆風順的，惡風是造成雲朵失去自由的禍首，這裡袁枚指的惡風，可能是橫在袁枚生命中的疾病。讓他像雲朵般自由的生命，處在來去不得自在的逆境。當袁枚意識到生命盡頭時的心中感受，並非如他口中所言的，生死來去自如，他仍有很多的放不下。其中就以他與人的情感，成為他此刻的依恃與不捨的承載。

1. 情　愛

王英志先生在《袁枚評傳》中評袁枚是位「風流好色」〔註10〕之人。這怎麼說呢？他除有元配夫人外，還納妾，如此他還不知足，更是「尋花問柳」〔註11〕與妓女們交往甚密。袁枚這般的喜好，一直到他老病時期，幾乎都沒

〔註10〕 同註9，頁158。

〔註11〕 袁枚云：「……別來十有五年矣，戌年七月，新娶鍾姬，忽生一子，一時戚友，爭為歡喜，道此事與程魚門得翰林相同。六十衰翁，學為人父，么豚暮鷁，相對迥然。追憶當時望我有後者，先慈而外，惟文端夫子，關切尤深，孰知皆不及于生前親見之。以故湯餅筵開，不覺一則以喜，一則以悲也。假我數年，古稀將屆，精神毛髮，逐漸頹侵。惟『臨水登山，尋花問柳』八字，一息尚存，雙眸如故。前年挈姬人子女，小住西湖，……俗人要壽，圖享浮世繁華：君子貪生，只望良朋聚會。世兄多情勝我，必同此纏綿焉。」請參見〈寄慶雨林都統〉《小倉山房尺牘》，卷四，頁77～78。

變。有詩〈病中贈內〉云：「宛轉牛衣臥未成，老來調攝費經營。千金儻買群花笑，一病才微結髮情。碧樹無風銀燭穩，秋江有雨竹樓清。憐卿每問平安信，不等雞鳴第二聲。」（《詩集》卷十八，頁366）看來袁枚生病時，才真切的感受到妻子的關愛，平時袁枚尋花問柳處處風流，他的妻子沒有在此時離棄他。反倒是在他病中關懷照顧，讓袁枚心有所感。說來這位隨園主人在病中有妻子照料，這樣的互動讓人感受到夫妻的恩義之情。袁枚年老時，生病次數頻繁，自己老邁遇妾病逝，更是憾恨。有詩云：

> 相依三十載，忽隔九秋霜。不是旁妻死，真如老友亡。寒溫資料理，起坐賴扶將。竟捨衰翁去，知卿也斷腸。勿藥原知好，其如坐視難。庸醫誇妙手，野菖當仙丹。苦叫聲猶應，頻摩體漸寒。幸無兒女戀，泉下可心安。（〈八月二十七日悼金姬作，哀其為藥所誤，故有第二首〉《詩集》卷三十三，頁816）

> 梳妝人去鏡臺涼，居士蕭蕭剩老龐。愁殺書齋行走處，定須經過畫眉窗。姊妹輪流慟未終，老夫遠避坐牆東。如何五體全衰矣，聽到啼聲耳獨聰？（〈九月三日又得二絕句〉同上引）

老人替人送終是一件令人極傷心神之事，金姬與袁枚相處為期三十年，二人之情感已超越了夫妻之情，如知心老友一樣。老病的袁枚照顧著病中的金姬，「寒溫資料理，起坐賴扶將。」可見情之深。袁枚面臨這樣的死別令他不捨，常見到家中的景物，想起金姬生前在家中的身影，又再陷入思念的情緒。袁枚的妻妾們姊妹情誼濃，金姬離世後，她們常思念不捨而哭泣，袁枚聽到哀慟之聲，亦受感染而情緒低落。

　　以上這二種狀況，一種是自己病中妻子用心照顧的恩義，一種是喪妾的心傷情難捨。表現出同甘苦的生命共同體情感，這種情是刻骨銘心的。

　　而妓女在袁枚老病時，卻是出現在助興上。詩〈三月二日〉云：「杖朝人被四方知，千里人來萬首詩。惹得衰翁心轉怯，牡丹開到十分時。……多謝吳娘金巨羅，為儂齊唱《百年歌》。曲終人散先生笑，又遇人間春夢婆。」（《詩集》卷三十六，頁875）這是袁枚八十大壽時所作詩。此詩之前他先作了一首〈八十自壽〉詩（《詩集》卷三十六，頁874）袁枚八十高壽有很多的友人，寄祝壽詩袁枚曾自誇幾有萬首來賀。在袁枚八十高壽的慶祝場合上，較令人驚異的是，妓女在家中齊唱「百年歌」的場面，妓女吳姬特別為袁枚張羅此事，他相當歡愉。自稱「衰翁」的袁枚，身體狀況並非安舒，八十大壽宴會

確實是喜事，「曲終人散先生笑，又遇人間春夢婆。」妓女們祝賀的陣仗，令袁翁袁枚展笑容。袁枚晚年沒有主動尋花問柳，但仍有一些與妓女相關的生活事件，不過這些事件大都是在袁枚身體狀況較平順時。這些好似袁枚生活中的潤滑液般，能暫且助興，因此投注的情感就比不上對妻妾的情感。對於妓女們情感較表面，對於妻妾們情感較深刻，雖然袁枚好美色，但能讓他有生死相依情意的，應是落在妻妾們身上。

在蔣敦復所撰《隨園軼事》中對袁枚與男色情誼的記載頗多，引用此處的資料，在於瞭解從他人的敘述中，可見到更真實的狀況。此書中〈手箚召歌郎〉、〈施曼郎〉、〈張郎〉、〈袁郎〉、〈尹文端公侍者李郎〉、〈許雲亭〉、〈孌童之自始〉、〈歌郎送別〉、〈吳下重逢兩供奉〉、〈金鳳〉、〈桂官〉、〈華官〉、〈曹玉田〉、〈吳文安、陸才官〉、〈乞釋修髮匠之歸束〉〔註12〕等諸篇是與袁枚好男色相關之內容。這些與袁枚同性相吸的男性，均是具有美色或是能為詩者，雖是有同遊同臥之情事，未必見得絕對有性關係，反倒是彼此間的相知相惜情感濃厚。由外在男性美色的吸引，而致情生，雖然情建立於彼此之間，但是情緣維繫並不長久，分分合合不定，所以產生思念或是死別的情傷，這些都促動著袁枚詩作的形成。

乾隆四十七年（1782），正當袁枚六十七歲時，於《小倉山房詩集》中就出現了一位新面孔劉秀才霞裳。他與袁枚是屬於男色交往情誼，袁枚為他而作的詩，是所有男色對象中最多的。〔註13〕

《隨園詩話》中袁枚對男色的闡述不在少數〔註14〕。在袁枚老病中還與

〔註12〕請參見王英志編，《袁枚全集》（江蘇：江蘇古籍出版社，1993年9月第一版第一次印刷）第捌冊，《隨園軼事》。所引《隨園軼事》的資料來源，依序為該書之頁6、頁8、頁17、頁18、頁18～19、頁19、頁56、頁56、頁57、頁77、頁77、頁77、頁78、頁78、頁89。以下的引註若再引用此書，僅列書名、頁次。

〔註13〕關於袁枚與劉霞裳二人男男情誼往來例子，請參見本論文附錄二，頁205～208。

〔註14〕袁枚云：「大司空裘叔度，時為庶常，云：『袁郎走馬出京華，折得東風上苑花。一路香塵南國近，芊蘿村是阿儂家。』『畫壁旗亭句浪傳，藍橋歸去會神仙。從今厭看閒花草，新種湖頭並蒂蓮。』蓋調余狎許郎也。」請參見《隨園詩話》，卷一，頁30。

袁枚云：「唐人詩話：『李山甫貌美，晨起方理髮，雲鬟委地，膚理玉映。友某自外相訪，驚不敢進。俄而山甫出，友謝曰：『頃者誤入君內。』山甫曰：『理髮者，即我也。』相與一笑。余弟子劉霞裳有仲容之姣，每遊山，必載與俱，趙雲松調之云：『白頭人共泛清波，忽覺沿堤屬目多。此老不知看衛玠，

男色保持聯繫的，只有劉霞裳一人。有詩〈謝霞裳寄藥方兼訊問病中光景〉
云：「多謝良朋寄藥方，教將病態說周詳。花經雨後香微淡，松到秋深色尚蒼。
鎮日翻書尋《本草》，幾番偷眼看斜陽。英辭妙墨三千卷，便是張衡不死床。
八十游山一杖支，童心猶似少年時。幸虧二豎來相訪，甚矣吾衰始得知。」(《詩
集》卷三十七，頁922) 劉霞裳與袁枚之間的情誼，除是師生外，還是同性間
的賞悅友誼。他們二人的往來共歷時十六年，二人之情誼應不薄。此首詩中
對二人男男情感的呈示並不明顯，反而是一種友人的關愛之情較濃厚。此時
病中的袁枚年事已高，他內心的熱情是與年少之時相若，但面對疾病覺知自
己生理機能確實今非昔比，免不了心有餘而力不足之憾。

2. 與女弟子之師生情

　　袁枚在八十一與八十二歲兩年間的詩作，《小倉山房詩集》卷三十六與卷
三十七裡病中詩頗多，可由本論文附錄一之「袁枚病中詩、自挽詩、告存

誤謗看殺一東坡。』請參見《隨園詩話》，卷二，頁46。

袁枚云：「高明府繼允有蘇州薛筠郎，貌美藝嫻，賦秋月云：『風韻亂傳杵，
雲華輕入河。』旅思云：『如何野店聞鐘夜，猶是寒山寺裡聲。』曉行云：『並
馬忽驚人在後，貪看山色又回頭。』皆有風調。筠郎隨主人入都，卒於保陽。
高刻其遺稿，屬餘題句，餘書三絕，有云：『絕好齊、梁詩弟子，不教來事沈
尚書。』請參見《隨園詩話》，卷三，頁97。

袁枚云：「蔡孝廉有青衣許翠齡，貌如美女、而夭。記性絕佳，嘗過染坊，戲
焚其簿，坊主大駭，翠齡笑取筆為默出之：某家染某色，及其價值，絲毫不
誤。」請參見《隨園詩話》，卷七，頁246。

袁枚云：「人有邂逅相逢，慕其風貌，與通一語，不料其能詩者：已而以詩見
投，則相得益甚。丙辰冬，餘遊土地廟，見美少年，揖而與言，方知是李玉
洲先生第三子，名光運，字傅天。問余姓名，欣然握手。次日見贈云：『燕地
逢仙客，新交勝故知。高才偏不偶，大遇合教遲。書劍懷憍侶，風霜感歲時。
慚予初學步，何以慰相思。』時予才弱冠，廣西金撫軍疏中首及其年：傅天
閬邸，先知余故也。丙戌二月，餘遊寒山，一少年甚閒雅，問之，姓郭，名
淳，字元會，吳下秀才，素讀予文者。次日，與沙門初同來受業。方與語時，
易觀手中所持扇，臨別，彼此忘歸原物。次日，詩調之云：『取來紈扇置懷中，
忘卻歸還彼此同。搖向花前應一笑，少男風變老人風。』秀才見贈五古一篇，
洋洋千言，中有云：『琴書得餘閒，判花作禦史。飛絮泥不沾，太清雲不滓。
多情乃佛心，汎愛真君子。禪有懽喜法，聖無緇磷理。所以每到處，風花纏
杖履。』乙酉三月，尹文公扈駕馬墜，餘往問疾，在軍門外，遇美少年，眉
目如畫，未敢問其姓名，悵悵還家。俄而戶外馬嘶，則少年至矣。曰：『先生
不識東興阿乎？阿乃總鎮七公兒。幼時先生到館，曾蒙贈詩。興阿和韻云：『蒙
贈珠璣幾行字，也開智慧一分花。』余驚喜，問其年。曰：『十八矣。已舉京
兆。』」請參見《隨園詩話》，卷八，頁277。

詩、自壽詩繫年」中看出，此時期的袁枚可說是既老又病。按照一般常理推論來猜想，此時袁枚對美色的欲求應減弱才是。筆者從袁枚這兩年間的詩作，發現他的行為，並非遠離美色的欲求。袁枚在人生的最後二年中，與其女弟子間的詩作，比這之前出現數量較多。這二年間共有十三首〔註 15〕，之前的八年間有九首〔註 16〕。袁枚曾在寫給他的女弟子的詩中云：「小池清淺像銀河，閒倚紅欄看綠波。晴日不愁游女少，美人終竟大家多。春陰似夢花都睡，積雨收聲鳥亦歌。寄予金閨詩弟子：幾時來訪病維摩？」（《詩集》卷三十四，頁 838）袁枚欣賞女弟子的觀點，亦有美色的品評部分。袁枚在八十一歲那年中也有關女弟子的詩作云：「出門納屨便行矣，歸里臨期轉黯然。不是伊桑戀三宿，只愁丁鶴別千年。賓朋心惜風中燭，祖餞筵開雪後天。更有金閨女弟子，牽衣捧杖倍纏綿。」（《詩集》卷三十六，頁 908）袁枚雖在老病中，但是一有與美色相伴或與之同遊，他都倍覺纏綿之情在心中。由此看來，袁枚在人生的晚年招收女弟子，並不只是單純的提倡婦女作詩的客觀用心而已，從袁枚與女弟子有關的詩作中，仍可找出袁枚好美色的主觀因素在其中。至於袁枚人生的最後二年間，與女弟子有關的詩作會較密集，可能袁枚老病期間無法自在出遊，或親身與美色相伴，而藉以與女弟子往來的詩作中，來滿足對美色的想像，或是與女弟子往來而有纏綿之感，更進一步地有情欲的懷想。〔註 17〕

〔註15〕《小倉山房詩集》，卷三十六，〈題姪婦戴蘭英「秋燈課子圖」〉，頁 877。〈題竹宜夫人「玉堂春曉圖」二首〉，頁 877。〈張素香校書以扇求詩二首〉，頁 878。〈寓佩香女士聽秋閣，主人未歸，蒙左蘭城，家岸夫分班治具。都統成公廙以詩來，同至焦山餞別〉，頁 893。〈佩香歸和〉，頁 894。〈駱佩香女士「歸道圖」二首〉，頁 903。〈題妙巾女子「瓊樓倚月圖」六首〉，頁 903。〈題歸佩珊女士「蘭皋覓句圖」〉，頁 906。〈題「天平攬勝圖」為珊珊女子作二首〉，頁 906。〈臘月十四日別蘇州還山作〉，頁 908。卷三十七，〈昨冬下蘇松喜又得女弟子五人〉，頁 916。〈歸佩珊女公子將余〈（擬）重赴鹿鳴、瓊林兩宴詩〉，以銀鈎小楷繡向吳綾，見和甘章，情文雙美。余感其意愛其才，賦詩謝之五首〉，頁 924。〈纖纖女子金逸〉，頁 929。合計共十三首。

〔註16〕《小倉山房詩集》，卷三十一，〈女弟子陳淑蘭窗前開紅蘭一枝，遺其郎君鄧秀才來索詩三首〉，頁 742。〈題浣青夫人詩冊五首〉，頁 760。卷三十二，〈題漪香夫人「采芝圖」附來書〉，頁 772。〈答碧梧夫人附來札〉，頁 783。〈謝女弟子碧梧、蘭友題「隨園雅集圖」三首〉，頁 788。卷三十四，〈京口宿駱佩香女弟子家七日，賦長句六章寄之〉，頁 837。〈小池一首再寄佩香〉，頁 838。〈題駱佩香「秋燈課女圖」〉，頁 845。〈二閨秀詩〉，頁 847。合計共九首。

〔註17〕袁枚云：「蘇州有女士，曰金纖纖，名逸。生而娟娜，有天紹之容。」請參見

　　在袁枚的《小倉山房詩集》中，依據王英志先生的校編，詩集是按其年譜所編，亦可視爲是依袁枚生命時序所編排的詩集。觀察此本詩集，可見袁枚與他的女學生之間，有詩歌的往返互寄、爲女學生題畫詩、與女學生有關之詩等，大都作於袁枚八十歲以後的晚年時期。王英志先生曾說：

> 隨園女弟子的生成不是偶然的，首先，有其時、地域、自身等經濟、思想、文化的原因。隨園女弟子大多具體生卒年不詳，但基本上是袁枚晚年所收，無疑是乾隆后期至嘉慶前期之人。這個時期雖爲乾隆盛世后期，社會開始走下坡路，但百足之蟲，死而不僵。特別是女弟子所生活的地區乃是以太湖流域爲中心的江南富庶地區，農業生產、手工業生產水平仍很高，尤其是商品生產的發展，帶來城鎮經濟的繁榮，社會也基本安定，市民生活尚可溫飽。這都促進了文化、教育的發展，激發了人們的文化需求。〔註18〕

如此的說法，表示袁枚招收女學生，自有其外在的形成因素，但是筆者欲探求袁枚自身內在的因素爲何？晚年的袁枚爲病所纏，此時期招收女弟有其生命上的意義。從此時期，與女學生有關的詩作觀察，袁枚內心有著某種需求正在被填補。有詩〈昨日冬下蘇松喜又得女弟子五人〉云：「夏侯衰矣鬢雙皤，桃李栽完到女蘿。從古詩流高壽少，於今閨閣讀書多。畫眉有暇耽吟詠，問字無人共切磋。莫怪溫家都監女，隔窗覷老東坡。」（《詩集》卷三十七，頁916）

　　詩中袁枚雖有自認垂老的語氣，但是他心中的自恃，仍有對老的抗抵之念。這可從「桃李栽完到女蘿」、「從古詩流高壽少」這二句詩看出，袁枚自恃地言其除收男學生外，他還招了女學生。還自比於往昔的詩人，很少有像自己這麼高齡的詩人。詩的意境中，袁枚利用詩爲自己營造了一個偶像的形象。他說自古來女性讀書作詩的人少，但是今日女性讀書的情形就多了。據

〈金纖纖女士墓志銘〉《小倉山房（續）文集》，卷三十二，頁587。袁枚云：「女弟子席佩蘭容貌媒娜……以小照屬題，余置袖中，……佩蘭小照幽艷，余老矣，不敢落筆，帶至杭州，屬王玉如夫人爲之布景，孫雲鳳，雲鶴兩女士題詩詞，余跋數言，以志一時三絕云。」請參見《隨園詩話補遺》，卷八，第十一條，頁767。由這二處資料來看，身爲老師的袁枚，對於自己的女學生，竟毫無避嫌地讚美女學生的姿態美色，可見袁枚對人情欲的表現，只要是順其情欲自然地表現，並無對象差別的，這一點雖是打破傳統禮教對情欲的約束，但是又隱約透露出男性的自以爲是，對女性的不尊重。

〔註18〕同註9，頁268。

《列朝詩集・閨集》、《清代閨閣詩人徵略》、《歷代婦女著作考》、等書所載〔註19〕，在袁枚所處的時代，文人招收女學生的風氣是存在的。清朝中葉，婦女們在時空環境允許下，有空暇的時間可以讀書吟詠詩歌。然袁枚認為婦女作詩，無對象可以分享彼此的詩作，這樣作詩或許會較封閉。因此袁枚在詩中認定，這些閨閣婦女作詩，應是要有同好與之互相「共切磋」。詩的最後，袁枚終於將此首詩的意旨表明了，「莫怪溫家都監女，隔窗覷老東坡。」一個令閨閣婦女們學習的偶象，被聚焦出來了，就是「夏侯衰矣鬢雙皤，桃李栽完到女蘿。」這二句詩背後的主人——袁枚。袁枚又很有技巧的敘述「莫怪溫家都監女，隔窗覷老東坡。」把詩的意旨精神放在「覷」字上頭，指著袁枚收女學生並不是以招生的方式進行，是婦女們慕袁枚之詩名而來，袁枚是一個被崇拜的對象，是有一些「好為人師」的味道。

　　在王鐙容的研究中，她認為袁枚收女弟子是有其文化性的因素：「就隨園女性社交結構進行分析，卻處處散發『貴族』氣息與『階級』色彩，從隨園文學社交活動中，也展現了增加文學聲譽與擴展聲勢的不純粹因素。因此，就隨園女性文學社群來說，被置於神龕地位的袁枚，在很大的程度上，顯然展現了建構文學聲譽的『精英』文人意識型態。」〔註20〕不難看出袁枚「自我中心」的態度。自我中心是袁枚自我有意的塑造，他的一些作為，來自於他本身有所需求或欲求，他進行填補的行為。袁枚以一「自我中心」，要塑造成為他人的「偶像」，是不能在他人的面前明示自己的需求，他將需求逆向操作，而成為對婦女文學的倡導者。有詩為證：

> 京江小住聽秋閣，竟作平原十日歡。弟子攜尊排日飲，將軍走馬送詩看。香尋紅藥家家賞，活捉鰣魚頓頓餐。歸過焦山重望海，一天烟水又憑欄。（〈寓佩香女士聽秋閣，主人未歸，蒙左蘭城，家岸夫分班治具。都統成公屢以詩來，同至焦山餞別〉《詩集》卷三十六，

〔註19〕　請參見：

　　　　錢謙益輯，《列朝詩集》（上海市：上海古籍出版社，2002 年 3 月第一版第一次印刷）取材自《續修四庫全書》，第一六二四冊，《列朝詩集》，閨集卷四～卷六，頁 344～424。

　　　　施淑儀輯，《清代閨閣詩人徵略》（臺北縣：文海出版社，1991 年初版）。

　　　　胡文楷編著，《歷代婦女著作考》（上海：上海古籍出版社，1985 年 7 月第一版第一次印刷）。

〔註20〕　請參見王鐙容著，《傳播、聲譽、性別：以袁枚《隨園詩話》為中心的文化研究》（國立暨南國際大學中國文學研究所碩士論文，2002 年），頁 207。

頁 893～894）

兩月揚州久未還，荒齋聞博老人歡。歸帆可奈先生早，時先生亦自
揚州到鎮。明月難同弟子看。有客登臨陪望海，無人朝夕勸加餐。
白頭知否懷恩意，鎮日風前獨倚欄？（〈佩蘭歸和〉《詩集》卷三十
六，頁 894）

袁枚與其女學生席佩蘭相和之詩。袁枚來訪並沒有遇到佩蘭女士，佩蘭女士
不在家，袁枚暫時寓居在聽秋閣。在這寓居的十日間，雖有友人的用心招待，
但袁枚的心中不免仍有些許憾恨，「歸過焦山重望海，一天烟水又憑欄。」就
將其孤獨感流露了。袁枚用「老人」、「望海」、「憑欄」，一種眺望期盼的心
情，憑欄望著遠方，懷想著他想拜訪的女學生。儘管其他的友人將他接待完
善，想見的人不在身邊，他的孤獨感仍無法消解。更妙的是，袁枚的女學生
席佩蘭和詩中，竟能掌握住袁枚不堪寂寞的心情。針對袁枚心理需求發而為
詩，似乎呼應著袁枚不想孤獨的呼喚，無怪乎袁枚將席佩蘭視為「閨中知己」
〔註21〕。席佩蘭詩中言「歸帆可奈先生早，時先生亦自揚州到鎮。明月難同
弟子看。有客登臨陪望海，無人朝夕勸加餐。」意指著惋惜袁枚離開了聽秋
閣，無法親身陪伴袁枚一同賞月看海，席佩蘭已回應了袁枚的思念同遊之
情。更令人感到貼心的是「白頭知否懷恩意，鎮日風前獨倚欄？」席佩蘭能
感受袁枚孤獨之情，所以才有「鎮日風前獨倚欄？」關懷問候之詩句。席佩
蘭詩中的關懷之情，對袁枚而言，可慰填其孤獨些許。這對年老的袁枚心理
需求，具有滿足作用。

　　袁枚的晚年，曾為他的女學生作題畫詩。這種題畫詩是他的女學生拿著
畫好的圖畫，同時這些圖畫是有主題與命名的。然袁枚題畫詩的內容，與圖
畫的主題有關自不在話下。但在詩內容中，他也會加上與圖畫主題無太相關
的詩句，他會如此做是有他的特別用意。以下就從袁枚晚年為其女學生所作
的題畫詩作分析，來明瞭袁枚的特別用意的意義：

小別西王母，紅塵四十年。三生緣忽了，一旦悟真詮。洗手翻靈
笈，拖裙采妙蓮。將心安放處，如月放中天。

入夢非非想，空床只自知。如何女龍寮，不作薰砧思！落筆多仙

〔註21〕袁枚云：「……得一知己，死而無恨，余女弟子二十餘人，而如慈珠之博雅，
金纖纖之領解，席佩蘭之推尊本朝第一：皆閨中之三大知己也。」請參見《隨
園詩話補遺》，卷十，第四十一條，頁835。

氣，伊誰作導師？九天玄女問，莫説老袁絲。(〈駱佩香女士《歸道
圖》〉《詩集》卷三十六，頁903)

袁枚題駱佩香女士的《歸道圖》第一首詩，主題是放在駱佩香女士身上，袁
枚以為駱佩香是來自天上的西王母處，來到人間四十年。他為了符合《歸道
圖》的氣氛，特別將佛家觀點的三生緣置於其中，袁枚似乎對生命的生死來
去心中早有定案，內心就會有一股安定的力量。如：「如月放中天」呈示生命
的自然，這樣的看法會讓人面對生死抉擇時，較不會慌亂，是袁枚表達了對
「歸道」的想法。袁枚才將他對生命豁達的觀點說完，接下來他幾乎一反前
一看法，又進入了對世俗名位的喜好中，其言「落筆多仙氣，伊誰作導師？
九天玄女問，莫説老袁絲。」他先稱讚了佩香的詩多有仙氣，表示佩香的詩受
袁枚肯定。後來袁枚的詩句中卻為自己更高的身份作鋪排，成為具有仙氣詩
意作者的老師。詩中可感袁枚愛生命的安定又喜名位的價值，二者袁枚都想
擁有，也不管這二者可能是衝突的。另有一首詩又別有意義，以下試析之：

仙人謫下瓊瑤島，生長朱門讀書早。寫就簪花妙格妍，咏來柳絮清
才好。客春曾見衍波箋，詩比芙蓉出水鮮。已把名香薰什襲，還將
佳句付雕鐫。今來小泊申江渚，曳杖隨風扣仙府。蒙卿一見老袁絲，
喜上春山眉欲舞。自言十載奉心者，俠拜甘居弟子行。一朵琪花天
上落，也隨桃李傍門牆。白頭意外蒙矜寵，三日三來不停踵。捲袖
親將鳩杖扶，抽簪還把茶甌弄。手贈雙銖金錯刀，更分雜佩解瓊瑤。
束脩多是裝盒物，探出羅襟香未銷。匆匆潮落催回槳，惜別牽衣情
怏怏。但願袁翁似白鷗，清溪、黃浦頻來往。誰畫《蘭皋覓句圖》，
仙姿蘭氣頗能摹。何妨添個西河叟，常許朝華問字乎？(〈題歸佩珊
女士《蘭皋覓句圖》〉《詩集》卷三十六，頁906)

寫這首詩袁枚約八十歲了，在詩中袁枚的心態是一種被需求的喜悅，因為此
首詩中的女學生——歸佩香一直追逐著袁枚學詩。「蒙卿一見老袁絲，喜上春
山眉欲舞。自言十載奉心者，俠拜甘居弟子行。」是佩香歡喜成為隨園女弟
子的見證。面對女學生的追隨，袁枚的心中滿懷「一朵琪花天上落，也隨桃
李傍門牆。白頭意外蒙矜寵，三日三來不停踵。」有一種老人被需求的欣喜
之情顯現。詩中也表達了師生間的情誼深厚，袁枚讚許佩香之詩是「詩比芙
蓉出水鮮」，而佩香更是死心塌地的跟著老師身邊學習「捲袖親將鳩杖扶，抽
簪還把茶甌弄。手贈雙銖金錯刀，更分雜佩解瓊瑤。束脩多是裝盒物，探出

羅襟香未銷。」她的學習精神不會因自己是女性而有鬆懈，反倒是放下了許多女性的身段，扮好學生的角色。師生相聚後的分離，讓佩香難以割捨而「匆匆潮落催回槳，惜別牽衣情快快。但願袁翁似白鷗，清溪、黃浦頻來往。」袁枚深切體會到佩香跟老師學習的勤懇。對這幅《蘭皋覓句圖》的題詩中，袁枚就對佩香的需求作回應「何妨添個西河叟，常許朝華問字乎？」建議畫中可畫入一位「西河叟」，畫中的女子就有了一位可時常請益的對象。這位對象雖言「西河叟」，其實是喻指著袁枚自己，而詩中的女子自然是指著佩香，這樣的一首題畫詩，就將袁枚師生彼此互需求，且因滿足彼此的需求而喜悅之情表露。袁枚更是加入超越畫中的想像，詩意中加入了一代表自己的人物，難脫袁枚自戀之用意。

　　有一首袁枚晚年（八十歲以後）為女學生作的題畫詩，與之前的幾首題畫詩有別，有特殊的意境在其中：

> 一綫盤空上，天平景最清。松林秋寺古，峰影太湖明。雲壓裙釵濕，風吹環珮鳴。詩成誰作答？繞屋有泉聲。

> 老我來梨里，三眠寫韵樓。燈殘還問字，吟罷始梳頭。白髮難為別，紅妝易惹愁。何當攜此卷，攬勝與同游？（〈題《天平攬勝圖》為珊珊女子作〉《詩集》卷三十六，頁 906～907）

此處所言的珊珊指的是「吳瓊仙」，吳瓊仙字子佩，號珊珊，江蘇吳江人，有《寫韵樓集》〔註 22〕。此處的題畫詩有二首，第一首袁枚針對圖中的景象為詩，將畫中的景物用詩句述說。畫中女子「雲壓裙釵濕，風吹環珮鳴。」在景物中遊歷，然袁枚作詩的同時，盼企著他的題畫詩有人可與之相和，所以才有「詩成誰作答？繞屋有泉聲。」這樣的詩句。到了第二首詩，袁枚將他的盼企，化為具體的行動規畫。第二首詩有言及師生情，還對自己的老態發出哀嘆，女學生亦為年邁的老師而生愁憂之情，「燈殘還問字，吟罷始梳頭。白髮難為別，紅妝易惹愁。」袁枚反而有一份積極的心，用「何當攜此卷，攬勝與同游？」回答了學生的擔憂。給袁枚一個與學生同遊勝境的機會，一下子就將低潮的情緒掃除了，袁枚這一具體行動的規畫，確實發揮了解套年邁困境的效用。

　　袁枚會為有人能懂得他詩情而快慰，他的女弟子中，歸佩珊曾在袁枚八

〔註 22〕請參見王麗斐撰，〈袁枚與婦女文學〉，《國立臺南師院學生集刊》（第十三期，1991 年），頁 216。

十二歲時，做了一件令袁枚感動的事，就是以吳綾繡出了〈擬重赴鹿鳴、瓊林兩晏詩〉（《詩集》卷三十七，頁 913～914）的詩句〔註23〕，同時歸佩珊亦作袁枚這首詩的和詩，一併繡出和詩的詩句，寄給袁枚，袁枚為此事感動不已，而作〈歸佩珊女子將余〈擬重赴鹿鳴、瓊林兩宴詩〉，以銀鉤小楷繡向吳綾，見和廿章，情文雙美。余感其意愛其才，賦詩謝之〉一詩：

> 三尺吳綾字數行，累君纖手替裁量。買絲想繡平原久，先繡《霓裳曲》廿章。鏡檻風和鬢影斜，稀針密綫不教差。遙知小婢私相訝：不是尋常慣繡花。珍藏合把戒香薰，當作天孫織錦文。誇向河汾諸講席，門牆可有薛靈芸？閨閣如卿世所無，枝枝筆架女珊瑚。將儂詩獨爭先和，領袖人間士大夫。和章千里寄來，而城中紳士尚無一人和者。李暮明歲試金鰲：《千佛名經》手自操。我勸唐宮針博士，替他留巧繡宮袍。郎君李安之。（《詩集》卷三十七，頁 924）

袁枚作〈擬重赴鹿鳴、瓊林兩宴詩〉一詩時，已意識到自己生命終點的問題。他不敢把握自己在未來年歲能否延續，在老病時候，他回想起以前金榜題名時的意氣風發，對袁枚而言，這兩種情境是天差地別，心中興發了些許慨嘆。這首詩袁枚好像在對自己的生命宣告，宣告他的憂慮與心願事，「宴罷高歌詩八章，諸公莫笑老夫狂。世間幾個盧生在，能作邯鄲夢兩場？萬事輪回若轉轤，光陰飛去在須臾。他年花甲重周日，更有何人繼老夫？」他憂慮著生命不能重來，他有尋找能繼承自己才華的人之心願。袁枚因歸佩珊的用心，感而作的詩〈歸佩珊女子將余〈擬重赴鹿鳴、瓊林兩宴詩〉，以銀鉤小楷繡向吳綾，見和廿章，情文雙美。余感其意愛其才，賦詩謝之〉中，對他心願的了卻有了多少的彌補。詩中言「閨閣如卿世所無，枝枝筆架女珊瑚。將儂詩獨爭先和，領袖人間士大夫。和章千里寄來，而城中紳士尚無一人和者。」袁

〔註23〕附上此詩部分內容以便參照，序：「余七十九歲作〈八十自壽〉詩，見彈而思鵬炙，自覺太早，故藏篋中，次年才敢示人。今春病中無俚，念明後兩年重赴鹿鳴、瓊林之期已近，題目大佳，忍俊不禁，各賦十章，聊當枚乘〈七發〉，以想當然三字虛處描摹，古之詩流往往有之。雖預支年壽，蒼蒼者未必慨然見賜，然詩登集上，則願了心中。質之君，其愚我耶，其和我耶？」
丁未年重赴泮宮，鹿鳴筵又宴衰翁。分明六十年前事，聽到呦呦耳尚聰。雍正四年，余入泮宮，年才十二。
折桂蟾宮幾度秋，婆娑還伴少年游。不愁月裡嫦娥笑，只恐嫦娥也白頭。
當年意氣似雲顛，頃刻風吹欲上天。今日萬般心事了，僅留一杖傲群仙。
宴罷高歌詩八章，諸公莫笑老夫狂。世間幾個盧生在，能作邯鄲夢兩場？
萬事輪回若轉轤，光陰飛去在須臾。他年花甲重周日，更有何人繼老夫？

枚肯定歸佩珊詩方面的才華。因袁枚作〈擬重赴鹿鳴、瓊林兩宴詩〉一詩後，尚無人能與之唱和，然歸佩珊雖為女流，卻拔得和詩的頭籌，被袁枚喻為「領袖人間士大夫」。歸佩珊的詩才被袁枚所認可，袁枚有如此才華的女學生，心中應有後繼有人之欣慰吧！

袁枚八十二歲該年所作的一組〈後知己詩〉（《詩集》卷三十七，頁 925～929）中僅只出現一位女性，相當特別。袁枚〈後知己詩〉的序云：「余四十歲作〈諸知己詩〉，蓋即杜甫〈八哀〉、高智海以文報德之義。今八十二歲矣。四十年來，王侯公卿，布衣女子，好我者又得若而人。其人已逝，其情難忘，故又作〈後知己詩〉十一首。生存者只張松園方伯一人，亦仿從前之溧陽一相云。」從序中看出了年老病衰的袁枚，他所謂的後知己中，一人尚存，其餘十位皆已離世。看在袁枚心中，自應對其生命的存亡有所思索才是。現就從他後知己中，唯一的一位女學生，袁枚在詩中對她是如何評述的呢？〈纖纖女子金逸〉詩云：

> 梁朝簡文帝，愛讀謝朓詩。道不一日讀，口臭卻自知。纖纖一女子，愛我頗似之。道樂有八音，金石絲竹好。其餘匏土革，愛者大抵少。倉山音節佳，餘音常裊裊。兼之情最深，字外皆繚繞。宜乎感頑艷，傳抄到海島。斯言一以出，使我心傾倒。倘非絕代才，何由領玄妙？而況陽文姿，風裁尤窈窕！可惜投地拜，扶起已奄然。不及交一語，半月便登仙。聞其彌留時，吐詞尤恨恨。道有書中疑，未及先生問。我告女相如：老夫年已邁。相別不多時，卿其善自愛。好將所欲詢，含笑九原待。（《詩集》卷三十七，頁 929）

詩中傳遞出一訊息，指著金逸能識透袁枚詩作中意境，表示金逸的詩才是水準之上，才被袁枚評為「倘非絕代才，何由領玄妙？」面對這樣一位女知己，袁枚惜之有加，但是擁有高詩才的金逸，卻先袁枚而棄世，袁枚相當的遺憾。得一知己是那麼不易，然而失去卻是易如反掌。但是袁枚以八十二歲的身軀，回應了金逸對袁枚詩才的愛戀之情。金逸在死前曾言：「聞其彌留時，吐詞尤恨恨。道有書中疑，未及先生問。」呈示出金逸面對死亡時，仍有所憾恨，因心中有事未完成。可能是關於自己對書中的疑惑存於心中，自己無法來得及請教袁枚而解惑，故抱著疑惑無奈去逝。金逸有著這般的憾恨，袁枚以他的〈後知己詩〉的詩句，來向金逸告知：「老夫年已邁。相別不多時，卿其善自愛。好將所欲詢，含笑九原待。」袁枚請金逸在九原中，要

善自珍重，袁枚年事已高又有病在身，所以陰陽相隔的日子不多了，表示相見之日不遠了，到時九原相會，就可爲金逸解答心中的疑問了。袁枚這樣的說法，其實是在安慰亡者之靈。反過來站在袁枚的立場考量，袁枚這樣的說法，一方面明白指出自已生命之大限快近了；另一面是言自己生命結束後，可以在九原與知己——金逸相見，也是一種期待之心，這期待之心應可消除一些面對大限的焦慮。

　　以上袁枚晚年老病中爲女弟子所作題畫詩，或與女弟子相關的詩。在分析中，可綜合袁枚晚年對生命的一些看法。一般而言，面對死亡會失去生前的一切擁有，這是一件人人皆不可避免的殘酷事實。袁枚自我的形象，時常出現在爲女弟子所作的題畫詩中，表示他相當在乎自我能具體呈現在世人的面前，重視著自己的存在價值。袁枚招收女弟子的方式，大都是女弟子慕袁枚之才而來，袁枚是被眾多學生需求著，意味著袁枚填補了一些面對大限前的些許孤獨感，因此他很喜歡與他的女學生們相處。年老有病在身的袁枚，面對自己知己的死亡，袁枚痛心惋惜。然生命的生死是自然現象，並不是才華洋溢的袁枚有辦法逃開的，所以面對金逸的死亡，袁枚一方面告慰亡靈，另一方面用九原可再會知已的期待，淡化一些對生命終了那一刻的恐懼，至少袁枚心中有個目標等待死後，才可達成。

　　袁枚面對終老時刻，他仍是很在乎榮譽與名位的，張三夕先生提出一個「現實人生的功利主義死亡觀」，據其云：

> 爲了獲得功名而死無遺憾，這種思想動機激勵人們競技於名利場，促使人們特別是知識份子在活著的時候，奮發圖強，有所作爲。無數個體的生命熱情被榮譽之火點燃後，就會釋出巨大的精神力量和物質力量，就會推動人類文明社會的前進，即使它有時以惡的形式出現。中國文人傳統的積極入世思想，在很大程度上可以從「君子疾沒世而名不稱焉」這句名言中找到更爲內在的根源。死得偉大，死得光榮，這種純功利主義的死亡意識，雖然具有極大的精神感召力，驅使人們爲了榮譽而奮鬥，但卻忽略了一個重大的人生問題，即人們在生與死的矛盾衝突中所產生的困惑和迷惘：人一旦死亡以後，生前獲得的一切榮譽究竟有何意義？〔註24〕

───────────────

〔註24〕請參見張三夕著，《死亡之思》（臺北市：洪葉文化事業有限公司，1996 年 3 月初版一刷），頁 8～9。

張三夕先生的說明中，提到「人一旦死亡以後，生前獲得的一切榮譽究竟有何意義？」這問題對袁枚而言似乎不構成問題。他在〈後知己詩〉中爲其女弟子金逸所作的詩，其言「我告女相如：老夫年已邁。相別不多時，卿其善自愛。好將所欲詢，含笑九原待。」袁枚的詩句中，呈現出他以爲生前的世界與死後的世界可相通的見解。而且生前的人只要過往後，就可與先前過往的人再相逢於九原，因此袁枚認爲他在死後的世界與在生時一樣的具有才華又不失其原有的地位，可與過往的女學生再互相論詩。

三、病中以詩連繫外界

袁枚在病中爲詩的創作中，其詩與人往來，從他三十五歲一直到八十二歲間不曾間斷。袁枚這般的情形，從人性角度考量，袁枚似乎在尋求一種讓自己安定的依靠。余德慧先生曾針對人病中的心境作了一些分析，一個病人在面對自我生命可能臨終時，由心中意識到自己與自己的關係，可能即形成轉變，這種轉變是屬於存有的轉變，此時的病人心中，會出現「畏」的狀態，面對「畏」的情境，人性的自我防衛現象，將促使病人尋求依靠以穩定自己的不安。余德慧先生舉一例言：「假設你被趕出家門，身無分文，你將發現『我怎麼有這麼大的潛能？』平時在家裡飯吃多了，每天都是飽飽的，等到沒飯吃了，才發現其實餓兩頓也沒關係。當人沒有依靠的時候，就會尋找依靠，即使依靠的東西是『空』，那『空』本身也會變成一種依靠。」〔註25〕袁枚的病中詩作，使得病中的自己得以擴展對外界的聯繫，他這樣的企圖，導致了怎樣的尋求依靠的歷程？這些歷程的背後，袁枚對自我生命如何認知？以下針對袁枚與友人的病中詩進行分析探討：

（一）以詩記醫病與贈藥

袁枚給友人的病中詩，其中有提及在自己病情上有所改善或是助益的，這些好處是袁枚的友人所提供的，在實質上減輕袁枚身體之病痛。這方面袁枚友人給予他最直接的幫助，使其身體向康復趨近，離開病痛的折磨，擺脫生病的牽制——形體的不自由。以下試論述之：

1. 致醫生

袁枚的病中詩裡，直言醫術高明的醫生有二位：一位是薛一瓢，另一位

〔註25〕請參見余德慧著，《生死學十四講》（臺北市：心靈工坊文化事業股份有限公司，2003 年 1 月初版一刷），頁 105。

是張止原。袁枚會稱讚其醫術，是因這二位醫生幫袁枚療病時，非常明顯地
讓袁枚的病症得到改善。尤其是張止原，在袁枚晚年有次痢疾很嚴重的時候，
被張止原所治癒。袁枚為這二位醫生寫了幾首致謝詩：

> 先生七十顏沃若，日剪青松調白鶴。開口便成天上書，下手不用人
> 間藥。口嚼紅霞學輕舉，興來筆落如風雨。枕秘高呼黃石公，劍光
> 飛上白猿女。年年賣藥厭韓康，老得青山一畝莊。白版數行辭官府，
> 赤腳騎鯨下大荒。故忽懼二豎災，水火欲殺商丘開。先生笑謂雙麻
> 鞋，為他破例入城來。十指據床扶我起，投以木瓜而已矣。命以木
> 瓜代茶。烟下輕甌夢似雲，覺來兩眼清如水。先生大笑出門語：「君
> 病既除吾亦去！」一船明月一釣竿，明日烟波不知處。（〈病中謝薛
> 一瓢〉《詩集》卷七，頁110）

薛一瓢破例入城為袁枚治病，顯見二人可能交情不同。詩中談到薛一瓢的用
藥相當高明，「十指據床扶我起，投以木瓜而已矣。命以木瓜代茶。烟下輕
甌夢似雲，覺來兩眼清如水。」幾句詩中說明了，只用了木瓜一味藥，竟使
袁枚病況解除，難怪袁枚對其醫術讚言：「開口便成天上書，下手不用人間
藥。」結交了醫術佳的薛一瓢，袁枚並不是治好了病，就與醫生毫無聯絡。
只要他的身體出現疾病，袁枚自然會找對他身體狀況較了解的醫生。薛一瓢
的行蹤並不像袁枚所描述的：「一船明月一釣竿，明日烟波不知處。」至少在
袁枚的詩中，有袁枚寄給薛一瓢的詩，若不知薛一瓢去處，袁枚的詩如何寄
達呢？袁枚有一首〈病起贈薛一瓢〉的詩，以證明他與薛一瓢保持連繫。其
詩云：

> 隱者陶弘景，神仙葛稚川。賦詩常作讖，論道必鈎玄。襟抱烟霞
> 外，湖山杖履前。人間小游戲，八十有三年。醫術非君好，雲池水
> 恰清。九州傳姓氏，百鬼避聲名。江孝廉病，為屬所纏，呼曰「薛
> 君至矣。」即逃去。散藥如頒賑，籌方當用兵。衰年難掩戶，也為
> 活蒼生。一聞良友病，身帶白雲飛。玉杖偏衝署，金丹為解圍。清
> 談都是藥，仙雨欲沾衣。即此論風義，如公古所稀。往日者英會，
> 曾開掃葉莊。於今吳下士，剩有魯靈光。舊鶴還窺客，新秋又隕
> 霜。與公吹笛坐，愁話小滄桑。（《詩集》卷十七，頁350～351）

袁枚以詩謝薛一瓢，此時薛一瓢已八十三歲，薛一瓢的年紀約比袁枚大三十
六歲。袁枚自己感到慶幸的是薛一瓢只要聽到自己生病，便主動關心前來看

病，可以減除肉體上的痛苦。另外薛一瓢與袁枚的互動，對袁枚心情舒平亦有助益，故其言「清談都是藥，仙雨欲沾衣。」在詩中似乎隱約間可看出，袁枚與薛一瓢的互動，大都出現在袁枚生病的時候，此時的互動程度較密也較深刻。二人趁此機會見面論談一番，故詩中才云「與公吹笛坐，愁話小滄桑。」袁枚結交這位老友在身與心方面，對袁枚而言是可供依靠的。

袁枚八十二歲那年，曾身患痢疾，此次病幾乎嚴重到無法醫治的情形。袁枚的老友張止原給了他大黃治病，袁枚身邊的親友都勸他不可服用大黃來治病，亂服用可能會有生命的危險，可是袁堅持服用，竟意外獲救。袁枚於是謝詩云：

> 藥可通神信不誣，將軍竟救白雲夫！大黃俗名將軍。醫無成見心才活，病到垂危膽亦粗。豈有酖人羊叔子？欣逢聖手謝夷吾。全家感謝回生力，料理花間酒百壺。（〈病痢劇甚，蒙張止原老友饋以所製大黃，聞者驚怖搖手。余毅然服之，三劑而愈，賦詩致謝〉《詩集》卷三十七，頁911）

袁枚在自己病況危急之時，竟有勇氣挑戰一帖為眾人所反對的藥，這可能是為求生存所激發出的勇敢。也是對老友張止原的信任，因此袁枚大膽的嘗試，不畏眾人的反對意見，後來竟是袁枚的孤注一擲得到了成效。面對自己可能病危而致死亡的關鍵時刻，袁枚選擇努力不輕言放棄，袁枚的生存意志相當強烈。

袁枚與醫生成為好友，而且保持連繫，站在實用的立場言，醫生是他生病時身體的依靠，甚至是他持續生命或是解救生命的保障。

2. 謝贈藥

在謝贈藥的詩中，致贈者都是一些在朝為仕的官員。順著袁枚生命的時序談起，袁枚好女色風流之事，在其《隨園詩話》中自己多所言明。在隨園的交友生活圈中，這件事早已是眾所皆知之事，袁枚仍以此自豪。袁枚有一位友人西安觀察沈永之，誤以為袁枚得了風流病，所以很關心地寄上治風流病的藥物——狼巴膏。為此袁枚奉答一詩：

> ……蠅眼細字加丁寧，服之戒內須如僧。紅塵一騎飛如矢，老夫開函笑不止。深感真長秤藥情，誤傳海上東坡死。且收藥籠心忡忡，三年蓄艾將毋同。四禪天上我無分，列子他年終御風。（〈西安觀察沈永之誤聞余得風痺，以狼巴膏見寄，戲答一詩〉《詩集》卷二十

一，頁 441）

沈永之將袁枚得風流病之事，信以為真，用一份最誠懇的心向袁枚建議，要他趕快服用狼巴膏，且必須與女色隔離，如此風流病方能治癒。袁枚深感友人的真情相待，在詩中袁枚又向他的友人展現他的逍遙之樂，「四禪天上我無分，列子他年終御風。」袁枚自以為好女色風流，並沒有造成生理染疾，所以袁枚才說，他悠遊在其中。就好像列子能自由自在御風般逍遙，他是樂在人間世的享樂中。因為此時袁枚並非真病，所以他說出來的言語，對於生死意識的覺知淡薄。

袁枚六十一歲到六十三歲間，他怕自己身上的毛髮變白的老態出現。袁枚不願意看到自己年老特徵，他的友人們知道這樣的訊息，有人饋贈他染鬢的藥。他致謝了一首詩〈謝悔軒公饋烏鬚藥〉云：「……但見青蔥繞頰生，掀髯一笑心還壯。小人有母忘兒衰，視我花甲如嬰孩。得教綠鬢同潘岳，勝舞斑衣學老萊。」（《詩集》卷二十五，頁 519）

袁枚不喜見自己老貌橫生，他個人覺得有年輕的樣貌，讓母親見了忘了兒子年老，以為還年輕著呢！這樣子是比老萊子以老態龍鍾彩衣娛親的情形好多了。因不用特意扮丑來娛樂親長，有著年輕的朝氣樣貌，就能讓母親欣慰了。袁枚為了染鬢還特別將孝親拿來當理由，其實最直接的理由應是「但見青蔥繞頰生，掀髯一笑心還壯。」袁枚心中期待自己年輕，所以將白掉的鬚毛染黑，袁枚一見自己又恢復黑鬚的年輕樣，最高興的應是袁枚本人。此時袁枚六十餘歲，見到自己的老樣，一方面不喜歡；另一面是現實層面的問題，人若承認老了，可能就要面對年老相附而來的問題。就是人生「生、老、病、死」的階段，即將落入「病、死」的階段，這是袁枚不想去面對的。換個角度想，袁枚想保持年輕，希望自己能活得長久。從以下二首謝友人贈送「人蔘」的詩中可看出。

> 我讀《柳邊紀略》書，人蔘白金價不殊。騰貴于今未百載，一莖蔘抵一斛珠。我嘗倚健誓不服，見人服者心揶揄。不料行年垂八十，忽嬰腹疾形神枯。盧、扁相環勸服藥，非此難補中宮虛。我非荊公性倔強，敢將紫團力掃除。其奈將身與蔘較，我賤蔘貴愧不如。譬如巴蛇欲吞象。心非不勇口怯吪，奇公聞之大憐惜，手持仙草佛手粗。脫手相贈勸即啖，慎勿愛惜猶躊躇。開匣三稑同瑞麥，交枝百結如珊瑚。清香拂拂鼻觀覺，仙露濛濛元氣俱。我口未咽神已往，

滿腔生意回須臾。帶歸傳觀誇戚里，嘖嘖偷視驚妻孥。欲服不服但
把玩，旁人笑我愚公愚。我道將軍恐負腹，何況藜藋寒儒乎？服之
不效擲盧扎，中人之產一嚼無；服之有效後不繼，博施堯、舜猶病
諸。曷若珍藏當守器，子孫寶護同璠璵？只愧金環無處覓，報恩空
抱心區區。願公推仁到黎庶，春風吹扇周八衢。活我活民兼活國，
萬家生佛非公歟？（〈奇方伯饋人參形如小佛手〉《詩集》卷三十二，
頁798～799）

袁枚得到奇方伯所送形如小佛手的人參，他明白人參的藥用價值，他誇言自
己身強體健時，是絕不服用參藥的。但在詩中袁枚自言「不料行年垂八十，
忽嬰腹疾形神枯。盧、扁相環勸服藥，非此難補中宮虛。」腹病使得袁枚形
體與精神都相當虛弱。他的朋友們紛紛勸他，既得到如此上好的人參，服用
它就可幫助恢復元氣。雖然朋友如此建議，經袁枚慎重的思考後，卻不服用。
並非袁枚不珍惜自己的生命，而是袁枚了解自己的身體狀況。在氣血較虛弱
的情形下，若服用藥性較強的參藥，或許身體無法承受。他考慮再三，就為
了維護自己的生命，故決定，珍藏之。

「五馬人來丹桂天，三稑靈草賜尊前。袁翁忽得長生藥，太守原操造命
權。葛井丹砂分到手，淮王雞犬合成仙。只慚仲叔叨恩重，豈止豬肝累俸錢。」
（〈謝李太守贈參〉《詩集》卷三十二，頁799）此首致謝詩中，袁枚就明白指
出，「人參」是種「長生藥」，所以袁枚才言「太守原操造命權」擁有人參似
乎就擁有了「造命權」一般。袁枚八十歲後的腹疾，一直是他的困擾，這病
後來伴他到老死。袁枚雖有病在身，不到最後關頭他是不會亂服藥，讓自己
的生命曝露在危險中。七十六歲那年，腹疾犯了，友人奇方伯寄藥來，袁枚
沒有思考太多，就直接服用了。

其謝詩〈飲奇方伯寄來藥酒腹疾頓差〉云：「千里郵傳酒一杯，袁翁飲罷
腹如雷。侵晨不赴更衣所，周歲才逢開口笑。腸胃似蠶眠始醒，精神辭我去
仍來。方知已落西山日，竟有仁人喚得回。」（《詩集》卷三十三，頁817）此
次袁枚飲用藥酒，算是一種冒險。這和上一次奇方伯贈參的情形不太一樣，
此次袁枚正在病中，受到腹疾的糾纏。由於是急症期間，不知自己病情是否
還有轉圜餘地？所以才不多慮即服用。另外還有一件贈藥之事，在袁枚八十
二歲那年，其有謝詩〈病痢劇甚，蒙張止原老友饋以所製大黃，聞者驚怖搖
手。余毅然服之，三劑而癒，賦詩致謝〉，是袁枚病重時，對於友人贈藥，即

毅然服用的一種冒險挑戰求生存的勇氣。

綜合以上致友人贈藥的謝詩分析，可知袁枚透過人際網絡，使他有更多機會尋得救助疾病的藥物。平時身體無多大微恙時，對於贈藥，服用前先考量清楚，是否眞對病情有幫助。一旦到了病重緊急關頭，袁枚本著人之常情，爲求得生命的盡可能延續而冒險挑戰，隨即服用友人所寄來的藥物。不論袁枚對贈藥要服用前思慮再三或是在第一時間就將藥物服下，這都是袁枚一種對續存生命的努力。

（二）以詩記問病與視疾

從友人關懷的層面看，無法直接給予病痛消除之法，而是較精神層次上的關心。諸如友人的訪疾、來信問病、來詩問疾等，除讓袁枚感到友情的溫馨和安慰外。筆者還觀察到袁枚利用這時機，一逞他的想像力，使自己享受想像世界的自由。以下試論述之：

1. 以詩答問病者

袁枚友人不克親身探病，以寄詩的方式，表達關懷之意。袁枚的友人以此方式來問病的有：魏滆川、尹宮保、香亭、東浦方伯、張荷塘世講等人。這樣的問病方式比起親自來探病的情意感受上較不足，可是袁枚這些官員友人在公忙之餘，能做到如此的地步，他也慰藉不少。爲此他曾云：「故人旌節駐三吳，肯辱高軒爲病夫。」（《詩集》卷七，頁110）他的官員朋友，放下官員的身段，而關懷病夫──袁枚，彼此應有一定的交情才會如此。

友人以詩來關心病情，袁枚又回應以詩，在這一來一往間，袁枚將自己病中的情感抒發。病中有它事可思慮，可轉移病體的苦。他在病中也跟友人談論玉石，其言「更有閒情談玉石，問君曾得水蒼無。」（《詩集》卷七，頁110）

又同友人談及借病浸身自然山林中，感受無拘的樂趣，其言「竹皮小冠不輕彈，抽得閒身病亦安。地僻雲山容我懶，官卑進退較公寬。浮雲過眼都陳迹，古柏當空耐歲寒。未識西川嚴節度，可來花下簇金鞍？」（《詩集》卷十，頁200）袁枚自言病中閒於山林中，無拘可任己而爲，不必爲繁文縟節所縛，借病有閒之趣，還邀友人能一起遊賞其趣。

又病中回問病詩，袁枚把自己的孤單感，表達給他的友人。將孤單感的慰藉需求，向友人傳遞，自己期待從友人的回詩中得到滿足。其言「久閒山中如處子，翻疑簾外即天涯。琴孤自落空庭雪，梅老常開隔歲花。若見南州

徐孺子，先生只可問桑麻。」（《詩集》卷十一，頁205）袁枚生病時，自覺有
與世隔絕的感受，於是袁枚有孤獨的情緒昇起，而寄詩給友人。詩承載了袁
枚的孤單，友人收到後，袁枚在詩中用了一個要朋友關切的伏筆，就在「若
見南州徐孺子，先生只可問桑麻。」丟出引線，就等待著收線，達到袁枚附
予詩的功用性。

又袁枚回問病的詩，會以戲謔的方式，以示自己不在乎也不受病的影
響。在外在環境的眼光，想保持一個好形象。戲謔式的詩可能是宣洩他病中
的些許無奈。其言：「知君手足最情多，問我蹣跚足若何。我學禽言吟向汝，
道行不得也哥哥。」（《詩集》卷三十二，頁775）這是袁枚回答香亭，關心他
足疾的詩。袁枚詩中表達出，足疾已是既成的事實，一時也無法改變，也
只好聽其自然，無奈的接受吧！無奈的話向友人說一說，可消一些心中不平
的氣。

袁枚晚年回答友人問病的詩，感受生命終站迫近的壓力愈來愈大。其在
詩中對友人所言的內容，對於人生未完成的事，更加緊腳步執行，把他的心
願向朋友傾訴。其言：

> 人生將辭世，先從反常起。飲者或停杯，游者懶舉趾。我性愛賓
> 客，見輒談娓娓。自從一病餘，聞聲輒掩耳。甚至妻孥來，揮手亦
> 不理。自知大不祥，老身殆休矣。誰知理舊書，欣欣色尚喜。偶作
> 病中詩，高歌夜不止。推敲字句間，從首直至尾。要教百句活，不
> 許一字死。或者結習存，餘生尚有幾？」（《詩集》卷三十七，頁
> 924）

袁枚跟東浦方伯說，他已覺得自己的行為與以前的行為習慣不太一樣。袁枚
自我判斷，應是自己快要辭世的反常現象，他的心中明顯的感受到，人生時
間可能所剩不多。袁枚開始回想，當下他所做的哪些事，是他自己覺得仍不
反常的，就只剩下「作詩」一事。尚能從此得到些趣味，因此袁枚定下決心，
要將所剩不多的生命時間，將其性靈詩盡情展現。透過向友人佈達他的人生
最後一程的理想，這段時光不離作詩，樂趣就不會中斷，對於老病的袁枚，
較不會生活於愁苦中。

概括以上袁枚回答友人問疾詩之闡釋，借病中用詩與友人交換收藏玉石
的心得、借病中得以偷閒養病於山林中、把自己的孤獨感陳述在詩中，冀其
友人能解其孤獨或給予慰藉、向友人抒發自己對身體生病，是件既現實又無

奈之事、向友人發佈剩餘生命期間的心中心願與理想。隨著袁枚年老與病情的加重，他需要朋友的關心愈迫切，且對自己人生想完成尚未完成的事，更積極籌劃進行。

2. 以詩記友人視疾

友人對有病在身的袁枚，親自前往探病，此種友誼盛情可見一斑。他有一位友人趙黎村探視其病，袁枚有詩云：「已將仙露挹靈苗，便引晨風去碧宵。活我只因緣有舊，離君轉恐病難消。」（《詩集》卷十二，頁 227）趙黎村帶著醫生來為袁枚看病，病情稍轉好，眼見友人即將離去，在送別中，感受到友人的幫助關心將消失，而不捨之情流露。

袁枚四十四歲那年，有次生病，病情較上一首詩中的病嚴重，此次友人視疾後要離去，袁枚無法走動來送行。其詩云：「柴門駐馬日斜曛，八座籠街病客聞。天上使星尋舊雨，山中孤月照卿雲。同年人少情難捨，候送官多手又分。方握手而飛騎報將軍、制府出城。倚榻相迎扶榻別，燈窗葉落尚思君。」（《詩集》卷十五，頁 296）袁枚在這裡，把自己病中的孤單，得到友人的探視，感此情意，故情難捨。朋友因公務只能短暫寒暄，不能久留長談，好不容易見一面，須臾間又要離別因袁枚病了，在典試江南事畢後，入山探訪袁枚之病況。如此的難得情誼，分別更顯袁枚病中落寞身影。

（三）不甘寂寞

袁枚在生病期間，他並非靜默地休養，人際活動仍是在進行著。他會將自己在病中的孤獨感表露，藉著詩作傳遞出去，讓他人能感知自己的病中心情。他人有時會給予袁枚關心的回應，多少可慰藉袁枚病中的寂寞吧。

1. 自抒病中之憾

這部分的病中詩，袁枚主動將其病中的情感與感受，以詩的形式，寄給他的友人。有詩云：「九月芙蓉開滿園，病夫無福倚欄杆。妒妻癉母真相似，家裡紅妝一見難。」（《詩集》卷二十六，頁 568）袁枚於病中，察看到隨園中的芙蓉花盛開了，但是袁枚因病而不得親近賞玩，於是將此情此景作詩一首，詩成寄給了章淮樹太守、家春圃觀察、香亭別駕三位友人。詩中袁枚提點出他無法親賞芙蓉盛綻美景，心中有所遺憾，寄詩給友人，是真情相告。病使得他想要達成心中一點小小目標——賞盛放的芙蓉景緻，硬是被病阻擋了。於是袁枚將疾比喻成妒妻，意涵著病令人容貌失色，連平時正常的生活也亂了。

袁枚透過主動直接表露心情，於病中困境的他，藉著詩向外傳送，如此他的困境就已不是一封閉的困境了，已開啟向外試探尋找援助的徑子。

2. 應酬詩

以常情來論，生病之人常不喜與人應酬，希望能過著不被打擾的生活，靜下來養病。然而袁枚卻有些反常情，病中還與人應酬詩。有〈謝金圃侍郎以舊時督學典試江南，余病中不能走謁，寄詩奉簡〉詩云：

> 久簪斑官侍岩廊，謝傅忠勤動玉皇。已命三年羅俊秀，更教八月舉賢良。秋高碧落翔鳴鳳，菊滿重陽正晚香。自種明珠自家采，一時佳話遍江鄉。衡門曾記訪袁絲，臘嫩山青雪霽時。卿月有心憐小草，鶺鴒無分托高枝。侍郎為第四子索婦，余以齊大非偶為辭。班春風過禽魚喜，近日雲來水竹知。剛值采薪難走侍，獻長句寫相思。（《詩集》卷二十六，頁 570）

袁枚對於人情事故，他很難拒絕，雖在病中，人情上想走謁友人，卻不能成行，遂以寄詩為訪。詩中又提及友人為第四子索婦之事，袁枚也在詩中回覆。這些事情的決定權都在袁枚身上，故即使在病中也得處理，不克拖延，這可能是袁枚生命勞碌的原因之一。

關於病中的應酬詩，下面有一組詩是較完整的，從病前與友人來往之詩，一直到病中以詩與友人互相回應。可從中了解在友人眼中的袁枚，及袁枚自己在病中對生命的自述。

有〈贈孫補山中丞〉詩云：

> 卿雲紅覆五羊城，物望群推宋廣平。二月桂枝移使節，一江春水盡歡聲。胸中定力回風氣，筆底餘波寫性情。帝恐勛名掩婥雅，重教管領玉堂清。公巡撫雲南，後重入翰林校書。此行真不負衰翁，得識羅浮又識公。同館敢叨前輩禮，虛懷真見大臣風。憐才心在官階外，知己情深夕照中。料得《紀恩圖》未了，珠江轉舵督江。公畫《紀恩圖》，第十六幅名《珠江轉舵》。」（《詩集》卷三十，頁 695）

詩中袁枚記載了與中丞相識的因由，將他欣賞中丞的風範表露其中，故言「憐才心在官階外，知己情深夕照中。」袁枚認定中丞為知己之人。這首詩是袁枚與中丞朋友互動的延續。之後不久中丞饋贈袁枚美食，袁枚以詩謝之。

有詩〈旬日之中中丞兩餽肴烝，賦詩謝之〉云：「一接春風笑語溫，兩番臺使致壺飧。賈從清俸情尤重，捧出軍門物便尊。千里脯盛金盌脫，三辰酒滿玉昆侖。自憐七十餐霞叟，難學侯嬴說報恩。」（《詩集》卷三十，頁696）袁枚致謝詩中，感中丞之盛情，又把中丞稱許了一番。袁枚的交際能力，配合著詩才展現相當伶俐。此詩寄至中丞手中後，中丞贈詩俟後也到了。〔註26〕

中丞的贈詩寄到袁枚手中，此時袁枚染疾，袁枚仍有〈枚方以詩獻中丞而中丞贈詩適至，病中如數奉答，即以留別〉詩云：

正投《巴曲》到軍門，忽聽鈞《韶》降野濱。汲、鄭果然能禮士，皋、夔原本是詩人。筆揮強弩堪穿札，氣吐秋雲不染塵。病裡瑤箋當靈藥，一回雒誦一精神。　舟泊羚羊峽口邊，早聞父老說公賢。官如子弟人人見，政比秋霜樹樹鮮。渡海輕裝常載石，焚香諸事不瞞天。嶺南元氣非難復，只望旌旗駐十年。公有百一山房，專供怪石。揭來門外八騶鳴，野叟頹唐廢送迎。禮錫百朋裁兩面，交雖十日勝三生。民間疾苦殷勤問，海內文章次第評。我亦臨歧托君子，元方有弟望栽成。　羅浮擬訪葛仙衣，可奈頹禽翅不飛！一息尚存山要看，秋光漸老客思歸。掃門魏勃從今遠，識曲鍾期自古稀。回首五層樓在望，謝玄暉尚夢依依。」（《詩集》卷三十，頁696）

袁枚雖在病中，接到中丞詩，這樣的連繫可提振他的病中精神。故言「病裡瑤箋當靈藥，一回雒誦一精神。」在詩中更是多所讚美中丞，爲官官聲極佳又清廉，與其交友真是「交雖十日勝三生」。袁枚於病中回想起曾與中丞游羅浮，兩人相識若知己，人在病中，心中對羅浮遊歷情景，難忘於心，思念不已，更不捨的是與中丞知己相別。在二人友誼彼此酬對間，袁枚與友人情誼互動是相當執著的，亦如詩中自言「一息尚存山要看」。

袁枚病中詩，有筆墨應酬的情形，一直到了人生末年，經過了長期的病痛。他對病中筆墨應酬的動機，有所提示，其〈病後自覺衰頹而筆墨應酬，人云未老〉詩云：「一病方知老，容顏瘦鶴同。腰圍三寸減，衣叩滿身鬆。見

〔註26〕〈附孫公贈詩〉云：「翹首雲階未許登，今朝把手興飛騰。文能壽世輕千劫，力可回瀾此一燈。樞地有人誇紫雪，二十年前慶樹齋同寅極談紫雪軒勝概。海山到處引紅藤。現游丹霞、西樵諸山。條冰相對青蠅去，陡覺炎埃隔幾層。綺年入洛最知名，壯歲游秦宦早成。兩卷《檀弓》寧有例？三生杜牧本多情。江山跌宕旁妻好，風雨飄馳老筆橫。聞說明珠雙照座，通、遲兩公子已能讀父書。慰懷何止一官輕！」請參見《小倉山房詩集》，卷三十，頁697。

客先尋杖，看花便怯風。只提雙筆管，不像八旬翁。」（《詩集》卷三十七，頁 921）詩中將自己病了一段時間後的容貌入詩，看來他的病情相當嚴重，老病氣氛籠罩著袁枚，是令他揮之不去的夢魘。然而他自言「只提雙筆管，不像八旬翁。」拿起筆來作筆墨應酬之事，卻讓他覺得不像位八十多歲的老頭，換句話說，當他在筆墨與人應酬來往時，是他病中覺有活力之事，所以他才在病中以詩與人應酬。

袁枚對友情的慰問與懷想，似乎從詩中可見，病中詩充滿友情的往來氣息。身體的病，因詩情友情的澆灌而好過些，對自己病中能展其詩才與人筆墨來往，是他病中活力來源之一。

3. 病中友人離世更覺孤單

這是令人感傷的時刻，自己病態懨懨，又得友人訃訊傳來，一方面心悲友人的死亡，另一面像在預示自己，疾病可能導致自己，也快要走上與友人同樣的下場。如此兩面的心裡壓力，袁枚作〈病中哭吳廣文〉詩云：「序：十一月二十六日，吳次侯廣文問病隨園。歸後具野鶩相貽，未浹旬而訃至。詩：病中聞死最關心，況復聞君淚不禁！一面未終來訣別，九原長往斷追尋。紅燈對酒山河遠，白骨臨江雨雪深。家有元瑜舊書記，得知消息也沾襟。香亭弟曾爲先生記室，今在壽春。」（《詩集》卷十，頁 200）。袁枚言「一面未終來訣別，九原長往斷追尋。」朋友的死亡，與袁枚形成永別。當下袁枚心悵言「紅燈對酒山河遠，白骨臨江雨雪深。」呈現出袁枚一人孤單的身影，友人的死亡使袁枚產生孤獨感，如此的想法，是友情因生命死亡而告終所引起的。

四、遊戲心態

袁枚的病中詩，令人覺得他面對病時，展現另外一種看法。乍見他病中詩的嬉戲言語之下，好像袁枚一點也不畏懼病痛帶給他的痛苦與不便，其實他是刻意凸顯「狂」的人格特質。他之所以能狂，背後有著「才」在撐腰。依照王英志先生的論述，他認爲袁枚詩中充滿個人生命狂放之性的原因是：

> 袁枚自幼因是家中長孫、獨子，備受祖母寵愛，其母慈和端靜，對他從不節督，其父則長年外出。因此袁枚得以發展天性，較少受到封建禮教的束縛，培養成一種自由獨立的性格。而客觀上晚明反叛傳統的精神猶有餘響，對袁枚有潛移默化的影響（儘管他本人本必

承認）。這都是使他產生輕視傳統觀念、追求個性解放的思想。在詩
中則表現爲一種狂放的個性、一種不羈的激情。因此抒發狂放之性
是袁枚詩歌的組成部分，特別在早期作品中更爲明顯。〔註27〕

以王英志先生的見解，袁枚狂放之性是淵源於他的家庭倫理地位、受管教方
式、受教育方式、晚明反傳統思潮的影響。但身爲一位狂放之人，必先有狂
放的條件，這條件對袁枚而言，就是他的詩才。徐世昌曾評袁枚詩云：「以天
資使其才力，往往倜儻不自矜練。」〔註28〕以其才而氣盛的袁枚，在作病中
詩時，出現嬉戲口吻的詩。這類的詩並不在王英志先生所提出有關袁枚狂放
之詩的類別範圍中〔註29〕。袁枚藉病中所思所見，展現狂放之性的詩作。以
下就這類詩作析論之：

（一）詩中矛盾情節，正是狂放的寫照

有〈眼入夜昏澀見燈輒目夾，戲賦二詩〉詩云：「薄暮雙眉蹙，飛珠繞眼
眶。望洋空有嘆，視物總如傷。無復宵攤卷，何妨早就床！譬如人世上，原
自沒燈光。秉燭宵游興忽差，倍教白日惜年華。想來老亦多情累，兩眼渾如
夜合花。」（《詩集》卷二十五，頁507）詩中說明自己眼力不佳，入夜便覺昏
澀，想要利用夜間閱讀書籍，也無法順利。袁枚只好自我安慰，順著眼疾，
而言改變作息時間，早些就寢罷了！袁枚爲自己因眼睛不便，而更改作息時
間，找一個冠冕堂皇的理由「譬如人世上，原自沒燈光。」令人覺得他的作
爲都是有根據的。袁枚自我還爲自己診病了一番，後來給自己一個患此眼疾
的病因，「想來老亦多情累，兩眼渾如夜合花。」特此爲自己的病安上一個正
面的理由，原來是自己多情而致。但詩中又希冀著，自己是非情物，似乎有
著情與非情的矛盾。

其〈齒痛悶坐，戲作長詩〉詩云：

前有萬古去漠漠，後有萬古來滔滔。當中忽放我一人，不前不後生
今朝。孫曾以後之人物不接見，開闢以前之史冊誰傳抄？徒然苦受
倉頡累，四千年中文字來煎熬。就使學業追孔、孟，勛業同夔、皋，

〔註27〕同註9，頁480。
〔註28〕請參見徐世昌輯，《晚晴簃詩匯》（北京市：中國書店，1989年10月第一版第
一次印刷），第二冊，卷七十六，頁394～395。
〔註29〕王英志先生云：「袁枚的抒發狂放之性的作品主要體爲兩類：一類是直攄胸
臆，一類是借吟咏景物表現。」請參見同註9，頁480。

> 猶恐一朝乾坤毀，也如雲氣隨風飄。何況硜硜居空谷，寂寂守蓬茅；五岳不曾走蠟屐，六十尚未麾旌旄！造化小兒漸欺我，齒痛呼譽聲嗷嗷。眼前未死先冥漠，詭談傳世不朽殊無聊。擬學古之行樂人：酒飲公孫穆，色好公孫朝；已為財力所制限，名教所阻撓。再欲將身送還天與地，又被殘形恒幹相拘。只得支頤枯坐無一語，自弄筆墨當笙簫。寧戚高歌白石爛，杞人自信青天牢。方寸之間驅水火，八荒以外馳輪尻。身隨黃頊青曾歿處歿，魂憑白蛻嬰拂招時招。但願生生世世莫作有情物，一任劫灰蕩滌吹我作泰山之頑石，大海之波濤。（《詩集》卷二十五，頁508）

此詩袁枚將時空拉到萬古前與萬古後，以無限的過去與無限的未來，開闢了一個永無止境的時空出來，再將自己放到現在當下的時空中。他言天地開闢之前語言文字不存在，現今我們都為語言文字所累，人生追求的一切事功都必將湮滅。故其言「猶恐一朝乾坤毀，也如雲氣隨風飄。」袁枚以此曠達的情境，將自己齒痛一事帶進來，借此以展現自己的狂放。齒痛令袁枚自覺痛楚已讓他迷茫了，怎麼還有可能去想傳世不朽之事呢？不如即時行樂，酒、色且盡性。後來袁枚想一想，不論在生或死亡，都會被現實外在環境所侷限。袁枚認為能以舞文弄墨自樂，才是件令自己自由之樂事。此番病痛讓袁枚別有一番滋味在心頭，病痛的感應來自有情，所以他才言「但願生生世世莫作有情物，一任劫灰蕩滌吹我作泰山之頑石，大海之波濤。」一旦成為無情之物，病痛就奈何不了袁枚了！袁枚如此的觀感似乎是在向死亡、病痛做抗爭。

袁枚是位多情輩，患眼疾時自言自己太多情，而致眼有昏澀的毛病；但當患齒痛時，卻言願為無情物。喜自己有情又希望能化無情物，此二者實相扞格，這就是他狂放任性的寫照。

（二）病中戲談生命來去之徑

袁枚在詩集中有一首詩，直名為〈病中戲作〉。他把病中作詩，有時將其視為一種遊戲。以遊戲的方式，來探討嚴肅的生命課題。筆者認為若不是狂放之徒或是解脫開悟之流，如何能夠以此為戲呢？袁枚不是後者而是前者之類。其詩云：「我不願來而忽來，我不願去而忽去。不知來自何方，去處何從。此中自有真消息，天不能言我代說：只等盤古老翁依舊活，我來尋找自然得。」（《詩集》卷二十七，頁585）「我不願來而忽來，我不願去而忽去。」二句的

意旨，來自於莊子〔註30〕。袁枚認爲生與死是自然之事，但是詩中袁枚親身經歷，這生死變化時，卻開始思考「生來何方？死去何處？」的問題。袁枚以爲應有個答案可追尋，爲此他不改狂放之性，又言「此中自有眞消息，天不能言我代說」結果袁枚給了一個令人驚奇的答案「只等盤古老翁依舊活，我來尋找自然得。」令人驚奇的是袁枚這個答案根本不是什麼答案，因爲這樣的答案，還是沒有解決，所要問的問題。他給出了一個可提供解答的人物——盤古，若是盤古還在的話，去問開天闢地的盤古，應可知曉生死途徑的眞相。袁枚於此開了一個玩笑，因爲袁枚所假設的說法，是一個沒有意義的假設，因爲沒法探究求證。或可說袁枚開了生死一玩笑，在他心中認爲生死屬自然，不必特意究其來去吧！

袁枚如此在病中狂放的背後因素，隱約可從其詩中察測出。可從〈戲答醫者〉一詩中找著證據，該詩云：「業已清齋學太常，醫師還勸撤羹湯。思量養病無他法，合伴夷、齊餓首陽。」（《詩集》卷三十七，頁932）詩中明白指出，袁枚生了重病，飲食要清淡近似於清齋。但是醫生認爲還要將一些羹湯減除才好，因當時袁枚是患了嚴重的痢疾，故醫生建議撤除用餐時的羹湯，是有其必要的。袁枚因病需遵守醫師的規定，減少了口腹之享受。一位恃才常爲友人與學生的偶像，對於別人他常是居指導的身分。怎知因病，落於受醫生指使，對他的自我價值好似會有所折損。在詩中的最後二句「思量養病無他法，合伴夷、齊餓首陽。」袁枚把自己的困境，竟對比到了伯夷、叔齊的事蹟。此處可見，袁枚借著如此的自比，抬高了自己困境中的身價。

袁枚病中詩，以遊戲口吻表達的詩意，顯示他的狂放之性。另外在狂放之性的背後，袁枚仍極其重視自己的自我價值。他戲談生死，將生死視爲自然，表面上是不以爲意，但其心中較重視的是生的價值——自我形象的美好。

五、表面的生死豁達

袁枚寫下遊戲心態式的病中詩，從其中或多或少可以感受到，他對生死是表面上的豁達，並非是由生命底層覺知出來的證悟。他生病時所作的詩，

〔註30〕 莊子云：「雖然、方生方死、方死方生。方可方不可、方不可方可、因是因非、因非因是。是以聖人不由而照之於天。」此處莊子所言，生死之事，以道家聖人的觀點見之，是一件自然之事實。請參見郭象著，《莊子》（臺北縣：藝文印書館，1983年6月四版），頁42～43。

與病漸有轉癒時所作的詩相較下，就可明確地發現袁枚「表面的生死豁達」
現象。一位堪稱豁達者，應無論在人生順境或逆境中都能豁達。但是袁枚生
病時，所寫下的病中詩，出現太多對人世的沾黏，但也有吉光片羽的豁達言
語；在他病情轉癒時，所寫下的病中詩，卻有許多覺悟豁達的言語，但也有
暢意自我享樂之敘述。如此看來袁枚應不算是一位對生死豁達者。以下就針
對此來論述之。

　　袁枚病中友人贈詩與他，袁枚在詩中告之友人，他生病之消息，並且表
達強烈遊歷山水的意圖。「羅浮擬訪葛仙衣，可奈頹禽翅不飛！一息尚存山要
看，秋光慚老客思歸。掃門魏勃從今遠，識曲鍾期自古稀。回首五層樓在望，
謝玄暉尚夢依依。」（〈枚方以詩獻中丞而中丞贈詩適至，病中如數奉答，即
以留別〉《詩集》卷三十，頁 696）這是袁枚在生病期間，對於他想遊羅浮的
計畫耿耿於懷，就向友人無奈吐露因自己生病，而無法如願。但袁枚並沒有
因為生病，以致自怨自艾而放棄計畫，他倒是企圖心旺盛的說「尚夢依依」。
在不久之後，袁枚病好轉後，果如他的想望，去遊歷羅浮了。「仙衣化蝴蝶，
蝶去不我親；梅花化美女，無花空有村。明知古人語，渺茫難具論。奈已書
上見，未免胸中存。參橫月落時，沉思欲斷魂。擬扶綠玉杖，一問黃野人。」
（〈病起游羅浮得詩五首〉《詩集》卷三十，頁 699）袁枚從書中得知羅浮美景，
而起一探美景的欲念，在生病時他沒有忘記此事，病起又隨即了卻心中所望，
由此事看來，不論病中或病起，他不間斷他的欲望追求。

　　袁枚在病起的詩作中有著豁達言語，「自笑龍鍾八十翁，未必期頤還有
分。雲本無心愛出山，舟如藏壑心無慍。晝起即是地行仙，宵橫便算長眠漢。
笑斥如來〈護命經〉，胸有莊生〈齊物論〉。世間萬事等閒觀，歿固欣然存亦
順。君不見顏含性命自家知，雖有郭璞著龜從不問！」（〈病起作〉《詩集》卷
三十七，頁 917）袁枚自覺年事已高，身體患有腹疾，對於期待未來能再享用
美食不敢奢望。現實對袁枚無情的對待，袁枚心不想善罷甘休，故他只能「自
笑」罷了。袁枚在詩中話鋒一轉，就順著自身當下的處境，做了轉折性的意
象跳脫。說明自己不喜佛家之說，而推崇莊子的〈齊物論〉自然之說，袁枚
藉以莊子為伍，將自己生死觀的心態提到與莊子同等。「世間萬事等閒觀，歿
固欣然存亦順。」袁枚以「閒」來代表自己對於生死，能依順自然演變。但
是袁枚在人生尾聲前的一首〈病起口號〉詩，不像他自己所言如莊子般地自
然觀，卻有著人心用事的機心。

黑夜不知醒，青天忽有光。如逢金雞赦，李白還夜郎。攬鏡急自
照，見貌輒自臧。有耳似覺聰，有目視覺良。奴僕走相賀，都道主
勝常。司廚亦欣欣，加意進羹湯。我一喜一懼，彌欲自周防。譬如
盜賊去，可不修垣牆。譬如荒年過，敢不減餱糧？病加于小癒，此
語慎毋忘。執玉而捧盈，一日如千霜。但恐老妻念，急揮信數行。
欲其大歡喜，未免小誇張。道云勿藥喜，似有神降祥。行將筮吉
日，渡江理舟航。勝擁十萬貫，騎鶴還家鄉。（《詩集》卷三十七，
頁 935）

袁枚病稍微有起色，就急著關心著自己的樣貌。一看而不欲見此容顏，但奴
僕們看到袁枚病情有好轉，大家心中都高興著，勸袁枚多進羹湯食物。袁枚
此時雖歡喜，心裡難免存有隱憂，病情的好轉到底能不能持續？或許此時好
轉只是暫時性的，因此袁枚就得小心調養。袁枚的心情隨著自己的病情起伏，
且還擔心妻子煩惱自己的病，難離人情的考量。

　　袁枚病中所作的詩，偶有靈光一現的覺悟，「我不願來而忽來，我不願去
而忽去。不知來自何方，去從何處。此中自有真消息，天不能言我代說：只
等盤古老翁依舊活，我來尋我自然得。」（《詩集》卷二十七，頁 585）袁枚以
為生死來去，是自然造化，不是人為所能擺佈。所以他才故意說「只等盤古
老翁依舊活，我來尋我自然得。」因盤古者事實上已難考查，如何找到盤古
向其詢問「真消息」呢？意指著，以人為去探究我來自何方去向何處，是得
不到解答的，故應任隨自然運作。這樣的說法，真會讓人以為袁枚對生死，
是隨順自然的樂觀心理。可是袁枚後來又推翻自己的說法，「轉眼樓臺將訣
別，滿山花鳥尚纏綿。他年丁令還鄉日，再過隨園定惘然！」（《再作詩留別
隨園》《詩集》卷三十七，頁 936）在病重難以救治時，他的心中還是脫不了，
為人世的情所困。

　　袁枚因病為詩的作品，表達出袁枚的生死觀，只是表面上的達觀，而不
是修行式（宗教式）的心靈豁達，也不是莊子般的順應自然。袁枚在矛盾中
前進，自以為是的自我中心，太在乎自己在人世建立的理想，而無積極尋求
超脫的生命。只是自以為是的灑脫，千萬別誤會他的生命境界，是關乎宗教
永恆生命特質的。

六、小　結
　　袁枚在生病期間，對於自己存在的價值，一直沒有忘記，袁枚在病中

對於自己才華的展現仍是在意。其詩云：「病起初拈筆一枝，笑將病態入新詩。……想爲文章傳尚早，故蒙天意死教遲。」（〈病起六首〉《詩集》卷十，頁 200）方在生病稍瘥之時，便趕緊將自己病中的情形寫成詩，讓袁枚的讀者能知道他的消息。袁枚在詩中表現出他和疾病對抗的決心，將病當是敵人，面對疾病就像在打一場仗，甚至對他的病以擬人的手法曉以大義，有詩云：

> 宋玉悲秋時，趙羅痁作候。八月乃有凶，余兩次病以八月。三年拜賜又。幾疑彼瘧鬼，匪寇乃婚媾。初來頭岑岑，須臾眼黝黝。投之深淵些，層冰剝膚腠。忽而醢鬼侯，焚烟相灼灸……我怒呼鬼來，大聲與呴：「汝本黃帝孫，暴虐乃勝紂。景丹古壯士，爾已往相疢。少陵昔詩人，二載爾不宥。有意病君子，吾將上帝奏。逐汝伴天刑，驅汝出狗竇。壺涿書鬼名，空青摘鬼宿。」鬼乃跪陳詞：「公言殊貿貿。予來爲公迎，予去爲公留。園中風如刀，公獨披襟受。池中月如霜，公帆方曳綉。快意禍機積，放懷余毒厚。非獨此之由，求治亦太驟！一年二豎來，諸醫最貤謬。柳似大金丹，雜進如米豆。逐虎而閉門，倒戈以自鬥。陰血遂狡憤，發瘕儴宿瘤。一年小作惡，呂醫亦莖陋。浮脉更升提，心門聞血齅。非鬼亦非疾，誰則任其咎！公愛讀史書，奚不覽宇宙？漢祖與唐宗，大網憑魚漏。寧無水旱災？元氣仍交妬。建元久視年，科條漸輻輳。桑孔法錙銖，周來禍結構。添眉混沌醜，舐糠雞犬瘦。身世將毋同，公胡勿參究？古帝有人皇，三萬八千壽。其後神農來，草根殺老幼。扁鵲剖齊嬰，妻子避左右。醫師屬冢宰，十全更罕覯。瘧鬼雖伣張，病人不病歐。況公無膏肓，寒暑亦邂逅。既來莫夭閼，未來莫俯就。勿吞棘刺丸，勿恃春秋富。新牡謹游房，大夫祀中雷。示吾杜德機，吾去敢留逗？願公如伯夷，念惡勿念舊。毋學蜀市人，天皇滿背鏤。更願如石虔，聞名鬼巳走。毋學高將軍，功臣閣上伏。」予聞意怳然，如挹浮丘袖。幽宗夜九拜，朝霞日三嗽。逐醫不逐鬼，設藥如設臬。慎以代昌陽，和以爲甲冑。看花喚都兒，伐木課辛秀。悠悠紅霞爵，坦坦青陽皺。上壽何敢期？中醫請永守。（〈瘧〉《詩集》卷三十二，頁 228～229）

袁枚患了瘧疾，特爲病中情景發而爲詩。詩中對病的怨恨與其相敵對，且將

此病視為鬼，專門和他作對，袁枚一股不服輸的氣勢，將自己的病怪罪於瘧疾本身。詩中袁枚誇張的向瘧疾提出控訴，逼迫瘧鬼向袁枚跪著陳述冤情。瘧鬼對袁枚表白，原本瘧鬼對袁枚是不會造成任何傷害，但是袁枚愛好悠遊園林之中，特別是在月夜之時。徜徉之際無顧天氣的涼冷侵襲身體，所以才會染上瘧病。經瘧鬼的陳情後，袁枚自覺自己錯怪了瘧鬼。這一段對話後，袁枚發現遠離瘧疾的好方法，以謹慎愛護身體來取代藥物的治療，這是防患於未然的預防方法，盡量保住自己的健康壽命。

其實袁枚在詩中，假瘧鬼的陳述與說明及自己的體會。這都是袁枚在對自己對話，可說是一種反省，讓自己找到更好的驅除疾病的方法。詩中展現袁枚不屈服於瘧疾的意志，是與疾病對抗的現象。使得外界能對袁枚詩中的表現，給予一種堅毅的精神肯定，是一種不放棄對生命生存的信念。

袁枚病中不論是小病或重病，都不放棄對生命生存之信念。袁枚更是愛惜自己的名聲、形象，這種愛惜名聲、形象的表現，就是對他現世價值的重視。有次袁枚生病時被人誤以為他得了風流病，所以他的友人沈永之來信慰問，但袁枚為了闢謠，而作了一首詩以澄清：

> 風人自合生風病，可惜南風還未競。白傅風痺過七旬，笑我年才屆知命。飛言如雨馳入秦，觀察聞之眉不伸。把我平生遙按脉，風淫末疾非無因。相如好色春滿房，子雲刻苦窮文章。身心兩費寧不匱？風來空穴誰遮防？觀察多情愛朋友，欲覓紅宵寄元九。聽得狼膏解治風，一時賞遍射生手。塞外擒來雙跂胡，抽腸去骳投丹爐。紅如丹砂膩若酥，刀圭一七千金須。正月十二天醫日，敬勘黃曆封題畢。蠶眠細字加丁寧，服之戒內須如僧。紅塵一騎飛如矢，老夫開函笑不止。深感真長秤藥情，誤傳海上東坡死。且收藥籠心忡忡，三年蓄艾將毋同。四禪天上我無分，列子他年終御風。（〈西安觀察沈永之誤聞余得風痺，以狼巴膏見寄，戲答一詩〉《詩集》卷二十一，頁441）

詩中袁枚以戲笑的方式作詩，以輕鬆的口吻為自己釐清外人對他的誤會。甚還自豪地說「把我平生遙按脉，風淫末疾非無因。」袁枚坦白自己風流的行徑，而又能不染風流情感所致之生理疾病，以此表明自己有過人高明之處。詩中除感謝沈觀察的友情關心外，還為自己此刻的心理狀況，作了詩意的描述「四禪天上我無分，列子他年終御風。」說明自己所追求的並不是生命的

寂滅清靜〔註31〕。而是一種像列子修養的有待心境〔註32〕。袁枚並不想如修佛之人一般，走上一條出世間的路。他想要自由自在生活，若乘風去來不受拘束，樂在人世間悠遊，較傾愛於人世間的價值。

　　袁枚對自我形象重視，會在病中感嘆外表的年老。他曾在三十九歲時作詩云：「病起初拈筆一枝，笑將病態入新詩。登堂喜似遠歸客，扶杖苦於垂老時。」（〈病起六首〉《詩集》卷十，頁 200）在三十五至三十六歲年間有詩云：「一床高臥闔閭城，五月黃梅聽雨聲。楚客心孤應有病，吳宮人住豈無情？風多樹影當窗弄，夜短燈花到曉明。肯放襟懷肯行樂，中年已見雪千莖。」（〈姑蘇臥病〉《詩集》卷七，頁 109）袁枚在世八十二年的歲月，在他三十五到三十九歲之間，應屬於壯年。但是在他的病中詩，卻是因病而自感自己的老態。老態的察見，是他看到了自己的毛髮變白才有此感的。對於自己壯年出現毛髮變白的情形，袁枚是很在意的。他不願毛髮變白的情形這麼早就出現，而欲維持黑色毛髮的年輕形象，在他的詩中就特地為自己染鬚而有詩作：

> 隨園居士墨者流，持鬚日向染人謀。明知其白姑守黑，老耼此義吾能得。……才看青青色，旋露星星貌。二毛不肯久欺人，時時將老來相告。我昔留鬚已惆悵，於今鬚也非前狀。……惜把丹青用此間，不畫向凌烟上。西風拂袖秋雨涼，手持明鏡愁秋霜。且將黑水西河郡，賜作髯奴湯沐鄉。（〈染鬚〉《詩集》卷十八，頁 366）

袁枚積極地想消除自己的老態，是不欲呈示出自己未老先衰的形象。然袁枚是位愛美的男士，他一直到了七十歲高齡時才不染鬚，關於下定決心不染鬚，他又為自己作詩以誌：

〔註31〕有關四禪之義：「又作四禪定、四靜慮。指用以治惑、生諸功德之四種根本禪定。亦即指色界中之初禪、第二禪、第三禪、第四禪，故又稱色界定。禪，禪那之略稱；意譯作靜慮，即由寂靜，善能審慮，而如實了知之意，故四禪又稱四靜慮、四定靜慮。此四禪之體為「心一境性」，其用為「能審慮」，特點為已離欲界之感受，而與色界之觀想、感受相應。自初禪至第四禪，心理活動逐次發展，形成不同之精神世界。或謂自修證過程而言，前三禪乃方便之階梯，僅第四禪為真實之禪（真禪）。」請參見佛光文化事業有限公司發行《佛光大辭典光碟版（Version 2.0）》（臺北縣：佛光文化事業有限公司，2000年 4 月），頁 1843。

〔註32〕莊子云：「夫列子御風而行、泠然善也。旬五日而後反。彼致福者、未數數然也。此雖免乎行、猶有所待也。」請參見郭象註，《莊子》（臺北縣：藝文印書館，1983 年 6 月四版），頁 18。

留鬚鑷鬚染鬚都有詩，四十年來能幾時？今年七十染不必，一白而已鬚事畢。記得當初未有渠，意氣淩雲渺八區。人言本色是英雄，我恰掀鬚笑未終。……莫嫌老去人無用，有時老亦因人重。且免身充玄甲軍，兼堪彈出銀絲供。君不見蒲輪車，上尊酒，不向終童家裡走？又不見香山圖畫，落社耆英，都是皤皤黃髮形？我鬚易白如許，頭責何須勞子羽！開窗只替海棠愁，一樹梨花將壓汝。（〈不染鬚〉《詩集》卷三十一，頁 732～733）

此處袁枚為自己不染鬚又做了理由說明，然而他明顯地又是在為維護自己年老的形象說話。他以為人老了還是有很多好處的，人一老自然受人敬重，又可免被徵召到軍中打仗，且「又不見香山圖畫，落社耆英，都是皤皤黃髮形？」老人的樣貌亦可入畫。這樣的理由真是理直氣壯，表示他此時的高齡正值受人尊重。

由以上的論述可知，袁枚相當在乎名聲與形象價值。甚而他對欲望的滿足，也沒有因為疾病（甚至是病危）而稍微或忘。袁枚在病中詩作的語言文字，承載著袁枚的欲望，他勇於將自我欲望顯露在世人面前。

參、面對死亡：自挽詩、告存詩、自壽詩

一、前　言

　　袁枚的自挽與告存詩作，是他在面臨生死意識時而作的。他的一生有二次生命大限的危機，一次在界臨七十六歲時，另一次在八十二歲病情嚴重欲振無力時。關於第一次大限之感的由來，王英志先生認為，袁枚曾被算命先生算定七十六歲是壽終之期，所以對將屆七十六歲的他，是一個生死之交的關鍵。王英志先生以為袁枚他的生死觀念是，因為「尊生」所以「戀生」的〔註1〕。如此的推論是針對袁枚生死價值的直接描述，至於袁枚為何要尊生、戀生的背地緣由，較無究及。從袁枚自身說法觀看：「初，相士胡文炳決我六十三而生子，七十六而考終。六十三歲果生阿遲，心以為神，故臨期自作生挽詩索和。不料過期不驗，乃又作告存詩以解嘲。奇麗川中丞撫蘇州，鐫白玉印見贈，一曰『倉山叟』，一曰『乾隆壬子第一歲老人』。其見愛甚篤，而落想尤奇。」（《詩話補遺》卷九，第五十四條，頁813）此段自述是袁枚在七十六歲當年所留下的，袁枚或許不相信算命先生所推斷之言，可是在他六十三歲那年，生下兒子的事，卻被算命先生算中。他開始對算命先生之言，存著半信半疑之感。若再觀察袁枚在七十四、七十五歲，二年間所作的詩中，可發現這二年間他是被疾病所苦，因此由算命先生所告知他的壽限，與七十六歲前身體上的疾病，令袁枚愈發感受到算命先生所算之事，成真的

〔註1〕請參見王英志著，《袁枚評傳》（南京：南京大學出版社，2002年5月第一版第一次印刷），頁362～372。

機率很高。

在袁枚未脫過七十六歲的生死魔咒時，他對死亡的感覺相當強烈。這與他以詩才遊戲世間的心態有關，他確是認真的看待此事，所以才有漫天向人要生挽詩作，而集成書冊。袁枚的確在近七十六歲時，身體狀況不佳，對死亡的對待，是真實的感覺，並不是無病呻吟。後來過了七十六歲竟仍存活，他才開始彰顯他生前自挽詩與友人給他的生挽詩，這整個事件的意義，發自古所罕有之事。透過《隨園詩話》、詩集、文集的刊行，與袁枚各地友人的傳佈，才將此事渲染開來，成為一段令人好奇想聽聞的事蹟。故王鐿容才說袁枚是「以死之名，進行一場文學遊戲」﹝註2﹞。然筆者所期盼了解的，不是袁枚越過了七十六大限後，所傳揚的文學名氣，而是袁枚心理、生理在迎接大限時，當下他的詩作中呈現了怎樣的自我影像，把袁枚面對死亡這一層的認知，從他的詩作中萃取出來。

袁枚將屆八十二歲前的時光，這是第二次生命大限的挑戰，雖然不能說他創作生挽時，是他對面對壽終的預習，因為死亡的真實感受是無法預習的。就算是預習了，當事者應該再也沒有機會向世人言說他的感受。袁枚七十六歲那年，沒有真正的死去，只是在期待死亡的到來而已。不過八十二歲這一次，卻是逼真極了，因為這一次的腹疾，讓袁枚曾經彌留過，對死亡的降臨，他的感受比誰都來的深刻。這二次大限間，只隔了五、六年的光陰，袁枚留下了詩作的紀錄。此二次間面對死亡時，袁枚對自我價值的認知與對待的態度是不太一樣的，筆者試著探索，期更了解袁枚的面目。

二、自挽詩、告存詩、八十自壽詩的意涵

袁枚自我心中有個理想，這個理想可看作是一個「夢」，他的生命就是自我創造的一場夢。這場夢從那裡開始的呢？或許在他出生時就註定了，因他的天賦才華而造就的。袁枚夢的種子就是「性靈詩」，小時候求學時，老師並沒有教授詩，但是袁枚卻在一個偶然的機會，從他的老師的朋友手中，得取

﹝註2﹞ 王鐿容言袁枚以死之名，進行一場文學遊戲，是為了得取名聲，擴大他自己的聲譽，以及他隨園文學的場域。這樣的說法指向著袁枚善於利用時機、事件，來推銷自我。也可以說袁枚使用了一些行銷手段，為擴大自己隨園文學的版圖。請參見王鐿容撰，〈傳播、聲譽、性別──以袁枚《隨園詩話》為中心的文化研究〉（國立暨南國際大學中國文學研究所碩士論文，2002年），頁243。

了一本詩冊〔註3〕，這是他與夢的種子結合的時刻。袁枚的生死之感，就像是一場夢與夢碎的糾結。他的夢想與淵明之輩不同，淵明的理想國不在人世上，淵明的理想是不容世俗的物欲情欲染著與破壞的。淵明心中的桃花源，是一個純樸道家式的世界，建立如此的理想世界，有它存在的危機，危機就是來自外在世界的干擾，好比來自武陵人的來訪，就是指外來的侵入者。武陵人發現桃花源中的世界，與武陵人自己所出身的世界是不同，武陵人的世界充滿人欲橫流的世界，如果進入桃花源的路徑被外面世俗世界的人們發現的話，桃花源的理想國度，就會面臨人欲侵襲，有著破滅的危機。桃花源理想國基本上是存在著防禦外界世界的藩籬性，可是袁枚的「隨園」夢土樂園，是建築在世間，他自己表明是一個沒有藩籬的世界〔註4〕。袁枚夢中樂土通往世俗世界，並沒有隔離世俗世界的用心，可以說袁枚的夢土是有無限擴張的可能性。但是袁枚所建造的「夢土」，並不是一個永不破滅的夢，這個「夢」

〔註 3〕 袁枚曾自云取得生平第一本詩冊的欣喜之情：「余幼時家貧，除四書、五經外，不知詩為何物。一日，業師外出，其友張自南先生攜書一冊，到館求售，留札致師云：『適有亟需，奉上古詩選四本，求押銀二星：實荷再生，感非言罄。』予舅氏章升扶見，語先慈曰：『張先生以二星之故，而詞哀如此，急宜與之。留其詩可，不留其詩亦可。』予年九歲，偶閱之，如獲珍寶。始古詩十九首，終于盛唐。伺業師他，及歲終解館時，便吟咏而摹倣之。嗚呼！此余學詩所由始也。自南先生其益我不已多乎！」請參見《隨園詩話》，卷六，第五十七條，頁188～189。

〔註 4〕 袁枚云：「隨園四面無牆，以山勢高低，難加磚石故也。每至春秋佳日，士女如雲：主人亦聽其往來，全無遮闌。惟綠淨軒環房二十三間，非相識者，不能遽到。因摘唐人詩句作對聯云：『放鶴去尋三島客，任人來看四時花。』」此處袁枚所言，隨園是一對外開放的場域，並無特意設防，任人隨意參訪，但是惟有「綠淨軒」一處，不是與隨園主人相識者，不方便冒然前往，袁枚如此說，可見此地並不是封閉之禁地，是對限定對象開放的。請參見《隨園詩話》，卷十一，第三十條，頁386～387。另外袁枚提及有關「綠淨軒」之事：「廿三間屋最玲瓏，恰好梅開坐上風。霧閣雲窗隨步轉，至今人不識西東。五色玻璃耀眼鮮，盤龍明鏡置牆邊。每從水盡山窮處，返照重開一洞天。插架琳瑯萬卷餘，商盤周鼎鎮相於。時時縹帶琤琤響，風意如誇有異書。一房才畢一房生，鎮日房中屈曲行。窗外風聲簾外雨，主人只是不分明。綠淨軒中草色含，水晶域外露華酣。忽然四面空青色，第二重天號蔚藍。紅雪嶔山四季紅，不開花日與同開。方知天下春歸處，都在先生此屋中。」綠淨軒在隨園中的位置，可能不太好尋找，需要與主人相識者，對地理位置較易找著。也可能此處，對袁枚而言，是個人較私密的生活空間，不太方便，給開放參訪的陌生人直接闖入。袁枚所建築的夢想樂土，不是一個封閉，怕人干擾的世界，反而是一個開放式無障蔽的空間，與外界人們生活的世界相通相融。請參見〈答人問隨園〉《小倉山房詩集》，卷二十，頁413。

中國度仍是存著幻滅危機的。他的〈自挽〉、〈告存〉、〈八十自壽〉詩，就是他對夢想意識到存亡危機的發聲。袁枚「尋夢」「築夢」「迴旋夢中」「夢碎的危機」「夢的延續」，袁枚的〈自挽〉、〈告存〉、〈八十自壽〉文學創作，可能是袁枚處理夢想危機的機制，筆者借助此部分資料的觀察，試圖進一步了解袁枚的夢想國度。

（一）自挽詩、告存詩、八十自壽詩創作的因由與意義

　　袁枚對於自我生命感到危機，所以他企圖表達內心的焦慮，又不想令人察覺，透過詩的創作與遊戲，在文學的掩護下，模糊了焦慮情緒，而用嬉戲的方式重整與彌補不安的情緒。袁枚寫下這三類詩的時間分別是，作〈自挽〉詩是在七十五歲〔註5〕；作〈告存〉詩是在七十六歲〔註6〕；作〈八十自壽〉詩是在八十歲〔註7〕。按創作的時間依序應是，〈自挽〉詩先，再來是〈告存〉詩，最後才是〈八十自壽〉詩。初始讓袁枚體會生死存亡危機的是作〈自挽〉詩時。〈告存〉詩是袁枚越過了算命先生所推算的壽終年限後，在當下對世人發表越過死亡限制猶然存活的宣言。至於〈八十自壽〉詩是袁枚在脫離七十六歲重病垂死的危難後，對自己生命能繼續生存，呈示珍惜之情與更能

〔註5〕「乾隆十五年，庚戌，先生七十五歲：『春掃墓杭州，寓西湖孫氏寶石山莊，臨行賦云：『一盂麥飯手親攜，走奠先塋淚滿衣。生怕歐公遷潁土，瀧岡阡畔紙錢稀。入城要訪舊知交，床上人危塞上遙（璵沙、衛宗，一病危，一謫戍）。吹斷山陽一枝笛，此身雖在已魂銷。』孝思交誼，至老蘋益。腹疾久不愈，作歌自挽，遍索和詩。』」此處的資料，顯示袁在春季掃墓後，感自己患腹疾已有些時日，久久不癒，內心覺自己應不久於人世了，所以才作自挽詩，並且自挽外，還邀四方友人以袁枚為對象，為作挽詩，這些是在袁枚病重時，尚在人世所為之挽詩，系屬生挽詩。請參見方濬師著，《隨園先生年譜》收於王英志編《袁枚全集》（江蘇：江蘇古籍出版社，1993年9月第一版第一次印刷），第八冊，附錄一，頁22。以下若在引用此書資料，僅列書名、頁次。

〔註6〕「乾隆五十六年，辛亥，先生七十六歲：『三十年前，相士胡文炳相先生六十三生子，七十六考終。後果於六十三歲得子，其年恰符文炳所云之數。至除夕不驗，乃作〈告存〉詩。按是時先生姊長先生七歲，孺人王氏亦七十又五，故先生詩云：『八十三齡阿姊扶，白頭內子笑提壺。倘非造化丹青手，誰寫〈隨園家慶圖〉？』奇麗川中丞鑷自玉印兩方見贈，一曰：『倉山叟』，一曰：『乾隆壬子第一歲老人』。』」請參見《隨園先生年譜》，頁22。

〔註7〕「乾隆六十年，乙卯，先生八十歲：『作〈八十自壽〉詩，一時和者麕集，程愛川宗洛和『愁』字韻云：『百事早為他日計，一生常看別人愁。』和『朝』字韻云：『八千里外常扶杖，五十年來不上朝。』為先生稱賞。』」此處可看出袁枚除了作自壽詩以外，仍然還是有四方友人所和詩作寄給袁枚。請參見《隨園先生年譜》，頁22～23。

從容的爲死亡前做好準備的公告。

1. 自挽詩──死前的調適

袁枚寫自挽詩，爲自己自挽的舉動找了依據，

> 人生天地間，不有生，何有死？……然人之常情，莫不好生而惡死，
> 雖聖人亦與人同。「子之所愼，齋、戰、疾」，非好生乎？「微服而
> 過宋」，非惡死乎？好之無所爲非，惡之不足爲怪；又何必矯情拂性，
> 強所不好以爲好，強所惡以爲不惡哉？僕之自挽，非有所強也，閑
> 居無俚，不善飲，不工搏奕，結習未忘，作詩自挽，邀人和挽，借
> 遊戲篇章，以自娛，不自知其達，亦不自知其不達也。足下以爲挽
> 即不達，必學楊喬之閉口而死，然後爲達；然則孔子夢奠兩楹，作
> 「泰山其頹」之歌，毋乃胸中亦尚有未達者存乎？夫孔子之歌，即
> 淵明自挽之濫觴也；僕之自挽，即淵明之作俑也。……足下又勸以
> 「泛乎若不繫之舟，養空而游。」等語，又誤也。夫舟者，無知之
> 物也，可以繫，可以不繫；空者，無著之處也，無所養，無所不養。
> 人則何能哉？自以爲不繫，是即繫矣；自以爲空，是即不空矣。充
> 類至義之盡，轉多障礙，不若得挽即挽，得歌且歌之爲樂也。足下
> 又云：「人能恬淡無爲，壽便不期其永而永。」此尤誤也。以陶靖節、
> 邵堯夫之胸懷，而壽止六十；以蔡京、嚴嵩之貪黷，而壽至八十。
> 孔子云：「仁者壽。」然孔子壽止七十三，而僕之壽已七十六，敢謂
> 仁孔子乎？要知達者壽，不達者亦壽；達者死，不達者亦死。此中
> 氣化推遷，并無所以然之故。在造物不能自主，而況於人？足下但
> 能規我，不能規造物也，一笑！（〈答錢竹初〉《尺牘》，卷七，頁
> 143～144）

袁枚透過與人的答辯，表明自挽的用意是與淵明自挽、孔子之歌同出一源。
他認爲自挽文學的創作，並不能代表創作者生命的境界是「達」或是「不達」，
袁枚自挽的心境是爲了「得挽即挽，得歌且歌之爲樂也。」對自己死前生命
情懷的抒發，以挽詩或是挽歌之類的文學爲樂，迎接死亡的到來。袁枚能如
此對待死亡，可能與他「人生天地間，不有生，何有死？」的看法有關，這
種看法會將生死視爲自然運作的常態，視生死爲自然現象，認爲人面對死亡
是無可逃避就應接受。

袁枚所作二首自挽的詩，當時他內心並不是完全平靜，仍是有懼怕之事，

「勿再入輪迴，依舊詩人作。」（《詩集》卷三十二，頁800）生命的死亡是自然現象，死後生命的未來會如何？是無人可事先知曉的，袁枚心想，若是死後的生命真有輪迴的話，他的內心希望能在來生，亦是一位詩人的身份，與今世擁有一樣的生命特質。換言之袁枚極愛今生的詩人角色，他在內心深處有著憂慮，擔心詩人身分因為死亡永遠消失了。「老夫未肯空歸去，處處敲門索挽詩。」（《詩集》卷三十二，頁800）他想在人生的最後一刻，仍維持著詩人的形象，帶著詩人的形象離世。趁著離世前還可知覺感動的時候，「挽詩最好是生存，讀罷猶能飲一樽。」（《詩集》卷三十二，頁800）可以盡情盡性的順自己性情而樂。

　　袁枚鞏固詩人形象，對他而言是很重要的，自己要有自挽詩，同時要求他人要和他的自挽詩，進行著詩人的文學遊戲，更是可以深刻塑造詩人的形象。袁枚在自挽詩中提到了很多死亡的形象，每個人有不同的死去形象。他觀看自我此時的樣子，病情使得身體狀況不樂觀，所以袁枚開始回憶今生的種種經歷，特別標舉出個人較自豪的部分，「弱冠登玉堂，早獻〈凌雲賦〉。飛鳧到江左，民吏俱無恙。山居四十年，虛名海內布。著書一尺高，梨棗俱交付。妻妾鬢髮白，兒童頭角露。」（《詩集》卷三十二，頁800）這般的回憶一生事蹟，袁枚似乎是沒有遺憾掛慮。但是當他回憶今生的思緒停止時，仍不免對即將來臨的死亡有些懸思在內心，「黃梁夢太長，仙枕何時寤？晨星雖竟天，孤懸亦寡趣。逝者如斯夫，水流花不住。但願著翅飛。豈肯回頭顧？」（《詩集》卷三十二，頁800）憂心著死亡之期限在何時，心中不免有些孤獨感浮現，後來他才又以死亡是歸於自然的來穩住自己的憂思。袁枚不喜自己生病的樣態，「老而病不若老而死。何也？死則與化同歸，凌雲一笑：病則殘形剩魄，終日支離。匪徒人厭，而己亦厭之。天下大患，在吾有身。」（〈與陳藥洲方伯書〉《尺牘》卷七，頁157）病會使人無法繼續人生行樂之事，所以袁枚想自由展其詩人形象以為樂，會因生病身體虛弱而有心有餘而力不足之憾。這樣的病苦對袁枚而言，不能行樂，不如老而亡形體沒有病態，也不用忍受病困的悶苦。以詩句上的狂放「但願著翅飛。豈肯回頭顧？」來迎接生命的結束時刻。袁枚在文學遊戲進行時，他不斷地在讓自我死亡前的生命情緒穩定。「人人有死何須諱？都是當初死過來。」（《詩集》卷三十二，頁800）強調生命的有生有死，每個人都是如此，死亡是自然的，不必刻意排斥。

2.告存詩——重生的歡欣與憂心

袁枚作自挽詩時，已然將此生回憶完畢，讓自己仔細看清楚是否還有未完成的事。袁枚舉例在詩中的生平事蹟，都是他得意之事，同時也爲死後許下一心願，希望自己能永遠持守著詩人的形象。袁枚幾乎是已做好死亡前的準備工作了，剩下就是等待相士爲他所推算的壽終年限到來。等待死亡的袁枚難道心中沒有一絲的念頭想再活下去嗎？答案是肯定的，袁枚還想再活下去，袁枚在告存詩中就爲自己能再活著，表達了極度的欣喜。不僅爲此作了告存詩，還邀請友人和他的告存詩，以昭告世人，自己還存活在世間。也將他等待死亡的心歷路程披露給隨園文學的讀者群。只要袁枚仍留世，他與人的情不斷，詩人的形象更要繼續創作，「伏念相公披一品服，駕九花虬，建熙天耀日之功，在絕塞窮邊之地，在旁人觀之，疑若尊不可接，勞亦難支矣！乃能希心物外，念及龍鍾，加狂狷之裁，和〈告存〉之作，非徒貴人造命，實由賢者過情，且復招集皋、夔，同憐巢、許，珠璣錯落，各寄吟箋。」（〈答補山相公〉《尺牘》卷七，頁 151）透過和詩作文學的交流，從中袁枚感受到來自友人的關心之情與認同。和袁枚告存詩，是與袁枚同時見證他將死而重生的人，與袁枚共同分享喜悅之情。「今年七六之數，似亦難逃。不料天假光陰，已屆除夕矣。桑田之巫不召，貍脈之夢可占。將改名爲劉更生乎，李延壽乎？喜而有作。」（〈除夕告存戲作七絕句〉《詩集》卷三十三，頁 815）袁枚把自己此次渡過死劫，稱作是更生與延壽。他死亡前心中的願望——依舊詩人作——還是如願以償了，袁枚欣喜之情洋溢在在告存詩中。甚至是欣喜過了頭，而出現讓人感覺狂妄之詩句呢！〔註8〕此時的袁枚正式的確定，胡文炳相士所推算的命數是不準的，「相術先靈後不靈，此中消息欠分明。」（《詩集》卷三十三，頁816）相士之言在袁枚心中留下的陰影已完全掃除。不過袁枚的心中並不是興奮到忘了所有憂慮，「過此流年又轉頭，關心枕上數更籌。」

〔註 8〕 袁枚詩云：「天下勿勿守歲忙，天公未必遣巫陽。屠蘇酒熟先生笑：此是盧循續命湯。八十三齡阿姊扶，白頭內子笑提壺。倘非造化丹青手，誰寫〈隨園家慶圖〉？手種梅花四十春，暗香疏影盡纏綿。花神似向諸天奏：還乞林逋管數年。生壙司空久造成，家家生挽和淵明。如何竟失閻羅信，唱殺〈陽關〉馬不行！」此四首詩中，袁枚對於自己重生很高興，以爲是上天留歲壽，可再繼續管理隨園，照顧著隨園中的花木。袁枚有些得了便宜還賣乖的心態，有些揶揄地說，沒有死亡到閻羅處報到，自己失信於閻羅，爲死亡一切都準備就緒的袁枚，竟然越過了死亡的界線。請參見《小倉山房詩集》，卷三十三，頁815。

（《詩集》卷三十三，頁 816）經過一場死亡的試煉，袁枚的內心紮實的感受
到，死亡帶給他的焦慮與存有的威脅。因此對於自己未來生命歲月還有幾何？
縈迴在袁枚的心頭。

在告存詩的最後，袁枚自我承認，他死亡前的心境，並不如他在自挽詩
時所說的那般自在看得開。「諸公莫信袁絲達，未到雞鳴我尚愁。」（《詩集》
卷三十三，頁 816）袁枚度過他七十六歲的除夕時，他內心是擔憂的，他的心
裡有著相士之語給他的魔咒。因此除夕夜未過，未雞鳴天亮之前，他內心是
迎接死亡的到來，故袁枚在未至七十七歲新年時，他一直在生死間爭扎。在
告存詩中雖呈示袁枚的重生欣喜，袁枚也把內心的憂心洩露了——死亡現在
消失，終將重現。

3.八十自壽詩——在回憶點滴中，聚焦自我

在袁枚對生死的觀念中，他曾提及「夫生之所以異于死者，以其有聲有
色也：人之所以異于木石者，以其有思有為也。孔子曰：『非禮勿視，非禮勿
聽。』其所視所聽可知也。又曰：『學而不思則罔』，『見義不為無勇』。其有
思有為又可知也。」（〈再答彭尺木進士書〉《文集》卷十九，頁 339）袁枚在
此所論，是他個人以為在生時若是無思無為，無非與木石相同無所知覺感觸，
那不就是如同死去一般呢！袁枚以為人在生就應有思有為，徵聲逐色是人生
中應然的。袁枚主要是以儒家的作為，來與佛家的參禪無思玄妙相辯。袁枚
又在此封信後與他人言：

> 欲知生死必歸佛法，然則佛法未入中國之前三千年中，堯、舜、孔、
> 顏都是醉生夢死于世上者乎？孔子曰：「死生有命」，孟子曰：「夭壽
> 不貳」，張子曰：「存吾順事，沒吾寧守。」此數言，任他歷劫輪回，
> 恐顛撲不破也。元人《就日錄》有言：「凡見理明之人，一切神鬼陰
> 陽，皆不能惑，亦不敢犯。」先生何不將彼教誕語一掃而空之？近
> 日士大夫年衰氣怯，惑此者甚多。僕不願宏通淵雅之儒，又從而附
> 益之。（〈答吳松厓太守〉《尺牘》卷七，頁 154）

袁枚於此再次肯定自己對生死的看法，只要是「凡見理明之人」對於生死就
不會心存疑惑。

袁枚心中自有一套對生死的見解，所以他面對在世的作為，會有配應生
死觀的行徑。袁枚以為人生在世本應有思有為，有一番自己理想努力過程，
袁枚一直到近八十歲時，他曾言：

今之詩流，號稱有才者，往往從蘇、黃入手……學士獨能從源溯流，
奉漢、魏、三唐、王、孟、韋、柳爲圭臬……天機清妙，淵乎其不
可量。將來一朝作手……今學士縹緗魏闕，如日在東，枚寂處空山，
頹雲將散：不能兩人合并，一談口內所欲言，一證胸中所蘊蓄。年
衰路遠，如桓子野聞歌，空喚奈何而已，思之黯然。所望者，江左
風騷，凋敝久矣。或天使文昌降，爲之提挈而振作之，俾頹衰老子
亦得扶杖而觀文化：豈非藝苑之光輝，暮年之樂事乎？孔子曰：「及
其老也，戒之在得。」枚年垂八十，萬念皆空。所不能戒者，惟此
而已。學士多情，必同此惓惓焉。（〈答法時帆學士〉《尺牘》卷七，
頁 141～142）

袁枚自言到了年垂八十之時，因爲衰老體弱，有萬念皆空的想法，但是心中
仍有所堅持之事，不會因年老力衰而放棄，那就是對詩文創作。

　　到了袁枚眞正八十歲時，他在自壽詩中，對於詩文創作之事，是否依然
堅持呢？是的，「喜除詩外從無債」（〈〈自壽〉詩亦嫌有未盡者，再賦四首〉《詩
集》卷三十六，頁 876）此外自壽詩中袁枚仍是不忘將自己的一生，再次聚焦
呈現在世人的面前，袁枚試圖在自壽詩中，爲自己一生留下一美好句點。他
用回憶的方式，把自己一生所經歷風光事蹟述於詩中。袁枚費心創作自壽詩，
在慶賀自己能活到八十高壽，也在爲自己不知何時壽終，有替代自挽的意味。
因在七十五歲已作自挽詩了，若在此時又再作一次，恐怕已無新意。若再爲
自挽詩，那就不太符合性靈詩的活潑性了，倒是以自壽詩爲題，可是內容中
回憶之事是自挽詩部分的擴大，內容中意蘊著自挽的成份，爲自己的一生向
世人作一交待。「著到飛棋興偶，無弦琴好亦空懸。家餘旨畜鄰分潤，園少牆
垣賊見憐。一物有情皆入賞，半生非病不孤眠。休提往日興人誦，風影訛傳
五十年。」（《詩集》卷三十六，頁 876）袁枚於此表露他性情的特點，做人慷
慨大方、賞鑑原則是依順己情而定、除生病外從不孤眠。這是對自己性情特
點的自我形象聚焦，最後也爲他人給予的一些風評，做一些釐清。袁枚自壽
詩中的生平回憶，可說是爲自己此時生命時序定位，且陳述今後生命前進的
規劃。「自家心要自家安，身自頹唐筆未乾。」（《詩集》卷三十六，頁 876）
袁枚欲以文人詩筆身份承載住八十歲的現在與未來。

（二）袁枚未肯空歸去──夢的延續

　　人一旦失去生命，他就無法繼續捍衛自己的理想。袁枚的理想是建築在

世間上的追逐，所以當他腹疾累久不癒，覺察到自己可能不久於人世。文學的創作與聲名的獲取是袁枚的理想，在達到此理想的同時，袁枚也滿足了他個人的欲望〔註9〕。老病時期的袁枚意識到今生的夢想，無法再持續了，企圖在人生最後時刻，想以詩的文學活動，留下紀念。在此之前袁枚在文學創作的過程中，一直想為自己留下永恆價值〔註10〕，袁枚作自挽詩時有突破前人紀錄的想法，在袁枚之前有陶淵明的自挽，陶淵明自挽詩僅止於自己為挽詩，並沒有邀人同和，然袁枚此時突發奇想，向人催索和自己自挽的詩作，「久住人間去已遲，行期將近自家知。老夫未肯空歸去，處處敲門索挽詩。」（《詩集》卷三十二，頁800）袁枚覺得自己久病未好，應是死期不遠，所以才想為自己留下死前的文學紀錄。依王英志先生所編的《袁枚全集》中，和袁枚自挽詩的人共有三十四人，其中有二人收在《小倉山房詩集》卷三十二，附於袁枚自挽詩後。其他三十二人的和詩收錄在《續同人集》的生挽類裡頭，此番的和生挽詩活動，袁枚內心的盤算應是生前最後一場了。袁枚不讓自己的夢想因死亡逼近而放棄，除非死亡否則袁枚是不能罷休的。

　　死亡是袁枚夢想的狙擊手，一直等待著袁枚，這就是袁枚欲持續文學夢想的破壞者。死亡到了袁枚的夢就碎了，可是袁枚不令自己在死前見到夢碎，故進行一場自為生挽與索和詩的舉動。袁枚好似要讓世人引以為訝異，袁枚又可以成為世人的焦點了。可是袁枚並沒有在世人的注目下死去，他活過了七十六歲，即將黯淡的夢想，又因生命的存在而活動起來。袁枚的自挽詩，

〔註9〕　袁枚有了文名後，對於他自身好美色、物欲需求、順情欲生活、遊歷山水等欲望的滿足，有直接的幫助。

〔註10〕　袁枚云：「去秋游雲臺，路出溧陽。是僕少年作令處，事垂五十年！故吏呂瑞圖太守之子嶧亭觀察，率士民郊迎于十字橋……僕亦覺有丁令威化鶴歸來之意。城郭猶是，人民已非，且悲且喜。到呂氏萊園，小住半月，有一二龍鐘叟，來說當初，賑何村，判何獄，拔取某士，如理兒時舊書，歷歷可數，而僕已全不省記，夢耶，真耶？一世人耶，兩世人耶？僕竟狐疑而不能自決也。因思天地間雪泥鴻爪，轉眼即化烟雲，惟有付丹青，差可傳之永久。奈作畫者，山水、人物，不能兼長，當今惟足下擅此二妙。前臨猗香夫人圖，見者歎眠復生，故以素紙奉求。大凡作畫作詩，難得好題，替隨園老人作〈重到溧陽圖〉，題目殊佳……」年老時期的袁枚，對於人生有雪泥鴻爪之感，想留下些什麼價值，不讓自己今生的努力，因自己的老化或離世而失去意義，所以在此段事蹟中，袁枚想為自己在五十年後，舊地重遊之情感，為自己歷經的往事留下圖像，讓後人也能見此圖，而對袁枚有所了解，令自己的事蹟藉著圖畫而流傳。另外袁枚詩的創作，也同樣在為能流傳後世而奮鬥。請參見〈與鄶若泉〉《小倉山房尺牘》，卷五，頁109。

內容中彌漫灰色的生命色彩，但是度過了袁枚心中預期的死亡，生命色彩又是亮麗登場。從袁枚的告存詩可得知，「屠蘇酒熟先生笑：此是盧循續命湯。」（《詩集》卷三十三，頁815）袁枚的夢想重新再啟動。「倘非造化丹青手，誰寫〈隨園家慶圖〉？」（《詩集》卷三十三，頁815）夢想的主人就是隨園主人，一切隨園的經營與隨園文學都需袁枚來主持。是造化的安排，使袁枚得以重掌隨園夢想。袁枚從作出自為生挽詩與索和詩的驚人之舉，到創作告存詩。好像都在挑戰人之常情，一般人病時都避諱言死，而袁枚卻仿淵明自為生挽，將死大膽的言述，一副我欲歸去的無謂感覺。此種感覺在告存詩中，袁枚就打破了，其實他的內心對世上是眷戀的，「手種梅花四十春，暗香疏影盡纏綿……諸公莫信袁絲達，未到雞鳴我尚愁。」（《詩集》卷三十三，頁815～816）袁枚的自挽詩雖灰色了些，可是在詩中對今生的回憶，實是對今生情感所在的人事物，充滿不捨之情，這就是袁枚「語出驚人總關情」的行事作風〔註11〕。袁枚夢想前進的動力，應在「欲望」、「情」上，袁枚在〈八十自壽詩〉中披露不少。情與欲望難以確切區隔，在袁枚身上，他的欲望都得跟情關連，袁枚不喜無情的欲望，不喜純粹為欲望而欲望之作為，「一物有情皆入賞，半生非病不孤眠。」（《詩集》卷三十六，頁876）袁枚在自壽詩，把他一生重要的紀事，都羅列其中。從中進士、結婚、辭官、購買隨園、遊歷山水、高麗使臣聞詩名來購詩稿、收女弟子，在一生重大紀事之後，袁枚類似交待後事般地囑咐兒孫，他還自我肯定的說「此翁事事安排定」（《詩集》卷三十六，頁875）此詩雖名為自壽詩，卻有遺囑的味道。

　　袁枚察看了自己的下一代，能承續袁枚而能作詩者，在他的親生兒女中尋不著，袁枚覺得還算有幸媳婦能作詩，「畫梁乳燕雙飛處，添個堂前問字人。阿遲婦全賓能詩。」（《詩集》卷三十六，頁875）看來袁枚對自己一生應沒有太大遺憾，對自己所經營的一生算是滿意。若是壽命可再延長，他仍想過著

〔註11〕袁枚云：「伏念枚忝列詞館，二十三科，譬彼壞木，疾用無枝，遙望長安，恍如天上。不意閣下有意其存，凡枚之笈笈著述，草草平生，都被宗工哲匠，濫收於胸臆中。孔北海亦知人間有劉豫州，何其幸也！目贈九首，手為天馬，一氣空行，不愧才人本色。尤愛『語必驚人總近情』七字，包括《倉山全集》，直指心源，覺他人之萬語千言，都為皮傳，生前知己，微閣下吾誰與歸？」這封信，是袁枚年屆八十所寫，肯定友人對他的評語，「語必驚人總近情」深得袁枚的心懷，袁枚在生活上、文學上的一些驚人舉措，無非是在使自己情感與外界連繫不斷。請參見〈答劉澄齋〉《小倉山房尺牘》，卷七，頁146。

與此生一樣，是自己所安排的人生，「清福已經消半世，虛名遑敢望千秋！貧能行樂仙應妒，老不逃禪佛亦愁。擬乞壽言何處乞？抽毫先向自家求。」（《詩集》卷三十六，頁 875）袁枚在此為自己一生作總結，在自壽詩中，袁枚又再次操弄與自挽詩、告存詩相同的手法，向四方友人邀索和詩，進行著文學遊戲。袁枚在自壽詩中為自己一生作結，但在索和詩的同時，他的夢想又在前進著。此種方式袁枚自有其高明之處，好似故作姿態，讓人聞之動情，情一動而和詩。袁枚又能藉文學活動，感受到情與文學的激盪，形成欲望需求與被滿足的模式。袁枚運用自己臨界生死之間，而以生死為題以情為串作文學活動。使得隨園文學圈互動活絡，提高以袁枚為主的性靈文學的聲譽，袁枚抓住關鍵機會繼續延續且擴大自己夢想的領域。

（三）夢醒時分不願醒──死亡的真正降臨

袁枚創作了自挽、告存、自壽詩，算是為死亡做了一次可能性的預演。因為袁枚生命際遇之故，所以他才有預習死亡的機會，七十六歲那年，袁枚準備離世等待死亡，卻沒有在所預期之時生命告終，存活下來算是重生。他又開始縱情於夢想的追逐，有了前一次死亡的經歷，他的心中難免有死亡陰影在，自己再怎麼不願意生命終止，死亡亦是人生的自然現象。袁枚在人生最後一年，八十二歲時寫下了遺囑，再次將自挽、告存、自壽詩的內容做了統整，用散文的方式撰寫了〈隨園老人遺囑〉（《文集》，頁 1～4），此次就是真正向今生告別之作，沒有進行任何文學遊戲，不再有重生的機會。

袁枚在〈隨園老人遺囑〉中分配家產，他並不打算全部分家，為維持隨園的形象而有所保留。

> 只存隨園住房一所，田一百二十四畝：所以不分者，要留此園與汝兄弟同居。……且喜汝等俱各恂恂本分，似能守其家業，我心甚喜。
> 所未能忘情者：隨園一片荒地，買賣甚廉；我平地開池沼，起樓臺，一造三改，所費無算，與我貧賤起家光景相似。……當時結撰，一片精心，談何容易！吾身後汝二人，能灑掃光鮮，照舊庋置，使賓客來者見依然如我尚存，如此撐持三十年，我在九原亦可瞑目。（《文集》，頁 1～2）

袁枚重情，他要阿遲、阿通在他死後要維持隨園的格局，希望隨園的賓客們，再訪隨園時能見隨園景物，感覺如同袁枚在世，情感不會因主人已故而消褪。袁枚想讓自己的形象，在過世後仍能留在世人的心中。「隨園《文集》、《外集》、

《詩集》、及《尺牘》、《詩話》、時文、三妹詩、《同人集》、《子不語》、《隨園食單》等版，好生收藏，公刷公賣。……我一生著述，都已開雕；尚有《隨園隨筆》三十卷，正想付梓，而大病忽來，因而中止。他日汝二人行有餘力，分任刻之，定價發坊，兼可獲利。」（《文集》，頁2～3）袁枚吩咐孩子們定要將他的著作印刷出售，藉由自己生平的文學著作出版，世人閱讀到自己作品，使隨園先生的形神得以流傳。這或許是袁枚不願讓自己的夢想，隨著自己死亡而埋葬掉，在死之前仍不忘創作詩。〔註12〕

三、時人的應和

此處是要針對袁枚的友人，對袁枚自挽詩、告存詩、自壽詩之和詩作探究。藉此了解友人對袁枚評論，以及這些評論與袁枚本身之關係。依照袁枚索取這些和詩的時間順序做觀察，這些詩的內容中，由時序的演進所凝聚出袁枚形象的顯影愈清晰。也就是從自挽詩的和詩、告存詩的和詩到自壽詩的和詩，袁枚的形象愈來愈形構完整。

（一）生挽詩的和詩

此部分的和詩資料取材自《續同人集》的〈生挽類〉〔註13〕與《小倉山房詩集》卷三十二，頁800～801中的二首和詩，以下就依所取材之資料進行探討。

1.贏得正面評價

在王英志先生所編的《袁枚全集》中，共收錄了三十四人，和袁枚生挽詩的作品。所有人對袁枚一生的評價，完全沒有任何負面的說法，全部都是一致肯定袁枚今生的成就。姚鼐和詩云：「龍飛四歲一詞臣，嘯咏江山五十春。莫怪尊前未了局，當時同輩久無人。一代文章作滿家，爭求珠玉散天涯。替人未得公須住，天上寧無蔡少霞！」（《詩集》卷三十二，頁801）對袁枚在文學上的成就肯定，同時惋惜著袁枚未找到能接續的傳人，畢竟是袁枚的文學地位尚無人能取代。更有和生挽詩者以爲袁枚，向人索生挽詩的作風，是一項創舉。

　　陰陽同父母，隨其命所之。號令一朝至，賢哲無能辭。世人不悟

〔註12〕「九月二十夜病，又作〈賦絕命詞〉，並賦〈留別隨園詩〉……十一月十七日（按：公元1798年1月3日）先生卒。」請參見《隨園先生年譜》，頁23。
〔註13〕請參見《續同人集》，〈生挽類〉，頁150～164。

－81－

此，如夢鮮覺時。以至多忌諱，所作忘其痴。愍懷畏片瓦，伯松防
反支。將危尚示健，已病翻怒醫。皆由見不達，致爲達者嗤。我公
耄多疾，自知歸有期。不墮分香泣，不秘瓊瑰詞。作詩既自挽，復
邀人其爲。此調久絕響，淵明其先師。鮑照與秦觀，相繼揚其悲。
未聞有和者，至公增一奇。」（《續同人集》，頁150）

死是人人必遇之事，但是一般人對於死都有所忌諱，可是袁枚卻在生前即爲
自己作挽詩，不會忌諱談論死亡之事。生挽詩的創作可溯源到陶淵明，袁枚
更進一步地邀人同和生挽詩，這是袁枚發古人所未有之舉。

　　袁枚的友人，因爲袁枚欲人和生挽詩的作爲，而給袁枚面對生死予達觀
的評價，「維摩具神通，示疾斷一切。如來愍眾生，滅度仍不滅。此爲現涅槃，
妙法從頭說。先生本達觀，歸寄久參徹。」（《續同人集》，頁 151）這是從袁
枚友人眼中所認定袁枚的生死觀，以爲袁枚對於生死已了然於心，才可能瀟
灑地向人索生挽和詩。袁枚的友人中，有人認爲袁枚一生過得相當的有意義，
所以此時應可安然的逝去。

二十屬志初，七十著書畢。若論文福兼，公可死者一。早年預清
班，繼復作循吏。風謠至今留，俎豆倘可冀。若論位望亨，公可死
者二。君卿取十妻，諸葛得二男。身如柏枝強，境若蔗尾甘。若論
居處優，公可死者三。十洲縱未游，五岳已畢至。黃山武夷間，垂
老游復肆。若論山水緣，公可死者四。拾遺踔耒陽，供奉隕江滸。
昌黎不攝生，和仲備疾苦。若論年命豐，公可死者五。中書廿四
考，方鎮四十年。汾陽處危疑，長沙疾綿延。身命匪不達，得不償
失焉。何如公之身，半世臥若谷？入門與出門，俛仰無不足。若論
心志舒，可死不此六。（《續同人集》，頁159）

此段是洪亮吉認爲袁枚可死的理由至少有六項，因爲他認爲袁枚在文學的成
就、社會地位名望、家庭生活居處、遊歷山水、生命得高壽、自我心中志趣
的實現，幾乎都達顛峰的境地。人的一生能像袁枚得償這麼多的成果，是很
不容易的，然而袁枚卻能達到，故洪亮吉以爲袁枚若死去，應不會有諸多遺
憾。反個角度過來看，洪亮吉的陳述是在肯定袁枚今生的價值。

2. 與時人之情誼

　　在友人和袁枚的生挽詩中，似乎人人都不忍袁枚離世而去，心中都祈求
著袁枚繼續存活，這種情感對即將死去之人，可能是倍感溫暖與感動的。被

人挽留似乎有種被人需求的價值，表示自我在友人心目中是相當有份量的。「愛讀泉明自祭文，生芻特與致殷勤。相看不覺頻垂淚，天下憐才孰似君！」（《續同人集》，頁153）此首和詩是袁枚學生鈕孝思所撰，袁枚很愛惜弟子之才，照顧栽培弟子，所以學生感念老師，不忍老師離世，此情流露於挽詩中。與袁枚平時有和詩往來的友人，難得一和詩知己，因此不捨袁枚死去，「願先生壽如希夷，年年約〈自挽〉詩。先生知交遍天涯，一日不死詩不已，千首萬首續續詩筒馳。」（《續同人集》，頁154）可見詩友對袁枚文學上知己的情深。

袁枚的友人中，把袁枚索挽詩的事，做了一番解讀，認為袁枚如此做可以在死之前，了解自己與世人的交情到何程度。「厭殺人間索壽詩，稱功頌德總浮詞。先生偏自徵哀挽，生死交情好得知。」（《續同人集》，頁163）可見友人已看出袁枚很重視與人往來之情感，就連徵生挽詩，也可能是在徵驗友人對自己的情感如何呢！又有袁枚的友人，不將袁枚的挽詩當作是挽詩看待，而是當作壽詩，「不為農圃不公卿，月塢花欄適性情。百歲豈真難見事？三山亦是等閑行。司空墓域生治就，小杜碑文自草成。誰似我公奇更甚，挽歌教當壽詩呈。」（《續同人集》，頁164）此詩作者周之桐對袁枚的月塢花欄生活很清楚，一說就說中了袁枚的中心想法——適性情，周之桐相當了解袁枚，與袁枚交情應不淺，把挽詩當壽詩看，應有欲求袁枚生，不願見其死的心理因素吧。

3. 友人幫袁枚回憶人生

由自己回憶自己的人生，與從別人的角度來看自己的人生，有著不同切入依據。一方面從他人的回憶中，可以補自己回憶不足之處，另一面可以發現自己到底有哪些地方是令人留念的。教育弟子的事蹟，弟子們受到袁枚文學的沐浴，令弟子銘感於心，「雙眼真能堪古今，筆花墨雨入人深。三千弟子三千客，願為先生讓寸陰。」（《續同人集》，頁153）弟子們留念袁枚對他們的教導。袁枚教導弟子們作性靈詩，成為隨園性靈詩的一份子。袁枚在自挽詩中，願自己來世「依舊詩人作」，對今生創詩的事業與志趣契合，又能順自己性情與詩結合，或許袁枚認為這是美好的境地，所以他才願來生與今生一樣。袁枚的友人嚴守田，就為袁枚詩的事業，作了一番回憶，「獨佔名場六十春，眼方髮白倍精神。化工未必許歸去，海內騷壇少替人。原是奇才應運生，歲寒松柏極崢嶸。八旬天子文明治，正要詩歌潤太平。八十華年萬首詩，早

登詞館早栖遲。鬼才避舍仙才忌，只合人間位置宜。」（《續同人集》，頁153）
嚴守田將袁枚視為隨園詩王國中的天子，在袁枚性靈詩的領域範圍內，尚無
人可與之爭鋒或是續接之繼承人，表示著袁枚的詩才是無人能出其左右，有
獨尊袁枚詩之意旨。

　　袁枚在自挽詩中對自己的回憶，是以籠統的敘述方式來概括。然在友人
的和生挽詩裡頭，友人們幫袁枚回憶的敘述方式，是和詩者個人集中在局部
作較詳細的回憶。

> 綠章我欲奏蒼穹，利許巫陽喚此翁。天上已留奎宿照，人間寧放斗
> 杓空。初元進士靈光殿，弱冠徵書碣石宮。一片長江六朝月，先生
> 頭白萬花紅。點蒼峰色插空青，說劍猿公定有靈。相傳先生前身為
> 點蒼山老猿。千歲烟雲生慧業，一天鈴角降文星。長沙制策吳公薦，
> 金中丞。洛下詩歌晉國聽。尹文端。宗伯、沈文愨。司空裘文達。
> 二公皆先生同年。盡零落，也虧公在作儀型。正要飛騰賦遂初，大
> 府薦牧高郵，公即引病。華年三十奉潘輿。平添絕代〈無雙譜〉，獨
> 著聞天未有書。龍象尊中歡喜相，江出佳處水雲居。文人享盡神仙
> 福，只恐神仙尚不如。作宰桐鄉便作家，甘棠陰裡種桑麻。山中安
> 石留棋墅，屏後扶風列絳紗。死悟前因仍是月，生無一日不看花。
> 口碑儘有遺民頌，豈止天台老衲誇。天台僧能言先生作令時事。藜
> 光照徹大江明，三集《倉山》梓乍成。樓上元龍湖海氣，雲中子晉
> 鳳鸞聲。談餘志怪都根理，先生著《子不語》。語必驚人總近情。李、
> 杜文章遷、固史，不圖今日二難并。〈儒林〉、〈循吏〉兩篇中，位置
> 先生總未工。（《續同人集》，頁161）

劉錫五從袁枚的前身開始敘述，將袁枚今生擁有特殊的詩才，是與生俱有，
並非只靠後天才造就。袁枚當官時的吏治事蹟被人所稱頌，連天台山的僧人
都能口述其作令時的事，也被劉錫五給披露出來。劉錫五又將袁枚辭官歸隱
隨園之生活，享受自然山水逍遙神仙般的生活，描述在挽詩中。袁枚在自挽
詩中僅只提到自己著書一尺高，但劉錫五把袁枚所著的《子不語》一書作了
評論，他認為此書所談志怪，並非無憑無據。雖然袁枚述此怪異驚奇之事，
不過這是「語必驚人總關情」的。閱讀著劉錫五所寫的挽詩，與袁枚的自挽
詩相較下，劉錫五是將袁枚一生中所經歷的事蹟，作了局部的放大觀察，在
袁枚與友人的挽詩作品共同回憶下，可以把袁枚一生回憶拼組的更完整。

（二）告存詩的和詩

當袁枚面對人生第一次的生死交關後，發現自己越過了相士所算的命限，面對重生的內心觸動，他透過告存詩來表達感言。告存詩一發表後，友人的和告存詩作品也隨之而來。袁枚收集在《續同人集》中的〈告存類〉中，共有二十二人的和詩。從這些和詩與袁枚自身的告存詩相較，可以品味出文學背後的一些現象。

1. 和詩人與袁枚情感深厚

友人和袁枚的告存詩作品中，所滲透出來的人與人之間情誼的濃度，比和生挽詩時來的高。這種情形的產生應是袁枚自身所主導出來的，在自挽詩中袁枚所給人感覺是死亡的淡淡傷感，但在告存詩中給人的感受是歡天喜地的喜悅。從這二類作品中，袁枚本身就給人近似極端的差距，仔細觀察這二類作品，袁枚的心中有著預留的想法，是袁枚的心中希冀自己能繼續活下去。故在得其所冀後，內心的欣喜應是必然。在袁枚的預期心理效應中，告存詩傳佈了袁枚的喜訊心情，在袁枚的影響下，友人和告存詩的詩作也感染了這樣的氛圍。

袁枚友人的和挽詩內容裡，已透露著不希望袁枚死去的訊息，「傳說天上有修文，人間騷壇共挽君。我易挽辭為君壽，七六之年從新又。」（《續同人集》，頁 163）從和挽詩的作品，也可以看出袁枚的友人們有著預期的心態，預期著袁枚不應就此死去，因此袁枚的友人們，也達到預期的希望。故在和告存詩裡，亦較多的喜悅之情。「身後安排了不驚，信他前事太分明。全家守歲雞鳴起，定向先生賀再生。昨年殘臘得書回，知道京江二月來。豫定餘生增樂趣，重攜竹杖上天台。」（《續同人集》，頁 143）趙帥得知袁枚全家為袁枚守歲，一到雞鳴天亮全家賀喜袁枚度過壽終年限，重生歡喜之情，可實行去年預定的計畫，與友人遊歷天台樂事。袁枚生命存活著，一切以他為中心的人或事再度啟動，袁枚的情感也開始活絡地投射。

有些友人從袁枚作自挽詩開始，就掛慮著袁枚壽終之期到來，整整為袁枚擔心了一年，直到接到告存的消息，才放下了心。「自今甲子數從頭，閱盡滄桑不計籌。何苦囊時微挽句，無端累我一年愁。」（《續同人集》，頁 145）此詩中唐仁埴對袁枚友誼深重，表露他對袁枚關懷之情。鈕孝思則是為袁枚能繼續在文壇活動而喜悅，「將信將疑鎮一年，朵雲昨夜落窗前。欣聞道履都無恙，再結人間翰墨緣。」（《續同人集》，頁 147）鈕孝思很欣慰地聽到袁枚

平安未死，直接就想到袁枚又可以在文壇發揮了，他為袁枚喜悅是從文學上的角度來看的。袁枚的弟子則是高興著老師活著，又可以接受老師的教導了，「憶著當年問字亭，名山不改舊時青。歸來好踐升堂約，白髮門生再授經。」（《續同人集》，頁147）袁枚七十六歲的年紀，他的學生也是頭髮斑白了，但聽到袁枚從死門關回來了，喜悅著以後又有機會接受老師的教誨了。

　　和告存詩作中，表述著袁枚在與人、事的情。此外，袁枚的友人們也將袁枚與物之間的寄情作了描繪，「若到蘇臺舊院中，昔年花半委芳叢。人間幾個西王母，朱鳥窗前認得公？看梅過後到金閶，不肯匆匆便束裝。先生欲重游天台，因園中梅花正盛，遲發數日。待到天台桃又放，兩邊花事為公忙。」（《續同人集》，頁148）重生後的袁枚，遇著了吉利事，隨園園中梅花盛開，又重遊天台時遇到了桃花盛開。他的友人尤維熊覺得這些花的盛開，是欣喜的迎接新生的袁枚，把袁枚與花間的情懷勾勒了出來。

　　新生後的袁枚，於友人的眼中，又與他生命中的人、事、物，在情感連上線了。這種連線的感覺，總是比快斷了線時，來得有活力，這或許是和袁枚告存詩作品，情感張力大於和自挽詩作品的原因吧！

2. 袁枚形象的神格化

　　友人為袁枚能起死回生之事，都感到高興，且對袁枚能起死回生的原因，友人們各說各話，有著各自的解釋。為袁枚的身份帶來一些神秘的氣氛，讓人對袁枚有著莫測的好奇心，招來友人的崇拜行為。「生死輪回例本明，無如造物也有情。玉皇認定真前輩，不許先生作後生。天上遲遲名曼卿，因君後手不曾生。教君尋得如君者，方許乘鯨反玉京。」（《續同人集》，頁142）奇豐額以為袁枚不應死，是造物者憐愛袁枚之才，認為在人間還未有人能取代袁枚在文壇的角色，死去的時機還未成緣，所以得留袁枚於世間。等到袁枚完成傳承的任務才能離世，返回天上去。此首和詩中所考量的理由，是袁枚在人世的重要性。王炘也是這麼認為，「群仙不敢輕招手，留與文壇作指南。」（《續同人集》，頁144）但也有友人，以袁枚之才，除世人欽羨外，就連天上神仙也可能排擠袁枚，因此袁枚想回天上去是不易的，「蓋世才名七十年，近來爭羨地行仙。文星上界人都忌，一謫終難返洞天。」（《續同人集》，頁142）李堯棟以袁枚之才，是與生俱來，是自天上降世，若袁枚想回歸本來仙位，天上的仙人也會嫉妒袁枚的才華，而不願讓袁枚死去而歸回天上。這二人的說法，似乎明顯的以為袁枚是天上仙降世至人間的，怎可能在人間就輕易死

去呢！

又有人以為袁枚的前生並非從天來，而是點倉山的老猿轉世，「年是新年人是陳，過年只算再來人。便將來世連今世，省得輪回又換身。莫怪輕災解縛纏，前身原是點蒼仙。君自言前身點倉山老猿。仙人遇劫能逃過，又得嬉戲五百年。」（《續同人集》，頁 143）趙翼和詩中以為袁枚能回生，表示度脫了一劫數。修行的仙人，在修煉的過程中，如能躲過劫難不死，又可以嬉戲世間五百年。

更是有人以為袁枚的能耐，已不是閻王可以掌控他的生死，「豈緣妊女大丹成，神鼎居然煉七明。我為白頭添一笑，冥官勾牒不教行。探春常泛青溪水，選勝還游白下山。竹杖芒鞋隨處好，風吹不到鬼門關。相推生死豈皆靈？此夜空教坐到明。忘卻點倉山舊路，閻羅原不管猿精。公自言前身係點蒼山五百年老猿，趙甌北嘗有詩贈之，云：『自說前身出點蒼。』」（《續同人集》，頁 148）此詩惠齡對袁枚的景仰更高了，在詩中所言袁枚的生死，似乎是袁枚自身就可以主控。

以上所言關於袁枚的前身是天仙降生、老猿轉世，在袁枚友人和告存詩中都一再的出現。認為袁枚能度過七十六歲而生是正常現象，因為他具有神格化的特質。袁枚友人和告存詩將袁枚神格化，就增加袁枚本身傳奇性，更能吸引世人對袁枚投注目光。

（三）自壽詩的和詩

友人所和自壽詩的作品，由於作品共有一千三百餘首，經袁枚選存下來的作品，就編成《隨園八十壽言》一書〔註 14〕。其中作品的體例有五言、七言、古風、近體等詩體，也有駢體序文和散體序文，也有以尺牘方式呈現的。此部分資料取自王英志編《袁枚全集》第六冊中的《隨園八十壽言》，此書共分為六卷，計有一百八十三人在書中留下和袁枚自壽詩的作品。這比《續同人集》中的生挽類與告存類的和詩人次，約多六倍以上。眾多的和自壽詩者，在袁枚人際脈絡中傳遞開來，應有不小的風潮迴盪。「枚共得壽言一千三百餘首，擇其尤佳者，付之開雕，以志光寵，真覺威鳳一鳴，萬籟俱寂也。捧到烏寶一元，照人若雪，雖廉泉半勺，倍覺其甘；而鼇戴三山，終嫌其

〔註14〕 請參見《隨園八十壽言》，王英志編，《袁枚全集》（江蘇：江蘇古籍出版社，1993 年 9 月第一版第一次印刷），第六冊，頁 1～118。以下若再引用此書，僅註明書名、卷次／篇名、頁次，於引文後。

重。望前途之有限，自覺年衰；愧報德以無時，期諸來世。詩曰：『中心藏之，何日忘之？』其斯之謂矣！」（〈答孫補山相公〉《尺牘》卷五，頁 199）袁枚收到的和壽詩一千三百多首，透過袁枚的選擇，集結成書出版，讓世人能知曉袁枚受人尊寵的情形。這是一件驚人之舉，袁枚自身也感受到友人對他的情誼，他感動於心。正思索回饋時，袁枚自覺年齡老邁，想有報答行動是心有餘而力不足，故袁枚只能將此友人的真情相待珍藏於內心，留待來世再報。

在友人的深情厚意下，與袁枚的主觀編輯，輯成了《隨園八十壽言》，袁枚需索了友人哪種情意？以下試究之。

1. 形象鮮明

友人於和自壽詩作品，已然將袁枚生平行徑予以意義化。「夫子不言儒，內盡儒者要。敦本以睦族，六親資養教。無怨亦無德，悠然安所好？聚處桃源春，雞犬無叫噪。齊家古人難，不在理學貌。養親早辭官，百行先以孝。」（《隨園八十壽言》卷三，頁 53）梅冲詩句所言意思，將袁枚的行事界定於儒家精神的實踐，為什麼可以如此認為呢？因為袁枚對人倫六親的關照，使得六親間和睦相處。袁枚依自我理想營造了隨園樂土，他的家庭生活與隨園人際、文學的運作，統籌在隨園主人，家庭生活、休閒與事業發展都在隨園裡可得到。家庭生活袁枚能夠齊家，不是表象化的理學所能成就的。他為孝養母親而辭官退隱，是得儒家孝順精神的要旨於行動，因此梅冲以為袁枚雖不以儒者自居，卻有儒者精神的展現。

友人是如何看待袁枚的自我修養？「養生小術問何嘗？所見非無得壽方。愁事久從閒裡盡，春懷惟向世間長。」（《隨園八十壽言》卷二，頁 35）這是陳奉茲對袁枚養生的看法，袁枚在生理方面的照料，他相當重視飲食，而作有《隨園食單》〔註15〕。「夏日長而熱，宰殺太早，則肉敗。冬日短而寒，烹飪稍遲，則物生矣。……有過時而不可吃者，蘿蔔過時則心空，山笋過時則味苦，刀鱭過時則骨硬。所謂四時之序，成功者退，精華已竭，褰裳去之也。」（〈時節須知〉《隨園食單》，頁 5～6）袁枚在飲食上的見解，覺得所食之物若不合當令時節，食材的新鮮度不夠，而且其營養精華，也不見得佳，

〔註15〕請參見〔清〕袁枚著，《隨園食單》，王英志編，《袁枚全集》（江蘇：江蘇古籍出版社，1993 年 9 月第一版第一次印刷），第五冊，頁 1～99。以下若再引用此書，僅註明書名、篇名、頁次，於引文後。

所以應不可食之。顯見袁枚對於飲食上營養的注重，營養若攝取得當，對身體健康應有益。在心理上袁枚面對人生煩愁之事，陳奉茲以爲袁枚利用悠閒情境來排解，他情懷的抒發並不是出世間法的修養，是「惟向世間長」的入世法疏導。

袁枚的事業，在他爲官時期，袁枚的事業是公務人員。他的吏治對百姓管理與愛護，「謾説蘭階應列星，望雲情重一官輕。公卿分許循資到，父老爭憐托疾行。閉戶儘堪娛白髮，移家畢竟戀蒼生。知公養志非鐘鼎，循吏名兼獨行名。」（《隨園八十壽言》卷二，頁 34）友人蕭掄以爲袁枚在爲官時期，對地方治理績效不錯，深得百姓愛戴，所以當他辭官時「父老爭憐托疾行」。這是友人對袁枚任官生涯得到吏治美名的肯定。在袁枚辭官後歸隱隨園，他的事業重心就投注在文學創作與刊行，尤其是詩。此項事業友人認爲，「浮雲過眼都陳迹，自把新詩寫性情。」（《隨園八十壽言》卷六，頁 105）「亦游亦隱亦豪華，香案文星世久誇。五兩履輕還卻杖，千篇詩好獨成家。」（《隨園八十壽言》卷五，頁 98）「滿地鶯花『詩世界』，十方供奉佛因緣。」（《隨園八十壽言》卷五，頁 96）「北闕早辭非是懶，青山久住爲多情。詩標『世界』新題額，花比參苓更養生。」（《隨園八十壽言》卷五，頁 94）「自得先生寸管抽，江山增色性靈搜。文從絕代開生面，心讓時賢出一頭。」（《隨園八十壽言》卷四，頁 79）「百卷詩文集等身，白頭翰墨更相親。阿誰衣鉢如公廣，傳到中華以外人？」（《隨園八十壽言》卷二，頁 22）友人們以爲，袁枚的詩是他真性情流露之作，眾人都肯定袁枚的詩才，猶如天上文星降世一般淵深。以爲這些詩作都是屬於袁枚個人獨自成一家之作，肯定袁枚詩作的獨特性。袁枚所塑造的詩世界，讓袁枚成爲世人景仰的示範。袁枚久住青山中，所展現的是他的多情，可與世人自由往來不受拘泥，才有多情施展的場域，故才有充滿真性情之詩作。袁枚的詩文作品在友人們的眼中，是一位創作力非常豐富的作家，他的文學作品讀者群範圍很廣泛，甚至還有來自國外高麗的讀者，聞名來買袁枚詩集。

袁枚的人際往來對象，有親人、男學生、女學生、友人（除以上三種身份以外的往來之人）。他們與袁枚有著共同的話題，就是談論詩作，袁枚會針對寄來的詩作，進行評論，袁枚選擇性地輯入《隨園詩話》中刊行。袁枚與人際往來對象間的相處，在和壽詩中有什麼評價呢？「劉郎才思本縱橫，不鬥心兵鬥墨兵。同抱游情歸更晚，花時扶路一門生。謂霞裳。」（《隨園八十

壽言》卷六，頁104）「先生兩事最風流，年少辭官老出游。偶爲觀濤登雁宕，閑思捉蝶到羅浮。同行佳士當扶杖，謂劉霞裳、張香岩兩秀才。到處香閨饋束脩。謂孫雲鳳、張玉珍諸閨秀。」（《隨園八十壽言》卷四，頁87）「上公景慕有詩來，福、孫二相國，和總制，惠中丞。戎馬倥傯也愛才。林下風流遺一老，山中物望重三台。文章政事誰居右？秋月春雲好自裁。致仕算來儂亦近，南飛仙鶴定追陪。」（《隨園八十壽言》卷四，頁87）袁枚有學生與友人陪著他出游，彼此情感良好。友人與學生在跟袁枚往來中，他們在作詩的造詣得到成長。「六朝山色展雙眉，花發常輸蝶得知。野外經綸前令尹，閨中文集女連枝。袁氏三女士集。」（《隨園八十壽言》卷六，頁108）袁枚的親人中，要是有能詩者，袁枚亦會造就他們。「憐才愛士意如何？四海英豪盡網羅。入座嘉賓皆大雅，升堂高弟半仙娥。公在杭有女弟子數十人。皆絕妙才也。數言許可名爭重，一見因緣福亦多。時帆夫子、船山太史諸公，皆以未能急見公爲福薄。似我近居生有幸，龍門問字屢經過。」（《隨園八十壽言》卷四，頁85）袁枚的人際群詩作若登載在《隨園詩話》中，被視爲是光榮之事。袁枚與他的人際群互動熱絡，是因他憐才愛士之心，如此就更受到人際群的尊敬。

2. 歌頌才華，標榜其名

在《續同人集》中告存類的和詩，內容中袁枚的人際群對他有些神格化敘述。然在《隨園八十壽言》裡袁枚的人際群，對他的尊崇已到聖人的地位，「敬悉夫子起居康娛，精神矍鑠。不事薰修，而釋迦之髮自紺；非關導引，而通明之瞳轉青。夫子素不喜二氏之說，芳燦竊疑識之超，儒衛之密，更有過于彼法者。童初九還，無量三昧，眞不足以此擬萬一矣。」（《隨園八十壽言》卷六，頁116~117）袁枚平生不喜釋老二氏之說，但他的友人以爲他老年時，個人精神境界，超越了釋老二氏的修爲〔註16〕，言下之意對釋老二氏更形貶低，單獨特出袁枚。

袁枚三十三歲辭官歸隱山林，離仕後的生活相當適意，遊歷山水著作等身，令人稱羨，「身是天仙作地仙，早游閬苑早歸田。」（《隨園八十壽言》卷

〔註16〕孫原湘曾云：「不持齋戒不逃禪，老去多情似少年。掃盡佛經千萬字，單留兩字『因緣』。先生不喜佛經，而獨信一『緣』字。」請參見《隨園八十壽言》，卷五，頁92。燕以均曾云：「非佛非仙何位置？〈儒林傳〉裡過千年。」請參見《隨園八十壽言》，卷五，頁90。

六，頁109）友人以為袁枚天生此命，降生凡塵不改仙格，在人間亦是逍遙神仙〔註17〕。隱居的生涯裡文學的聲名讓他名播天下，袁枚的一舉一動令人注目，「每從梨棗識荊州，名與長江萬古流。世上人誰為敵手？門前山也合低頭。靜于性分增仁壽，動以天機作應酬。」（《隨園八十壽言》卷五，頁99）詩中已把袁枚的動靜行為，當作是他得到高壽的原因與順應自然的表現。

　　袁枚一生的際遇，友人認為世間的福都被袁枚享盡了〔註18〕，「或得名位或祿壽，人生大欲難兼償。及乎夫子身，公然攬全局。……今年八十已華顛，精爽依然似少年。……人言學仙苦不早，我道神仙殊草草。請看歷代眾仙人，誰似先生色色好！」（《隨園八十壽言》卷三，頁60）人們想追求欲望的滿足，人的一生大多不能完全如願。但是在友人的眼中，袁枚卻能達成自我想要的欲望。袁枚老年有疾在身，可是他的友人卻見袁枚神色賽仙人，友人對袁枚的恭維實有些過度。

　　袁枚的文學應是他一生最自許的部分，在隨園人際群中的以為如何呢？〔註19〕「詩妙能令石點頭，何煩大樹撼蚍蜉？逢人一說袁才子，慕者歡呼忌者愁。」（《隨園八十壽言》卷四，頁75）涂大綸以為袁枚詩的境界已入妙境，

〔註17〕　學生金兌云：「真富貴花開白下，老神仙境在倉山。江湖雪浪舟千里，吳越烟巒歲一攀。知道《儒林》、《文苑傳》，長留姓字落人間。」請參見《隨園八十壽言》，卷六，頁105～106。孫昌時曾云：「老游萬里山川地，靜養三生覺悟天。尋柳尋花天與福，聽風聽水地行仙。」請參見《隨園八十壽言》，卷五，頁99。

〔註18〕　李懿曾曾云：「世間清福如多少，只有如來忉利天。……才是間生天所縱，慧而兼福世惟公。……樵夫欲采長生藥，只向蒼山近處求。」請參見《隨園八十壽言》，卷五，頁96。李堯棟曾云：「才人自古難兼福，名士從來愛學禪。公是獨開生面手，不仙不佛竟長年。」請參見《隨園八十壽言》，卷三，頁46。友人蕭掄云：「一片秦淮六代餘，烟霞深處好家居。關心景物都成畫，刻意經營但著書。世界三千詩境現，園中有『詩世界』額。樓臺廿四洞天如，公有環房二十四間。青山也是修來福，邀得仙人此結廬。」請參見《隨園八十壽言》，卷二，頁34。

〔註19〕　友人余旻云：「文心如佛亦如仙，生面重開別有天。」請參見《隨園八十壽言》，卷四，頁87。茹綸常曾云：「仙佛總于詩位置，蔣心餘太史每推公為『詩佛』，而自以為『詩仙』。公門人有〈詩佛歌〉。琴樽常共客夷猶。休將狂論輕題品，要是人間第一流。」請參見《隨園八十壽言》，卷四，頁82。友人王妡云：「九州五岳羅心胸，成就先生書七尺。文章風雅百世師，呼仙呼佛亦聽之。」請參見《隨園八十壽言》，卷三，頁60。章攀桂曾云：「欲寫先生自在身，英姿秋爽氣春溫。厭談仙佛心常靜，不傲王侯道愈尊。千載有名才算壽，一生無悶只窺園。莫愁老去江才盡，詩健如人象可吞。」請參見《隨園八十壽言》，卷三，頁55。

想像出「詩妙能令石點頭」的稱讚語。且言袁枚的詩才，能令愛好者歡喜，不好者心發愁。涂大綸表達出，袁枚詩發表刊行後的影響力相當大。毛藻以為袁枚「游戲乾坤內，神仙未許爭。文章皆大悟，食色是長生。」（《隨園八十壽言》卷三，頁 55）他以為袁枚的文學是大悟之作，對飲食與美色的愛好是袁枚長生的可能因素。毛藻似乎是因推崇袁枚，而將袁枚的部分行為做了正面過度放大。談到袁枚能得高壽，他的人際群都認為是應該的，「生本多情真活佛，名能不朽即神仙。杖朝我道猶初度，記得靈椿壽八千。」（《隨園八十壽言》卷三，頁 48）蔣夔將袁枚一生重性靈而多情，類比為佛對有情眾生的觀照慈悲。也將他聲名之盛預估為必然的，因其俱有神仙名般不朽的價值，多情盛名就成為袁枚應該要長壽的條件。事實上這二者不是應然關係，蔣夔純粹是因袁枚一生行徑就是多情與重聲名，歲數逾八十仍是如此，他才做此感性而不合乎邏輯式的敘述。〔註20〕

　　隨園人際群對袁枚自身的標榜真是無以覆加。對於袁枚對社會群體的貢獻，袁枚的人際群怎樣的評述呢？「福澤才人無匹敵，精神造物與盤桓。」（《隨園八十壽言》卷二，頁 34）陳奉茲以為袁枚除了自身詩才造詣外，對於後輩的提攜與栽育亦不在話下。從袁枚所收學生（包含男學生、女學生，有些親人也成為袁枚的學生，有些友人也成為袁枚的學生，有些在朝為官者也成為袁枚的學生），就可看出袁枚推廣性靈文學的用心，同時也成就了學生們的文學造詣。因此陳奉茲就以袁枚這種化育精神，比喻做造化者裁成萬物的精神，間接嘉許袁枚的寬大胸襟。另外王友亮則是對袁枚為官時的表現，予以仁德的美稱，「先生少以文章登高第，入詞林，既而補外官。屢宰繁劇，興學校之秀，滌囹圄之冤。士論輿歌至今弗替，可謂仁矣。」（《隨園八十壽言》卷一，頁 1）王友亮以為袁枚年少以文才成就自己功名，為官時興學、吏治上的表現，嘉惠了百姓，百姓們對袁枚仍感念不忘，還不時有人談論起袁枚這些仁德之舉，因此王友亮稱袁枚是「仁」者。

　　以上這些《隨園八十壽言》中對袁枚的標榜，袁枚幾乎是達到了三教（儒釋道）的聖人地步。若以宗教人的修行標準看，袁枚實在不具有這樣的境界。

〔註20〕　友人朱蘭云：「蘭臺淵海半荒唐，星家之，偶中其一。八十鬢眉老更蒼。仙不紀年何有劫？佛能度世正無量。青雲之上同聲應，紫氣而今到處望。信是天生萬人傑，萬人歲月一人長。李時珍云：『八十者，萬人中一人。』」此例亦是感性而不合乎邏輯式的敘述方式。請參見《隨園八十壽言》，卷二，頁16。

友人們欣賞袁枚之處，與三教的聖人之境，做了過度的比附，但是袁枚在編輯《隨園八十壽言》時，並無刪改或不錄取此類之作，袁枚或許也以此自許才如此。〔註21〕

　　袁枚人際群對袁枚自挽詩、告存詩、自壽詩的應和作品，被袁枚編輯出版，都脫離不了袁枚主觀的揀選過程。袁枚自然會盡可能地滿足自我的需求，而將四方來的應和詩作，刊登出自己滿意的作品。當袁枚作自挽詩，他是一位可能即將面對死亡的人，他的內心難道沒有任何的憂懼嗎？不，他的內心其實是有憂懼的，在他的自挽詩內容中是不容易發現。但是在作告存詩時，袁枚就自我披露「諸公莫信袁絲達，未到雞鳴我尚愁。」（〈除夕告存戲作七絕句〉《詩集》卷三十三，頁 816）袁枚內心在未度過，自己所擔心的算命所算之七十六歲生死大限時，他的內心對死亡還是有愁情的。另在他的自壽詩作品，雖名為自壽詩，八十大壽的確是件喜事，但是換個角度想，是年紀愈大離死亡的路途就愈近了，袁枚心中難道只有歡欣地想慶祝八十歲生日嗎！其實不然，在他的自壽詩中，就隱約透露他內心對死亡有著不安存在，「自家心要自家安，身自頹唐筆未乾。……只有平生數知己，衰年說著淚猶彈。」（〈〈自壽〉詩亦嫌有未盡者，再賦四首〉《詩集》卷三十六，頁 876）袁枚詩句中提到要安自個的心，就得要自個安才能真確。八十歲的生日對袁枚而言，內心有著不安，什樣的不安呢？「身自頹唐」和「衰年說著淚猶彈」指著自己年老也有病在身，這些就足以對袁枚的生命造成巨大的威脅，袁枚內心可能矇上一層死亡的陰影，他才會對身體老病有著憂心。

　　袁枚在創作自挽詩、告存詩、自壽詩時，他的內心存著不安，一種面臨死亡的愁情。透過對袁枚所編輯出的和詩作品，進行觀察，袁枚的人際群對袁枚的正面評價、和詩中人際情感渲染、為袁枚回憶人生、對袁枚神格化現象、對袁枚一生的標榜。這些方面都是由和自挽詩到和告存詩至和自壽詩，循序逐漸增強其程度。這些方面帶給袁枚對自我形象，能更加肯定，或許

〔註21〕學生吳錫麒曾云：「乙卯秋歸自吳門，謁簡齋先生于小倉山房。坐次出視穀人太史此序，驚其沈博絕麗，具有排山倒海之觀。翰固竊思撰文以壽先生，見是文慚悚不敢落筆。既復獻疑于先生曰：『太史所具八不可及外，尚有女弟子暨生平處境兩端，似猶可臚列，而第三段內亦有可增入者。』先生以為然，因屬予補之。辭不獲命，震作拈毫，實深隕越之懼。小門生王汝翰附記。」這是關於袁枚編輯《隨園八十壽言》的敘述，從中可了解袁枚主導了《隨園八十壽言》的內容取材，且有刪增之權。請參見《隨園八十壽言》，卷一，頁 8～9。

能平衡一些他內心的不安吧！袁枚人際群對袁枚人生存在價值，給予無與倫比的評價，可能會淡化袁枚對死亡的憂懼。這可能也是袁枚為何要主觀地主導刪增和詩文本的原因，袁枚想藉此和詩作品內容來平衡一些自己內心的不安。

四、小　結

　　袁枚的自挽、告存、自壽詩作品，他的個人性靈在其中顯現，且詩作內容中充滿了自我的回憶。再搭配著袁枚人際群的和詩，使得袁枚與他的人際群集體回憶著袁枚的人生。這些和詩是在袁枚的主動索取下，才形成原創與應和的文學活動，二者交織輝映出，袁枚鮮明的形象。一生的點點滴滴昭然若揭，呈示在世人的面前，這是袁枚想要呈示給人的形象。可說是袁枚成功地操弄文學遊戲，來填補自己內心面對死亡的不安，同時也把自己形象構建的更趨完美。這是陶淵明所不及袁枚的地方，畢竟二人是道不同者，而且袁枚是藉淵明的自挽詩方式，再加以創發找人應和，成為袁枚獨步淵明之處。有刻意借淵明抬高自我文學的聲名，正所謂「語不驚人死不休」，將和詩活動擴大，成為超越古人的才華，令世人對袁枚的行為產生驚嘆的讚賞。他使用的是一種利己也利人的方式，和詩的作品若被袁枚刊出，其作品水準可得袁枚肯定與得到其他人際群個體的認同。袁枚亦藉此作品，使自己的聲名更佳，這種方式也可說是雙贏的策略，袁枚真是能善用文學作用及影響力的好手。

肆、面對怪力亂神：《子不語》、《續子不語》

一、前　言

　　在清代那種復古的文學思潮裡，呈現著樸學全盛，重經典考據的環境，對於小說的發展，固然有不適宜之處，可是小說的成績卻是表現優良，且顯示著光輝的前途。清代的小說大致可為較長篇與短篇二大類，且文言小說有復興跡象。在《聊齋誌異》問世之後，清代文壇上，掀起文言短篇小說的狂潮，數量之大是驚人的，但因缺乏生活內容，且多面壁空想出來的，或是改頭換面的抄襲舊作，以致成就甚微。袁枚是一代的詩人，有很好的文學內涵，由於語言文字運用得頗為流利，所以他也嘗試文言短篇小說的創作，且只有一部著作——《新齊諧》〔註1〕，雖然寫作技巧不很理想，但是在當時文言短

〔註1〕　《子不語》序言云：「怪、力、亂、神，子所不語也。然龍血、鬼車，《繫辭》
　　　　語之。玄鳥生商，牛羊飼稷，《雅》、《頌》語之。左丘明親受業於聖人，而內
　　　　外《傳》語此四者尤詳。厥何故歟？蓋聖人教人，文、行、忠、信而已；此
　　　　外則『未知生，焉知死』、『敬鬼神而遠之』，所以立人道之極也。《周易》取
　　　　象幽渺，詩人自記端詳，《左傳》恢奇多聞，垂為文章，所以窮天地之變也。
　　　　其理皆並行而不悖。余生平寡嗜好，凡飲酒、度曲、樗蒲，可以接群居之歡
　　　　者，一無能焉。文史外無以自娛，乃廣采游心駭耳之事，妄言妄聽，記而存
　　　　之，非有所感也。譬如嗜味者饜八珍矣，而不廣嘗夫蚳醢、葵菹，則脾困；
　　　　嗜音者備《咸》、《韶》矣，而不旁及侏禍儌侏，則耳狹。以妄驅庸，以駭起
　　　　情，不有博奕者乎？為之猶賢，是亦禪譫適野之一樂也。昔顏魯公、李鄴侯，
　　　　功在社稷，而好談神怪；韓昌黎以道自任，而喜駁雜無稽之談；徐騎省排斥
　　　　佛老，而好采異聞，門下士竟有偽造以取媚者。四賢之長，吾無能為役也；
　　　　四賢之短，則吾竊取之矣。書成，初名《子不語》，後見元人說部有雷同者，

—95—

篇小說中的成就，也是難能可貴的〔註2〕。袁枚的《子不語》與《續子不語》小說文學作品，有談到生活內容的成分。袁枚在《子不語》與《續子不語》上的取材來源，大約有四種：「《子不語》的故事中，除了部分是轉錄他書，部分是自傳聞及時事的實聞實錄外；也有袁枚的親身經歷，而更大部分是出於想像的創作。」〔註3〕由此看來，袁枚的《新齊諧》小說，並不會有缺乏生活內容之弊。且袁枚對文學所重視是「性靈」，對生命生活中的經歷與體驗是不會輕易捨棄的，若拋卻此部分，「性靈」文學的主張可能剩空殼子了。

　　《子不語》的成書，最遲在乾隆五十三年（1788）正月〔註4〕，就在同一年，有隨園刻本刻刊。首次提到袁枚撰寫《子不語》初稿是在乾隆三十年（1765），〈與裘叔度少宰〉書中即提到「有《子不語》一種，專紀新鬼」（《尺牘》卷二，頁33）而在乾隆四十六年（1781）〈題兩峰鬼趣圖〉中亦言「我纂鬼怪書，號稱《子不語》」（《詩集》卷二十七，頁590）顯見袁枚在《子不語》未成書前，即有意以《子不語》作為書名。即使在成書後，仍以《子不語》稱之，直到刊行前見元人說部中有與《子不語》同名者，才予更改。袁枚寫有兩篇〈子不語序〉，其中見載於《小倉山房（續）文集》卷二十八的〈子不語序〉（頁498），此篇應是完成於成書後，另篇自序則當寫在刊刻前。元人說部中的《子不語》既已湮沒無聞，加上袁枚創作的《子不語》在未成書前早已傳抄風行，久為人所熟知，故以《子不語》名其書正可暗合其意謂其實乃怪、力、亂、神之作也。〔註5〕

　　袁枚《子不語》計有二十四卷七百四十五篇故事，《續子不語》計有十卷二百七十七篇故事。此二書中的故事多是怪力亂神，有神、鬼、狐、妖、精、怪、僵屍，以及扶乩、夢兆、因果報應、冥界遊歷、仙界遊歷、奇聞異事等。

　　　乃改為《新齊諧》云。」這是袁枚為《子不語》一書所作的序，依王英志先生所編輯的《袁枚全集》中，《子不語》計有二十四卷、《續子不語》計有十卷，二書合計共有三十四卷。請參見《子不語》，頁1。

〔註2〕請參見簡有儀著，《袁枚研究》（臺北市：文史哲出版社，1988年4月初版），頁305～306。

〔註3〕請參見馮藝超撰，〈《子不語》的成書、取材來源及創作態度試探〉，《國立政治大學學報》（第六十九期，1994年9月），頁127。

〔註4〕故事後所記按語云：「此乾隆五十三年正月事。」請參見〈香虹〉《子不語》，卷十六，頁311。

〔註5〕以上關於《子不語》的成書，是根據馮藝超先生的說法而來。詳細內容請參見馮藝超撰，〈《子不語》的成書、取材來源及創作態度試探〉，《國立政治大學學報》（第六十九期，1994年9月），頁126。

馮藝超先生言：「生老病死是人生必經的階段，而冥界的故事則提供了一個可以觀照人世的管道，即使故事荒誕不經，但在聊博一粲之餘，亦足堪玩味。」〔註6〕在二書的怪力亂神故事中，多是透過袁枚主體意識下筆記式的故事，故由此二書對袁枚的生死觀可做探究。袁枚對於宗教的觀念是，他絕不會認定自己是屬於哪一宗教的信徒，他什麼宗教都不信，他也什麼宗教的觀點或教義都為自己所運用——只要他想用，他沒有一個宗教的框架將自己侷限。若不如此的話，宗教的框架會將他的活潑性靈滯化了，也正因為如此，在《子不語》與《續子不語》中充滿了儒、釋、道等各家的思維觀念。這些都為袁枚所用，用在他所編所主導下而產生的小說作品，誠如王英志先生所言：「《子不語》內容上頗蕪雜。」〔註7〕這樣的情形就好比是《小倉山房詩集》中四千餘首詩的類別多元一般，這或許是袁枚性靈文學的通性吧。

關於《子不語》一書吳玉惠先生曾評言：

> 筆記小說具有雜、散的特性，因此書中所呈現的主題、思想極富多樣性。明、清之世，思想界常是三教雜採。老莊出世思想與道教神仙之說，融和為一；儒家一派的文士亦喜談莊老、神仙怪異；佛家的因果、輪迴應本易為一般人所接受。於是小說作者將這些錯綜複雜的思想，零散地表現在小說的主題上。長篇小說的主題思想，貫串全書，呈現統一性；短篇小說集的主題思想則具有多樣性。書中的主題，有的是作者思想的投射；有的則是當時社會觀念的反應。但是並非篇篇故事都有明顯、絕對的主題思想。有極多的篇章只是一則紀錄，或一情節性較強的故事，有些則只為寫人物。〔註8〕

故事主題思想的多元性，正是袁枚思想的多樣性。主題思想雖是多樣性，在筆者的觀察下，此二書1022篇故事，剔除一些較無思想意義的奇聞異事，其實還是有一致性的主題思想。這一些主題思想有的互相矛盾，有的前後一致。書一經付梓刊行，到了閱讀者的手中，書中許許多多的主題思想，就傳達到了讀者那兒了，書中的故事透過作者至讀者的過程，就形成一種傳播的樣式，

〔註6〕 請參見馮藝超撰，〈《子不語》中冥界故事研究〉，《中華學苑》（第四十四期，1994年4月），頁209。

〔註7〕 請參見王英志著，《袁枚評傳》（南京：南京大學出版社，2002年5月第一版第一次印刷），頁580。

〔註8〕 請參見吳玉惠撰，〈袁枚《子不語》研究〉（東海大學中國文學研究所碩士論文，1988年12月），頁80。

故事由讀者回溯到作者身上，產生了一類似神話化的回饋作用。

筆者本章是叩合住袁枚「生命危機」的脈絡，來作其文學中的自我省視。那他的鬼神觀部分就絕不能放過，一個人的鬼神觀關係著他的生死觀點，世上宗教的存在不都是因著人的「生死」眞相嗎？筆者發現《子不語》與《續子不語》二書中的故事，有著作者——袁枚的形象顯影，袁枚編此二書除了書序中自言是「文史外無以自娛，乃廣采游心駭耳之事」外。還有其它用意「所記內容很多是采集而來的，並非是憑空結撰的，當然它們是經過作者藝術加工的，這也是清代文言筆記小說的共性：……所記之事特別是鬼神之事，多爲莫須有之事，作者並不全信，所以說不爲之所惑，只是記而存之。當然其間時或有作者的某種意旨。」〔註9〕此處所言作者的意旨，就是筆者在此二書中看到作者顯影的部分。筆者試著探究作者的意旨爲何？於其中有怎樣的生死觀點？在探究的同時嘗試借用《神話學》〔註 10〕的觀點來理解這些怪力亂神故事，試著觀察故事背後袁枚的用意。

二、道德的世界

袁枚在《子不語》、《續子不語》小說中的故事，呈現兩個顯而可見的世界。這兩個世界就是道德的世界與情欲的世界，這兩個世界是相對又相融。在爲政者禮教的制度下，對於人的道德與情欲是站在相對的立場，爲政爲達到治理國家，使國家有秩序的生活。人民不會因太過自由而產生太多的亂象，因此就訂下規範來維持社會和諧，這種爲政者以法家的手段來治世，已非原始儒家聖王之道的眞正用意。所以這種禮教的束縛人心，這筆帳不能算在儒家聖王之道上。清朝的政制制度是屬君主專制，所採行的制度箝制人心，這是法家的治理方式，所以合乎國家律例的就是合乎道德的，反之則是違反道德的。在袁枚看來束縛人心的律例，是他所不喜的，他重視人的性情要抒發，人的性靈要活潑自然，而他對於人情欲坦誠面對。有時他似乎坦誠過頭，形成一種解放人情欲形式。但這一方面並不合於禮教律例的，因此他對情欲的見解與行徑，牽涉到道德上的違逆情事。在《子不語》、《續子不語》故事中，就呈現出袁枚想要表達自己觀點，放諸於清代的社會，讓外在的環境能聽到他的聲音，因此故事中清晰可見「道德的世界」、「情欲的世界」，進行一場精

〔註 9〕 請參見同註 7，頁 560。
〔註10〕 請參見羅蘭・巴特著，許薔薔譯，《神話學》（臺北市：桂冠圖書股份有限公司，2002 年 6 月初版二刷）。

采的對話。

《子不語》、《續子不語》故事裡，袁枚表達了個人的思想見解，袁枚並不是一位只倡情欲自由，而無道德規範的縱欲淫逸無度者，袁枚在《子不語》序中，提到他編此書是為「自娛」。他這麼說可能是受清朝政治政策的影響：

> 這是袁枚在清朝的政治政策下，簡單提筆帶過的說法。清代是外來族……由於政治巨變，江山易主，許多士大夫無法接受這個事實，他們在民族的尊嚴上不能事二主，又不能逃離外來新政權的干預，只有披髮佯狂，寄情聲色，以自娛、狎妓、飲酒種種行徑做為政治逃避的辦法，加上清代初期又嚴禁男女自由交往，無媒交接，使娼妓、男風在這種道德規範下，反而大盛。相對的隨著禮教的日益加強，兩性防範的日益森嚴，女子在婚姻上的自主權、發言權愈來愈少，一切由父母之命、媒妁之言來決定終身，而兩情相悅、私訂終身一類的行為是家庭與社會所不容的。在這種壓抑的心理狀態下，許多為女子打抱不平、祈求男女自由戀愛終成眷屬的愛情故事便由此產生。〔註11〕

如此的說法不無道理。然而袁枚不是純粹對專制政權做反動逃避的行為，他曾在清朝廷參加科舉且為官，後來選擇人生的另一出路後，經營隨園文學事業，成了他悠遊自在，暢其性靈的舞臺。他小說中的故事僅以自娛為用，那是不足以涵蓋的，袁枚他自有其用心之處。

清乾隆時期屢興文字獄，《子不語》一書在清道光年間曾遭到禁毀的命運。在當時凡涉及有礙風化或是對官吏毀謗等的文字，都是在查禁之列。《子不語》一書因在民間流傳較廣，此書被私人所收藏才得以保留，後來再重新排印發行〔註12〕。關於清朝興文字獄與文學言論中的一些禁忌，袁枚應是心裡有數，他編寫筆記小說，在作序時輕筆帶過此小說的功用，是有所保留的。細讀全書後，方能發現袁枚在其中，進行著「袁枚式的教化」，這裡的「教化功能」並不是配合著清政府的政策所進行的，是袁枚用「性靈」對「道德與情欲」進行重構。

〔註11〕 請參見，吳聖青撰，〈《閱微草堂筆記》與《子不語》中兩性關係研究〉（中國文化大學中國文學研究所碩士論文，2000 年 10 月），頁 6～7。
〔註12〕 請參見同註11，頁 29。

　　大陸學者李志孝先生，他從《子不語》中發現，袁枚用另類的美學觀點來解讀道德，利用負向的闡述，反襯出人應展現哪些道德。李志孝言：「袁枚在其志怪小說《子不語》創作，多以『醜』為表現對象。諸如人性之腐惡，道德之淪喪，社會之黑暗，世態之炎涼，以及佛道之愚妄，鬼神之不良，妖魅之為惡，佔據了作家的主要審美視域，『以醜為美』，是《子不語》的審美取向」〔註13〕人沈浸同樣的事物中，難免產生厭惡之感，《子不語》故事中道盡了人世間、陰間、神界中的黑暗面，不禁讓人萌發惕怵之心，往著黑暗面的反方向追求。小說中除了用負面方式的寫法，還是有從正面直接肯定道德的書寫，說起來袁枚式道德教化的功能，從作者使用的書寫角度來看，袁枚頗用心於此。以下就筆記小說中的道德世界進行探究：

（一）倫　常

1. 重　孝

　　〈鄱陽湖黑魚精〉故事中有位許客被黑魚精所害而死，他的兒子為了除妖與父親復仇，而誠心求於天師，天師受其孝心感動而答應。「凡除怪斬妖，全仗純氣真煞。我老病且死，不能為汝用。然感汝孝心，我雖死，囑吾子代治之。」不久後天師果然逝世，許客的兒子又再往請天師之子除黑魚精為父報仇，「父有遺命，我不敢忘。然此妖者，黑魚也，據鄱陽湖五百年，神通甚大，我雖有符咒法術，亦必須有根氣仙官助我，方能成事。」（《子不語》卷三，頁 50～51）此處的小天師對於父親的遺命能恪遵實踐，也是孝順的展現，故事中對於孝順的行為是正面認定其價值的。

　　〈藏魂罈〉故事云：

> 有惡棍某，案如山積，官府殺之，投尸於河。三日還魂，五日作
> 惡，如是者數次。訴之撫軍，撫軍怒，請王命斬之，身首異處。三
> 日後又活，身首交合，頸邊隱隱然紅絲一條，作惡如初。後毆其
> 母，母來控官，手一罈，曰：「此逆子藏魂罈也。逆子自知罪大惡
> 極，故居家先將魂提出，煉藏罈內。官府所制殺者，其血肉之體，
> 非其魂也。以久煉之魂，治新傷之體，三日即能平復。今惡貫滿
> 盈，毆及老婦，老婦不能容。求官府先毀其罈，取風輪扇，扇散其

〔註13〕請參見李志孝撰，〈審醜：《子不語》的美學視點〉，《甘肅高師學報》（第四卷第一期，1999 年），頁 31。

魂，再加刑於其體，庶幾惡子乃眞死矣。」（《子不語》卷五，頁 98
～99）

故事中子不孝於母，在社會上爲非作歹，又練有邪術，官府欲拿他治罪都束
手無策，後竟動手毆打他的母親。母親深知自己兒子爲惡之祕密，母親已完
全死心，一狀告官，大義滅親。此故事欲人知曉，天底下沒有比不孝父母吃
虧更大的事了。

2. 為自己而貞烈

〈王烈婦〉故事，是言生前爲節婦，但因家人不尊重節婦的自由意志，
而擅自逼她改嫁，後節婦以死明志，死而爲鬼後她不願使自己的清白受冤，
故而入公堂申冤「自言姓田，寡居守節，爲其夫兄方德逼嫁謀產，致令縊
死，徐公爲拘夫兄，與鬼對質。初訊時，殊不服，回首見女子，大駭，遂吐
情實，乃置之法。一郡嘩，以爲神。公作〈田烈婦碑記〉以旌之。」（《子不
語》卷一，頁 12～13）後來審理此案的巡撫徐公，本來要遭受馬賊刺殺，而
得金甲神護救而得免。徐公還節婦清白是一件受肯定之事，故事也同時肯定，
爲自己自由意志而眞正守節的婦人，亦是受人尊敬的。

〈孫烈婦〉故事，「長壽病死，婦從容執喪事，既葬，閉戶自縊。鄰人以
婦強死，懼其爲祟，集僧作佛事超度之。夜將半，僧方誦經，見婦坐堂上，
叱曰：『我死于正命，并非不當死而死者，何須汝輩禿奴來此多事！』僧皆驚
散。後村有婦某與人有私，將謀弒夫者，忽病，狂呼曰：『孫烈婦在此責我，
不敢，不敢！』嗣後合村奉孫如神。」（《子不語》卷十五，頁 283～284）此
孫烈婦是在自己自由意志下，決定自己以死殉節，以表達自己的節烈。她能
受村人尊敬，在於能警告村中不守貞節之婦女，且生前節烈，死後爲鬼精神
亦浩然，無須再靠僧人來超度。

故事中能夠同意婦女守貞節一事，是在於決定此事的主控權操在婦女自
己手中，而不是強迫婦女爲外在社會規定而節烈。

3. 重傳世觀念

家族傳世的觀念，是傳統的家庭思想，對子孫世代的傳遞是爲人子應有
的責任。《子不語》故事中，也有闡述傳播這一觀念。〈徐氏疫亡〉故事：

有高年婦人指帳中曰：「可托此人。」紗帽者搖手曰：「無濟。」且
泣曰：「吾當求張先生存吾門一綫耳。」……婿悸極，不能出聲。迨
五鼓，方相扶上樓，桌下忽走出一黑面人，急上梯，挽紅衣者曰：「獨

> 不能爲我留一綫耶？」紅衣者唯唯。時雞已鳴，黑面人奔桌下去。婿候窗微亮，披衣入內，叩樓上何人所居，曰：「新年供祖先神像，無人住也。」婿上樓觀像，衣飾狀貌與所見同，心不解所以，……杭州蝦蟆瘟大作，徐一家上下十二口，死者十人，惟第三子與阿壽以外出故免。聞喪歸，婿以所見語之。徐愕然，曰：「阿壽之父名阿黑，以面黑故也。君所見從桌下出者是矣。」（《子不語》卷四，頁80～81）

原本徐家會在這一場瘟疫中，遭到滅門的下場，在徐氏祖先向瘟神求情下，徐氏家族才在此場瘟疫中留下一綫命脈，得以傳續家族血緣於後世。子孫傳世，除了血緣薪傳外，亦可使祖先聲名在世間繼續流傳。

4. 不可違逆長輩的訓示

〈蔣文恪公說二事〉故事云：

> 公父文肅公，戒子孫不得近優人，故終文肅之世，從無演戲觴客之事。文肅歿後十年，文恪悄悄演戲，而不敢蓄養伶人。老奴顧升，……慫恿曰：「外間優人總不若家伶爲佳，……何不延教師擇數奴演之？」文恪心動，未答。忽見顧升驚怖……身倒於地……自首至足，若納於匣，呼之不應……夜半始蘇，曰：「……見一長人捽奴出，先老主人坐堂上，聲色俱厲曰：『爾爲吾家世僕，吾之遺訓爾豈不知，何得導五郎蓄戲子？著捆打四十，活掩棺中。』……」驗其臀，果有青黑痕。（《子不語》卷四，頁81～82）

家中的奴僕，不遵守已故老主人的戒訓，反倒是慫恿少主人違背已故老主人之意。於是已故老主人就教訓了老奴僕，讓他深自警惕，也藉老奴僕之口傳達已故老主人訓斥之話，同時讓少主人有所反省，應遵守尊長的訓示。

〈顏淵爲先師判獄〉故事云：「杭州張紘秀才，夏月痢死，……五日而紘蘇，言至天帝所聽讞，已入死案。……遣一官押到學宮，請二先師出，曰：『是人已有成案，然必得二師決之。』一師曰：『罪輕而情重，當死。』一師曰：『雖然，事尚可矜，渠非首謀，姑與減等，五年後改行則已。……』母夫人從室旁出，泣曰：『父不汝子矣，汝當速歸改過，……』」張紘魂至天帝所時，有先師訓示他必須改惡向善，能如此做生命就能延續。同樣他的母親也是勸導他儘速改過，但是張紘自從復活後，並沒有聽先師與母親的訓示。「死而復蘇，然狡性不改，與朱道士爭一鶴，乃私竄道士之名于海寇案中，竟致

之死。負先師之訓，違慈母之教，宜其終不永年也。」（《子不語》卷十八，頁 353～354）張紘辜負先師與慈母的苦心勸勉，復活後仍惡性不改，所以死禍至矣。

袁枚在故事中，以違逆長輩善意的訓示，而得不好下場，來警勸世人應接受長輩合理的諄諄教誨與循循善誘。

5. 有恩必報

〈白虹精〉故事云：

> 浙江塘西鎮丁水橋篙工馬南箴，撑小舟夜行。有老婦攜女呼渡，舟中客拒之。篙工曰：「黑夜婦女無歸，渡之亦陰德事。」……天已明，老婦出囊中黃豆升許謝篙工，并解麻布一方與之包豆，曰：「我姓白，住西天門。汝他日欲見我，但以足踏麻布上，便升天而行，至我家矣。」……豆不見而麻布猶存。以足躡之，冉冉雲生，……小青衣侍戶外曰：「郎果至矣。」人扶老婦人出，曰：「吾與汝有宿緣，小女欲侍君子。」（《子不語》卷六，頁 120）

故事中老婦人受篙工夜渡舟善心而報恩，送給篙工少許黃金與登天之麻布，後又將女兒嫁給了篙工。

〈白虹精〉報恩的對象，就是恩人本身，但也有祖先對人有恩，受恩之人報恩於恩人的子孫。〈喀雄〉故事云：「女笑而謂之曰：『何事張皇？兒狐也，實爲報德而來。令祖作將軍時，嘗獵于土門關，兒貫矢被擒，令祖拔矢縱之。屢欲報恩，無從下手。近知郎愛周女而不得，故來作冰人，以償凰願。亦因子與周女有凰緣；不然，兒亦不能爲力也。今媒已成，兒去矣。』倏然不見。」（《子不語》卷六，頁 115～116）狐仙感於喀雄祖先的救命之恩，而成全喀雄與周女相愛的因緣。

這些報恩的故事，是精怪感於人的恩德而報恩，精怪都能知恩報恩，那身爲人更應如此，有勸導人們受恩不可忘要感恩圖報才是。

6. 眷鄉護園的心

〈鬼衣有補綴痕〉故事云：「常州蔣某，在甘肅作縣丞。……回回作亂，蔣爲所害，……其侄某開參店于東城，忽一日午後，蔣竟直入，布裹其頭，……告其侄曰：『我于某月某日爲亂兵所害，尸在居延城下，汝可遣人至其處，棺殮載歸。』」（《子不語》卷十六，頁 303～304）蔣客死異鄉，死而爲鬼還想返鄉，因此請侄尋其骸骨，使其得以落葉歸根。

〈僵尸拒賊〉一故事言，有杭州販魚人娶鬼爲妻，生子娶媳，一家生活小康，「一日，天大熱，日光如火。其媳聞姑下樓，至梯無聲。視之，有血水一灘，變作僵尸。其夫心知其故，亦不堪痛苦，但買棺收殮。每夜于棺中出入。嘗有賊入前門，有人擋之；入後門，又有人擋之：皆僵尸爲之護衛也。」（《續子不語》卷四，頁60）捍衛自己家園，這種精神不會因爲生爲人或死後爲鬼而改變，畢竟家是自己所歸屬之地。

（二）泛宗教

1.破除迷信

〈酆都知縣〉故事云：「世有妖僧惡道，借鬼神爲口實，誘人修齋打醮，傾家者不下千萬。鬼神幽明道隔，不能家喻戶曉，破其誣罔。明公爲民除弊，雖不來此，誰敢相違？今更寵臨，具徵仁勇。」（《子不語》卷一，頁 6～7）此處告誡世人不可愚昧無知，對於一些不是眞正修行的僧道，只是借宗教名義而行圖利行爲者，這些人所談是迷信之言，人們應該要明白，袁枚在此有破除迷信之用心。

2.理明得平安

〈蔡書生〉故事云：「至半夜，有女子冉冉來，頸拖紅帛，向蔡伏拜。結繩於梁，伸頸就之，蔡無怖色。女子再挂一繩，招蔡，蔡曳一足就之。女子曰：『君誤矣。』蔡笑曰：『汝誤，才有今日，吾勿誤也。』鬼大哭，伏地拜去。自此怪遂絕，蔡亦登第。或云即蔡炳侯方伯也。」（《子不語》卷一，頁2）故事中的書生對於女鬼找他當替身時，他心中並無畏懼而且清楚著女鬼要做些什麼。所以他跟女鬼講了一些道理，女鬼似有所感的，大哭伏地一拜而去。這是袁枚表達一個人明理的重要性，故事中的書生因明白鬼來之所爲何事，縊死鬼會成爲討人命的縊死鬼，在於生前就是理不白，所以死後才成爲這般。

〈祭雷文〉故事云：「渠田鄰某有子，生十五歲被雷震死。其父作文祭雷云：『雷之神，誰敢侮？雷之擊，誰敢阻？雖然，我有一言問雷祖：說是吾兒今生孽，我兒今年才十五；說是我兒前生孽，何不使他今世不出生？雷公雷公作何語！』祭畢，文于黃紙焚之。忽又霹靂一聲，其子活矣。」（《子不語》卷六，頁111）故事表達對天神懲罰的質問，言之成理，以爲天神也講理才是。所以故事中被雷震死之人才能復活，故不論人間或天界都應是以理論

斷之。

3. 有道之人

〈南昌士人〉故事云：「人之魂善而魄惡，人之魂靈而魄愚。其始來也，一靈不泯，魄附魂以行。其既去也，心事既畢，魂一散而魄滯。魂在則其人也，魂去則非其人也。世之移尸走影，皆爲魄爲之，惟有道之人爲能制魄。」（《子不語》卷一，頁 3）藉著南昌士人所遇「尸追人」之事，而言有道之人方能避此事。且能究「生人」與「尸」魂魄之理，對世上之理能悟透的有道之人，是受袁枚肯定的。

〈豬道人即鄭鄤〉故事云：

> 明季，華山寺中養一豬，年代甚久，毛盡脫落，能持齋，不食穢物，聞誦經聲則叩首作頂禮狀：合寺僧以「道人」呼之。一夕，老病將死。寺中住持湛一和尚者，素有道行，將往他處說法，名其徒謂曰：「豬道人若死，必碎割之，分其肉啖寺鄰。」眾僧雖諾之，而心以爲非。已而豬死，乃私埋之。湛一歸……哭曰：「吾負汝，吾負汝！」眾僧問故，曰：「三十年後，某村有一清貴官，無辜而受極刑，即此豬也。豬前生係宰官，有負心事，知惡劫難逃，托生爲畜，來求超度。我故立意以刀解法厭勝之，不意爲汝輩庸流所誤。……」崇禎間，某村翰林鄭鄤，素行端方，……爲其舅吳某誣其杖母事，凌遲至死，天下冤之。其時湛一業已圓寂，眾方服其通因果也。（《子不語》卷六，頁 104）

像這一位出家修行師父，能通人之因果，且所言談之因果之事，能夠經得起考驗，是袁枚心中所認定有眞正修行之人。

4. 不殺生害命太甚

袁枚一生中有時因生病，不得已才吃得清淡些，他並不茹素。然在故事中他會勸人不要殺生害命太過分了。

〈嚴秉玠〉故事中告訴人殺生害命是會有報應的，「一日，見美婦人倚窗梳頭，妻素悍妒，應惑其夫，率奴婢持棒衝入亂毆。美婦化作白鵝，繞地哀鳴。秉玠取印印其背，遂現原形，委地墮胎而死。胎中兩小狐也。嚴取硃筆點其額，兩小狐亦死。取大小狐投之火中。自此署中無狐，而嚴氏亦無恙。又一年，其妻懷孕，生雙胞，頭上各有一點紅，如硃筆所點。妻大驚而殞，嚴以痛妻故，未幾亦病，小兒終不育。」（《子不語》卷四，頁 67～68）故事

中的嚴氏夫婦趕盡殺絕太甚，對求饒的狐仙不通情而殺，竟然連狐仙胎中的幼狐也不放過，故在故事中嚴氏夫婦受到報應，以命還命。

〈西江水怪〉故事云：「其人云：『此水怪也，以魚鱉爲子孫。吾食其子孫，故來復仇耳。其爪銛利，遇物破腦，非蒙首而得眾力，則斃其爪下矣。』」（《子不語》卷十六，頁 300）故事中有人每天至西江水邊用咒語捉取魚鱉，長久下來，所取的魚鱉累積數量很多。水怪見牠的魚鱉子孫多被食用，便忍無可忍而欲滅其禍首。意指著動物也有牠的家人，當家人被人殺食，能視若無睹嗎？人如能以此心態自省，相信能減少過分殺害生命的行為。

〈雀報恩〉一故事告訴讀者，不是只有人類才有情感的互動，麻雀也懂得報恩。

> 周之庠好放生，尤愛雀，居恆置黍穀于檐下飼之。中年喪明，飼雀如故。忽病氣絕，惟心頭溫，家人守之，四晝夜蘇，云：初出門，獨行曠野，日色昏暗，……至一衙署前，又有老人綸巾道服自內出，乃亡祖也。相見大驚，責其父曰：「爾亦糊塗，何導兒至此！」叱父退，手挽之庠行，有二隸卒，貌醜惡，大呼曰：「既來此，安得便去？」與其祖相爭奪。忽雀億萬自西來，啄二隸，隸駭走，……群雀隨之，爭以翅覆之庠。……遂如夢覺，雙目復明，至今無恙。（《子不語》卷十六，頁 300～301）

有愛心的周之庠，天天飼養麻雀，即使他失明後亦是如此。有天當他魂去地府時，麻雀救助他出離地府，且回陽後，雙眼復明。他因照顧麻雀，麻雀感其恩德而獲得善報，這是放生所得的好報。

人受到生命危難之時，都想求活命之機，不只人如此，動物有靈性也會有同樣的行為，也想得到活命的機會。袁枚藉著動物乞命的故事，換個角度，站在被殺動物的立場考量，誰願意失去自己生命呢！〈牛乞命〉（《子不語》卷二十四，頁 491）與〈豬乞命〉（《子不語》卷二十四，頁 491）二故事，牛與豬在被宰殺之前，努力掙脫，到處找人叩首求助，希望有人能買下牠們，放牠們一條生路，勸人別無度的殘害生命。

袁枚以狐、水怪、雀、牛、豬等動物，能展現出人一般的情感，勸告世人對動物生命不可過度濫殺。

5. 敬鬼神而遠之

〈骷髏報仇〉故事云：「常熟孫君壽，性獰惡，好慢神虐鬼。與人游山，

脹如廁，戲取荒冢骷髏，蹲踞之，令吞其糞，曰：『汝食佳乎？』骷髏張口曰：『佳。』君壽大駭，急，骷髏隨之，滾地如車輪然。君壽至橋，骷髏不得上。君壽登高望之，骷髏仍滾歸原處。君壽到家，面如死灰。遂病，日遺矢，輒手取吞之，自呼曰：『汝食佳乎？』食畢更遺，遺畢更食，三日而死。」（《子不語》卷一，頁 8）故事中對「慢神虐鬼」之人進行討伐，故事是從反面的思維，呼籲人應敬鬼神而遠之才是。

〈門夾鬼腿〉故事云：「凡送鬼者，前人送出門，後人把門閉。其家循此例，閉門過急，尹復大聲云：『汝請客當恭敬，今吾等猶未走，而汝門驟閉，夾壞我腿，痛苦難禁；非再大烹請我，則吾永不出汝門矣。』因復祈禳，尹病稍安。然旋好旋發，不脫體，卒人此亡。」（《子不語》卷六，頁 110～111）對於事鬼一事，故事中意味著鬼並不是好招惹的，若是招惹上的話，必以恭敬之心處置，一旦不小心弄壞了人鬼關係，人可能吃上悶虧。

〈驅雲使者〉故事云：

> 曰：「我天上驅雲使者，以行雨太多，違上帝令，謫下凡間，藏形於石洞中，待限滿後，依舊上天。偶於某夜出游，略露神怪，是我不知韜晦，原有不是。然汝燒我原身，亦太狠矣。我現在栖神無所，不得已，借王子晉侍者形軀，來與汝索吵，汝作速召某道士，持誦《靈飛經》四十九日，我之原身猶可從火中完聚。世本命應做提督一品官，以此事不良，上帝削籍，只可終於把總矣。」張唯唯聽命，少年騰空而去。後張果以把總終。（《子不語》卷十二，頁 223）

故事中以人冒犯了神明，破壞了神明應有的修行歷練，因此上帝對該人稍微責處，以喻世人對於神明應敬重。

透過鬼神與人間的互動中，讓人對鬼神產生敬畏心理。對於不可見的鬼神，在故事的事件中，有相當程度介入人的生活世界裡，人們不可不謹慎待之。

6. 正直可為神

〈關神斷獄〉一故事，有位婦人竊鄰人之雞，鄰人告訴她先生時，正值她先生喝醉酒，一聽到這件事，就拿起刀欲殺這名婦人，婦人情急之下，就誣馬孝廉才是偷雞之人。因此婦人先生就帶著他太太到馬孝廉處，與馬孝廉對質，馬孝廉無以自明，故事中言：

> 村有關神廟，請往擲環珓卜之，卦陰者婦人竊，卦陽者男子竊。如

其言，三擲皆陽。王投刀放妻歸，而孝廉以竊雞故，爲村人所薄，
失館數年。他日，有扶乩者，方登壇，自稱「關神」。孝廉記前事，
大罵神之不靈，乩書灰盤曰：「馬孝廉，汝將來有臨民之職，亦知事
有緩急重輕？汝竊雞，不過失館；某妻竊雞，立死刀下矣。我寧受
不靈之名，以救生人之命。上帝念我能識政體，故超升三級，汝乃怨
我耶？」孝廉曰：「關神既爲封帝矣，何級之升？」乩神曰：「今四
海九州，皆有關神廟，焉得有許多關神分享血食？凡村鄉所立關廟，
皆奉上帝，擇里中鬼平生正直者，代司其事。……」孝廉乃服。（《子
不語》卷二，頁33）

故事中藉著乩神所言，生前爲人正直者，於死後會被上帝封爲神。而且神斷
案之曲直時，並不是屈於死的律例中，而能活潑運用，分清楚人性上的輕重
緩急。神的重要職責之一是全人性命，所以乩神才得上帝提升神職三級。藉
此故事作者認同了人的正直與應事識大體的特質。

7. 各教修行者應心存正知正念

《子不語》與《續子不語》故事中，頗多談論到各教修行之敗類，袁枚
均予以譏評，極不認同那些假宗教名義爲非之人。

〈道士取葫蘆〉故事云：

道士曰：「此間一府四縣，夏間將有大難，雞犬不留。我取葫蘆煉仙
丹，救此方人。能行善者，以千金買藥備用，不特自活，兼可救世，
立大功德。」因出囊中藥數丸示主人，芬芳撲鼻，且曰：「今年八月
中秋月色大明時，我仍來汝家，可設瓜果待我。此間人民恐少一半
矣。」祝心動，曰：「如弟子者，可行功德乎？」曰：「可。」乃命
家僮以千金與之。道士束負腰間……留藥十九，拱手別去。祝舉家
敬若神明，早晚禮拜。是年夏間無疫，中秋無月，且風雨交加，道
士亦杳不至。（《子不語》卷三，頁60～61）

道士從頭至尾，就是在施行詐騙之術，預示未來有大疫，利用人有避死遠禍
的心態，而哄騙功德錢，這種作爲令人人見而生厭。

〈青龍黨〉故事云：「杭州舊有惡少，歃血結盟，刺背爲小青龍，號青龍
黨，橫行閭里。雍正末年，臬司范國瑄擒治之，死者十之八九。首惡董超，
竟以逃免。乾隆某年冬，夢其黨數十人走告曰：『子爲黨首，雖幸逃免，明年
當伏天誅。』董惶恐求計，眾曰：『計惟投保叔塔草庵僧爲徒，力持戒行，或

可幸免。』」（《子不語》卷四，頁 77～78）由董超出家的心態來看，他不是一位虔誠的佛教信仰者，他只是爲了躲避天誅的命運，才出家當和尚。是求自己保命，並不是以了悟生命而爲，他是以達利己目的，當然最後難逃天雷誅斃。

在各教中修行要想成就，除了投入修行外，還必須有天賦。〈仙鶴扛車〉故事云：「老翁奏曰：『有眞心學道人郭某求見。』王命傳入，注視良久，曰：『非仙才也，速送回人間。』」（《子不語》卷七，頁 132）聽天神言下之意，人要學道成仙，得有先天的條件具足才行，並不是人人都可成仙。

〈麒麟喊冤〉故事云：

> 邱恍然大悟，乃再拜曰：「如神人所言，某就棄漢學、宋學，而從事于詩文如何？」神曰：「子又誤矣。人之資性，各有長短。著作之才，水也，果有本源，自成江河。考據講學，火也，胸中無物，必附物而後有所表彰，如火之必附于薪炭也。……或瑣屑考據，或迂闊講學，各有所長，自成一隊。常見孔聖、如來、老聃空中相遇，彼此微笑，一拱而過，絕不交言，此天地之所以爲大也。」（《續子不語》卷五，頁 93～98）

袁枚此處以爲儒釋道各家各有所長，不必排斥，以各人之資性，而選擇適合各人之教門。

袁枚在故事中，認爲各教修行人應遵守各教眞義，不可掛羊頭賣狗肉。袁枚討厭虛僞造作之人，再則各人得衡量自我的資性，適性地信仰自己可相信的眞理。

（三）仁　義

1. 不可殘酷無情——慈憫心

〈平陽令〉故事云：「平陽令朱鑠，性慘刻。所邑宰，別造厚枷、巨梃。案涉婦女，必引入奸情訊之。杖妓，去小衣，以杖抵其陰，使腫潰數月，曰：『看渠如何接客！』以臀血塗嫖客面。妓之美者加酷焉，髡其髮，以刀開其兩鼻孔，曰：『使美者不美，則妓風絕矣。』逢同寅官，必自詡曰：『見色不動，非吾鐵面冰心何能如此！』」平陽縣令他視淫如仇般的斷案，審案殘酷無情，公平公正的心已失去，他的手段殘忍至極，連一點合理的人性的都沒有。因此作者並不認同於平陽令的作法，所以故事中安排了，平陽縣令受鬼怪作弄，而誤殺他全家大小生命作結「須臾青面者、白面者以次第至。朱以

劍斫，應手而倒。最後有長牙黑嘴者來，朱以劍擊，亦呼痛而殞。朱喜自負，急呼店主告之。時雞已鳴，家人秉燭來照，橫尸滿地，悉其妻妾子女也。朱大叫曰：『吾乃爲妖鬼所弄乎？』一慟而絕。」（《子不語》卷二，頁 23～24）作者將故事前後情節做如此的鋪陳，是對於平陽縣令殘酷無人性的審案方式不苟同，且對殘酷無人性之人進行譴責，代之而起的應是多一分的慈憫心來待人。

〈唱歌犬〉故事云：

> 長沙市中有二人牽一犬，……能作人，唱各種小曲，無不按節。觀者如堵，爭施錢以求一曲，喧聞四野。……荊公命二人鞫之，初不承認。……極刑訊之，始言此犬乃用三歲孩子做成。先用藥爛其身上皮，使盡脫；次用狗毛燒灰，和藥敷之；內服以藥，使瘡平復，則體生犬毛而尾出，儼然犬也。此法十不得一活，若成一犬，便可獲利終身。不知殺小兒無限，乃成此犬。問：「木人何用？」曰：「拐得兒，令自擇木人，得跛者、瞎者、斷股者，悉如狀以爲之。令作丐求錢，以肥其橐。」……荊公乃曳于市，暴其榜死之。（《續子不語》卷十，頁 181～182）

商人爲圖利不擇手段，將孩童虐整畜成犬、木人，要成功的製一犬或木人，都要犧牲不少孩子的生命，以他人的生命來換取自己的利益。此種行爲殘忍至極，眼中只有金錢，全無尊重生命的價值與尊嚴，這樣的故事會喚起人的憐憫心。

2. 申張正義平反冤屈

〈觀音堂〉故事提到，一位官人趙公，有次下鄉驗尸時，夜宿於古廟。當晚夢到一位老嫗，向他訴說，有人侵佔了她的土地，趙公得此夢境就開始，調查有關此古廟周邊土地歸屬的情形。調查結果「此屋本從觀音堂大門出入之地。今年正月，寺僧盜售于我，價二十金。趙亦不告以夢，即捐二十金，爲贖還基址，加修葺焉。」這是趙公處理老嫗託夢之事，爲之辦理並且伸張公理正義，得以平反冤屈，如此的行爲趙公在故事結尾得到好報。「是時趙年四十餘，尚無嗣，數月後，夫人有身。將產一夕，夢老嫗復來，抱一兒與之。夫人覺，夢亦如公，遂產一兒」（《子不語》卷一，頁 17）

〈獅子大王〉故事中的土神，在神界中的神位不大。恰巧遇著一位被鬼隸誤勾魂的尹廷洽，土神發現此事，便向陰司之神申訴，繼而向東岳府、天

府申訴，後申訴成功，尹廷洽果真是被誤捉。「回頭顧土神云：『爾此舉極好，但只須赴本司詳查，不合向獅子大王路訴，以致我輩均受失察處分。今本司一面造符申覆，一面差勾本犯，爾速引尹廷洽還陽。』」（《子不語》卷十，頁189～192）土神用心的為尹主持公道，經過幾番折騰終將冤情大白，同時也讓一些失察案情的職事者得到教訓。

3. 濟世救人

袁枚在《子不語》故事中，以為修行的目的應是濟世救人才正確。〈葛道人以風洗手〉故事云：「老人曰：『汝來太早，尚有人間未了緣三十年。吾且與汝經一卷、法寶一件，汝出山誦經守寶，以濟世人。三十年後再入山，吾再傳汝道可也。』……至家，葛道人學其術，能治鬼服妖。」（《子不語》卷六，頁112～113）在故事中的道人，沒有受到批評，情節中描述其道術神妙，以利益世人為用。

〈呂道人驅龍〉故事中的呂道人「河南歸德府呂道人，年百餘歲」，他的道術神妙，「雍正間，王朝恩為北總河，築張家口石壩不成，……適呂至，曰：『此下有毒龍為祟。』……道士遂杖劍入水。頃刻黑風起，雷電大作，波浪掀天。……道士來署，提血劍……曰：『……貧道亦斬龍一臂，臂墜水，僅留一爪獻公。龍受傷奔東海去，明日壩可成也。』」（《子不語》卷九，頁181～182）這是呂道人用所學道術幫助官方將石壩築成，有利於民生。除此呂道人還為人除其病苦。

> 乾隆四年，呂入都，諸王公延之治疾，脫手癒。徐文穆公第六子，虛陽不閉。呂一見曰：「公子面上血不華色，不過夢遺耳。」令閉目臥地，袒胸，手一鐵針，長尺餘，直刺其心；拔之，血隨針出，如一條紅絲。取口唾拭其創處。旁人駭絕，而公子不知，是夕病癒。王太守孟亭患腰痛，求道人，……手撮日光揉之，熱透五臟而癒。問導引之術，不肯言。乃引其僮私問之，曰：「無他異也，每早至曠野，紅日始出，見道人向日作虎跳狀，手招日光納口中，且吸且咽，如是者再。」（《子不語》卷九，頁181～182）

呂道人平時修煉之功，拿來為人治病，所煉道術並不是以取個人利益，故百姓王公們對呂道人相當尊敬。

修行者以其所得之成就，做著利他的事業，並不是以利己為目的，此濟世救人的精神，受到人們的景仰，故事中對於此類修行人給予正面價值認定。

4. 貪財遭禍

〈算命先生鬼〉一故事，藉著神對一鬼魂的訓示，不可貪人財物而起詐騙之行。「神曰：『其兄觸汝，而責之于妹，何畏強欺弱耶！汝自稱能算命，而不能護其朽骨，其算法不靈可知。生前哄騙人財物，不知多少矣。笞二十，押赴湖州。』」（《子不語》卷二，頁 25）生前為算命先生，詐騙他人錢財，在人間雖然沒有受到律法的制裁。可是袁枚透過神怪故事，將此類算命者做了懲處，表示君子愛財應取之有道。

5. 貪色遭禍

這裡所言的貪色是指，以非法不合情理的手段獲得美色，而有淫行之事。〈雷誅營卒〉（《子不語》卷四，頁 77）故事中言及，一位營卒，見軍帳外有一女尼經過，營卒強行拉女尼欲行姦，因女尼抵死不從，後遺下褲子而得逃脫。沒想到女尼逃到一田家求救，好心的婦人借了她先生的褲子給女尼，讓女尼得以返回寺廟，可是婦人的先生回到家找不到自己褲子，而誤以為他的妻子與他人有不可告人曖昧之事，後婦申訴無門而縊死。當女尼來還所借褲子時，婦人的先生才發現他妻子所言女尼借褲之事，發現真相時一切都太晚了，婦人的先生後亦自縊而死。整個故事的發展，起因都是營卒的貪色，而導致一連串的人命的死亡，營卒終被天雷所誅滅，故事結語言「天誅之必不可逭也」。

〈吳生不歸〉故事云：

> 某日吳生坐書室，見美婦人降自屋上，招與偕行。……倚窗斜睇，具酒食共飲；飲畢，兩美迭就為歡。叩以姓名，俱笑不答，但云：「此間樂，我二人惟郎是從，郎但安居可也。」……俄而數月不返。生有弟某，行經白塔，見山洞口有遺帶，認係兄物。持歸，率人秉火入洞，見裸臥淤泥間，作行房狀。扶至家……張怒目曰：「我雲雨未畢，臥錦衾中，何奪我至此！」……夜間……失主所在……次晨，再尋白塔山洞，茫然無得矣。于是遠近傳播洞中有妖，……乃以石封洞門，觀者止，而生竟不歸。（《子不語》卷七，頁 134～135）

吳生讀書於家中，忽見美色而被美色所誘，貪圖美色之欲而不加節制，而且常與之有性行為而不知返家，因此後來終不得歸喪失生命。以此勸人勿貪色過甚，縱欲無度。

6.不能見利忘義

〈鎮江某仲〉故事云：

> 某仲，……攜資貿易山西，……去數載未歸，飛語仲已死，仲妻不
> 之信，乞叔往尋。伯利仲妻年少可鬻，詭稱仲凶耗已真，……勸仲
> 妻改適。仲妻不可，蒙麻素於髻，為夫持服。伯知其志難奪，潛與
> 江西賈人謀，得價百餘金，令買仲妻去，戒曰：「這個娘子要強取，
> 黑夜命輿來，見素髻者挽之去，速飛棹行也。」……仲妻見伯狀如
> 有變，甫黑即自經于梁，懸絕作聲，伯妻聞之奔救，恐虛所賣金也。
> 抱持間，仲妻素髻墜地，伯妻髻亦墜。適賈人轎至，伯妻急走出迎，
> 摸地取髻，誤帶素者。賈人見素髻婦，不待分辨，逕搶以行。伯歸，
> 悔無及，噤不能聲。（《子不語》卷十二，頁225～226）

弟弟外出貿易，多年未歸生死未卜，哥哥利用此機會謊稱弟弟已死，準備將
弟媳賣給他人可得利益。身為人家兄長，見利而忘了人倫間之義，後來害人
害己，弟媳自縊亡，而誤賣了自己的太太。故事予人「見利忘義」之謀是行
之不得，此行為令人不齒。

（四）修　身

1.對人、事盡忠

袁枚藉神怪故事勸化人要忠心於自己的職守，其中〈李通判〉（《子不語》
卷一，頁1～2）故事所談，是關於一位忠心耿耿的老僕人，願意犧牲自己性
命換回主人的生命，老僕人的一點忠心被妖道所利用。因老僕人的忠心，令
一位赤腳僧人勸告他有災難臨身，並且交予他解難的法寶。後妖道要取老僕
人性命時，被赤腳僧的法寶所救。此是忠心僕人幫助主人，本來劫數難逃，
由於他的忠心使得有貴人相助而免於劫難。故事有勸化人盡忠的意思。

〈煞神〉（《子不語》卷一，頁10）此故事談論著，煞神受閻王之命，到
人間拿取亡人之魂，煞神來到人間，卻貪圖著喪家所祭拜的酒饌，因此而擔
誤了自己的任務，受閻王懲罰，「吾以貪饞，故為爾所弄，枷二十年矣。」煞
神辦事沒有盡忠職守，而到責罰，袁枚在此除譏煞神之貪外，更有勸人做事
當忠於職守之意。

〈義犬附魂〉一故事言及動物對主人忠心，以自己的生命護救主免於被
人雞姦。故事云：

> 京中常公子某，少年貌美。愛一犬兒，名花兒，出則相隨。春日豐

臺看花，歸遲人散，遇三惡少，方坐地轟飲。見公子美，以邪語調
之。初而牽衣，繼而親嘴。公子羞沮攔，力不能拒。花兒咆哮，奮
前咬噬。惡少怒，取巨木擊之，中花兒之頭，腦漿迸裂，死于樹下。
……按其臀將淫之。忽有癩狗從樹林中突出背後，咬其腎囊，……
兩惡少大駭，擁傷者歸。……心感花兒之義，次日往收其骨，為之
立冢。夜夢花兒來作人語曰：「犬受主人恩，正欲圖報，而被凶人打
死。一靈不昧，附魂于豆腐店癩狗身上，終殺此賊。犬雖死，犬心
安矣。」言畢，哀號而去。（《子不語》卷六，頁119～120）

動物能犧牲自己救主人，是感於主人的關愛恩情，身雖死，仍附魂於其它狗
之身，決心救護主人，人畜間真情感人。

〈關神下乩〉一故事，袁枚以此故事譏刺那些身為前朝官員卻降於他
朝，還自以為自己此種行為無關痛癢之人。「明季關神正乩壇，批某文士終身
云：『官至都堂，壽止六十。』國朝定鼎後，其人乞降，官不加遷，而壽已
八十矣。偶到壇所，適關帝復降，其人自以為必有陰德，故能延壽，跽而請
曰：『弟子官爵驗矣，今壽乃過之，豈修壽在人，雖神明亦有所不知耶？』
關帝大書曰：『某平生以忠厚待人，甲申之變，汝自不死，與我何與！』屈指
算之，崇禎殉難時，正此公年六十時也。」（《子不語》卷十三，頁239）袁
枚以神明乩壇之語，諷身為文人授國家之官，卻侍二主，忠於國家的氣節泯
沒。

袁枚以故事說明，一個不論對於人、事、國家都當盡忠心，忠心展現出
人內心真正的情感，令人敬佩。

2.為官當為良吏——廉明、公正、守法、合情

〈波兒象〉故事云：

白髮官手招王跪近前，問曰：「五十三兩之項，汝記得乎？」王愕然
不解。壯年者笑曰：「長船變價案也，汝前生事耳。」王恍然悟是前
明海運一案。前明海運既停，海船數百隻追價充公。王前世亦為江
蘇書史，專司此案。運丁追比無出，湊銀賄王，圖准充銷，為居間
者中飽，案仍不結。此藍縷者，乃追比縊死之運丁也。王悟前世事
由，即侃侃實對。兩官點頭曰：「冤既有主，當別拘中飽者治罪，汝
可回陽。」命隸卒引出，黃埃蔽天，王知為泉下，問獄卒曰：「彼乞
丐睨我者，吾知為冤鬼矣。彼似豬非豬欲嚙我者，是何物耶？」隸

辛曰：「此名波兒象，非豬也。陰間畜養此獸，凡遇案件訊明罪重之
人，即付彼吞噬，如陽間投畀豺虎故事。」王悚然。……妻子環榻
而泣，昏沉者已三日矣。（《子不語》卷五，頁88～89）

王書吏前生亦為書吏，他在前生因辦理前明海運一案，運丁追比不出，有人
居中告訴運丁，須湊銀五十三兩賄書吏，案子就可了結，不屑居中者中飽五
十三兩銀，書吏亦不知此事。故海運一案便不能結案，書吏繼續追查，運丁
無奈而自縊，死而為鬼，追著王書吏討債，一追追到轉世後的王書吏。因運
丁以為書吏收了五十三兩賄銀，當會停止將船隻追價充公之事，但王書吏仍
持續追比，而致運丁自縊冤死，所以這為官收賄不廉明的罪，就被運丁冤鬼
告狀到地府去。將轉世後的王書吏魂捉拿到地府受審，若是案情據實罪證確
定的話，馬上下令波兒象將王書吏吞噬。

故事情節依著「為官廉明」的主軸在進行，雖然案情牽涉到前世今生，
其主旨是令為官者深自警惕，今世不廉明之官沒有受到惡報，轉世後仍是要
追查明白，令不廉明之官受到懲治。故事在於強調為官當廉明。

〈城隍殺鬼不許為蠆〉故事云：「城隍置所焚牒於案前，瞋目厲聲曰：『夫
妻一般凶惡，可謂一床不出兩樣人矣，非腰斬不可。』命兩隸縛鬼，持刀截
之，分為兩段，有黑氣流出，不見腸胃，亦不見有血。旁二隸請曰：『可准押
往鴉鳴國為蠆否？』城隍不許，曰：『此奴作鬼便害人；若作蠆，必又害鬼，
可揚滅惡氣，以斷其根』……頃刻化為黑烟，散盡不見。」（《子不語》卷三，
頁61～62）城隍是陰府官吏，對於累犯之鬼犯，公正判案，絕不因他人建議
減刑而更動，該永絕後患絕不寬容。

〈某侍郎異夢〉故事云：

侍郎怒曰：「我為天子大臣，縱有罪當死，亦須示我，使我心服，何
嘿嘿如啞羊？」老僧笑曰：「汝殺人多，祿折盡矣，尚何問焉？」侍
郎曰：「我殺人雖多，皆國法應誅之人，非我罪也。」僧曰：「汝當
日辦案時，果只知有國法乎？抑貪圖迎合、固寵遷官乎？」……侍
郎覺冷氣一條，直逼五臟，心趄趄然跳不止，汗如雨下，惶悚不能
言。……眾河員賀節盈門，疑侍郎最勤，何以元旦不起，侍郎亦不
肯明言其故，是年四月，病嘔血，竟以不起。（《子不語》卷五，頁
100～101）

此故事勸人為官要公正，不可為求表現治績而陞官，反倒冤屈百姓，就失去

為官的意義了。

〈姚端恪公遇劍仙〉故事云：

> 國初，桐城姚端恪公為司寇時，有山西某，以謀殺案將定罪。某以
> 十萬金賂公弟文燕求寬，文燕允之，而憚公方正，不敢向公言，希
> 冀得寬，將私取之。……公曰：「汝刺客耶？來何為？」曰：「為山
> 西某來。」公曰：「某法不當寬，如欲寬，則國法大壞，我無顏立於
> 朝矣，不如死。」指其頸曰：「取！」客曰：「公不可，何為公弟受
> 金？」曰：「我不知。」……騰身而出……時文燕方出京赴知州任，
> 公急遣人告之。到德州，已喪首於車中矣。（《子不語》卷十五，頁
> 280）

袁枚以為當官者，應守法，維護法律的嚴明。並且要使惡人得到應有的刑罰，
不該收取賄金而致判法不公平，執法人員應是知法守法才是。否則就會像故
事中姚端恪公之弟，未當官上任之前，就會收賄。難怪故事情節會安排他未
到任就死於非命的報應，很明顯的是在警示為官者。

〈徐先生〉故事云：「安慶按察使衙門役吏差人來名贊臣曰：『獄有大盜
徐某請君相見。』贊臣不得已，往，果見先生。」（《子不語》卷六，頁 104
～105）故事中官吏對於死刑犯，臨刑前的心願，能予人道上的協助，為官合
人情之處。

袁枚在故事教化了當官者，應該要廉明、公正、守法、合情，才能堪任
人民的保母，辦案任事「情、理、法」三者不可偏廢。

3. 心地光明磊落，正氣浩然

〈囊囊〉故事云：

> 鄰有女為怪所纏，怪貌獰惡，遍體蒙茸，似毛非毛。每交媾，則下
> 體痛楚難忍，女哀求見饒。怪曰：「我非害汝者，不過愛汝姿色耳。」
> 女曰：「某家女比我更美，汝何不往纏之，而獨苦我乎？」怪曰：「某
> 家女正氣，我不敢犯。」女子怒，罵曰：「彼正氣，偏我不正氣耶？」
> 怪曰：「汝某月日，燒香城隍廟，路有男子方走，汝在轎簾中暗窺，
> 見其貌美，心竊慕之，此得為正氣乎？」女面赤不能答。（《子不語》
> 卷三，頁 52～53）

故事中女子會被怪所纏的原因，是她的心對於情欲有所思，才讓怪趁機而入，
然怪不敢纏有正氣的女子。藉故事言，心存正氣就不會被邪怪所害。

4. 對人當真誠

〈人同〉故事云：「喀爾喀有獸，似猴非猴，中國人呼為『人同』，番人呼為『噶里』。往往窺探穹廬，乞人飲食，或乞取小刀煙具之屬，被人呼喝，即棄而走。有某將軍畜養之，喚使莝豆樵汲等事，頗能服役。居一年，將軍任滿歸，人同立馬前，淚下如雨，相從十餘里，麾之不去。將軍曰：『汝之不能從我至中國，猶我之不能從汝居此土地，。汝送我可止矣。』人同悲鳴而去，猶屢回頭仰視云。」（《子不語》卷六，頁106）人同雖為獸，然與將軍生活在一起久了，培養出相當的友誼。即將離別時，人同流露出不捨的情感，身為獸類竟如此有情，不禁令人自惕。

5. 人當為自己的言行舉止負責

〈旁觀因果〉故事云：「常州馬秀才士麟自言：幼時……見王叟登臺，澆菊畢，將下臺，有擔糞者荷二桶升臺，意欲助澆，叟色不悅，拒之，而擔糞者必欲上，……叟以手推擔糞者，上下勢不敵，遂失足隕臺下。……兩足蹶然直矣。……曳擔糞者足，開後門，置之河岸；復舉其桶，置尸傍，歸，閉門復臥。」後來擔糞者投生在李家，等到李氏兒漸長，「叟上臺灌菊，李氏兒亦登樓放鴿。忽十餘鴿飛集叟花臺欄杆上，兒懼飛去，再三呼鴿不動。兒不得已，取得石子擲之，誤中王叟。叟驚失足，隕於臺下，良久不起，兩足蹶然直矣。」（《子不語》卷五，頁94～95）擔糞者投生為李氏兒後，還是向王叟討回一條命。這故事告訴我們，不論我們做何事都有因果，每個人都應為自己的言語行為負責。

〈沈姓妻〉故事云：「病者答曰：『予山陰人也，此女前生乃予鄰家婦。予時四歲，偶戲其家，碎其碗，伊詈我母與私夫某往來，故生此惡兒。予訴之母，母恐我泄其事，撻予至死。是致予死者，此婦也。我仇之久矣，今始尋著。』」（《子不語》卷六，頁113～114）婦人前世口無遮攔，言人之是非，而致害死一名孩童。此冤死者找到沈姓妻，欲向她索命，因為沈姓妻就是害人致死者轉世的。

故事告訴我們，我們不只在今生今世為自己的言行負責，若是言行有害於他人者，即使今世未受到報應，於未來世受屈者亦會討報到底，所以人對於自己的言行舉止不可不謹慎呀！

6. 勸人應謙虛

〈賣蒜叟〉故事云：「楊大怒，招叟至前，以拳打磚牆，陷入尺許，傲之

曰：『叟能如是乎？』叟曰：『君能打牆，不能打人。』楊愈怒，罵曰：『老奴能受我打乎？打死勿怨。』叟笑曰：『老人垂死之年，能以一死成君之名，死亦何怨？』……楊故取勢于十步外，奮拳擊之，老人寂然無聲。但見楊雙膝跪地，叩頭曰：『晚生知罪了。』……老人鼓腹縱之，已跌出一石橋外矣。」（《子不語》卷十四，頁 277）楊以爲自己有拳術身體強健，受不住他人的揶揄，而欺於年老之人。怎知年老之人深藏不露，楊反被老者所制服。己縱有所才能，不可傲而目中無人，否則人外有人，一旦自取其辱後，將難以自處，故事勸人應以謙虛的態度來處世。

（五）平等觀

1. 不可有勢利眼欺善怕惡

〈冒失鬼〉故事云：

> 杭州三元坊石牌樓旁居老嫗沈氏，素能見鬼。常言：十年前見一蓬頭鬼，匿牌樓上石繡球中，手執紙錢爲標，長丈餘，累累如貫珠。伺人過牌樓下，暗擲標打其頭，人輒作寒噤，毛孔森然，歸家即病，必向空中祈禱或設野祭方癒。蓬頭鬼借此伎倆，往往醉飽。一日，有長大男子，氣昂昂然背負錢鏹而過。蓬頭鬼擲以標，男子頭上忽發火焰，衝燒其標線，層層斷裂。蓬頭鬼自牌樓下顛仆……化爲黑煙散去……無復作祟矣。……聞之笑曰：「作鬼害人，亦須看風色，若蓬頭鬼者，其即世所稱之冒失鬼乎？」（《子不語》卷八，頁 148～149）

故事以嘲諷鬼作弄於人，詐取祭祀的酒食，亦存欺善怕惡的習性。以反諷的角度譴責世人處事待人欺善怕惡的心態。〈鬼怕冷淡〉（《子不語》卷十四，頁 276）此故事與〈冒失鬼〉故事用意相同，藉鬼的勢利眼，說明欺善怕惡之人的可笑，進一步勸化人勿有此心態。

書中不是只有鬼有勢利眼，就連神也有此不良心態，更爲袁枚所譏。〈梁制府說二事〉故事云：

> 同年梁構亭制府，……宰香河時，有老翁率其女來喊冤，女頗有姿，問何冤，曰：「女爲城隍所據，每夜神以車來迎，便痴迷不醒。必到次日辰刻才放女歸。女已定婚某家，致某家不敢來娶，故求公救。」公曰：「我能治民，不能治神也。」翁曰：「我女說公來城隍廟行香，渠看見城隍必先出迎。公拜神，神避位答禮，其敬公如是。公肯一，

或神肯聽，亦未可知。」公竊喜自負，即作文書交翁，焚而投之。

次日翁果同女來謝，云昨晚神竟不來迎女矣（《續子不語》卷六，頁
115～116）

神對一般老百姓父女一再佔小便宜，老翁父女對城隍神不良行為沒法制止。
後老翁之女發現城隍對待梁構亭制府的態度不同，城隍神相當敬畏梁制府，
由此可看出城隍神對待老百姓與官人間的差別，基於勢利的心態，欺侮於沒
法反抗者，而畏懼於有官威者。如此之心態看在袁枚眼裡是可笑的，袁枚藉
故事表達對此行徑的抗議。

2. 不分階級

〈塞外二事〉故事中言：「紀受誅時，家奴散盡，一廚者收其尸，亡何病
死，常附病者身，自稱『廚神』，曰：『上帝憐我忠心葬主，故命為群鬼長。』
問：『問紀將軍何在？』曰：『上帝怒其失律，使兵民受傷數萬，罰為疫鬼，
受我驅遣。我以主人故，終不敢，然我所言無不聽。』嗣後塞外遇將軍為祟，
先請陳相公，如陳不來，便呼『廚神』，紀亦去矣。」（《子不語》卷二，頁32
～33）生前紀將軍與廚者的關係，是上對下的關係。廚者是受紀將軍使喚之
人，但是紀將軍在生前違犯軍律，傷害太多的民命。除在人間受皇帝律法的
制裁外，紀將軍死後亦被上帝罰為疫鬼，並且受群鬼長的使喚，然群鬼長在
生前卻是紀將軍的廚房僕役，他能為群鬼長，是因上帝感於他對主人（紀將
軍）的忠心。當紀將軍受誅時，奴僕都逃逸了，只有這位廚者，為紀將軍收
尸，就因如此廚者死後，上帝封為群鬼長，並且管理身為疫鬼的紀將軍。故
事此處欲讓人破除世上衡量階級觀念的標準，由權位財勢才華轉而為人的德
性，建立在德性之下，似乎就無所謂權勢階級中的貴賤之差，而有平等心對
待人事物。

〈鄭細九〉故事云：「揚州名奴，多以『細』稱。細九者，商人鄭氏奴也。
鄭家主母病革忽蘇，蹶然而起曰：『事太可笑！我死何妨，不應託生於細九家
為兒。以故我魂已出戶，到半途得此消息，將送我者打脫而返。』言畢，首
口渴，索青菜湯。家人煮與之，咽少許，仍仆於床，瞑目而逝。須臾，鄭細
九來，報家中產一兒，口含菜葉。嗣後鄭氏頗加恩養，不敢以奴產子待也。」
（《子不語》卷四，頁64）奴與主之間有著階級距離，階級意味著人的不平等，
然此故事以人的投胎轉世現象，打破了階級制度的觀念。鄭家主母死後，仍
存著階級觀念，不願意出生到奴者之家，可是輪迴轉世之事是她所無法掌控

之事，果眞轉生到奴者家。後來鄭家之人對待奴者所產之兒，不敢以奴者視之，反倒是加以愛護。故事告訴人，今生或許是貴者，下一世就不一定爲貴者，今生賤者，來世或許在貴者家，奉勸世人應破除階級的不公平。

3. 不可理沒才華之士

不僅人才懂得欣賞他人的才華，一個眞正有才華之人連鬼都會爲其舉薦。〈李香君薦卷〉故事云：

> 吾友楊潮觀，⋯⋯乾隆壬申鄉試，楊爲同考官。閱卷畢，⋯⋯倦而假寐，夢有女子年三十許，⋯⋯如江南人儀態，揭帳低語曰：「拜托使君，『桂花香』一卷，千萬留心相助。」楊驚醒，⋯⋯楊偶閱一落卷，表聯有「杏花時節桂花香」之句，⋯⋯楊大驚，加意翻閱。表頗華贍，五策尤詳明，眞飽學者；以時藝不甚佳，故置之孫山外。⋯⋯適正主試錢少司農⋯⋯嫌進呈策通場未得佳者，命各房搜索。楊喜，即以「桂花香」卷薦上。錢公如得至寶，取中八十三名。（《子不語》卷三，頁 60）

透過科場薦卷故事啓示，科舉是爲國家選取人才，所以在舉才時，應眞切盡心地選拔出有實學之士。否則還要鬼來薦卷才能找到有才華之人，那科舉豈不成爲一笑柄。

4. 黨派對立之可笑

袁枚以神怪故事，表達對於黨派對立的看法，他以爲不必非得如此。〈呂城無關廟〉故事云：「呂城五十里內無關廟。相傳城爲呂蒙所築，至今蒙爲土地。一造關廟，每晨必有兵戈角鬥聲，以故相戒勿立關廟也。有以卜卦行道者，借宿土地廟中，夜間雷雨作鬧，屋瓦皆飛，及旦，不解其故。里人來觀，則卜者所肩一布旗上畫帝君像也，乃逐之，不許其再宿呂侯廟中。」（《子不語》卷八，頁 156）在歷史中關帝與呂蒙是敵對的雙方，此段往事已過去。但在人們的信仰裡，呂蒙魂所庇的地方，就不能有信仰關帝的廟，或與關帝有關的一切事物存在。此二人在故事中被視爲神，既爲神，還如此對立如歷史那般，神明的計較像是人心的反應一般，計較的神明看在人的眼中是可笑的，故事不正是取笑此事，讓人借鏡嗎！

5. 不喜恃勢關說

〈趙文華在陰司說情〉故事云：「冥官喚京與婢諭云：『本案應照因奸致死罪減三等判，以趙尚書說情，姑放回陽。且趙某身爲男子，通婢可有何承

認不起，而竟至輕生，亦殊可鄙。故且寬汝，放回陽間。』舉家不知趙文華何故庇京。一日，詢諸宗老，始知文華其七世祖也，因詔嚴相，子孫醜之，故皆諱言，無知者。」（《子不語》卷十，頁 201～202）此冥間官司，被趙尚書一關說，整個判案的過程不合乎情理法。趙京私通女婢，不敢承認，因女婢誣陷他人與己私通，受誣陷之人因而縊死。害死此人趙京也是禍首之一，然在趙尚書關說之下，改變判案結果。還讓人詬病的是，趙尚書不是以其德性向冥官關說，因為在他的子孫眼中，趙尚書是一名使家族名聲蒙羞之人，冥官只見其尚書之官勢，而使關說得成。整個事件讓人覺得在勢力界入之下，真實就被扭曲變形了，故事示人恃勢關說之事的荒謬，此不可為之。

（六）小　結

以上是有關《子不語》與《續子不語》中的道德世界，筆者試從 1022 篇故事歸納而得，所舉例的故事是其中代表，然未舉列的故事所意涵的道德勸化，亦大概不出此些類。故事中道德勸化的部分，有些並非純然只進行道德勸化，其中也有滲入袁枚對情欲的看法，以下針對袁枚在故事中對情欲看法的部分進行探究。

三、情欲的世界

（一）情愛與性欲

《子不語》與《續子不語》故事裡，對於情欲世界的敘述，可從中看到情欲隱約被區為精神與生理的部分，在精神的部分可視為情愛；而生理的部分可視為性欲。在情欲的世界裡，情愛與性欲二者在故事中似乎都不可或缺，二者在故事中何者佔較多分量呢？這樣的現象代表什麼意義？

1. 純感官性欲

純感官性欲指的是不涉及情愛的性行為，只是重性欲之樂而已。〈清涼老人〉故事云：

> 五臺山僧，號清涼老人，以禪理受知鄂相國。雍正四年，老人卒。
> 西藏產一兒，八歲不言，一日剃髮，呼曰：「我清涼老人也，速為我
> 通知鄂相國。」……小兒漸長大，纖妍如美女。過琉璃廠，見畫店
> 鬻男女交媾狀者，大喜，諦玩不已。歸過柏鄉，召妓與狎。到五臺
> 山，遍召山下淫嫗，與少年貌美陰巨者，終日淫媟，親臨觀之。猶
> 以為不足，更取香火錢，往蘇州聘伶人歌舞。……吾友李竹溪，與

其前世有舊，往訪之。……李大怒，罵曰：「活佛當如是乎？」老人
夷然，應聲作偈曰：「男歡女愛，無遮無礙。一點生機，成此世界。
俗士無知，大驚小怪。」（《子不語》卷十七，頁 325～326）

自稱清涼老人者，根本就是生活在性欲中，成日的在性欲中取樂，對於修行
之事一點都無言及。但當人質疑其行為時，他又理直氣壯作偈訓示人，「男歡
女愛，無遮無礙。一點生機，成此世界。俗士無知，大驚小怪。」強調性欲
是自然的，如果沒有性欲的行為，這個人的世界是怎麼產生的。另外有〈控
鶴監秘記〉故事亦是盡談性交之樂事，把一些男女性交時，如何達到快感的
技巧大膽露骨的談論，將性交樂事視為男女成婚幸福的關鍵。故事云：「后以
龍錦千段賜公主，且曰：『朕聞古時公主多行不端，此選駙馬者之罪也。自今
以後，命畫工寫昌宗上下形體為式，如式者方充駙馬之選。庶幾公主夫妻和
樂，亦不虞生帝王家。』……時有『一世修貌，二世修陰』之謠。」（《子不
語》卷二十四，頁 487～491）可看出對生理性欲的重視。

　　故事中認為性欲是不能禁的，性欲是天生自然有的。〈急淫自縊〉故事云：
「京師香山某兵妻，嫂姑同居。嫂素淫，于後門設溺桶，伺行路之人來溺者，
其陰可觀，即招入與淫，如是者有年矣。一日，嫂姑同伺門隙，有屠羊者，
推小車過巷，就桶而溺，其陰數倍于昔之所御者。」嫂就與屠者雲雨，但是
屠者持久，經過很長時間，姑在旁等待與屠者雲雨，嫂自顧享樂而忘了姑在
旁，「嫂顛狂不休。姑情急，……怒嫂之誆己也，往別戶自縊。」（《續子不語》
卷九，頁 158～159）這是故事認為應滿足人之性欲的說法。

　　不是只有男女才有性欲行為，同性之間亦有此情形，〈清涼老人〉故事云：
「見老人方作女子妝，紅肚襪，裸下體，使一男子淫己，而己又淫一女。其
旁魚貫連環而淫者無數。」（《子不語》卷十七，頁 325～326）

　　精神情愛的層面在此處是被迫退位，而生理性欲的部分被抬高了，不論
異性或是同性之間，對於性欲的需求，袁枚以為都應得到滿足。

2. 純　情

　　在故事的情欲世界裡，也有著純精神上的情愛故事——不涉及性欲，關
於此部分僅有一篇故事。

　　〈謝檀霞〉故事云：「連昉者，昭州人，好潔耽吟。……夜夢身立水上，
有好女子蹴波與語，自稱『謝檀霞，……生時好潔耽吟，與君同癖，宜壽而
夭，故得全其神氣，不復輪迴生死，介在鬼神之間。君明日當死于風濤中，

妾憐其癖之同也，敢以預告，君可速附他舟回家。』……我是數百年英魂，飄泊無偶，願共晨夕，授子服氣之法，不必交媾，如人世之夫婦也。」（《子不語》卷二十，頁 377～378）謝壇霞遇見與自己有相同癖好的連昉，心生愛憐，解救他於死難，後兩人生活在一起，相處相待如夫妻般。他們夫妻生活悠哉，到處遊歷山水，夫妻之間沒有性欲行為，亦可相偕。

3. 先有感官性欲再有情愛

人與人之間建立情愛，是先有了性欲行為後才產生，意味著人與人間情愛，著重在外在的吸引力。彼此相逢就因美色而心儀，發生了性欲行為，後來再發展出精神上的情愛。或是以性欲能力為衡量結婚的準則。

〈贈紙灰〉故事云：「杭州捕快某，偕其子緝賊。每過夜，子不歸，其父心疑，遣其徒伺之，見其子在荒草中談笑。少頃，走至攢屋，解下衣，抱一朽棺作交媾狀。其徒大呼，其子驚起，不得已，繫褲帶，隨其徒歸；……其母問之，曰：『兒某夜乞火小屋，見美婦人挑我，與我有終身之計，以故成婚月餘。』」（《子不語》卷十八，頁 345）女鬼以美色魅惑捕快的兒子，捕快之子見色而與之，後來才有終身之計的情感。

〈贈紙灰〉的故事是發生在異性之間，然同性之間也有如此之情況。〈雙花廟〉故事云：「雍正間，桂林蔡秀才，年少美風姿，春日戲場觀戲，覺旁有摩其臀者，大怒，將罵而毆之。回面，則其人亦少年，貌更美于己，意乃釋然，轉以手摸其陰。其人喜出意外，重整衣冠，向前揖道姓名，亦桂林富家子，讀書而未入泮者也。兩人遂攜手行，赴杏花村館燕飲盟誓。此後，出必同車，坐必同席，彼此熏香剃面，小袖裌襟，不知鳥之雌雄也。」（《子不語》卷二十三，頁 452）二人彼此因美色而互相吸引，性欲行為來的比情感還快，就因為這樣的豔遇，二人於未來相處才漸入精神層次的情愛。

〈暹羅妻驢〉一故事是以性欲能力作為成婚的依據。故事云：「暹羅俗最淫。男子年十四五時，其父母為娶一牝驢，使與交接。夜睡縛驢，以其勢置驢陰中養之，則壯盛異常。如此三年，始娶正妻，迎此驢養之終身，當作側室。不娶驢者，亦無女子肯嫁之也。」（《子不語》卷二十一，頁 410～411）男子在青少年時期，他們的父母就開始栽培其性能力，女子要嫁也要選擇有訓練過的男子，否則不嫁給他。

《子不語》與《續子不語》在「先有感官性欲再有情愛」的部分，發表的故事比較多，顯示情欲世界漸漸較強調於「性欲」方面。

4. 先有情愛再有感官性欲

較重視情愛的故事也有，但是在袁枚此筆記小說中出現的少，在 1022 篇故事裡，才勉強尋得一篇。

〈多官〉故事云：

> 多官，閩莆田人。……邑有葉先生，授徒于家，多官往學焉。江西陳仲韶，貴公子也，年十八，舉於鄉。兄宦閩，以喪偶故往省。路出莆田，值雨，遭多官于道，神爲之奪，……一夕，聞多官呻吟聲，瞰之，病臥在床。葉偕醫來，診其脉，曰：「虛怯將脫，非參四兩不治。」葉聞，欲送之歸。仲韶勃然曰：「渠家貧，安能辦此？即歸亦死耳！」立啓篋出金授醫，復語葉曰：「有故，悉我任。」遂親侍湯藥，衣不解帶者月有餘。多官旋癒，深德仲韶，于是來往頗密，然終無戲容。（《續子不語》卷六，頁 100～101）

仲韶因心儀於多官，找機會接近多官，想辦法遊學到多官所在的學堂。聽到多官生病，他義不容辭的出醫藥費，並且親自照顧著多官，此事令多官感動。可是二人並沒有進一步情感的發展，於是仲韶就想辦法試探多官的心意。

> 仲無間可入，復謀于京兒。京曰：「吾知其感公子矣，不知其愛公子否，可佯病試之。」如其言。多官來，亦如仲之侍己疾者。京兒賄醫詭云：「藥中須人臂血，疾始可治。」命京，京佯不可。多官在旁無語，至暗中及刺血和藥以進。仲知之，大喜，以爲從此可動也。適兄膺荐入都，招仲韶偕往。多官聞，乃夜就仲室，曰：「曩昔公子傾金活我，非愛我故耶？今行有日矣，義不忍負公子，請締三日好，誓守此身以待。」（《續子不語》卷六，頁 100～101）

仲韶在追求多官的過程中，用心良苦而且有情義始終如一，後果然感動了多官，多官與仲韶間蘊釀出了情感，而彼此互約終生。

5. 小 結

《子不語》與《續子不語》故事中，「純情」與「先有情愛再有感官性欲」的故事，在情欲的故事中僅各佔了一篇而已，可說是稀少。反而是性欲的部分談述了很多，可見袁枚筆記小說，對性欲的重視度已超過了情愛，也可說是性欲在情愛的世界裡影響力增加。

（二）情欲的途徑

情欲是人社會生活的一部分，有著生理與心理的需求，有需求就表示得

有滿足的方式。歷史發展的每個時期，都有著不同的婚姻制度，在清朝時期，是以父母之命的婚姻為普遍情形。但在《子不語》與《續子不語》故事中所呈現的，父母之命的婚姻，沒有特別被強調，反而是想脫離被安排的婚姻方式，想要自我追求婚姻的自由。當社會規範對婚姻制度不專制規定時，兩性間的互動交流就會活絡，那麼滿足情慾的途徑就隨之多樣了。

1.婚　姻

〈鬼逐鬼〉故事云：

> 桐城左秀才某，與其妻張氏伉儷甚篤。張病卒，左不忍相離，終日伴棺而寢。……忽陰風一陣，有縊死鬼披髮流血拖繩而至，直犯秀才。秀才惶急，拍棺呼曰：「妹妹救我！」其妻竟勃然掀棺而起，罵曰：「惡鬼敢無禮犯我郎君耶！」揮臂打鬼，鬼踉蹌逃出。妻謂秀才：「汝癡矣，夫婦鍾情，一至于是耶？緣汝福薄，故惡鬼敢于相犯，盍同我歸去，投人身再偕老計耶？」秀才唯唯，妻乃入棺臥矣。……不逾年，秀才亦卒。（《子不語》卷十六，頁308）

在婚姻生活中，夫妻情愛深厚，妻雖死，夫仍是念情義，不忍妻逝去。然當夫受鬼所害，妻又回來救丈夫，夫妻間的情感超越了生死。妻約丈夫一起同亡，再約定來世再結連理，丈夫也答應了。婚姻中的夫妻情義深重，這樣的故事情節感人之處，就在於不管生死愛總相隨。

有幸福的婚姻，相對的自然就有不幸的婚姻。在父母之命下的婚姻，並沒有完全保證美滿幸福。〈軍校妻〉故事云：

> 紀曉嵐先生在烏魯木齊時，一日報軍校王某差運伊犁軍械，其妻獨處，今日過午門不啟，呼之不應，當有他故。因檄迪化同知木金泰往勘。破扉而入，則男女二人共臥，裸體相抱，皆剖裂其腹死。男子不知何自來，亦無識者。……是夕，女尸忽呻吟，守者驚視，已復生。越日能言，自供與是人幼相愛，既嫁猶私會。後隨夫駐防西城，是人念之不釋，復尋訪而來。甫至門，即引入室，故鄰里皆未覺。慮暫會終離，遂相約同死。（《續子不語》卷五，頁88～89）

女子是因父母之命而嫁人，所嫁之人並不是從小所愛的人，雖然嫁為人婦，還是與從小相愛之人私會。他們知道這種行為是不被見容的，而且只是短暫不能長久下去，因此他們相約以死殉情，這是父母之命婚姻下的不幸。袁枚藉此故事表達人應有追求自己婚姻的自由。

2.回 報

〈白虹精〉故事云：「人扶老婦出，曰：『吾與汝有宿緣，小女欲侍君。』篙工謙讓非耦，婦人曰：『耦亦何常之有，緣之所在，即耦也。我呼渡時，緣從我生；汝肯渡時，緣從各起。』言未畢，笙歌酒肴，婚禮已備。」（《子不語》卷六，頁120）老婦人為報篙工於夜晚還願意為她們母女渡舟之恩，就將自己的女兒許配給篙工，這是為著報恩而有的情緣。

3.相 戀

〈鬼差貪酒〉故事云：

> 杭州袁觀瀾，年四十未婚。鄰人女有色，袁慕之，兩情屬矣。女之父嫌袁貧，拒之。女思慕成瘵，卒。袁愈悲悼，月夜無以自解，持酒尊獨酌。見牆角有蓬首人手持繩，若有所牽，睨而微笑。……袁以酒澆其口，每酒一滴，則面一縮，盡一壺而身面俱小，若嬰兒然，痴迷不動。牽其繩，所縛者鄰氏女也。袁大喜，具酒罌，取蓬首人投而封之，畫八卦鎮壓之。解女子縛，與入室為夫婦，夜有形交接，則聞聲而已。逾年，女子喜告曰：「吾可以生矣，且為君作美妻矣。明日某村女氣數已盡，吾借其尸可活。君以為功，兼可得資財作奩費。」袁翌日往訪某村，果有女氣絕方殞，父母號哭。袁呼曰：「許為吾妻，吾有藥能使還魂。」其家大喜，許之。袁附女耳低語片時，女即躍起。合村驚以為神，遂為合巹。（《子不語》卷七，頁129～130）

二人相戀，生前不能有情人終情眷屬。在女死後，袁觀瀾並沒有放棄思念，由於鬼差貪酒，鬼差所拘鄰女之魂，才有機會被袁觀瀾所救。他們一個為人一個為鬼，二人要再續前緣，後鄰女利用借尸還魂的方式，終於魂有軀體可依，二人正式結為夫妻。

4.狎 妓

〈清涼老人〉故事云：「小兒漸長，……歸過柏鄉，召妓與狎。到五臺山，遍召山下淫嫗，與少年貌美陰巨者，終日淫，親臨觀之。猶以為不足，更取香火錢，往蘇州聘伶人歌舞。」（《子不語》卷十七，頁325～326）這是將情欲的滿足，用交易的方式得到滿足。

5.前世因緣

〈小芙〉故事云：

> 黔王氏婦，夢美女子認己為男子而與之合，曰：「我番禺陳家婢小芙
> 也，子前身為僕，與我有約而事露，我憂鬱死，愛緣未盡，故來續
> 歡。」婦醒即病顛，屏夫獨居，時自言笑，皆男子褻語，忘己之為
> 女身也。久之，小芙白晝現形，家人百計驅之，莫能遣。會鄰舍不
> 戒于火，小芙呼告王氏，得免于難。王家德之，聽其安居年餘。一
> 夕謂婦曰：「我緣已盡，且得轉生矣。」抱婦大哭，稱「與哥哥永訣」。
> 婦顛病即已，後竟無他。（《子不語》卷十五，頁284）

王氏婦與女鬼的今世因緣是締結在前世，雖然女鬼相愛之人已轉世為王氏
婦，女鬼亦尋找到了他，與他再續前情。待女鬼轉世時間已到，二人情緣也
盡，這是前世因緣所牽引出的情愛事件。

6. 強　暴

　　用非法暴力的方式，取得性欲的滿足，這種方式不論在今天或是傳統的
封建社會，都不為人所認同的。此行為在《子不語》與《續子不語》書中，
是被譴責的，且閱讀起來令人心感不悅。

　　〈狸稱表兄〉故事云：「有夏姓少年，讀書庵中，月夜聞呼，疑為人也，
開窗答之。見一婦人招手，而貌頗粗惡。意欲相拒，竟被擁抱入室，扯脫下
衣，大吸其勢，精盡乃去。據云其力甚大，不能自主，且毛孔腥臊，所經之
處皆有餘臭，經月始散。」（《子不語》卷十四，頁265）此強暴事件，被強暴
者是男性，施暴者是狸怪，令人閱讀欲作嘔，毫無情愛價值。

　　〈常熟程生〉故事云：

> 乾隆甲子，江南鄉試。常熟程生，年四十許，頭場已入號矣。夜忽
> 驚叫，似得瘋病者。……同號生不解其意，牽裾強問之。曰：「我有
> 虧心事發覺矣。我年未三十時，館某搢紳家。弟子四人，皆主人之
> 子侄也。有柳生者年十九，貌美，余心慕，欲私之，不得其間。適
> 清明節，諸生俱歸家掃墓，惟柳生與余相對。……余以為可動矣，
> 遂強以酒，俟其醉而私焉。五更柳醒，知已被汙，大慚。余勸慰，
> 沉沉睡去。天明，則柳已縊死床上矣。家人不知其故，余不敢言，
> 飲泣而已。」（《子不語》卷六，頁116～117）

這是男性被男性強暴的事件，被強暴者內心受愴而自縊，施暴者後來自己良
心不安，一輩子背負著罪惡，難以安心過日。

　　強暴案件，如果發生在家庭中，就會造成人倫悲劇，〈趙友諒宮刑一案〉

故事云：

> 趙成者，陝西山陽城中人，亦無賴，老而益惡。奸其子婦，婦不從，
> 持刀相逼。婦不得已從之，而心終不願，私與其子友諒謀遷遠處以
> 避之。……趙成欲通其媳，厭友諒在傍，礙難下手。知鄰人有孫四
> 者，凶惡異常，且有膂力，一村人所畏也。乃往與謀……孫四初不
> 允，趙成曰：「我媳婦甚美，汝能助我殺牛延輝，嫁禍于友諒。友諒
> 抵罪，則我即以媳婦配汝，不止一人分十金也。」（《續子不語》卷
> 六，頁 108～109）

父親見子媳美色，造下亂倫行為，又為了能繼續得逞，與他人密謀欲殺阻礙
之人，將殺人之罪嫁禍給自己的兒子。這樣滿足情欲的方式，等於是為達目
的不擇手段，根本不顧道德人倫，似乎只剩下動物性的性衝動而已。故事最
後案情審判結果「趙友諒情似可憫，然趙成凶惡已極，此等人豈可使之有後？
趙成著凌遲處死，其子友諒可加宮刑，百日滿後，充發黑龍江。」（《續子不
語》卷六，頁 108～109）因為趙成只圖逞性欲，造成人倫悲劇，家庭血緣中
止不能再傳宗接代，禍源的開端就在生理性欲主導，理性失去了作用。

　　以強暴手段致情欲的滿足，過程中充滿恐懼，事件中被害人終身有著可
怕的心理陰影。一時克制不了自己而行強暴之人，事後良心不安也是一生得
背負著罪惡生活。更嚴重的是人倫慘事的發生，而致家破人亡，在《子不語》
與《續子不語》中，與強暴有關的故事，沒有一個有好下場的。

7. 以色為詐騙之工具

　　用美色來引誘惑人，使人陷入美色的陶醉中，最後利用美色而得其所要
的利益目標。〈空中扯辮〉一故事，鬼利用色誘而使與之相近，最後達到鬼找
替身的目的。

> 蕪湖江口巡司衙門弓兵趙信，年三十餘，尚未娶妻。忽一日，往野
> 廟，留連笑語，不肯歸家。人問之，則曰：「吾贅於某氏矣。」極誇
> 其妻之美，家之富。次日又往，嬉笑如常。人與同行，毫無所見，
> 知為鬼所弄，乃囑其父母苦禁之，閉門而通飲食焉。趙在房呼曰：「我
> 來，我來，勿扯我辮。」家人在窗眼中密窺之，見其頭上辮髮直豎
> 空中，似有人提之者，於是防範愈嚴。三日後，聲響寂然，開戶視
> 之，竟以辮髮自縊床闌干上。（《子不語》卷十八，頁 347）

鬼找替身以美色為工具，趙信就是被美色所動，倘若趙信遇美色能不失理智，

至少還有發現真相的機會。然美色當前，他怎能判斷其為鬼呢？因此成為替死鬼。

以人被鬼色誘的故事，其實這是現實社會所存在的現象。只是藉鬼來談述，如此美色就矇上了一層可怕的色彩，好像是包著糖衣的毒藥，人們遇著美色千萬別馬上以為這是天下掉下來的禮物，美色包藏禍心人不得不提防。

8. 使用妖術計謀、扮裝方式

有部分人想滿足情欲的需求，使用欺騙的方法，一時使被害人信以為真，陷入所設的局中而有性欲行為發生。〈山娘娘〉故事云：「臨平孫姓者，新婦為魅所憑，自稱『山娘娘』，喜敷粉，著艷衣，白日抱其夫，作交媾穢語。其夫患之，請吳山施道士作法。」（《子不語》卷十八，頁 334～335）山娘娘為鬼魅附在新婦身上，而與新婦之夫有性欲行為，後新婦之夫發現有異，請道士驅除鬼魅。

還有人學有道術，但不用在正途上頭，因此在故事中被稱為妖術，用妖術而得婦女。〈妖術二則〉故事云：「江陰有士人，學法于茅山，有術能致婦人。用烏龜殼一個，畫符于上，夜擁之而臥，少頃，即見一輿昇一少婦至。或平昔有屬意者，皆可召來。其婦不言，與之交媾，無異生人，天將明乃去，其去時，必反繫其裙以出，未知何故。據言，此乃所招之生魂也。」（《續子不語》卷十，頁 187）以妖術而淫人婦女之生魂，被淫者根本非出於自願，更別論有任何的情感因素，這樣的行為被袁枚稱為「妖術」，可見此行徑不被袁枚所見容。

要是沒有任何妖術可以謊騙女色，身為一個平凡之人，也是有不肖之輩，想逍遙在性欲生活當中。有人分明是男兒身，卻裝扮成女性的外在特徵，藉此方便與女性相處在一起，等待時機而行其淫行。〈假女〉故事云：

> 貴陽縣美男子洪某，假為針綫娘，教女子刺綉，行其伎于楚、黔兩省。長沙李秀才請刺綉，欲私之，乃以實告。李笑曰：「汝果男耶？則更佳矣！……」洪欣然就之。李甚寵愛。數年後，……遂控到官，解回貴陽。……自言幼無父母，……十七歲出門，今二十七歲，十年中所遇女子無算。……謂獄吏曰：「我享人間未有之樂，死亦何憾！……我罪止和姦，蓄髮誘人，亦不過刁姦耳，于律無死法。」
>
> （《子不語》卷二十三，頁 453）

這些會與洪某和姦的女子，主控權應操之在己，這些女子只要決定拒絕，洪

某應沒有得逞的機會。就算得逞告之以官，洪某及早被捕，就不會有更多的女子遇害。然這些女子為何不敢告官，可能一是怕自己名譽受損，一是本身對性欲之事也樂在其中，若排除前一項原因，這個故事除了批判「假女」的淫行，還在隱喻女性的貞節觀減弱了，對情欲需求觀念較開放了。

故事中以「妖術計謀、裝扮」來行情欲之事，被袁枚視為不正當手段，這樣心機深重，曖昧行事有虧於心，袁枚並不認同。

9. 外遇通姦

外遇是針對那些已婚之人又與他人私通情欲而言。在袁枚的小說中，外遇通姦一事，均是下場不佳。〈人畜改常〉故事云「有寡婦某，守節二十餘年，內外無間言。忽年過五十，私通一奴，至于難產而亡。其改常之奇，皆虎狗類矣。」（《子不語》卷二十一，頁 405～406）守節已二十年之寡婦，高齡五十以上，還與人私通而懷孕，雖情欲之事沒有特別年齡的限制，但是生產之事欲有年紀之限，這或許是老年失節的不好下場吧。

秀才與孀婦私通，自己竟不以為此事不妥，後被提醒才知改過。〈山東林秀才〉故事云：「空中又呼曰：『公自行有虧耳，非我誤報也。公于某月日私通孀婦某，幸不成胎，無人知覺，陰司記其惡而寬其罪，罰遲二科。』林悚然，謹身修善。」（《子不語》卷二，頁 31）私通孀婦有損陰德，私通一事雖在陽間無人知曉，但陰司之神與自己良心應了然，故事藉著鬼對秀才的提醒，悔悟私通孀婦之不該，用意在勸人勿有此行，誤己誤人矣。

更有為私通破壞人家庭致人於死者。〈鬼狀〉故事云：「劉順本屬無賴，在城外河口以馱人渡河為生。值瞽者夫妻同行，見其妻有姿，遂萌惡念，于負渡時即戲挑之曰：『娘子嫁一瞽者，殊非終身了局；倘不了嫌，願同白首。』其妻心動，共紿瞽者憩樹間，解裹足布勒死，挖坑埋之，遂成夫婦。偽作逃荒者至外縣，雇佃于巨紳家，遂學烹飪，頗有所積。乃挈妻入汴城，充臬司廚役。公廉得真情，即往掘驗。尸未朽，傷痕若然。于是劉夫婦皆伏誅。」（《續子不語》卷二，頁 19～20）劉順見人妻有美色，與其妻私通，其妻亦無情義，捨下丈夫與人私通，更令人恐懼的是，為達私通目的殺人害命，幸天理昭彰案情得破，不義者被法所誅。

道德、貞節觀念泯滅之人，不只與一人通姦，而是與多人通姦又殺人。〈丹徒異獄〉故事云：「西門擔水王大娘者，報某家婦姑殺人，遂拘之巫訊。蓋婦姑二人，先通一陝客某，後又通一陳者。因彼此通姦，後夫斫殺陝客，而支

解埋之，使其屍不辨男女。故割下其陰，倉皇未收，投之樓窗之外，不料落在本縣官轎中。告知知府同寅，無不大笑者，照謀人律，姑婦姦夫三人一齊抵命。」（《續子不語》卷九，頁160）故事中多人通姦，此已是只爲性欲，男女之間的情義蕩然無存，沒有情義之人對道德與法的觀念亦無，所以法理不容，鑄下大錯就得伏法。

10. 小 結

「婚姻、報恩、相戀、狎妓、前世因緣」這五種致情欲的途徑，袁枚並沒有給予強烈的批判。其中袁枚對於男女成婚的禮法中，應予以尊重成婚男女的個人意願，對於自由戀愛觀有所提倡。而袁枚並不是只重生理性欲，就覺應捨棄道德與禮法，因爲袁枚對「強暴、以色爲詐騙之工具、使用妖術計謀裝扮方式、外遇通姦」此四種滿足情欲的途徑，他深不以爲然。此四種在袁枚眼中是屬曖昧不明之事，對情欲世界不能光明正大，以致人性泯滅之獸行橫溢，實袁枚所說的「虎狗類矣」。

（三）情欲的認同

《子不語》與《續子不語》書中的故事，談到情愛與性欲，及滿足情欲的途徑之類。這些故事呈示在書中，有袁枚的想法與欲表達之觀點，以下試究之。

1. 有情義的情欲自由

〈沙彌思老虎〉故事云：「五台山某禪師，收一沙彌，年逋三歲。……從不一下山。後十餘年，禪師同弟子下山，……少頃，一少年女子走過，沙彌驚問：『此又是何物？』師慮其動心，正色告之曰：『此名老虎，人近之者，必遭咬死，尸骨無存。』沙彌唯唯。晚間上山，師問：『汝今在山下所見之物，可有心上思想他的否？』曰：『一切物我都不想，只想那吃人的老虎，心上總覺捨他不得。』」（《續子不語》卷二，頁34～35）小沙彌從小就到寺院出家，沒有見過女色，對於女色沒有明確的概念。在山中修行十餘年，與師父下山，途中遇見少年女子，師父怕他動心，故以老虎來稱呼少女，可是沙彌被異性所吸引，回到寺中，仍思念著少女。袁枚藉此故事，表達人之情欲產生是自然的現象。

〈淫諂二罪冥責甚輕〉故事中藉著陰司判官所說的一段話，作爲主張情欲自由的理由。

男女帷薄不修，都是昏夜間不明不白之事，故陽間律文，載捉姦必
捉雙。又曰非親屬不得擅捉，正恐黯昧之地，容易誣陷人故也。閻
羅王乃尊嚴正直之神，豈有伏人床下而窺察之陰私乎？況古來周公
制禮以後，才有婦人從一而終之說。試問未有周公以前，黃農虞夏，
一千餘年，史冊中婦人失節者爲誰耶？……至于因淫而釀成人命，
因諂而陷害平人，是則罪之大者，陰間懸一照惡鏡，孽障分明，不
待冤家告發也。（《續子不語》卷十，頁 170～171）

這裡所言的情欲自由指的是，不應專制要求婦女「守（寡）節」之事，在合
理的情形下是可改嫁的。故事中陰司判官所言，通姦之行爲在陰司並無嚴重
懲處，這樣的說法使情欲得以自由，婚姻家庭的責任與約束力就因此而減低
了。另外〈露水姻緣之神〉（《續子不語》卷一，頁 3～4）這則故事，從人都
有「露水姻緣」的說法，一樣爲情欲自由找理由。其中又有〈蔡京後身〉故
事，言及寡婦守空房四十年，而有性變態的癖好「好觀美婦之臀，美男之勢，
以爲男子之美在前，女子之美在後。」（《子不語》卷二十一，頁 398）故事中
以爲是強制禁欲才產生此癖，反過來是在說明應給予情欲自由。

　　雖然強調情欲自由，可是自由並不是無限上綱的自由，在袁枚的說法下，
有最基本的界限，情欲的世界裡要有情義。〈負妻之報〉故事云：

杭州仙林橋徐松年，開銅店，年三十二驟得癆疾。越數疾漸劇。其
妻泣謂曰：「我有兩兒俱幼，君或不諱，我不能撫。我願禱於神，以
壽借君。君當撫兒，待其長娶媳可以成家，君不必再娶矣。」夫許
之。婦投詞於城隍，再禱於家神。婦疾漸作，夫疾日瘳，決歲而
卒。松年竟違其言，續娶曹氏。合巹之夕，床褥間夾一冷人，不許
新郎交接，新婦驚起。蓋前妻附魂於從婢以鬧之也，口中痛責其
夫。共寢五六月，齋禱不靈，松年仍以癆歿。（《子不語》卷二十
二，頁 431）

夫病將亡，妻折己壽給丈夫，夫感妻之情義，而答應妻要把兒子撫養成人，
且不會再續弦。後來丈夫的病好了，妻子因折壽而病亡，但是夫並無遵守約
定，而再續弦。因此前妻亡魂來討公道，責難其夫之不講情義，後來夫不久
就患舊疾而亡。袁枚藉故事表達在情欲自由下，男女間應有情義。

2.女性情欲解放

　　〈錢仲玉〉故事云：「女以手遮面曰：『羞不可言。』固問之，曰：『妾幼

解風情，而生長小家，所居樓臨街，偶倚窗見一美少年方溺，出其陰，紅鮮如玉，妾心慕之，以爲天下男子皆然。已而嫁賣菜傭周某，貌既不佳，體尤瑣穢，絕不類所見少年，以此怨思成疾，口不能言，遂卒。』」（《子不語》卷十九，頁 358～359）女性在故事中大膽表露自己的情欲之思，雖說羞言，但是還是說了很多。還說自己怨己夫不能滿足她所想要的情欲，因此成疾而亡。故事的用意似乎要女性情欲解放，要勇敢表達自我情欲。不過雖強調女性情欲解放，或許可能是男性的詭言。換個角度思考，女性情慾解放，男性難道沒有得到好處嗎？所以難免讓人覺得有男性主義的陰影在裡頭。

還有一則〈控鶴監秘記〉（《子不語》卷二十四，頁 487～491）故事，其中所言是以女性自我尋找性愛對象，完全是性愛享樂爲主，並不談及情感之事，給女性一個自由追求情欲的自由，男性成爲女性的玩物。但這種情況似乎過於泛濫，是種失控的情欲自由。不過故事的用意似乎就是刻意製造這種情形，讓女性以爲他們可以跟男性一般的招蜂引蝶，到頭來得到好處的，又豈會少了男性一份，看來袁枚的心機，仍少不了以男性中心爲考量。

3. 重美色

《子不語》與《續子不語》談及情欲相會的故事，情節中都少不了對美色的描述，甚至故事中的主角特別注重美色，或是故事中主角本身就有美色的特質。〈瘍醫〉故事云：「謂筠曰：『……孀居無子，只生一女，名宜春，年已十七，待字于家。忽患瘍疾在私處，不便令人醫治。嘗與小女商量，必訪得醫生貌美少年者，乃請療病，病癒即以小女相配。如先生者正是合適，但未知手段如何。』筠初念不過欲求一宿，及聞此語，喜不自勝。」（《子不語》卷二十三，頁 469～471）看來少女、少女之母與醫生三人，都是相當重視成婚對象的美貌。

前一則故事所談的男女都未婚，而喜愛成婚的對象具有美色。然也有已成家，但是一見美色，就另結情欲對象。〈金秀才〉故事云：「蘇州金秀才昚生，才貌清雅。蘇春生厓進士愛之，招爲婿，婚有日矣。金夜夢紅衣小鬟引至一處，房舍精雅，最後有圓洞門，指曰：『此月宮也，小姐奉候久矣。』俄而一麗人盛妝出，曰：『秀才與我有夙緣，忍捨我別婚他氏乎？』金曰：『不敢。』遂攜手就寢，備極綢繆。」（《子不語》卷二十四，頁 495～496）金秀才才貌清雅，已成婚，但是遇美色當前，以美色爲重，根本不在意自己已婚的身份，而與美色有情欲行爲。

在情欲上重美色的情形，於故事中似乎有延燒到生活裡的其它層面。〈狐仙冒充觀音三年〉故事云：「杭州周生，從張天師過保定旅店，見美婦人跪階下，若有所祈。天師曰：『此狐也，向我求人間香火耳。』生曰：『盍許之？』天師曰：『彼修煉有年，頗得靈氣，若與香火，恐恣威福，為人間祟。』生愛其美，代為祈請，天師曰：『難卻君情，但令受香火三年，毋得過期可也。』命法官批黃紙付之去。」（《子不語》卷七，頁 135～136）故事中有狐仙向天師求人間香火供奉，天師不允，但一旁的周生見狐仙美貌，心生愛憐而替之求情，天師後允其所求。

《子不語》與《續子不語》故事中，重美色的情形，脫離不了作者袁枚的主觀，袁枚本身喜愛美色，所以在故事中難免傳達出自己愛好美色之嗜好。

4. 戒　淫

〈莊生〉故事云：「心嘆主人有此雅室，不作書齋。再數步，見小亭中孕婦臨褥，色頗美，心覺動，……陳笑曰：『我家并無花園，何有此婦？』莊曰：『在軒後。』莊即拉陳同至軒後，有小土門，內僅菜園半畝。西角有一豬圈，育小豬六口，五生一斃。莊悚然大悟，蓋過橋一跌，其魂已出；後一跌，則魂仍附體。倘不戒于淫，則墮入畜生道矣。」（《子不語》卷十五，頁 291～292）莊生見美色心動淫念，而險些就魂附豬身了，所以莊生自覺應戒淫。

覬覦他人之婦的美色，遭到婦人先生教訓，才後悔改過。〈風流具〉故事云：

> 長安蔣生，戶部員外某第三子也，風流自喜。偶步海岱門，見車上婦美，初窺之，婦不介意，乃隨其車而尾之。婦有慍色，蔣尾不已，婦轉嗔為笑，蔣喜出意外，愈往追車，婦亦回頭顧盼，若有情者。蔣神魂迷蕩，不知兩足之蹣跚也。……蔣竊喜，以為入洞天仙子府矣。……廳南大炕上坐一丈夫，麻黑大鬍，……鬍者搔其面曰：「羞，羞，挾此惡具而欲唐突人婦，尤可惡！」擲小刀與兩僮曰：「渠愛風流，為修整其風流之具。」僮持小刀握生陰，將削其皮。生愈惶恐，涕雨下。（《子不語》卷二十三，頁 459～461）

如此教訓令蔣生驚懼不已，見美色而覬覦人婦，此舉甚無廉恥。故事藉蔣生之事，勸人應戒淫才能免禍。

〈采戰之報〉故事云：

> 楊如其言，歸吞一粒，覺毛孔中作熱，不復知寒，而淫欲之念百倍

平時，愈益求偶。坊妓避之，無敢與交者。至期，吞丹而往，尼果
先在一靜室，弛其下衣，曰：「盜道無私，有翅不飛。汝亦知古人語
乎？求傳道者，先與我交。」楊大喜，且自恃采戰之術，聳身而上。
須臾，精潰不止，委頓于地。尼喝曰：「傳道傳道，惡報惡報！」大
笑而去。五更蘇醒，乃身臥破屋內，聞門外有賣漿者，匍匐告以故，
舁至家中，三日死矣。（《子不語》卷十七，頁327～328）

這個故事是一求長生之道人，想找一女尼學成仙之道，而楊本身就是一位好
淫者。當女尼告知想求道必先與之交，正中楊下懷，又吃了女尼所給之藥，
淫欲一發更難禁，後精潰不止，女尼狂笑而去，楊者三日後就死了。故事警
示修行行淫欲怎能成功呢？似乎惕怵著欲修行之人應不可縱淫。

5. 小　結

　　袁枚在《子不語》與《續子不語》中，對情欲世界的認同情形，是認為
情欲的發展，不應受到禮法的專制控制，應有追求個人情欲的自由，然而情
欲的自由要合乎情義。袁枚在故事中表達出予女性情欲解放，在強調女性情
欲解放的背後，還是脫不了男性自我中心的陰影。袁枚所倡的情欲自自，並
不是完全沒有節制的，故事以為令自己心不安的美色不能逞情欲；他人之婦
有美色，那是有夫之婦，不能逞情欲；身為修行人，應有修行人應守的戒律，
不可像一般人可順己情欲，應把持住自己的情欲。

四、兩個世界交織出的生死觀

　　袁枚在《子不語》與《續子不語》書中，有著「道德的世界」、「情欲的
世界」。這二個世界總是在拉鋸著，就難免有衝突矛盾。這二個世界在故事裡
頭要維持平衡，得有一些維持的要素，其中有「三分理七分情，理法不外乎
情」。袁枚在故事中，已交待了「道德的世界」與「情欲的世界」二者，在其
心中的分際。〈兩神相毆〉故事云：

我進見，自陳姓名，將生平修善不報之事，一一訴知，且責神無
靈。神笑曰：「汝行善行惡，我所知也。汝窮困無子，非我所知，亦
非我所司。」問何神所司，曰：「素大王。」我心中知李者，理也；
素者，數也。因求神送至素王處一問，神曰：「素王尊嚴，非如我處
無人攔門者。我正有事要與素王商辦，汝可隨行。」……行少頃，
聞途中喝道而至曰：「素王來。」李王迎上，各在輿中交談。始而絮

語，繼而忿爭，嘵嘵不可辨。再後兩神下車，揮拳相毆。李漸不勝，群鬼從而助之，我亦奮身相救，終不能勝。李神怒云：「汝等從我上奏玉皇，聽候處分！」……玉帝詔曰：「理不勝數，自古皆然。觀此酒量，汝等便該明曉，要知世上凡一切神鬼、聖賢、英雄、才子、時花、美女、珠玉、錦繡、名畫、書法，或得寵逢時，或遭吉凶受劫，素王掌管七分，李王掌管三分。素王因量大，故往往飲醉，顛倒亂行。我三十六天日食、星殞，尚被素王抱持擅權，我不能作主，而況李王乎？然畢竟李王能飲三杯，則人心天理、美惡、是非，終有三分公道，直到萬古千秋，綿綿不斷。」（《子不語》卷三，頁 53～55）

故事藉著兩神互毆，來說明「理」與「數」誰也不讓誰！後來相爭之下，玉皇大帝出面主持和解，結果是「數」王權佔七分，「理」王權佔三分，故「人心天理、美惡、是非，終有三分公道」而「要知世上凡一切神鬼、聖賢、英雄、才子、時花、美女、珠玉、錦繡、名畫、書法，或得寵逢時，或遭吉凶受劫，素王掌管七分，李王掌管三分。」「數」王以性情為重，「往往飲醉，顛倒亂行。我三十六天日食、星殞，尚被素王抱持擅權」因此理、數相較之下，就形成情重於理的情形，二者之分際為理三分、情七分。

依袁枚小說中的想法，理法不外乎情，情界入理法中的程度，是情的影響力超過了理法。〈蘭渚山北來大仙〉故事云：「越十載，女郎至，呼賈曰：『吾狐神也，積千年陰德，名在仙籍。今汝負心，已訴天帝，命江神授吾文檄到此，汝宜死矣。』于是飛刀擲火，家不安宅枕，百計禳之無效也。一日女空中嘆曰：『吾因往日情重，至于此極。使汝死，恐天下有情人貽笑吾輩。汝家倘能大修醮禳，擇名山安我神靈，我仇且釋矣。』」（《續子不語》卷九，頁 161～162）狐神與賈人曾有一段情誼，但是因為賈人負心捲走狐神之錢財，後被狐神尋獲，而且天帝准予處罰賈人，賈人原應被報復而亡。可是狐神仍念情，放下理應報仇的心，願以條件與之和解，因此賈人就逃脫了死劫。此故事重情而諒負心之人，是情重於是非對錯。

有「利己趨向」〈鬼妒二則〉故事云：

杭州馬坡巷謝叟，賣魚為業。生二女，俱有姿。有武生李某見而悅焉。李貌亦美，先有表妹王氏慕之，托人說婚，李卻王氏，就婚於謝。王氏以瘵疾亡。謝嫁未逾月，忽披髮佯狂，口稱：「我王氏也。

汝一個賣魚婆，何得奪我秀才？」取几上剪刀自刺其心，曰：「取汝
蜜羅柑。」謝叟夫妻往秀才家燒紙錢作齋醮跪求，卒不能救。問：「蜜
羅柑何物？」曰：「你女兒之心肝也。」未幾，女竟死。秀才又來求
聘其妹，謝叟有戒心，不許。妹悅其貌，曰：「我不畏鬼，如其來，
我將揮刀殺之，爲姊報仇。」謝不得已，乃嫁與之。婚後，鬼竟寂
然。爲秀才生一子而寡居。（《子不語》卷二十三，頁 463～464）

情欲的自私，想把自己喜愛的對象佔爲己有，即使自己得不到，也不願意令
他人得到。他人得到時又盡力的破壞，基本上面對情欲追求，都是以自己爲
考量，而少顧及他人。

　　還有「女性地位低落」女性被視作傳宗接代的工具，〈醫妒〉故事云：「酗
酒者直前握張氏髮，批其頰，曰：『汝敬軒轅兄，是我嫂也；汝不敬軒轅兄，
是我仇也。門生無子，老師贈妾，爲汝家祖宗三代計耳。我今爲汝家祖宗三
代治汝，敢多一言者，死我拳下！』」（《子不語》卷十一，頁 210～213）學生
婚後無子，老師就贈一妾與學生，好讓學生能傳宗接代，女性在故事中功能
似只爲家族與男性服務，女性並沒有什麼地位。

　　故事中當家庭遇到困境，犧牲的總是女性。〈顧四妻重合〉故事云：「永
城呂明府家佃人顧四，乾隆丙子歲荒，鬻其妻某氏，嫁江南虹縣孫某，生一
女。次年歲豐，顧又娶後妻，生子成。成幼遠出爲人傭工，流轉至虹縣地方，
贅孫姓家。兩年，妻父歿，成無所依，遂攜其妻并妻母回永城。顧四出見兒
之岳母，己之故妻也。時顧後妻先一月歿，遂爲夫婦如初。」（《子不語》卷
二十一，頁 416）顧四在困境中將妻子賣了換得錢財，但是並沒顧及夫婦情義，
在家境好轉時，又另娶後妻。沒想到親家母竟是自己的前妻，顧四又與前妻
（親家母）爲夫婦。這個故事裡顧四的前妻，幾乎是任男性的擺佈，個人的
自由意志較弱。

　　故事中，也有女性被物化的現象，被視爲性娛樂工具。〈紅毛國人吐妓〉
故事云：「紅毛國多妓，嫖客置酒名妓，剝其下衣，環聚而吐口沫于其陰，不
與交媾也。吐畢放賞，號『眾兜錢』。」（《子不語》卷十六，頁 302）男性以
女性爲取樂的對象，對女性的尊重程度低，男女性的對等地位是不平等的。
袁枚在他的小說中，女性的地位是在男性之下的，男性自我中心的意識蠻強
烈的。

　　袁枚在《子不語》與《續子不語》的故事中，爲了穩住道德與情欲的世

界，必須有基本的原則，如此才不致造成混亂的情況。若是完全主張開放情慾而沒有節制，在故事裡就不會有道德的勸化部分，因此袁枚在情慾自由的需求下，對於道德、理法的影響作用就會比較寬鬆，也是袁枚自己在故事中所提的「理三分數（情）七分」分野。既然情多於理法的話，不僅在情慾的部分，就連生活的習慣，人會較自私，以利己為優先。雖然故事中女性情慾自由比專制體制下自由，可是在這些故事的背後，佔到好處並不全然是女生，反是男性較佔優勢，故故事中的女性地位較低落。

袁枚在小說中架構出的道德世界與情慾世界，大都利用一種手法，這種手法就是利用三界之便。道德與情慾事件發生的時空，不是只限在現在的時空，還牽扯到前世與來生。如此的時空特性，就關連到了人的生死，有些故事的事件，並不能完全在今世了結，而必須假藉輪迴轉生之說來解決。以下就針對袁枚在筆記小說中所呈現的生死觀點做探討。

袁枚在故事中所表達的不算是縱慾的人生觀，可是情多於理的情形，至少對於欲望的滿足，不算淡泊應屬重視欲望的滿足。「生」而為人對於欲望的滿足有機會實現，然而「死」對於欲望的滿足卻是終止線，故此類之人在生時，對欲望的滿足會特別的積極。然而袁枚雖倡情慾自由，但是他的生前生活並非是縱慾型的。他對死後的世界自有見解，那與筆記小說中的生死觀不無關係。擁有怎樣的生死觀，對於一個人決定人生應如何過，是極有關連的。

（一）怎麼生？怎麼死？

1.感於（人之心思）情而托生

〈張光熊〉故事云：

> 直隸張光熊，幼而聰俊，年十八，居西樓讀書。家豪富，多婢妾，而父母範之甚嚴。七月七日，感牛郎織女事，望星而坐，妄想此夕可有家婢來窺讀書者否。心乍動，見簾外一美女側立，喚之不應。少頃，冉冉至前，視之，非家中婢也。問：「何姓？」曰：「姓王。」問：「居何處？」曰：「君之西鄰，晨夕見郎出入，愛郎姿貌，故來相就。」張喜，即與同榻，此後每夕必至。……居年餘，張漸羸弱。其父問奴……以實告。父為迎名僧、法官，設壇禁咒。女夜間來，哭謂張曰：「天機已泄，請從此辭。」張亦哀慟。臨別問曰：「尚有相會期乎？」曰：「二十年後，華州相見。」張隨娶陳氏，登進士第，

受吳江知縣，推升華州知州，而陳氏卒。其父在家爲續娶王某之女
送至華州官署成婚。卻扇之夕，新人容貌宛如書齋伴宿之人，問其
年，剛二十歲。或曰：「此狐仙感情欲而托生也。」（《子不語》卷十
三，頁 254～255）

故事中這段人狐情緣後能重續，在於狐仙生前與張生已有情感在先，狐仙的
心念中，就與張生相約在二十年後再續此情緣。狐仙後果感此情欲而托生爲
人，與張生結爲夫婦。

人生前的心願志向，會影響來生的生命型態。〈大樂上人〉故事云：

洛陽水陸庵僧，號大樂上人，饒於財。其鄰人周某，……輒向上人
借貸，數年間積至七兩。上人知其無力償還，不復取索。役頗感恩，
相見必曰：「吾不能報上人恩，死當爲驢馬以報。」……是夜，所蓄
驢產一駒。明旦訪役，果死。上人至驢旁，產駒奮首翹足，若相識
者。……有山西客來宿，愛其駒，……客上鞍攬轡，笑曰：「吾詐和
尚耳。我愛此驢，騎之未必即返，我已措價置汝几上，可歸取之。」
不顧而馳。上人無可奈何，入房視之，几上白金七兩，如其所負之
數。（《子不語》卷一，頁 14～15）

周某在生前，所借之錢無法償還，而心中常惦念著來生要當驢馬來報答大樂
上人。就因生前有此志向，周某果投胎爲驢以還上人之錢。此故事在傳達著，
人生前心願志向，會影響轉世投胎後的生命形式。

人決定要如何生（來世），關鍵在於今世的死，今世死前心中有執著的人
事物，來生可能會依心繫之趨向而生。

2. 天神降生，死時回天，歷劫歸來

〈天上四花園〉故事云：

嘉興祝孝廉維誥，爲中書舍人，好扶乩，言休咎往往有應者。將死
前一月，乩仙自稱：「我天上看園叟也，特來奉迎。」祝問：「天上
安得有園？」叟云：「天上花園甚多，不能言其數，但我所管領者，
四園三主人耳。」問：「主人爲誰？」曰：「冒辟疆、張廣泗，其一
則足下也。」祝曰：「冒與張絕不相倫，何以共在一處？」曰：「君
等三人皆隸仙籍，冒降生爲公子，享福太多，現今未許復位，園尚
荒蕪；張福力最大，以作經略時殺降太多，止帝怒之，將置冥獄，
幸而生前已罹國法，故猶許住園；君在世無過無功，今陽數將終，

可來復位。」言畢，乩盤不動。是年，祝病亡。(《子不語》卷二十三，頁 458〜459)

人出生在世上，是有其來歷的，可能是由天神降生的。來到人世間歷練，有過者會墮入冥界地府，有功或無功無過者皆可回復天神之位。

天神何以要降生人世？〈杭大宗爲寄靈童子〉故事云：「曰：『我前生是法華會上點香者，名寄靈童子。因侍香時，見燒香女美，偶動一念，謫生人間。在人間心直口快，有善無惡，原可仍歸原位；惟我以好譏貶人，黨同伐異，又貪財，爲觀音所薄，不許即歸原位。』」(《子不語》卷十六，頁 299)神犯過錯，會被貶謫至人間，處罰時間期滿，就是人間的死期，回歸天上。

3. 生時為惡，死時到地府，後再轉世到世間

人死後轉生投胎不一定能再爲人，會因自己生前善惡，來決定轉生後的形體。〈驢大爺〉故事云：「某貴官長子，性凶暴，左右稍不如意，即撲責致死；侍女下體，椓以非刑。未幾病死，見夢於平昔親信之家奴，云：『陰司以我殘暴，罰我爲畜，明晨當入驢腹中，汝速往某胡同驢肉鋪中，將牝驢買歸，以救我命，稍遲則無及矣。』……奴亟赴某胡同，見一牝驢，將次屠宰，買歸園中，果生一駒，見人如相識者。人呼大爺，則躍而至。……一日聞驢鳴，其家人云：『此我家大爺聲也。』」(《子不語》卷十九，頁 368)某貴官長子在生前作惡甚多，除虐待人外，還致人於非命，死後陰司審判裁定，罰轉生爲驢身。

4. 生時為善，被派任為神

〈楊四佐領〉故事云：「楊四佐領者，性直而和，年四十餘，忽謂家人曰：昨夜金甲人呼我姓名云：『第七殿閻羅王缺，無人補，南岳神已將汝奏上帝，不日隨班引見，汝速作朝衣朝冠候召。』……金甲神又來唶曰：『……昨玉旨已降，點汝作閻羅，不必引見。』楊驚醒，急語家人畢，昏暈而逝。」(《子不語》卷十四，頁 260〜261)楊生在生前被神明推薦爲第七殿閻羅的候選人，後上帝直接降旨由楊生接下閻羅神位，登神位於離世當刻，楊生死後並沒有經陰司審判。

另一被任爲神的情形，是在人死後到陰司，經陰司審判後才封神位。〈張少儀觀察爲桂林城隍神〉故事云：「長洲顧某，以父久病，禱于神，願以身代。一日，夢城隍神遣隸攝至署前，……至則神召入，……署前所見諸人，皆其鄉先輩以刑辟死者，一人被縲絏，一人將遞解遠行。顧不識，問之，曰：『此

原任知府某，爲其部民所訴。張公爲桂林府城隍，神移牒取之耳。』」（《續子不語》卷一，頁6）此故事藉著顧某到地府所見，而顧某陳述出地府的情形，他才得知鄉中的先輩到地府受審的事情。他所見的二人，一人是爲官之人被其部下與人民所投訴，而在地府受審；一人則是張公，在審判後即將任命爲桂林城隍。

袁枚在《子不語》與《續子不語》故事，對於怎麼生？怎麼死？呈現生死的連續性，而不是截斷式的。因現在的生，與死後的未來是相關連的，人會出生在這世上是其來有因，就算不出生爲人，而是出生爲其他的動物，也是其來有自。人今世死後，未來世生命的形態，與人今世的情欲心思與道德的善惡相關。今世的人可能是天神降生在人間，是來彌補爲神的過失或是歷劫，待完成人間歷練後就可回歸天神本位。若今世的人不是神降生也沒關係，因爲只要人在生前善業俱足，上帝可指派爲神，或是死後至陰司審判後亦可封派爲神職，意味人有成神的機會。然而世上並非全然是善人，那些爲惡之輩，死後受陰司審判，可留帶陰府受刑，或是轉生投胎爲人以外的生命形體。在小說中倡情欲自由的想法下，生死觀中還是保有賞善罰惡的道德教化。

人的生死在故事中與三界脫離不了關係，三界間在故事中自有律則，以下就針對故事中所言的三界進行探究。

（二）三界相通

故事中生死間能互通，是因爲三界能互通。三界就是故事裡所提到的：天界、人界、地界（府）。三界中自有定律，三界中的指導單位來自天界的上帝，爲最高的主宰。而人在人界，死亡後到地府，或是爲天神，或是重新投胎轉世，能三界來去，主要是靈魂不滅，有輪迴轉世的觀念。人在三界中，似乎被故事襯托而顯其尊貴性，因要上天界或下陰府，人有其選擇權。同時故事也顯示出人有心求超脫的生命，就可成仙神，由於三界相通所以人在面對生死時，或許就有了心理預期，不會因爲對未來無知而恐懼。

1.三界有序不能亂，三界律例不可犯

〈獺怪〉故事云：「法師正惶惑間，忽死者皆蘇。人問其故，曰：『昨日見五鬼甚悍，拉我們至一窟中：見群怪异一死獺，身被百創，頭顱粉碎。眾妖縞素發喪，吊者皆鱗介之屬，聞相聚商量，議倚貴神爲援，略獻珠寶無算。貴神者，即上方君。上方君貪其賄，面許之。群孽得貴神援，欲悉族類與法

師相抗。忽聞空中萬馬奔騰聲，有金甲神騰空而下，曳鐵鍊數十百條，圍縛群孽而去，故我們依舊得活。』從此郭氏平安。」（《續子不語》卷二，頁 32～33）由於獺怪作弄於郭氏家，郭氏家請法師伏怪，但是無法奏效。因為鬼怪們賄賂貴神所以法師失驗，後來出來解決此鬼怪亂事的，是天界所派的金甲神。鬼怪擾亂人界，不可能無法無天的，因有天界律則，自有天界維持和諧秩序。

　　人界的秩序不容被鬼怪紊亂，陰府的秩序也不能被人所干擾，〈討亡術〉故事云：

> 杭州陳以逵，善討亡術。凡人死有未了之事者，其子孫欲問無由，必須以四金請陳作術。其術擇六歲以上童子一人，與亡人素相識者，命其閉目趺坐：童子背後書符于其頂，……同至冥司尋亡過人，詢悉其生平未了之事畢，即蘇。其術尤甚行於杭城。……一日行法，……童子驚駭而瘖，以後不敢再奉其法。陳不得已，復教以劍訣，……土地復領至前所，童子遵訣舞劍，斫殺數鬼，……眾鬼喜曰：「關帝降矣！」……帝諭之曰：「我念以逵老奴才，奉太上玄宗之教，故不忍即減其法。汝可傳諭他，以後倘敢再行其術，我當即斬其首。」

（《續子不語》卷四，頁 56～57）

陳以逵以其法術，能遣人入冥間為人查詢事情，以此術來獲利。但是其法因擾亂到了陰司的秩序，無故殺害陰間之鬼，後來關帝出面維持律則，告誡陳以逵勿再行此術，否則按律則斬其首。這是故事中陰間律則不許人搗亂的例子。

　　人不能干擾陰府之序，同樣地陰府之機密亦不可洩露到人界。〈長鬼被縛〉故事云：「月餘，夜夢前長人作痛楚狀，攢眉告曰：『前為君畫策，張君得延一紀，入學且當中某科副軍，舉二子。而余以泄冥事，為同輩所告，責四十板，革役矣。余本非鬼，乃峽石鎮挑腳夫劉先，今遭冥責，不復能行起。』」（《子不語》卷四，頁 75～76）劉先擔任冥職，為辦冥事卻洩露消息，以致應辦之任務，勾應死之人之魂失誤。使應死之人還活在世間，破壞原有的冥律規則，壽終之人就該魂歸地府，因此洩露任務機密者就受冥律責罰了。

　　人界之人是不可胡亂請鬼神的，〈馬盼盼〉故事云：「劉一日寓揚州天寧寺，秋雨悶坐，復思此女，取乩焚紙，乩盤大書曰：『我韋馱佛也，念汝為妖孽所纏，特來相救。汝可知天條否？上帝最惡者，以生人而好與鬼神交接，

其孽在淫嗔之上。汝嗣後速宜改悔，毋得邀仙媚鬼，自戕其命！』劉悚然叩頭，焚乩盤，燒符紙，自此妖絕。」（《子不語》卷二，頁 25～26）人胡亂請鬼神會影響三界中應有的秩序，所以此事上帝不喜見，韋馱佛告誡劉生不可再胡請鬼神，而自招禍事。此故事看來，主宰三界者應是天界之上帝，訂有天條三界要共同遵守。〈劉刺史奇夢〉（《子不語》卷二，頁 29～30），故事中亦談及，冥界受天界管轄之事，都顯示天界上帝所定之律則，可維三界和諧運作。

2. 靈魂不滅，生命輪迴

袁枚在自己的親身經歷中，有遇過靈異之事，而始信有魂之說。〈隨園瑣記〉故事云：「先君子亡時，侍者朱氏亦病，呼曰：『我去，我去，太爺在屋瓦上呼我。』時先君雖卒，而朱氏病危，家人慮其哀傷，并未告知，俄而亦死。方信古人升屋復魂之說，非無因也。」（《子不語》卷十七，頁 319～321）此故事說明人靈魂存在的事實。

故事中告訴人們有靈魂存在，靈魂可轉換軀體。〈蔣金娥〉故事云：

> 通州興仁鎮錢氏女，年及笄，適農民顧氏為婦。病卒忽蘇，呼曰：「此何地？我緣何到此？我乃常熟蔣撫臺小姐，小字金娥。」細述蔣府中事，啼哭不止。拒其夫曰：「爾何人，敢近我！須遣人送我回常熟。」取鏡自照，大慟曰：「此人非我，我非此人。」……錢遣人密訪，蔣府果有小姐名金娥，病卒年月相符，遂買舟送至常熟。蔣府不信，遣家人到舟中看視。婦乍見，能呼某某姓名。一時觀者如堵。……婦素不識字，病後忽識字，能吟咏，舉止閑雅，非復向時村婦樣矣。
>
> （《子不語》卷十八，頁 354～355）

這是一件借屍還魂之事，表示有靈魂的存在，靈魂可轉換形體。

在故事中人的靈魂可轉換形體，也可轉世投胎，〈喇嘛〉故事云：

> 西藏謨勒孤孤喇嘛王死，其徒卜其降生於維西某所。乾隆八年，眾喇嘛乃持其舊器訪之。至某所，有麼些頭人子名達機已七歲矣，……謂父母曰：「西藏有人至此迎小活佛，曷款留之？」父母以為妄，……其父出視，果有喇嘛數十輩，不待延請，竟造其室。……眾喇嘛舉所用鉢、數珠、手書《心經》一冊，各以相似者付之，令達機審辨。得其舊器，服珠持鉢，展經大笑。……眾奉以白金五百，錦繒罽各數十端，為其父壽，曰：「此吾寺主活佛也，將迎歸西藏。」（《子不

語》卷二十三，頁 475～476）

活佛死後投胎轉世，出生在世間後，眾喇嘛尋找轉世的小活佛。找到之後，以活佛前生所使用的器具，讓小活佛辨識，結果完全符合前生所用，確認後，眾喇嘛恭迎小活佛回寺。這是靈魂不滅而生命輪迴的故事，否則小活佛怎能辨識前生之物呢！

　　依靈魂不滅之說，來看生死的話，生是靈魂存在，而死是靈魂消失，因此生死就與生命外在形體的毀壞無涉。〈生魂入胎孕婦方產〉故事云：「至十二日夜，忽又夢見前青衣來促之行，農以未及期為辭。曰：『我固知之。第彼婦于初十晚偶失足致仆，損動胎氣，不能待至十七，即于夕坐蓐。兒已產，須生魂入竅，乃能飲食。今已三日，君若不行，彼不能生矣。』晨寤，述其事于家人，復安枕而歿。」（《續子不語》卷十，頁 179）胎兒要有生命，必須要有生魂入竅才行，因此老農今世的壽命就得結束，因為老農要輪迴轉世為人子，所以老農的家人會認為老農已死，但是站在胎兒的家人立場看，是胎兒的生。可是以老農自身的靈魂而論，就沒有生死的差別，因為不論為老農或胎兒身份，都屬於同一靈魂。

　　故事中也有靈魂被陰府判為煙消雲散之事，那代表著靈魂消失了，就沒有輪迴轉世的機會，意味著真正的死亡。〈城隍殺鬼不許為釁〉故事云：「城隍置所焚牒於案前，瞋目屬聲曰：『夫妻一般凶惡，可謂一床不出兩樣人矣，非腰斬不可。』命兩鬼隸縛鬼，持刀截之，分為兩段，有黑氣流出，不見腸胃，亦不見血。旁二隸請曰：『可准押往鵶鳴國為釁否？』城隍不許，曰：『此奴作鬼便害人，若作釁，必又害鬼，可揚滅惡氣，以斷其根。』」（《子不語》卷三，頁 61～63）作鬼害人者，城隍懼其又害於鬼，所以城隍為根除此患，就滅其魂使消失，這樣才算真正杜絕後患。

3. 宿命論

　　袁枚在筆記小說裡，生死觀中有一宿命論的看法。以為一個人在世間所能擁有的富貴功名利祿應有定數，甚至是人的天賦才華亦早已註定。〈王都司〉故事云：「王乃置酒設席，與談過去未來事，且問：『都窮官，如何能得五千金？』狐曰：『濟寧富戶甚多，俱非行仁義者。我擇其尤不肖者，竟往彼家，拋磚打瓦，使他頭痛發熱，心驚膽顫，自然彼尋求符籙，延請道士。君往說，我能驅邪，但書花押一個，向空焚之，我即心照而去，又鬧別家。如此一月，則君之五千金得矣。但君官爵止于都司，財量亦止五千金，過此以往，不必

妄求，吾報君後，亦從此逝矣。』」（《子不語》卷十五，頁297～298）這位王都司原本可與狐仙合作，賺進很多的錢財。但是狐仙告訴王都司，他今生的官位與財產量有限，不能過此界限。狐仙欲報王都司之恩，爲其生財至五千金。達到五千金後，狐仙就與王都司緣盡而離去。今生之福祿有定數，若是人過度強求，雖得之但有禍。〈狐撞鐘〉故事云：

> 李知爲狐仙，忽起貪心，跪曰：「君爲仙人，何不賜我銀物，徒以酒食來耶？」少年曉之曰：「財有定數，爾命窮薄，不可得也；得且有災，將生懊悔。」李固請不已，少年笑而應曰：「諾」，少頃，見几上置大元寶一錠。嗣後少年不至矣。一日，邑宰路過，聞撞鐘聲，怒李守護不謹，召而責之，笞十五板。……命取元寶視之，即其庫物也。持歸復所，鐘不復鳴。（《子不語》卷三，頁49～50）

違反自己命中的定數，可能不是好事，不但惹禍事，到頭來更是一場空白忙一場。意味著人應守自己本分，量自己之力而爲，不能貪求無度。

這種宿命論的看法，也會反應在人的負面行爲及（正面）優異表現上。〈賭錢神號「迷龍」〉故事云：「曰：『陰司賭神，號稱迷龍，其門下有賭鬼數千，皆受驅使。探人將托生時，便請迷龍作一花押，納入天靈蓋中。此人一落母胎，性便好賭，雖嚴父賢妻，萬不能救。《漢書・公卿表》以博揜失侯者十餘人，可見此神自古有之。或且一心貪賭，有美食而讓他人食，有美妻而讓他人眠，皆迷龍作祟也。』」（《子不語》卷三，頁55）此故事說明人嗜賭的劣根性，是在出生前就已被設定，所以就成爲與生俱來的惡習，這也是宿命論的說法。另外人的正面優異表現也是宿命，〈錢狀元小名〉故事云：「乙丑會試後，都門有某夢閱天榜，見四十一名獨泥金書『集貴』二字，上插一小黃傘罩之。醒時但記其集姓，而忘其名，意必滿洲籍，其人當有異也。及榜發，則四十一名乃錢文敏，旋授殿撰。某以爲疑，一日于會宴所，談及之。適湯太史大紳在座，笑曰：『錢殿元小名集貴，又何疑乎？』眾乃恍然。」（《續子不語》卷七，頁125）文人科考，雖在人間應試，可是榜次功名早已是天定，這也是宿命。

關於命定之說，在〈奉行初次盤古成案〉一故事中有較具體的說解。

> 王曰：「我且問汝：世間福善禍淫，何以有報有不報耶？天地鬼神，何以有靈有不靈耶？修仙學佛，何以有成有不成耶？紅顏薄命，而何以不薄者亦有耶？才子命窮，而何以不窮者亦多耶？一飲一啄，

何以有前定耶？日食山崩，何以有劫數耶？彼善推算者，何以能知而不能免耶？彼怨天尤天者，天胡不降之罰耶？」文木不能答。王曰：「嗚呼！今世上所行，皆成案也。當第一次世界開闢，十二萬年之中，所有人物事宜，亦非造物者之有心造作，偶然隨氣化之推遷，半明半暗，忽是忽非。如瀉水落地，偶成方圓；如孩童著棋，隨手下子。既定之後，竟成一本板板帳簿，生鐵鑄成矣。乾坤將毀時，天帝將此冊交代與第二次開闢之天帝，命其依樣奉行，絲毫不許變動。以故人意與天心往往參差不齊，世上人終日忙忙急急，正如木偶傀儡，暗中有為之牽絲者。成敗巧拙，久已前定，人不知耳。」

（《子不語》卷五，頁 102～103）

此處所說是關於何以有宿命論的原因，就更確立命定說的應然性。對於世間中人人都在努力，可是人生卻充滿各式各樣的結局，在《子不語》與《續子不語》裡，被袁枚歸因於宿命。

4. 倡人的尊貴性，凸顯文人地位

袁枚的筆記小說裡，三界相通，只要遵守各界的運作規則，均可平安通行。雖天界指導著人界與陰府，可是在故事中，人的影響力卻是主要的，這些三界規則似是為人所訂定的。人的現在世是承接著過去世，關係著未來世，把立論的中心放置在人身上，而且決定死後成為鬼或是神，亦是由人所造就的。

人在陽世時，就可任職為陰府閻王一職，〈閻王升殿先吞鐵丸〉故事云：「杭州閔玉蒼先生，一生清正，任刑部郎中時，每夜署理陰間閻王之職。至二更時，有儀從轎馬相迎。……每升殿，判官先進鐵彈一丸，狀如雀卵，重兩許，教吞入腹中，然後理事，曰：『此上帝所鑄，慮閻羅王陽官署事，有所瞻徇，故命吞鐵丸以鎮其心，此數千年老例也。』」（《子不語》卷十六，頁 311～312）此故事就是陽間之人可擔任陰府神明之例子。然以人為陰官，上帝又要防範人在陰府辦案時，因徇私而斷案不公，所以為此還設下防範措施。可見人對天界與陰府而言，人是被需求的，三界的運作得有人的協助。故在此故事中有言「蓋天地之性，人為貴，貴人賤畜，理所當然。」明白地肯定人在天地間的尊貴性。〈徐崖客〉故事中亦有呼應人尊貴性之處，「天地之性，人為貴，凡荒莽幽絕之所，人不到者，鬼神怪物亦不到；有鬼神怪物處，便有人矣。」（《子不語》卷十七，頁 326～327）鬼神怪物與人二者不分而互相

依附，更顯出人的重要性。

　　袁枚的筆記小說裡，肯定人的尊貴性，且對天界與陰府都有影響力。除了前面所提，人在陽世就可任陰府之官，在陰府判案辦事，還可以與仙人成為伉儷。〈雁宕仙女〉故事云：

　　六合戴某，有子十八歲，貌清秀，閉戶讀書，忽然不見。其家各處尋覓不得。一日，忽從園中香櫞樹上飛騰而下，曰：「我某夕月下閑步園中，見一美女從空飛來，挾我上升。道我凡人也，如何上天？女微笑，采香櫞葉一片，令我踏上，當即騰空而起。到一高山頂上，有石門數拾間，門內有亭臺花草，無所不備。我問此是何處？曰：『溫州雁宕山也。天台小山，尚有劉阮之事，況我雁宕又高天台一千餘丈，而可無佳話流傳人間乎？』與我遂成伉儷。諸石門，俱有仙娥來往，老少不一。所說言語，都是玄經祕旨，不能記憶。(《續子不語》卷十，頁178～179）

故事中人的地位，似被袁枚拉昇到與神同等，神有人格化現象，而與人成為夫婦關係。

　　神有時還會向人求助，〈三王神請醫治臂〉故事云：

　　歸安有名湯姓，字勞光。門外挂一匾，云：「凡求醫者，非先送十金不治。」一日，聞外有鑼聲。出視，見一大沙飛船泊其門外。頃有一人登岸，從者手捧一大元寶，自言姓王，家住菱山下，左臂有傷，特來求治。醫即與膏藥帖之，供手而去。醫送登舟，照舊篩鑼開始，旗上書「三王府」三字，須臾不見。醫歸家，見桌上元寶，乃紙元寶也，大驚曰：「此乃東菱山之神。」明日，即著冠袍往拜。見神之臂上膏藥猶在，旁有一死蝎存焉。(《續子不語》卷十，頁191～192）

神手臂受傷向醫師求助，請醫師幫祂療傷。照常理而言，神的神通能力是比人高明的多，怎還會需要人的藥物治傷呢？就此問題，能合理解釋的是，人與神之間的差距，因倡人的尊貴性，而使差距相近，人的能力足以幫得上神。

　　袁枚在書中倡人的尊貴性，人的身分在世間上又各形各色，袁枚又特別凸顯文人。〈狐生員勸人修仙〉故事云：「公等貴人，可惜不學仙耳。如某等學仙最難：先學人形，再學人語；學人語者，先學鳥語；學鳥語者，又必須

盡學四海九州鳥語。無所不能，然後能為人聲，以成人形。其功已五百矣。人學仙較異類學仙少五百年功苦，若貴人、文人學仙，較凡人又省三百年功苦。大率學仙者千年而成，此定理也。」（《子不語》卷一，頁 9～10）以學仙而言，人若想學仙，修行成功所需的時間比異類們來的短。在人的身分中，貴人、文人比一般人更易成仙。

袁枚在《子不語》與《續子不語》的故事裡，凸顯文人價值的方式有：神明敬重文人、文人來歷不凡、文人可成神、文人遇難有神人相救、有實學文人鬼亦敬重等幾種方式。

〈土地迎舉人〉故事云：「曰：『老僕夜夢過土地祠，見土地神駕車將出，自鎖其門，告我曰：『向例省中有中試者，土地例當迎接，我現充此差，故將啟行。汝主人即我所迎也。』』吳聞之，心雖喜，終不信，已而榜發，果中第十六名。」（《子不語》卷十五，頁 283）故事藉著吳生的僕人夢遇土地神，土地神自己說明，凡有文人中舉者，土地神必前往迎接，以此表示對文人的敬重。

文人有是天神所降生者，〈儲梅夫府丞是雲麾使者〉故事云：「儲梅夫府丞能養生，七十而有嬰兒之色。……是夕夢見群仙五六人，招至一所，上書，『赤雲崗』三字，呼儲為雲麾使者。諸仙列坐松陰聯句，有稱海上神翁者首唱曰：『蓮炬今宵獻端芝。』次至五松丈人續曰：『群仙佳會飄吟髭。』又次至東方青童曰：『春風欲換揚柳枝。』旁一仙女笑曰：『此雲麾使者過凌河句也。汝何故竊之？』相與一笑，忽燈花作爆竹聲，驚醒。」（《子不語》卷十五，頁 289～290）儲生透過夢境與仙人相會，仙人以雲麾使者稱呼著儲生。而且夢中的幾位仙人以詩互相吟詠，其中還有仙人引用了雲麾使者之詩句，雲摩使者可能是儲生的前身，亦是一位仙人，今生為人身在人世作文人，可見儲生來歷不凡。

文人在人世間的作為，被人們所稱頌讚揚，留名青史，此類文人死後為神。〈史閣部降乩〉故事云：「揚州謝啓昆太守扶乩，灰盤書〈正氣歌〉數句。太守疑為文山先生，整冠肅拜，問神姓名，曰：『亡國庸臣史可法。』時太守正修葺史公祠墓，……問：『先生近已成神乎？』曰：『成神。』問何神，曰：『天曹稽察大使。』書畢，索長紙一幅，問何用？曰：『吾欲自題對聯。』與之紙，題曰：『一代興亡歸氣數；千秋廟貌傍江山。』筆力蒼勁，謝公為雙勾之，懸于廟中。」（《子不語》卷十九，頁 364～365）透過謝太守的扶乩，

得知史可法已成神之事，史可法生前的文人氣節，在歷史上聞名爲人敬佩。如此事蹟一方面可以激勵文人的自我肯定，另一方面可以了解文人的生命成就。

有眞才實學名士，會受到神明護佑。〈石崇老奴才〉故事云：「吾以生平正直，訴冤上帝，帝不能救，封爲城隍神，賜藥二丸，曰：『有眞名士被害者，以此救之。』君有文行，故在此相救。」（《子不語》卷七，頁 128～129）此故事呈示文人二項尊貴性，正直文人被上帝封爲城隍神，以及眞名士者被神明所保護。

文人的價值程度鬼可見，〈文人有光〉故事云：

> 愛堂先生言：聞有老學究夜行，忽遇其亡友。學究素剛直，亦不怖畏，問：「君何往？」曰：「吾爲冥吏，至南村有所勾攝，適同路耳。」因并行，至一破屋，鬼曰：「此文士廬也，不可往。」問：「何以知之？」曰：「凡人白晝營營，性靈汩沒。惟睡時一念不生，元神朗澈，胸中所讀之書，字字皆吐光芒，自百竅而出，其光縹緲繽紛，爛如錦繡。學如鄭、孔，文如屈、宋、班、馬者，上燭霄漢，與星月爭耀。次者數丈，次者數尺，以漸而差，極下者亦熒熒如一燈，照映戶牖；人不能見，惟鬼神見之。此室上光芒高七八尺，以是知爲文士。」（《續子不語》卷五，頁 82）

故事中依冥吏的說法，得知凡人與文士之間的區別，在於文人眠時，平生所讀之書會在元神朗明下，放出光芒，見此現象自可知是文士。冥吏得見文人有光，而不敢冒然進文士之屋室，對其存有敬畏之心。

以上是袁枚藉故事表達人的尊貴性與凸顯文人的地位，這是一種重視現在世生命價值的說法。生而爲人對於天界與人界均能造成影響，尤其文人的身份，有較多的尊貴性。無形中透過故事，袁枚也肯定了自己身爲文士的身價。

5. 欲超脫生命的想法

《子不語》與《續子不語》神怪故事中，有著宿命論的氛圍，然袁枚並沒有讓故事中人物的生命，一直沈浸在被命定的宿命論裡。故事也有著改變命運之事，也有想超脫現有生命形態之事。

〈錢縣丞〉故事云：「睢寧縣丞錢某，權知縣事。……無何，錢患背疽，昏迷于床，夢青衣人召至一處，殿宇巍峨，上坐王者，謂錢曰：『汝大數已盡，

幸有一善事，足以抵償，汝知之乎？』錢茫然不解。王者命判官查簿與觀，則所載某年保全賣女一事也。判官奏曰：『此事功德甚大，例得延壽一紀，官至五品。』王首肯之，遂令青衣人送其還魂，疽遂霍然。」（《續子不語》卷六，頁118～119）錢某只因保全賣女一事，就改變了命運，有功德可以延壽，更是加官爵，這是以功德來改變命運的故事。〈屈丐者〉故事中屈丐者是以乞討為生，但是一天為救一女，將人贈予他的錢，全數捐出以救一女免於惡徒所奪，後來縣官感其義舉，「并傳各米行至，論曰：『所有日收米樣，俱著賞給屈丐，免其朝夕沿門求乞之苦。』于是此丐享日收石米之利，遂漸延求名醫。過道者與乾荷瓣、茅朮各藥煎洗，不數日足病竟癒，與常人等。不十年間，便居然置大屋，娶妻室，作富翁矣。」（《續子不語》卷十，頁175～176）屈丐能改變乞討命運，也是因為善行而致。

袁枚的故事中人可以改變自己命運，神也可幫人改變命運。〈劉刺史奇夢〉故事云：「劉大驚，指童子呼曰：『此妖也！』童子亦指劉呼曰：『此妖也！』觀音謂劉曰：『汝毋怖，此汝魂也。汝魂惡而魄善，故作事堅強而不甚透徹，今為汝易之。』」（《子不語》卷二，頁29～30）這是觀音菩薩以神佛的力量，改變人的負面性格，成為正面性格，使人因性格轉變而影響命運。

再則有改變現有的生命形態，追求生命超脫的想法。袁枚在書中，有提到人修仙與鬼求超生之事。〈摺疊仙〉故事云：

> 滸市關有陳一元者，棄家學道。購一精舍，獨坐其間，內加鎖鑰。初辟粥飯，繼辟果蔬，但飲石湖之水，命其子每一月餉水一壺。次月往視，則壺仍置門外，而水已乾，乃再實其壺以進焉。孫敬齊秀才聞而慕之，……臨期與其子偕往。見一元年僅四十許，而其子則已老矣。……曰：「……學道者先清其口，再清其腸，餓死諸蟲，以蕩滌之。水為先天第一真氣，天地開闢時，未有五行，先有水，故飲水為修仙要訣。但城市水渾，有累靈符，必取山中至清之，徐徐而吞，使喉中喀喀有響，然後甘味出。一勺水可度一晝夜。如是一百二十年，身漸輕清，并水可辟，便服氣御風而行矣。」（《子不語》卷十六，頁309～310）

學道學仙可超脫人身，脫離身為人的限制，達仙人的境界。

死後成為陰府之鬼，鬼也不想保有鬼的生命形態，鬼也想超越鬼的局限。〈瓜棚下二鬼〉故事云：「乃哀求曰：『翁年老，墓木已拱，你不忍於弱女，

寧獨甘心於禿翁？如蒙哀憐，當爲延名僧修法事，令你生天人境界，何如？』鬼拍手喜曰：『我前住瓜棚下，原欲挽彼作此功德，視其家貧，是以勿言。今眾居士既能發大願力，余又何求？雖然，世人慣作哄鬼伎倆，惟求居士勿忘此言。』眾唯唯，鬼即作頂禮狀。」（《子不語》卷三，頁 57～59）瓜棚下的鬼，原本想找替身，作祟於老翁，家人發現老翁無故欲自縊。家人求鬼別找老翁當替身，他們願意爲鬼請名僧來辦法事，以超度鬼，得以生天人中，鬼一聽有如此好事，就不再作祟於老翁。

　　袁枚以此類故事表達，生在人世可以接納人自己的宿命，這樣的人生是不太變動的，可說是較安定的人生態度。然亦可擁有改變命運的機會，使人能爲自己開創出自我的人生。就故事中所提及的，人可藉行功德善事，致今生命運轉向較佳的境界，或是福報增加。另外人可修道學仙，超脫人的生命局限，跨入天界神人之境。連陰府之鬼也有越入天人境界的意念，袁枚藉故事意指著，追求生命超脫的可能性。

（三）生與死難分

　　袁枚創作《子不語》與《續子不語》的故事裡，以爲人死後有二路可行，一路是往陰府之路，一路是往天界之路。然人死後，到此二境中去的情境，與生在人世間全然不同，或是生活情境可類比呢？袁枚筆記小說中「道德的世界」與「情欲的世界」眞實地存在人間，在天界與陰府也同樣眞實存在著。無疑地袁枚是把的人世界，遷入天界與陰府，袁枚的用心在於以「人本身」爲思索核心，而來面對生死問題。

　　〈蕪湖朱生〉故事云：

> 曰：「我死後，方知生前所有銀錢，一絲不能帶到陰間。奈陰間需用更甚於陽間。我客死於此，兩手空空，爲群鬼所不齒。公念故人之誼，燒些紙錢與我，以便與群鬼爭雄。」問：「何不歸？」曰：「凡人某處生某處死，天曹都有定簿，非有大福力超度者，不能來往自如。橫死者，陰司設闌干神嚴束之，故不能還故鄉。」問：「紙錢，紙也，陰司何所用之？」曰：「公此問誤矣。陽間眞錢亦銅也，饑不可食，寒不可衣，亦無所用，不過習俗所尚，人鬼自趨之耳。」（《子不語》卷二十三，頁 465）

人死後到了陰間，陰間也有錢財的流通，只是陽間的錢財無法帶到陰間，只能靠陽間的人燒紙錢到陰間，陰間就使用紙錢，陰間需要錢財花用的情形與

人間一樣。故事中的鬼有錢財是爲了與群鬼爭雄，原來陰間群鬼也是跟人間一樣重錢勢。

〈受私賄〉故事云：「并問李曰：『前既昧良，何敢盟誓？』李笑曰：『彼時非敢昧良，實恐一經承認，即須還物，粉骨難償。故先至廟，禱神默佑，待發財時再報答張友，不意神靈如是。』眾聞之，咸笑曰：『城隍神乃受君私耶？』」（《續子不語》卷一，頁 12）在袁枚筆下的城隍神，變成一位會成全人私心的神。故事中城隍神保佑了李某，卻傷害了張某，如此處事的方法，是表示城隍神偏私不公，與人間無異！〈桃源女神〉（《續子不語》卷九，頁 155）故事中敘述著一名女子死後爲神，女子在生前有一親昵女婢作伴，爲神後常招女婢前往。後來女婢嫁爲人婦，女神亦是常召女婢前往廟中，甚至乾脆將女婢永久留在自己身邊，女神決定如此做，女婢即在人世間死亡。故事中的女神，生前使喚女婢，死後爲神亦如往常作爲，自私地召走女婢，不顧及女婢之丈夫，神也有著人一般的私心自用。

陰府官場與人間官場一般黑暗。〈韓六〉故事云：

> 山陰庫書馮心法，辛亥冬其母病。馮夜歸張燈，見韓聖華來，竟忘其死，與言生平如故。韓曰：「兄家有差使事值我，票已判行，三日可發，我當爲兄經理停妥。馮庫書舞弄多事，畏告發，與之議，賄許以錢六千，韓許諾謝去。馮方怪韓之既死，謂母病必危；又疑許賄六千，庶可救。及三日，韓至，竟入內，而馮母死。豈冥使亦如人間，獄訟不論輸贏，總需使費耶？抑衙門人生不顧其親好者，爲鬼亦無異耶？」（《續子不語》卷七，頁 127）

此處談到冥使爲陰府辦差，到人間向人索取費用，這樣劣質的官場行事作風，到了陰間依然有。意味著人生前做人處事的態度，當死後成爲鬼了，仍保有生前的習性。

故事中人死後仍可與友人以詩相和，如同在生時一般。〈夢中聯句〉故事云：

> 曹少時過太平書坊，得《椒山集》歸。夜閱之，倦，掩卷臥。聞叩門聲，啓視，則同學遲友山也。攜手登臺，仰見明月，友山賦詩云：「冉冉乘風一望迷。」曹云：「中天烟雨夕陽低。來時衣服多成雪。」遲云：「去後皮毛盡屬泥。但見白雲侵月冷。」曹云：「何曾黃鳥隔花啼。」遲云：「行行不是人間象。」曹云：「手挽蛟龍作杖藜。」

吟罷，友山別去。學士歸語其妻，妻不答；轉呼僕，僕亦不應。復
坐北窗，取《椒山集》，掀數頁，回顧己身，臥竹床上，大驚，始知
夢也。驚醒起，視，《椒山集》宛然掀數頁，而次日友山訃至。(《子
不語》卷十七，頁 323)

生前喜歡吟詩的遲友山，死後仍是到友人曹少時處，與之賦詩，兩人彼此的
興趣互動，不會受到生死相隔而消失。

　　還有令人稱奇的現象，死後還回到陽間。死後仍可盡情義，料理家務，
完成心願，待安心後才離去。〈鬼買兒〉故事云：「鬼又附其身曰：『請相公來！』
其夫奔至，乃執其手曰：『新婦年輕，不能理家事，我每早來代為料理。』嗣
後午前必附魂于李身，查問薪米，呵責奴婢，井井有條。如是者半年，家人
習而安之，不復為怪。」(《子不語》卷二十二，頁 422～424) 鬼擔心丈夫新
娶的婦人，不會處理家事，而附身在新婦的身上，處理著家中大小事務。不
久後由於新婦有孕，但是不知為男或女，鬼希望自己家中能有兒子，於是就
為夫家買了一兒。「至期，李氏果生文林。三日後，鬼又附婦身如平時，其姑
陳氏責之曰：『李氏新產，身子孱弱，汝來糾纏，何太不留情耶？』曰：『非
也。此兒係我買來，嗣我血食，我不能忘情。新婦年輕貪睡，倘被渠壓死，
奈何？我有一言囑婆婆：俟其母乳畢後，婆婆即帶兒同睡，我才放心。』其
姑首肯之。」(《子不語》卷二十二，頁 422～424) 家中沒有兒子可以承續香
火，鬼買了一兒，使得新婦果然生得一男。對新生兒的照顧，鬼也非常用心，
深怕新生兒受到傷害，還請婆婆幫忙看顧。這樣的舉動，簡直是很難區分，
人死與生間的差異。故事最後，鬼生前遺體安葬時，鬼才說：「我體魄已安，
從此永不至矣。」也就是鬼生前未了心願都完成了，鬼自然離去，不再留在
人世間，干擾人世間的應有的運作秩序。

　　人死後為鬼，是不是就沒有了人世間的情欲生活呢？在袁枚的小說中，
鬼是有情欲生活的。〈替鬼作媒〉故事云：

適其時原作媒者秦某在旁，戲曰：「我從前既替活人作媒，我今日何
妨替死鬼作媒。陳某既在此索妻，汝又在此索夫，何不彼此交配而
退，則陰間不寂寞，而兩家活人夫妻亦平安矣，何必在此吵鬧耶？」
張面作羞縮狀，曰：「我亦有此意，但我貌醜，未知陳某肯要我否？
我不便自言，先生既有此好意，即求先生一說，何如？」秦乃向兩
處通陳，俱唯唯。忽又笑曰：「此事極好，但我輩雖鬼，不可野合，

> 爲群鬼所輕。必須媒人替我剪紙人作輿從，具鑼鼓音樂，擺酒席，
> 送合歡杯，使男女二人成禮而退，我輩才去。」張家如其言，從此
> 兩人身安然無恙。鄉鄰哄傳某村替鬼作媒，替鬼作親。(《子不語》
> 卷四，頁65)

一對新婚夫婦，二人都是再婚身份，不久二人分別被男鬼、女鬼附身，男鬼
罵婦人不替他守節，女鬼罵先生太薄情。後來媒人覺得乾脆讓男女二鬼成婚
配，或許可解決此事，沒想到男女二鬼，對男女婚配之事，都心有所意，就
結爲鬼夫妻。故事呈現出死後的世界，仍是有人間情欲行爲存在的。

五、小　結

　　看來在袁枚的筆記小說裡，人生前的世界與死後的世界，二者間有些難
分。意指著死後的世界與人間的世界是可以相通的。且死後的情境與人間的
情境類似，有著人間的「情欲」與「道德」的生活運作在其中。〈鬼買缺〉故
事云：

> 山陰戶書徐某病，見其故兄來曰：「吾已爲爾買缺于冥府，死可仍爲
> 冥判書吏，無苦也。」既而有縣役已死祝姓者亦來謂之曰：「爾可不
> 死，但以重資付我，我能爲爾彌縫。」某許之。既去，其兄復來謂
> 之曰：「曩祝姓蓋欲謀買爾缺耳，且賺爾錢。爾壽數有定，求不死無
> 益，徒白棄此缺耳。」徐某曰：「吾已許祝姓矣，奈何？」其兄曰：
> 「冥司事如人間，此缺尚隔年月，此時不過預定期約耳。祝姓尚可
> 回覆，未晚也。」徐曰：「然則何處覓祝而覆之？」其兄曰：「余能
> 往。」翌日，則其兄與祝同來，聚而議之。祝果爲買缺謀也，與徐
> 之兄爭先。復有故鬼某某者同至，爲之平其爭議，令五年後，此缺
> 出，讓徐某先補；候徐某五年吏滿，再令祝頂補。祝允諾。既而祝
> 又來曰：「吾不及待也，當改圖他缺去。」徐某病亦漸瘳。(《續子不
> 語》卷八，頁140)

故事中言，陰間也盛行買官，而且是在生前可預買，以圖死後別至冥間受
苦。似乎能在人間生活的不錯之人，亦能夠在死後的世界自在生活。若是存
有這樣的生死觀念，在人世間的生活，面對死亡時就無須有太多畏懼，或許
較能安然面對死亡。因爲死後世界的情境，人在生前就能有所認知，有著心
理預備。

袁枚在小說中，表達對生死的看法，以爲生死來去好像是搬家，不過是轉換環境而已。〈陳紫山〉故事云：

> 余鄉會同年陳紫山，……，入學時，年才十九。偶病劇，夢紫衣僧自稱「元圭大師」，握其手曰：「汝背我到人間，盍歸來乎？」陳未答，僧笑曰：「且住！且住！汝尚有瓊林一杯酒、瀛臺一碗羹，吃了再來未遲。」屈其指曰：「此別又十七年了。」言畢去。……已未中進士，入翰林，升侍讀學士。三十八歲秋，痢不休，因憶前夢十七年之期，自知不起，常對家人笑曰：「太師未來，或又改期，亦未可知。」忽一日早起，焚香沐浴，索朝衣冠著之，曰：「吾師已來，吾去矣。」同年金質夫編修，素好佛者，在旁喝曰：「既牽他來，又拖他去，一去一來，是何緣故？」陳目且瞑，強起張目，答曰：「來原無礙，去亦何妨，人間天上，一个壇場。」言畢，跏趺而逝。（《子不語》卷十九，頁 366）

陳紫山前生是元圭大師的弟子，他背著大師降生到人間，來到人間的生命、命運自有定數。他的師父元圭大師在陳紫山過世的十七年前，就通知他要歸回元圭大師身邊，陳紫山果眞在十七年後過世。他去逝前說了一些，對「天上」與「人間」來去的看法，「來原無礙，去亦何妨，人間天上，一個壇場。」意指著天上與人間來去，是件自然之事，如此說法亦是將生死視爲自然之事。

在袁枚的生死觀中，他有意將「生」與「死」之間的異質性縮小，甚至有同等觀的用意。如此的生死觀點，人在面對人生終點屆臨死亡時，就不會過分的恐慌，反而會有自在感。

伍、結　論

　　文學史上袁枚在自挽詩、告存詩、自壽詩創作，有其自我的作風。除了自作這些詩，還四處邀人同和這些詩，在當時引起風潮；「病」是每個人普遍存世的一種現象，可是袁枚卻將自己的病入詩，使得「病的現象」可以「詩化」，與一般談論病況的言語不同，袁枚賦予「病的敘述」文學性；袁枚所創作的《子不語》與《續子不語》，有著教化的作用，袁枚是一位不對任何宗教教義虔誠信服者，可是在書中，袁枚給人的形象可以是「聖」、「佛」、「仙神」、「儒者」、「道教式道人」、「道家式道人」、「出家眾」、「凡人」、「狐仙精怪」、「幽冥鬼魂」等角色。詳細觀看，這些角色來自儒家、釋家、道家、道教對人修養或修行境界的標示，而各家各教自有其中心思想。對各家各教的信仰者而言，融合無間是有其困難度，然而在袁枚筆記小說中，各家各教幾乎互不衝突，反而是相成。這種情形操縱在袁枚編輯主權中，袁枚不想落入哪家哪教的固定範疇，所以演變成書中多元形象的人物。在袁枚的思考邏輯運作下。他儼然成為《子不語》與《續子不語》裡的教主地位，各家各教的衝突性，就統籌在袁枚那裡，也由袁枚隱藏或消除。當然不能排除袁枚，編《子不語》與《續子不語》的用意中，可能考量了俗眾讀者群，所以他朝向多元信仰的呈現，但也可能民間信仰中，就具有《子不語》與《續子不語》中所敘述的情形。但這些都不影響袁枚自己形象投射在故事中的情形，而且袁枚在他的詩作中，使用了儒釋道各種辭語與說法，袁枚在他的人際群中，被視為亦仙亦佛亦儒亦道之形象，在在都說明袁枚的多元性，這些多元性，來自袁枚追求自由不想陷入任何一種思想的圈欄中，自始自終就是袁枚主體意識的開展。

筆者從袁枚的病中詩「自挽詩、告存詩、自壽詩」，《子不語》與《續子不語》文學創作中，進行觀察，這三種主題並不是孤立存在的。三者之間有著最真實的聯繫──生死，袁枚與生死有關的文學創作，自我的形象清楚顯現，於是乎對袁枚文學與自我間的互動可得到一些詮釋的言語。

一、性靈詩人與志怪小說家的疊影

袁枚在《子不語》與《續子不語》小說中，倡情欲自由的情境下，又置入道德勸說的部分，明顯形成「道德」與「情欲」互相扞格與調適的情形。這裡所說的調適是指，袁枚將傳統禮教道德至上的規範，在故事中調整為三分理七分情的情況。道德與情欲會有相扞格的狀況，起因於道德所重是個人「公德」，人於家庭、社會、國家中應確實遵守，然在提倡個人情欲自由下，情欲的世界是重視私我自由意志的，此輩之人未必全然服從於公德，犧牲自己而成全公眾之利益。袁枚在有關男女私通的故事中就有如此的現象，故事中私通者，皆是重情欲之輩，為了滿足自我的情欲追求，不因自己已有了家庭而停止，私通的行為會對家庭倫常產生傷害，故事中的人物，甚至為情欲自由而害人性命。故情欲自由勢必對道德形成衝擊，這是可想而知的。

袁枚為了穩住故事中「情欲自由」能生存，他並沒有放棄道德，「道德」反而是助力而非阻力，袁枚提出三分理七分情的說法，開放了情欲自由，也有了基本的道德規範，才不致只求情欲自由，而使社會結構失序。情欲自然存在於人的現實生活中，袁枚以為應坦然面對，且可以去滿足。在現實生活中，袁枚心中還保留著人的道德良心，至少他的筆記小說中還有著道德的勸化成分。

袁枚的故事裡，不管在天界、人間、陰府，都有著情欲的呈現，表示情欲自由的影響範圍包括了三界，換言之，只要是人能到的地方，那裡就有情欲的展現。然而解放人的情欲，給它自由的發展空間，若沒有任何節制，恐怕情欲自由導致縱欲亂象，人只存動物性，那人的群體即將瓦解。故袁枚在故事中，有「道德勸化」的部分，而且此部分，還提及合乎故事中道德範疇，人是能成為天界之神或陰界之神，凡是成為神就有著審判人的權，此神性的形成是由道德而來。由此看來，倡情欲自由的同時，還有著約束節制的理性良知，那看在讀者的眼裡，就不會感覺袁枚是位任情欲無度的極端者。

值得思考的是，袁枚倡情欲自由的背後，並不全然站在男性、女性平等

立場而論，他小說中倡情欲自由的部分，脫離不了男性自我中心的觀點，但是故事中並沒有明顯跡象，這個觀點是隱喻在故事裡頭。如此一來，讀者若未識破袁枚的背後偏見，袁枚就可繼續適意於情欲的自由裡。

　　袁枚的筆記小說裡，有一則〈麒麟喊冤〉（《續子不語》卷五，頁 93～98）的故事，這篇故事把袁枚身為此書的主控者身份，很明顯的表露，故事中舉凡神、上帝所說的話意，都是袁枚的意思，因為這些話語都在袁枚的文集，或與友人的書信中談論過。故事提及：

　　　　邱因問曰：「據蒼聖之言，漢學不可從；據麒麟之言，宋儒又不足取。然則我將安歸？」神曰：「隨之時義大矣哉！士君子相時而動，故曰順天者昌。即如神道設教，蔣帝既衰，關帝自興，此眼前之明證也。」（〈麒麟喊冤〉《續子不語》卷五，頁 96）

這裡的說法與〈隨園六記〉中所言：

　　　　嘗讀《晉書》，太保王祥有歸葬、隨葬兩議，方知「隨」之時義，不止嚮晦入宴息已也。……餘以一園之故，冒三善而名焉。誠古今來園局之一變，而「隨」之時義通乎死生晝夜，推恩錫類，則亦可謂大矣，備矣，盡之矣。（〈隨園六記〉《文集》卷十二，頁 209）

這二處所論皆同義，看來袁枚有意藉故事，表達自我的想法見解。

　　〈麒麟喊冤〉故事又有一段云：

　　　　邱曰：「然則上帝亦好時文八股耶？」古衣冠者大笑曰：「上帝非秀才，安用時文？不特帝所無時文，即娜嬛洞、二酉山，亦無此腐爛之物。細字小板，古書亦無此惡模樣。」（〈麒麟喊冤〉《續子不語》卷五，頁 97）

此段時文被袁枚批評的甚不值，這樣對時文的批判同樣出現在〈答戴敬咸進士論時文〉中：

　　　　惟時文與戲曲，則皆以描摹口吻為工。如作王孫賈，便極言媚竈之妙；作淳于髡微生畝，便極詆孔孟之非。猶之優人，忽而胡姐，忽而蒼鶻，忽而忠臣孝子，忽而淫婦奸臣，此其體之所以卑也。若云足以明道，極有關係，則戲曲中儘有無數傳奇，足以動里巷之謳吟，招婦豎之歌泣者，其功且百倍于時文矣！（《尺牘》卷三，頁 50～51）

由此看來袁枚對時文，本就無多大好感，故事中是以神之言代己說罷了。〈麒

麟喊冤〉故事末尾，袁枚就將自己在故事中的角色定位明講了，「邱問上帝何好，曰：『好詩文。』」（〈麒麟喊冤〉《續子不語》卷五，頁 97）袁枚生平最好詩文，尤其他是盛清時性靈詩壇的領袖人物，此處袁枚身為故事主控者的形象，再次披露。閱讀袁枚的筆記小說，類似於在接受袁枚的教化，教化非是什麼聖王之道，而是袁枚個人思想見解的傳達。

　　袁枚的人生行事，好美色喜男色狎妓選姬之行徑，對情感、慾望的裸裎以對，毫無懼色的表露，並不是人人都能接受近似解放的情慾自由，袁枚在小說中所倡的「情慾自由」有偏見，有男性自我中心、情慾自私之害……等情慾的負面價值。

　　袁枚在小說中呈示了「道德的世界」與「情慾的世界」，這兩個世界在袁枚主觀的調整下，形成三分理七分情的狀態，兩個世界得以維持下去。然袁枚敘說故事時，特別強調人的尊貴性，故事的情節是以人為本，人生有著死亡的危機，死亡時是不是「道德的世界」與「情慾的世界」都消失了呢？小說中袁枚仍是讓「道德的世界」與「情慾的世界」，同時存在死後的世界，不論是天界或是陰府，就是如此而使得袁枚的生死觀中，有著死後的世界一如生前的世界，如此對死亡較不會驚慌失措。正如他在臨終前所留下的詩句，「我本《楞嚴》十種仙，竭來游戲小倉巔。不圖酒賦琴歌客，也到鐘鳴漏盡天。轉眼樓臺將訣別，滿山花鳥尚纏綿。他年丁令還鄉日，再過隨園定惘然！」（〈再作詩留別隨園〉《詩集》卷三十七，頁 936）袁枚詩中呈現的生死觀點，與《子不語》與《續子不語》中的生死觀是一致的。詩中提到了前世今生，自言前生本是《楞嚴》十種仙，今世來到人間，一生於隨園以詩文遊戲在世間，如今人間歷劫要歸去，世間的壽命將盡，袁枚用著真情與生前景物告別，將來有朝一日再神遊小倉巔，袁枚依然不忘情。袁枚這般的情牽雖不算開悟豁達，但以人對生命的死亡而言，算是自在的。就像〈陳紫山〉故事中所言：「來原無礙，去亦何妨，人間天上，一个壇場。」（《子不語》卷十九，頁 366）可見袁枚筆記小說裡的生死觀，與袁枚自身生死觀有著一致共通性。故《子不語》與《續子不語》小說裡，由「道德的世界」與「情慾世界」交織出的生死觀，對袁枚個人而言，是具有實質意義的。

二、生命的二重奏

　　袁枚是詩人也是小說家，他的詩與小說裡，常將自我形象投射出來。與

生死有關的文學書寫，呈現的生命基調，讓人覺得袁枚是游移在兩端之人。對生死看似豁達，但又不全然放得下。他一生幾乎是在擺盪中度過的。

（一）生命之有待

　　袁枚的性靈文學對於具有「天籟」意境的作品，評定爲最佳性靈詩，而且袁枚自己曾言「胸有莊生〈齊物論〉」〔註1〕，他對莊子在〈齊物論〉中所言的自然相當中意，而且莊子以物化來面對生死，這也是天地造化的自然，對莊子的生死態度袁枚亦是欣賞的，雖然袁枚想以崇尚自然來調解生死觀，或想以天籟之境來評定好詩，可是袁枚自身所依據的是「袁枚的莊子」，而不是「莊子的莊子」。莊子所謂的自然，是「道」的自然；袁枚所謂的自然，是「人」的自然，這「人」指的是袁枚，詩中自然流露的性情，是作者的性情，因此袁枚認定的自然與莊子自是不同路，袁枚對生死的態度，在言語上是表述著莊子的無待〔註2〕，可是作爲上是實質的有待，這可由〈隨園老人遺囑〉中見分明。

　　肉體生命的長短不是袁枚所能掌握，儒家言的「君子疾沒世而名不稱焉」，袁枚卻可做到「立名」一項，袁枚生前的聲名已建置規模，如何在死後繼續留存？他在〈隨園老人遺囑〉中，也預作了舖設。袁枚爲維護隨園硬體建築，以建築物的完整如初，象徵隨園老人同在，「只存隨園住房一所，田一百二十畝；所以不分者，要留此園與汝兄弟同居。」（《文集》，頁1）袁枚對他的孩子特別交待，必須保持隨園景物完善，令造訪者不覺袁枚已逝，而令其睹物如袁枚在生時無異，「所未能忘情者：隨園一片荒地，買價甚廉；我平地開池沼，起樓臺，一造三改，……當時結撰，一片精心，談何容易！吾身後汝二人，能掃灑光鮮，照舊度置，使賓客來者見依然如我尚存。」（《文集》，頁2）袁枚捨不得自己一輩子用心經營的隨園一景一物，讓世人給遺忘了，另

〔註1〕　袁枚除了說過「胸有莊生《齊物論》」這句話外，還曾言：「問我歸心向何處，三分周、孔二分莊。」請參見〈山居絕句〉《小倉山房詩集》卷九，頁161。

〔註2〕　「化聲之相待、若其不相待。和之以天倪、因之以曼衍、所以窮年也。司馬彪曰、曼衍、無極也。王雱曰、天倪、自然之妙本。言有其本、則應變而無極。則古今之年有時窮盡、而吾之所言、無時而極也。郭象曰、是非之辯爲化聲。化聲之相待、俱不足以相正、故若不相待。和之以自然之分、任以無極之化、則是非之境自泯、而性命之致自窮也。」忘年忘義、振於無竟、故寓諸無竟。」請參見錢穆著，《莊子纂箋》（臺北市：東大圖書股份有限公司，2003年11月五版五刷），頁22～23。

一角度思考是袁枚擔心世人遺忘了他。袁枚在隨園硬體設施的安排後，緊接著囑咐著他的孩子，必須刷印販售他的一生著作。「隨園《文集》、《外集》、《詩集》，及《尺牘》、《詩話》、時文、三妹詩、《同人集》、《子不語》、《隨園食單》等版，好生收藏，公刷公賣。」（《文集》，頁 2）袁枚著作能再版出售，他的身影就能隨著，書籍的讀者重現世人心中。就連後事袁枚自己也已安排，「既有吳太史所撰本傳，不必再用行述，來弔者各送一本。入殮沙、方棺木、蟒袍、補褂，俱已端整二十餘年；……柩停小倉山房正廳。……但題一碣云『清故袁隨園先生之墓』，千秋萬世必有知我者。」（《文集》，頁 2～3）把自己要穿著的壽衣、棺木及擺放位置、生前傳述，都仔細說明，還將墓碑之刻文備妥，希望自己名揚於後世久遠。

袁枚傳衍下一代的血緣命脈，不能說不重視，在他育有女兒後，他一直想得子，等到六十三歲時才生得一子。為生得一子，袁枚不停地選姬納妾，終於得一血緣繼承人。袁枚肉體生命消失後，雖然他的血緣繼承者不能完全取代袁枚，不過這也是一種變相的延續肉體生命，只要袁家世世代代傳遞下去，就有袁枚的故事流傳著。看來袁枚對於生死無待之說是無緣了。

袁枚在詩中常游移在對生死看得開或看不開間，袁枚八十一歲時依然如此說，「精神為主人，形骸為屋舍。主人漸貧窮，屋舍亦頹謝。將頹未頹時，主人強支架。導引以養生，醫藥以補罅。及乎無可為，主人亦告罷。何如蛤與蜃，江湖能變化？旁有趙大夫，淒然為涕下。」（〈惡老八首〉《詩集》卷三十六，頁 883）袁枚在詩中想排拒身體老的變化，所以盡力養生，有病時盡醫藥之能事，後來自己才無奈感嘆，一昧的執著還是抵不過自然的變化。這明明是袁枚對年老的力不能從心所欲，所產生的怨懟，表示著袁枚對生死看不開。但是後來袁枚自己又發現年老也有年老的價值時，他的心境又轉換了，「生時自己啼，死時他人哭。我啼人輒喜，人哭我輒樂。逝者如斯夫，風輪如轉轂。改燧不改火，後燭即前燭。可笑世間人，紛紛仙佛供。修煉既身勞，禮拜亦頭痛。辛竟歸渺茫，風影不可控。果然呼即來，一笑吾從眾。」（〈喜老七首〉《詩集》卷三十六，頁 887）詩中之意袁枚將生死現象看得很清楚，他是以自樂的心態看待自己的死亡，不管他人如何的不捨與痛哭。袁枚還笑看那些宗教的修行者，生前忙忙碌碌行規儀，死後仍渺茫，所以才言「可笑世間人」。袁枚時而對生死看不開，時而對生死看得開，都在他的感性裡。但是人生終了時，還是不捨情牽，「轉眼樓臺將訣別，滿山花鳥尚纏綿。他年

丁令還鄉日，再過隨園定惘然。」（〈再作詩留別隨園〉《詩集》卷三十七，頁936）這種死後其情持續傳衍，可延續自我的形象，俾後人在讀詩時滋生情的感動。

（二）面對生命之頹圮

袁枚表面的生死豁達是被自恃的心態所影響，只相信自己，只相信自己所相信的心態，導致袁枚如此面對生死的態度，而不關乎達與不達的問題。袁枚一直在詩中的語意表達自己達的情形，可是詩境上並不如此。一旦讀者融入了袁枚的詩中，就會陷在懷疑中，懷疑袁枚到底是達與不達，落入兩端的思維裡，很難發現袁枚始終就沒打算去爭達與不達，僅是自恃表達自己性情之所感發——性靈詩中的自私和自恃。

袁枚的病中詩裡，他的病中生活，並不是專心在養病，不但沒有減少欲望思緒或行為，他的心思反是往外攀爬的，分散在他所在意在乎的人事物上。「當階飄落葉，我又臥高樓。山裡先生病，人間天地秋。雨涼蟬別樹，風緊帳嫌鉤。尚有關心問：梅花補種不？」（〈病〉《詩集》卷十二，頁 227）此時袁枚臥病隨園，還關心著園中他心愛的梅花補種了沒！在忙碌的生活中，病或許可讓人忙裡偷閒，可是袁枚在病中卻閒不得，「嫌忙翻愛病，借病好吟詩。」（〈借病〉《詩集》卷三，頁 42）病中使得袁枚更有時間來創作詩，或許在他的想法中，創作詩是一件「閒事」。袁枚更有將作詩此等「閒事」傳世的打算，「病起初拈筆一枝，笑將病態入新詩。……想為文章傳尚早，故蒙天意死教遲。開窗定惹青山笑，依舊渠來作主持。」（〈病起六首〉《詩集》卷十，頁 200）他在病中仍在盤算著詩業的永續經營。袁枚對美食的喜好，在病中也沒減少，「思遣門生議（魚十且）蟹，又恐消食無檳榔。」（〈八月十九日病，至除夕猶未理髮，不飲酒，不茹葷，雪窗獨坐〉《詩集》卷十，頁 202）袁枚病中除了對美食愛好，對美色的愛好也不稍歇〔註 3〕。「我欲杖藜扶病起，巡檐一笑死猶甘。」（〈憶梅〉《詩集》卷三十七，頁911）憶念梅花後袁枚又言，「巡檐終竟怕迎風，忍折花枝伴老翁。笑汝林家為外婦，不曾迎到洞房中。夢醒羅浮月影涼，美人何在但聞香。呼童慢把衾裯捲，且讓殘花睡滿床。」（〈折梅插瓶供之寢室，省往看之勞〉《詩集》卷三十七，頁 911）袁枚將梅花呼為

〔註 3〕 關於袁枚對美色的愛好，由人的美色轉注到梅花上頭的情形，筆者在本論文附錄二中有所論述，請參見本論文附錄二〈眷戀美色——袁枚詩作中的情欲主體意識初探〉，頁 222～224。

美人，對梅的情感待之如人，這也是袁枚在病中對美色的喜愛之情。袁枚病中與人，情的維繫也從不止息。袁枚在病中接受友人的關心是理所當然，他甚至在病中主動出擊，與友人寄詩往返〔註4〕，表達對友人的思念。他還跟友人們分享病中心情，「九月芙蓉開滿園，病夫無福倚欄杆。妒妻瘁母真相似，家裡紅妝一見難。」（〈園中芙蓉盛開病中不得見，戲題一絕寄調章淮樹太守、家春圃觀察、香亭別駕〉《詩集》卷三十六，頁 568）這使得袁枚於病中更擴大他情感張力。

袁枚面對他的生命「老、病、死」必經過程時，他不是對失去生命本身的懼怕，他反而擔心的是其它事。也就是他自己所在乎之人事物，袁枚深怕會失去，所以他才在病中附著上他的熱忱與情懷，自恃的以為自己仍可掌握一切。

三、甘願為情所困

袁枚戀物或戀人，真正所戀者根本不在物或人，而是自己，追求一個滿足欲望，適暢己意的。極度自戀，而欲求自由，不被傳統或現在中的任何事物綁住自己的自由，他要的是形體與精神的自由。他納自己為眷戀的對象，同時也將「隨園」影響所及的廣大人事物與自然山川，統統納入自己的戀慕國度中。因為不論到哪裡，只要在袁枚影響所到之處，都有著袁枚的形影存在，他這種魅力就像是漩渦、黑洞一樣，有一極強的力量向中心吸入，而與袁枚成為一體。

《子不語》與《續子不語》書中，袁枚沒有特別突出任一個宗教的教化故事（以儒釋道為主），因此從書中所有故事看來，又每一個宗教的教義或是觀念都被用上了。書中展現一種不入於各教，又任意運用各教的說法，袁枚自由不拘的形影昭然若揭。故事中人物的特質，或多或少都屬於袁枚個人特質的一部分，詳細地拼湊，他個人的形象風格又躍然紙上。他的信仰思維是自由的，在他所作《小倉山房詩集》裡，詩句中的比喻或是闡述，所借用的

〔註 4〕袁枚云：「久簪斑管侍岩廊，謝傅忠勤動玉皇。已命三年羅俊秀，更教八月舉賢良。秋高碧落翔鳴鳳，菊滿重陽正晚香。自種明珠自家采，一時佳話遍江鄉。衡門曾記訪袁絲，臘嫩山青雪霽時。卿月有心憐小草，鵷鸞無分托高枝。侍郎為第四子索婦，余以齊大非偶為辭。班春風過禽魚喜，近日雲來水竹知。剛值采薪難走侍，獻將長句寫相思。」請參見〈謝金圃侍郎以舊時督學典試江南，余病中不能走謁，寄詩奉簡〉《小倉山房詩集》卷三十六，頁570。

範圍涵蓋了儒釋道，沒有獨尊哪一教，他借用三教的思維，是爲了要完成屬於袁枚個人思維的手法。

尤其是《子不語》與《續子不語》故事中的生死觀，袁枚利用「道德世界」與「情欲世界」交錯的情節，營造出袁枚式的人生觀。而且這種人生觀與小說中的生死觀有密切的關連，袁枚將自己的生死觀寄寓在其中，以小說的文學傳播影響下，閱讀此書的人，對袁枚的生死觀與「道德」、「情欲」的認知，會有所了解，然也免不了受袁枚的影響。袁枚將自我的思想觀念，投注在小說中，透過小說表達自我，就像在小說中袁枚可以是神或上帝，闡述道理教育故事中的人物，這也是袁枚自戀的手法。

談到袁枚對人的眷戀部分，依對象而言，他所眷戀的有：男性的伶人、男學生、男性的理髮匠、妓人、姬人、妻妾、女學生等。與這些人的情感交流，袁枚情感坦白流露，呈現出他對（不分男性女性）美色的愛好。爲了美色他願意去向陌生人攀緣，滿足個人欲望，處處展現袁枚的自我中心意識。〔註5〕

淵明感嘆世人將精力注力於情感，而不將生命情懷用心於道，「道喪向千載，人人惜其情。」〔註6〕道已經在世界上失落了，大家不懂得求道，大家所追求的是什麼？是「情」，是那種情欲的享受，視名利、祿位，富貴如榮華。人們不再看重「道」的有無與得失了，只看到眼前的物欲與情欲了〔註7〕。然淵明所感嘆的物欲與情欲，卻是袁枚所喜愛的。「兒裡籠翠鳥，朝夕鳴前。飛者念其朋，籠外語殷勤。一朝膠絲發，以情累其身。傷彼鷦鶵智，何如精衛仁？吾其愧鳥夫，斯人吾同群。」（《詩集》卷十五，頁294）此詩以籠中鳥爲題材，側筆寫人生。燕子念舊，出籠而徘徊不去，終斃於弓弦之下，其智行尚不如銜西山木石以塡東海的小鳥精衛——精衛的行爲也許看來愚昧，但眞積力久，或有成功時。「吾其愧鳥夫」，也許是自謙之辭，也許是自憾之語：自己也不如精衛之始終如一，精誠不二，而似燕子，爲情所困所縛〔註8〕。袁

〔註5〕 請參見本論文附錄二〈眷戀美色——袁枚詩作中的情欲主體意識初探〉，頁218～225。

〔註6〕 請參見陶潛撰，陶澍注，《靖節先生集》（臺北市：華正書局有限公司，1987年8月初版），卷三，頁26。

〔註7〕 請參見葉嘉瑩著，《陶淵明飲酒詩講錄》（臺北市：桂冠圖書股份有限公司，2000年2月初版一刷），頁95。

〔註8〕 請參見張健撰，〈袁枚的不飲酒詩二十首析論〉，《明道文藝》（第二六一期，1997年12月），頁159～160。

枚與人的情感，他願意用心力去經營或創造，詩中將自己以燕子的眞情自比，又期許著自己能將情感的互動，像精衛鳥般的永續經營。「嘗讀《高士傳》，過潔亦無聊。太谿刻自處，生世如鴻毛。我雖不飮酒，恰能餔其糟。雲閣自層層，風裳必楚楚。燈圍花萬重，屋聚書千古。寄語於陵子：君輩徒自苦。」（《詩集》卷十五，頁 294）這首詩發抒了袁枚一貫的人生觀點：可享樂則享樂，不宜自我刻苦——他是反對墨家哲學的。「過潔亦無聊」五字，眞正值得吾人深思！三、四兩句應爲倒裝句：人生在世，有如飛鴻之一羽，渺不足道，何必刻苦自虐！五、六句稍稍放寬不飮酒的尺度：我不喝酒，卻吃酒釀，因爲酒釀也很可口，卻不令醉人。以此作結，是見袁枚敦厚豁達的一面。七、八句描寫他的隨園風景，再加九、十兩句，由室外而室內：「花萬重」、「書千古」，極美極雅，二語抵百寶。最後用於陵子仲（春秋楚之高士，楚王欲以爲相，不允，夫妻同逃，爲人灌園，生活清苦）的典故，勸此輩省悟，不要一味自苦〔註9〕。清苦的生活並不是袁枚所想過的，他的理想是對物欲追求、情感皆能順己心意。個人的主體意識強，個人擁有自我的主導權，將外在環境的干擾因素減到最低。袁枚的情欲世界部分，請參考本論文之附錄二〔註10〕，此不再贅述。

　　袁枚對於物欲的滿足，可從「隨園」建築物與收藏的器物中來看。袁枚對歸屬於他的物，對此物必定鍾情，物既被袁枚所喜愛，此物將成爲袁枚情感生命的一部分，袁枚寓情於物中，物映照出袁枚的形影。「〈得寶歌〉殘曲一章，摩挲銅狄尚思量。萬般聚散前緣定，何必瓊瑰立數行！物縱無情我有情，殘花剩蕊更分明。公卿莫笑階趨慢，玉珮瓊琚自一生。」（〈惜玉詩〉《詩集》卷十二，頁 209）器物雖無情，器物的主人將自己的情感轉附其上，漸然地主人藉著物與自己的情感對話，便產生對物一種難以割捨的情感。袁枚對物質的追求，可說是戀物，不過此情結，所戀的卻是器物主人自己。「盈盈一水寫風神，惆悵山雞舞罷身。望去空堂疑有路，照來如我竟無人。得知宜稱妝應改，解共悲歡汝最眞。願取蟠龍安四角，滿林花影盡橫陳。」（〈鏡〉《詩集》卷十三，頁 250）鏡子一物，可以直接使主人顯影，顧盼自我形象的器物，這是鏡子的功能。面對此功能袁枚擴大了它的效用，袁枚利用自己的喜好與

〔註 9〕 請參見張健撰，〈袁枚的不飮酒詩二十首析論〉，《明道文藝》（第二六一卷，1997 年 12 月），頁 160～161。

〔註10〕 請參見本論文附錄二〈眷戀美色——袁枚詩作中的情欲主體意識初探〉，頁 218～225。

巧思，附加在鏡子的特殊作用，此作用是專爲袁枚個人提供服務。鏡子可以陪著袁枚共享悲歡，而且是最眞的呈現沒有虛假。袁枚特地將鏡子擺在通道上，除了在自我通行時可照見自己，鏡子對園林中的花影也能攝入，看到鏡中的自己有如置身於園林花木間，袁枚將自己形影的舞台做了個人喜好的安置。袁枚對器物喜愛，不是只停留在器物上，而遺忘外在世界。「玻璃代窗紙，門戶生虛空。招月獨辭露，見雪不受風。平生置心處，在水精域中。」（〈隨園二十四咏〉之〈水精域〉《詩集》卷十五，頁　301）袁枚喜好鏡子時，特別用心的安排鏡子將出現的景像。愛好玻璃時，就把園中的窗紙置換成玻璃，使得個人的世界能與外界互通，在屋內就可觀月賞雪，卻不必受霜露雪風寒之苦。此空間是袁枚靜心思索時，喜歡逗留之處，似乎在此屋中，袁枚還能同時收取來自外界的訊息，也能觀賞到自己樂於見到的景緻，都在袁枚的人爲操作中完成。

　　物質的追求，可能是主人身份地位的象徵。在袁枚身上除了此因素外，他對物的愛戀，也在施展他個人情感的魅力，呈現自我形象。不但讓生活中人情上有我，在器物上也有自我的投影，營造一個生活中處處有我的不斷存在。「闌鶴疏籬手自栽，更添鹿寨傍西齋。亭臺不厭千回改，畢竟文章老更佳。」（〈答人問隨園〉《詩集》卷二十，頁　413）園林中的設施，袁枚喜親自製作。且林中造景常被主人更改樣貌，到老的時候仍是如此，年老使他更覺自己能熟練呈現自己的文才。爲此袁枚寧願爲情所困，因困在情中的袁枚，使他得到生命適意的滿足。

四、個人神話的創造

（一）崇拜偶像的情結

　　「隨園」的名稱，雖爲一個詞性中的名詞，可是他在袁枚的經營下，它成爲一種符號象徵，隨園是袁枚的概念形象，而袁枚是隨園的具體形象，袁枚就在符號象徵與其實質間，形成虛實不斷地變換。此處所言的神話，是借用羅蘭‧巴特的神話概念而來〔註11〕。袁枚自挽告存自壽詩、病中詩，在隨

〔註11〕此處的用「神話」一詞，是意指：神話是一種傳播的體系，它是一種訊息；它是一種意指作用的方式，此神話的定義，並非藉由其訊息的客體來定義，而是以它說出這個訊息的方式來定義的。請參見羅蘭‧巴特著，許薔薔譯，《神話學》（臺北市：桂冠圖書股份有限公司，2002 年 6 月初版二刷），頁 169。

園旗幟所及範圍中激起壯闊的回應，造成袁枚的人際群裡一窩蜂地的追逐與和詩，袁枚就成爲眾人聚焦的中心，類比於現今的所謂的流行偶像人物，袁枚創造流行，形成一種流行神話現象。袁枚創作《子不語》與《續子不語》刊行，以一雅文學之士，刊行之書具有民間文學的性質，一方面可以增加隨園文學的閱讀群（雅俗共賞）；另一方面將自我的形象與對宗教思維發表見解，類似於流行偶像歌手推出新專輯，以個人形象來營造魅力，吸引廣大歌迷。袁枚發表新書（新文學作品）就會帶動一波的風潮，在隨園人際群中迴盪，提升自己的形象附加價值，導致人際群對他愈尊崇。

袁枚既然創造了神話化現象，我們得試著破解他的神話，才明瞭袁枚行徑與文學的一些眞象，這就得藉著《神話學》理論之助，試論述之。

袁枚的行徑在世人面前有負面與正面的評價，可是世人對他的批評並不影響他在隨園人際群的地位，反而更崇高了。這可能出於一種偶像情結，導致身爲偶像的袁枚有負面評價產生時，他的擁護者仍不動搖心志。這樣的狀況，可類比於〈落日殺神〉影片中的主角湯姆克魯斯所扮演的角色，湯姆克魯斯在先前所主演的電影中，他都是一位正派的角色。可是此片中他卻演了反派，但是在觀眾的心理，還是冀望著他在影片中別受到制裁或是任務失敗。這種情結就是影迷對偶像的一面倒傾向，對自己偶像的疼惜與不捨，所以偶像的要壞更令影迷動情。被一種對偶像的非理智情感所引導，形成一股無形魅力，讓人無法克制地崇拜，落在情感的框裡，是難以自拔的。袁枚在文學創作中，自我的形象不斷地再重現，而且《隨園詩話》的文學傳播性更鞏固他的偶像地位〔註 12〕。因此當人們將袁枚視爲偶像一般的崇拜時，這種對偶像所造成的負面傳聞，會因參與性質的憐愛情感〔註 13〕，而使得他的聲名更壯大。

（二）游移的生命基調

袁枚游移的生命基調，會強化他個人的神話現象，他總是製造矛盾又自我打破矛盾後又形成矛盾，形成一種循環，使得他的文學迷們，被袁枚攪得團團轉，而迷惑其中遺忘是非判斷能力。筆者對袁枚病中詩、自挽告存自壽

〔註12〕請參見王鐿容撰〈傳播、聲譽、性別——以袁枚《隨園詩話》爲中心的文化研究〉，國立暨南國際大學中國文學研究所碩士論文，2002 年。
〔註13〕關於對偶像非理性的憐愛情感產生的說法，請參見羅蘭・巴特著，許薔薔譯，《神話學》（臺北市：桂冠圖書股份有限公司，2002 年 6 月初版二刷），頁 58 ～59。

詩、《子不語》等文學作品的探究過程中，看到了諸多矛盾，有時他不偏向那一端而另有其意；有時他合併二端而遂行其意志，矛盾的現象背後用意，才是袁枚矛盾的眞相。

筆者在本論文的第貳、參、肆部分與附錄之舊作，對袁枚文學的觀察，確見袁枚諸多二元性的想法或言語。筆者所見有：「仕／隱」「男性／女性」「權勢／自由」「古（傳統）／今（現今）」「飲（道）／不飲（情）」「公眾／私密」「生／死」「有待（不達）／無待（達）」「雅／俗」「性靈（自由）／道德」等。這些游移現象，讓人覺得有或多或少的矛盾，若將袁枚只當作是一位作家，或許矛盾現象就可解釋了〔註14〕。暫且不論袁枚是否有意安排這些矛盾現象，重要的是這些矛盾現象增加了袁枚的偶像魅力。從羅蘭‧巴特對〈渡假中的作家〉的論述，作家的偶像神話來自「高貴性與庸俗性揉和」的矛盾性，因爲讀者在矛盾中，充滿對奇蹟的期待。

袁枚的詩作與筆記小說，對於生死的看法有一致性，這一致性就是他生命的二重奏。在他的生命基調裡，豁達與牽纏同時存在，是二重奏的二部旋律。游移的生命動向，若置在一般人的身上，或許他的人生就一事無成。然而袁枚游移的生命動向，卻造就個人的流行神話。因爲袁枚塑造了個人偶像魅力及個人的神秘色彩，更加深隨園讀者群好奇心理。

袁枚圍繞著生死而來的二元游移，有「生／死」「有待（不達）／無待（達）」。袁枚產生「生／死」游移情景，是在他病中時期，特別是即將不治之時，他將這種心情發表在文學中。從他的病中詩，看出他對於死亡並不是全然無懼，那時的袁枚對生的依戀仍有很多，諸如放心不下他的文名、詩的

〔註14〕巴特言：「公開賦予作家一副健康的肉身，透露出他喜歡略帶澀味的白酒與半生不熟的牛排，對我而言是更具奇蹟、更富高貴本質的藝術產品。並不是他每天的日常生活細節讓我更清楚他的靈感本質，或讓它更清晰，而是這個作家藉這種自信所強調的整體神話的奇特性。因爲我不得不將能一邊穿著藍色睡衣、一邊又能彰顯自己是宇宙良心的巨大存在實體，歸屬於某種超人特質，或以喜愛乾酪的呼聲同時宣佈他們即將出現的『自我現象學』爲業。如此豐富的高貴性與庸俗性的揉和，代表人們依然相信矛盾：因爲它是完全充滿奇蹟的，它的每一個條件也都充滿奇蹟：它會明顯地失落地在某個作家的作品世界中，作品經過破除偶像崇拜，便自然有如作家的衣袍或味覺功能。」袁枚的游移個性，令人覺其矛盾，但他仍過著適意的人生。因爲袁枚對人生呈現自恃自信，故能游移二元想法中。如此會讓人更加深對袁枚的好奇與佩服。請參見羅蘭‧巴特著，許薔薔譯，《神話學》（臺北市：桂冠圖書股份有限公司，2002 年 6 月初版二刷），頁 21～24。

創作、隨園、詩才的後繼者等。或許袁枚是在偶然間，運用了「生／死」二元的現象，將此種現象放到對袁枚崇拜的人際群中，造成意想不到的結果。這些人得知袁枚即將離世——死，會形成一種期盼心理，期待袁枚死這事件不是真的。所以當袁枚向他的人際群索和詩之時，他得到的回饋是，大家對他都很在意，和詩中都把他們的期盼心情寫在其中，也將袁枚存世的價值性提升。袁枚度過生死交關後，就順水推舟地將和詩編輯出版發行，讓他的人際群共賞這些和詩，如此袁枚的聲價又再度受到提升。這樣的情形，袁枚在作〈八十自壽〉詩時又使用了一次。

「有待（不達）／無待（達）」，這是從「生／死」二元現象中延伸出來的，這是袁枚對死亡有了焦慮時，產生的生死觀。筆者對袁枚病中詩作觀察時，了解到他的生死觀不是全然的「有待」或「無待」。他在死之前，生死觀都是游移在有待與無待之間，沒有形成定論。就關心他的讀者而言，他的游移情形讓人更好奇地想了解，有助於詩集的銷售量。至於有待與無待的定論，決定的時刻是在真正死亡前夕，然袁枚死前的最後二首詩，已明確表達對「隨園」所及的人事物，他的情意綿綿難以割捨。死亡對袁枚而言，從詩中感受不到死亡焦慮，這與他在《子不語》與《續子不語》中的「生與死難分」生死觀又相合。或許文學對袁枚而言，有著承載穩定他生命的力量吧！

由袁枚人生觀所延伸出的二元游移，有「仕／隱」「權勢／自由」「古（傳統）／今（現今）」「飲（道）／不飲（情）」「雅／俗」「性靈（自由）／道德」。「仕／隱」，他仕與隱的外在明顯界限，在於他辭官的當刻。但他隱的目的，是為了走向文學的事業，他的事業具有文學與商業的特性，因此他並非歸隱後就過著淡化的生活，反而是在園林生活的悠閒中，投注在文學的創作與自我作品的發行，為著推銷「自我現象學」而努力。若是純以「仕」或「隱」來看袁枚，就會產生矛盾，因為他的行為根本就不像是隱者（儒家式的或是道家式的），明確地說，袁枚是轉業成功者。

「權勢／自由」，袁枚選擇離開仕途，是一種對自由的追求，權勢裡有著太多的拘束，丟掉權勢就可找到自由。袁枚果真失去了社會地位上的權勢嗎？其實不然，在他所經營的隨園事業，人際群的組成更形擴大，他在沒有公務佔據時間之下，時間大多花在人際互動中。他的交際圈中有仕宦者、文人、醫者、畫家、伶人、妓、男女弟子、讀者……等。若談權勢影響力的話，袁枚為官時的影響力，不見得會比身為一位商業性作家多，所以可說袁枚同時

擁有權勢與自由。

　　「古（傳統）／今（現在）」，袁枚對於傳統並不全然的認同，就算是認同，袁枚還會加上自己的詮釋。他在古今之間，轉換成自己的立論，比如將儒家詩言志的傳統，轉變爲詩言情，如此的轉變就會使得他的立論符合於「性靈」的主張。袁枚在傳統中找尋自己可轉變的依據，變傳統符合自己所需，凸顯袁枚自我的獨特性，創造袁枚式的新流行。

　　「飲（道）／不飲（情）」，袁枚在《小倉山房詩集》中標舉不飲，而作不飲酒之詩，他特與陶淵明打對台。陶淵明是一位隱而好飲者，然陶淵明是爲追求心中的理想而隱。淵明的飲酒詩中，詩裡所闡發的意境，是藉著酒將道的境界呈現，淵明的理想是「道」。袁枚本身就不喜飲酒，他特別提出不飲酒的理由，不一定要靠飲酒才能體會美好意境，飲酒醉了如何能感知呢！袁枚在不飲酒詩中，他所追求的境界已不是淵明式的道了。袁枚不飲酒是要自己清醒地面對情感的世界，不是陶醉在酒中，而是在情感起伏裡。袁枚對飲／不飲的立論，目的不在確定飲或不飲的是非爭論，而是情感的自由揮灑。

　　「雅／俗」，袁枚雅的情境在他創建隨園園林〔註15〕，而俗的部分在他深入民間人群之行爲。袁枚雅的部分，是建築在俗世的世界裡，建築在一個充斥商業行爲的都市，隨園是他脫俗的一個象徵，實際上袁枚的商業行爲是他的營生收入之一，袁枚集雅俗於一身。在他的生活裡，他從雅俗中各取其所需，也就是巴特所言的「高貴性與庸俗性的揉合」。就袁枚本身而言，「雅／俗」從不是兩極的對立，而是他取得生命平衡的要素來源。

　　「性靈（自由）／道德」二元性的游移，主要是出現在袁枚性靈主張中的性情自由上，尤以他的情感世界最敏感。對於男風、狎妓或是一妻多妾的情形，是盛清時的社會風氣之一，關於此一風氣袁枚都跟上了。站在衛道人

〔註15〕梁其姿言：「這些有才情的文人在物質生活上都不欠缺，而且都受最好的教育，他們的失意主要是來自科場的不順，或者是當官後無法適應官場文化，所以要提早退休。換言之，他們失意於一個很俗世的社會，石守謙先生認爲他們爲了補償這方面的心理需要，就創造了很脫俗、故意遠離商業的藝術作品，……我們也可以說這些藝術家是在商業發達、物質豐裕的外在環境裡，刻意創立了雅、脫俗的文人藝術典範……蘇州的文人想在一個俗不可耐的商業都市裡建造一個非常脫俗、模仿自然、清雅脫俗的山林環境。」袁枚的隨園就屬此類。請參見蔣宜芳紀錄〈「世變中的文學世界」系列座談會之六　世變中的通俗與雅道——再思晚明與晚清的文化與社會〉，（《中國文哲研究通訊》第十卷，第三期，2000年），頁9。

士的立場，此一風氣定被他們批評，然袁枚曾解釋他的行徑，並非像別人所指斥的樣子。袁枚把性靈的境界擺在人的位階，所以性情的自由如果拿捏不妥，會造成情欲的放縱，情欲的放縱浪行，就是道德的譴責範疇了。觀看袁枚一生並無情欲泛濫之賤行，也無不義的誹聞發生。若是有的話，他的隨園事業可能早已崩盤。這裡對立於性靈自由的道德，在袁枚所處的時代，已不是孔、孟的高道德標準了。所以袁枚的行徑尚在清代社會風氣的道德標準中〔註16〕。他性靈自由的揮灑，還在當時社會風氣的道德界限之內。因此袁枚在當時的時空下，他的性靈主張，倡性情的自由，會得到當時社會風氣群眾的支持。同時他的文人身份，或多或少會對他倡情欲自由的行徑有掩護作用。〔註17〕

　　由袁枚個人情欲觀所延伸出的二元游移，有「男性／女性」「公眾／私密」。「男性／女性」，袁枚生活與文學中，都不離性別的議題，他好與男性有情感往來，對於女性亦是如此。這二者的背後動機，是袁枚自身的愛好美色所致。因此若以傳統男女正常交往觀點來看，會讓人覺得袁枚怎麼會如此，在不覺中讓人陷入矛盾裡。然袁枚自身卻沒有矛盾情結產生，因愛好美色是無關乎男性或女性的，所以袁枚個人情欲能悠遊於男性與女性之間。

　　「公眾／私密」，袁枚在他的文學中，一直將自己內心的情感，公諸在他的文學作品內。比如自挽詩、告存詩、自壽詩，陳述自己面臨死亡的心情及想法；他和情欲交往對象間的情感互動，也寫入他的詩作中，將自己的情欲世界敞開在文學作品裡。藉著文學作品的刊行，他將自我的私密世界，推向到公眾，文學作品成為公眾與私密結合的媒界。袁枚身為一位作家，並沒有讓公眾與私密真正對立起來，反倒是結合了。滿足了讀者對私密神秘性窺探的好奇心，如此就為袁枚的詩作，增添一份魅力。

五、尾　聲

　　袁枚在盛清是性靈文學的倡行者，由於重性靈性情的特性，他的文學中少了情感上的偽裝。如同他的病中詩，雖然曾被王英志先生評論，有些病中

〔註16〕袁枚的行徑若是放到今日臺灣社會來評量，違法且不合道德標準的，是一妻多妾這一項。

〔註17〕這就是羅蘭・巴特〈渡假中的作家〉一文所論述的，讀者對作家神話化心理，作家的職業中有一高貴元素，這個元素如果不在破解神話下的話，讀者依然崇拜作家的高貴性。詳細內容請參見，註14。

詩是無聊之作。筆者整體觀察了病中詩後，袁枚並不是無目的似的作此類詩。他是透過詩作在傾訴，傾訴著他病中的生活點滴，與內心因疾病而有的感觸，表露他病中情的真。病中詩讓袁枚能在病中，藉著詩使他與外界人事取得連繫，獲取外在對疾病治療上的幫助，及內在心靈的安慰、安頓。然在自挽詩中，表達了面對死亡的焦慮，此部分歸屬情感真摯。告存詩亦屬此類。可是八十自壽詩、及自挽詩的和詩、告存詩的和詩、八十自壽詩的和詩，就較不單純，有著袁枚個人形象的行銷意味。袁枚有意使自己成為眾人（隨園文學的讀者群）聚焦的焦點，凸顯自我成為一個類似偶像的人物，擴大其文學的魅力，造成和詩文學活動的熱烈響應。

與袁枚生死觀有關的筆記小說——《子不語》與《續子不語》，他利用故事中道德的成分，令人以為在他的情欲世界裡也有道德存在，稍混淆了他在情欲上不羈的缺點。不過實際上袁枚是適意在情欲世界裡的。現實中袁枚之生死觀與小說中的生死觀相融通，他對死亡不驚懼，而有著豁達開悟的假象。他在死前仍是情牽不已著，自己今生所用情的一切人事物上。會有這種假象，應是受了死後世界如同人間世界的觀點所影響。

筆者從袁枚文學中，對他生死書寫的部分作觀察，借用羅蘭·巴特《神話學》一書的部分說法。試圖解釋袁枚所造成的神話化現象，脫除神話化或許可更接近真實的袁枚。筆者發現袁枚的文學主張與其商業的文學，與羅蘭·巴特所提《神話學》中的作家「自我現象學」，有相符之處。故隨園文學能成為當時的一股風潮。在袁枚所處的時代，要有先進如巴特的理論體系，應是沒有的。可是在袁枚的文學裡，卻暗合現代的文學理論。或許意味著文學的演進，並不是無中生有的，且文學的研究是不能捨棄傳統根源，而只論現代。況文學的長河本是涓滴積累而持續的。

筆者才學平庸，抱著學習之心，進行袁枚生死書寫之研究。在文本的取材上，選擇了袁枚的病中詩、自挽詩、告存詩、自壽詩及神怪筆記小說等，作為觀察分析之文本材料。然由於筆者學力之限，難免對於袁枚其它有關生死書寫之材料有所疏漏。比如袁枚為他人所作的，墓誌、傳、碑、銘、祭文、哀辭、誄等文學作品，可作為筆者未來學習探究之材料。

參考文獻

一、古　籍

1. 王英志編，《袁枚全集》壹～捌（江蘇：江蘇古籍出版社，1993 年 9 月初版）。

2. 袁枚、司空圖著，《詩品集解》（臺北市：清流出版社，1972 年 3 月初版）。

3. 袁枚原著，張健編，《隨園詩話精選》（臺北市：文史哲出版社，1986 年 4 月初版）。

4. 袁枚撰，《隨園詩話》（臺北縣：漢京文化事業有限公司，1984 年 2 月初版）。

5. 袁枚纂輯，《漢學彙編隨園詩法叢話》（臺北市：廣文書局有限公司，1978 年 7 月初版）。

6. 國史館校註，《清史稿》（臺北市：臺灣商務印書館股份有限公司，1999 年 9 月初版第一次印刷）。

7. 郭象著，《莊子》（臺北縣：藝文印書館，1983 年 6 月四版）。

8. 陶潛撰，陶澍注，戚煥塤校，《靖節先生集》（臺北市：華正書局有限公司，1987 年 8 月初版）。

9. 錢謙益輯，《列朝詩集》（上海市：上海古籍出版社，2002 年 3 月第一版第一次印刷）。

二、專　著（依作者姓氏筆畫順序排列）

1. Arthur Schopenhauer 著，林建國譯，《意志與表像的世界》（臺北市：遠流出版事業股份有限公司，1992 年 10 月初版三刷）。

2. Elizabeth Freund 著，陳燕谷譯，《讀者反應理論批評》（板橋市：駱駝出

版社，1994 年 6 月一版一刷）。

3. Jacques Corraze 著，陳浩譯，《同性戀》（臺北市：遠流出版事業股份有限公司，1992 年 8 月初版一刷）。

4. Jill Freedman. Gene Combs 著，易之新譯，《敘事治療──解構並重寫生命的故事》（臺北市：張老師文化事業股份有限公司，2000 年 9 月初版一刷）。

5. Robert Escarpit 著，羅美婷譯，《文藝社會學》（臺北市：南方叢書出版社，1988 年 2 月初版）。

6. Robert Kastenbaum 著，劉震鐘、鄧博仁譯，《死亡心理學》（臺北市：五南圖書出版有限公司，2002 年 8 月初版三刷）。

7. Roland Barghes（羅蘭・巴特）著，許薔薔譯，《神話學》（臺北市：桂冠圖書股份有限公司，2002 年 6 月初版二刷）。

8. Roland Barghes（羅蘭・巴特）著，敖軍譯，《流行體系（一）──符號學與服飾符碼》（臺北市：桂冠圖書股份有限公司，2004 年 5 月初版三刷）。

9. Roland Barghes（羅蘭・巴特）著，敖軍譯，《流行體系（二）──流行的神話學》（臺北市：桂冠圖書股份有限公司，1998 年 2 月初版一刷）。

10. Roland Barghes（羅蘭・巴特）著，劉森堯譯，《流行體系（二）──流行的神話學》（臺北市：桂冠圖書股份有限公司，2004 年 8 月初版一刷）。

11. Susan Spmtag 著，刁筱華譯，《疾病的隱喻》（臺北市：大田出版有限公司，2000 年 11 月初版）。

12. Tamsin Spargo 著，林文源譯，《傅科與酷兒理論》（臺北市：貓頭鷹出版社，2002 年 2 月初版）。

13. Viktor E.Frankl, M. D.著，*The Doctor and the soul*，游恆山譯，《生存的理由》（臺北市：遠流出版事業股份有限公司，1991 年 7 月初版一刷）。

14. 川合康三著，蔡毅譯，《中國的自傳文學》（北京：中央編譯出版社，1999 年 4 月第一版第一次印刷）。

15. 小田晉著，蕭志強譯，《生與死的深層心理》（臺北市：方智出版社股份有限公司，1998 年 6 月初版）。

16. 小松正衛著，王麗香譯，《死亡的真諦──從容迎接死的睿智》（臺北市：東大圖書股份有限公司，1997 年 4 月初版）。

17. 中華文化復興運動推行委員會、國家文藝基金會管理委員會編，《中國文學講話（十）清代文學》（臺北市：巨流圖書公司，1987 年 11 月一版一刷）。

18. 中國古典文學研究會著，《文學與傳播的關係》（臺北市：臺灣學生書

局，1995 年 6 月初版）。

19. 中國文哲研究通訊編輯委員會編，《中國文哲研究通訊》（臺北市：中央研究院中國文哲研究所，第十二卷第四期，2002 年 12 月）。

20. 毛文芳著，《晚明閒賞美學》（臺北市：臺灣學生書局，2000 年 4 月初版）。

21. 王英志著，《袁枚和隨園詩話》（臺北市：萬卷樓圖書有限公司，1993 年 6 月初版）。

22. 王英志著，《袁枚評傳》（南京：南京大學出版社，2002 年 5 月第一版第一次印刷）。

23. 王英志著，《袁枚暨性靈派詩傳》（長春市：吉林人民出版社，2000 年 1 月第一版第一次印刷）。

24. 王成勉編，《明清文化新論》（臺北市：文津出版社有限公司，2000 年 9 月一版一刷）。

25. 王運熙、顧易生、鄔國平等著，《清代文學批評史——中國文學批評通史之六》（上海：上海古籍出版社，1995 年 11 月第一版第一次印刷）。

26. 王淮注釋，《老子探義》（臺北市：臺灣商務印書館股份有限公司，2001 年 6 月初版第十二次印刷）。

27. 王叔岷著，《陶淵明詩箋證稿》（臺北縣：藝文印書館，1975 年 1 月初版）。

28. 王健生撰，《袁枚的文學批評》（臺北市：聖環圖書股份有限公司，2001 年 12 月一版一刷）。

29. 司仲敖著，《隨園及其性靈詩說之研究》（臺北市：文史哲出版社，1988 年 1 月初版）。

30. 矛鋒著，《同性戀文學史》（臺北市：漢忠文化事業股份有限公司，1996 年 9 月初版一刷）。

31. 沈謙、簡恩定、許應華等人編，《敘事詩》（臺北縣：國立空中大學，1991 年 5 月再版）。

32. 杜松柏著，《袁枚》（臺北市：河洛圖書出版社，未標明出版年及版次）。

33. 余英時等著，《中國歷史轉型時期的知識分子》（臺北市：聯經出版事業公司，1992 年 9 月初版）。

34. 余英時，《中國近世宗教倫理與商人精神》（臺北市：聯經出版事業公司，1992 年 8 月第四次印刷）。

35. 余德慧著，《生死學十四講》（臺北市：心靈工坊文化事業股份有限公司，2003 年 1 月初版一刷）。

36. 吳兆路著，《中國性靈文學思想研究》（臺北市：文津出版社，1995 年 1

月初版一刷）。

37. 吳存存著，《明清社會性愛風氣》（北京：人民文學出版社，2000 年 6 月
第一版第一次印刷）。

38. 吳宏一著，《清代文學批評論集》（臺北市：聯經出版事業公司，1998 年
6 月初版）。

39. 李瑞騰著，《晚清文學思想論》（臺北市：漢光文化事業股份有限公司，
1992 年 6 月初版）。

40. 李澤厚著，《美的歷程》（臺北市：三民書局股份有限公司，2002 年 6 月
初版三刷）。

41. 李清筠著，《時空情境中的自我影象——以阮籍、陸機、陶淵明詩為例》
（臺北市：文津出版社有限公司，2000 年 10 月初版一刷）。

42. 李辰冬著，《陶淵明評論》（臺北市：東大圖書有限公司，1984 年 9 月再
版）。

43. 李孝悌著，《戀戀紅塵——中國的城市、欲望與生活》（臺北市：一方出
版社，2002 年初版）。

44. 佛光文化事業有限公司發行，《佛光大辭典光碟版（Version 2.0）》（臺北
縣：佛光文化事業有限公司，2000 年 4 月初版）。

45. 金開誠主編，《文藝心理學術語詳解辭典》（北京：北京大學出版社，
1992 年 10 月第一版第一次印刷）。

46. 宗白華著，《美學的散步》（臺北市：洪範書店有限公司，1987 年 3 月四
版）。

47. 宗白華著，《美學與意境》（臺北市：淑馨出版社，1989 年 4 月初版）。

48. 林綺雲、曾煥棠、林慧珍等著，《生死學》（臺北市：洪葉文化事業有限
公司，2000 年 7 月初版一刷）。

49. 周冠生編，《新編文藝心理學》（上海：上海文藝出版社，1995 年 4 月第
一版第一次印刷）。

50. 周英雄著，《文學與閱讀之間》（臺北市：允晨文化實業有限公司，1994
年 2 月初版）。

51. 姚朋、朱炎、羅宗濤等編著，《文學與社會》（臺北縣：國立空中大學，
1987 年 10 月再版）。

52. 南懷瑾、徐芹庭註譯，《周易今註今譯》（臺北市：臺灣商務印書館股份
有限公司，1995 年 10 月修訂版第九次印刷）。

53. 段德智著，《死亡哲學》（臺北市：洪葉文化事業有限公司，1994 年 8 月
初版一刷）。

54. 洪淑苓、鄭毓瑜、蔡瑜等人合著，《古典文學與性別研究》（臺北市：里

仁書局，1997 年 9 月初版）。

55. 施淑儀輯，《清代閨閣詩人徵略》（臺北縣：文海出版社，1991 年初版）。

56. 胡文楷編著，《歷代婦女著作考》（上海：上海古籍出版社，1985 年 7 月第一版第一次印刷）。

57. 胡明著，《袁枚詩學述論》（安徽合肥：黃山書社，1986 年 4 月初版一刷）。

58. 徐世昌著，《晚晴簃詩匯》（北京市：中國書店，1989 年 10 月第一版第一次印刷）。

59. 張健著，《明清文學批評》（臺北市：國家出版社，1983 年 1 月初版）。

60. 張健著，《清代詩話研究》（臺北市：五南圖書出版有限公司，1993 年 1 月初版一刷）。

61. 張小虹著，《性別越界》（臺北市：聯合文學出版社有限公司，1995 年 3 月初版）。

62. 張在舟著，《曖昧的歷程──中國古代同性戀史》（鄭州：中州古籍出版社，2001 年 4 月第一版第一次印刷）。

63. 張健著，《清代詩話研究》（臺北市：五南圖書出版有限公司，1993 年 1 月初版一刷）。

64. 張宏生編，《明清文學與性別研究》（南京：江蘇古籍出版社，2002 年 10 月第一版第一次印刷）。

65. 郭紹虞著，《中國文學批評史》（臺北市：五南圖書出版有限公司，1994 年 8 月初版一刷）。

66. 郭紹虞著，《中國詩的神韻、格調與性靈說》（臺北市：河洛圖書出版社，1975 年 9 月臺景印初版）。

67. 郭于華著，《死的困惑與生的執著》（臺北市：洪葉文化事業有限公司，1994 年 10 月初版一刷）。

68. 梁乙眞編，《清代婦女文學史》（臺北市：臺灣中華書局股份有限公司，1979 年 2 月臺三版）。

69. 淡江大學中國文學研究所編，《文學與美學（第五集）》（臺北市：文史哲出版社，1998 年 5 月初版）。

70. 淡江大學中國文學研究所編，《文學與美學（第六集）》（臺北市：文史哲出版社，1998 年 5 月初版）。

71. 陳萬益編著，《性靈之聲──明清小品》（臺北市：時報文化出版事業有限公司，1981 年 6 月初版）。

72. 陳洪著，《隱士錄》（臺南市：笙易有限公司文化事業部，2002 年 6 月初版一刷）。

73. 陳俊輝著，《超越生死河》（臺北縣：宇河文化出版有限公司，1997 年 2 月初版）。

74. 逯欽立著，《陶淵明集》（北京：中華書局，1982 年 6 月第一版第二次印刷）。

75. 揚帆編，陳文新著，《袁枚的人生哲學》（臺北市：揚智文化事業股份有限公司，1995 年 12 月初版一刷）。

76. 黃保眞、成復旺、蔡鍾翔等著，《中國文學理論史——明清鴉片戰爭前時期》（臺北市：北京出版社，1994 年 6 月初版一刷）。

77. 黃永武著，《詩與美》（臺北市：洪範書店有限公司，1985 年 5 月三版）。

78. 傅偉勳著，《死亡的尊嚴與生命的尊嚴》（臺北市：正中書局，1993 年 7 月臺初版）。

79. 游乾桂著，《背叛死亡》（臺北市：探索文化事業有限公司，1997 年 1 月初版）。

80. 鈕則誠、趙可式、胡文郁編著，《生死學》（臺北縣：國立空中大學，2002 年 8 月初版四刷）。

81. 黑格爾著，朱孟實譯，《美學》一、二、三、四（臺北市：里仁書局，1983 年 3 月）。

82. 費什著，文楚安譯，《讀者反應批評：理論與實踐》（北京市：中國社會科學出版社，1998 年 2 月第一版第一次印刷）。

83. 葉太平著，《中國文學之美學精神》（臺北市：水牛圖書出版事業有限公司，1998 年 7 月初版）。

84. 葉維廉著，《歷史、傳釋與美學》（臺北市：東大圖書股份有限公司，1988 年 3 月初版）。

85. 葉維廉著，《中國詩學》（北京：生活·讀書·新知三聯書店，1992 年 1 月第一版第一次印刷）。

86. 葉嘉瑩著，《陶淵明飲酒詩講錄》（臺北市：桂冠圖書股份有限公司，2000 年 2 月初版一刷）。

87. 童慶炳著，《中國古代心理詩學與美學》（臺北市：萬卷樓圖書有限公司，1994 年 8 月初版）。

88. 曾煥棠著，《生死學之實務探討》（臺北市：師大書苑有限公司，2003 年 4 月初版）。

89. 楊牧著，《隱喻與現實》（臺北市：洪範書店有限公司，2001 年 3 月初版）。

90. 楊鴻烈著，《袁枚評傳》（臺北市：盤庚出版社，未標明出版年與版次）。

91. 鄭曉江著，《超越死亡》（臺北市：正中書局，1999 年 12 月臺初版第二

次印刷）。

92. 鄭曉江著，《中國死亡智慧》（臺北市：東大圖書股份有限公司，1994 年
4 月初版）。

93. 鄭曉江著，《生死智慧》（臺北縣：漢欣文化事業有限公司，1997 年 10
月初版）。

94. 蔡日新著，《陶淵明》（臺北市：知書房出版社，2000 年 3 月第一版第一
刷）。

95. 鄧安生著，《陶淵明新探》（臺北市：文津出版社，1995 年 7 月初版）。

96. 潘重規著，《論語今注》（臺北市：里仁書局，2000 年 3 月初版）。

97. 錢谷融、魯樞元編，《文學心理學》（臺北市：新學識文教出版社，1990
年 9 月台初版）。

98. 錢穆著，《莊子纂箋》（臺北市：東大圖書股份有限公司，2003 年 11 月
五版五刷修正）。

99. 閻志堅著，《袁枚與子不語》（瀋陽市：遼寧教育出版社，1993 年 9 月第
一版第二次印刷）。

100. 謝冰瑩、邱燮友、陳滿銘等編，《新譯四書讀本》（臺北市：三民書局股
份有限公司，1995 年 8 月修訂六版）。

101. 龍協濤著，《文學讀解與美的再創造》（臺北市：時報文化出版企業有限
公司，1993 年 8 月初版一刷）。

102. 龍協濤著，《讀者反應理論》（臺北市：揚智文化事業股份有限公司，
1997 年 3 月初版一刷）。

103. 魏中林著，《清代詩學與中國文化》（四川成都：巴蜀書社，2000 年 4 月
初版）。

104. 簡有儀著，《袁枚研究》（臺北市：文史哲出版社，1988 年 4 月初版）。

105. 嚴明著，《中國詩學與明清詩話》（臺北市：文津出版社有限公司，2003
年 4 月初版一刷）。

106. 顧遠薌著，《隨園詩說的研究》，據商務印書館 1936 年版影印）（北京：
中國書店，1988 年 3 月初版一刷）。

107. 龔鵬程著，《文學與美學》（臺北市：業強出版社，1995 年 1 月修訂版一
刷）。

三、學位論文（依作者姓氏筆畫順序排列）

1. 王鐿容撰，〈傳播、聲譽、性別——以袁枚《隨園詩話》為中心的文化研
究〉（國立暨南國際大學中國文學研究所碩士論文，2002 年）。

2. 吳玉惠撰，〈袁枚《子不語》研究〉（東海大學中國文學研究所碩士論文，
1988 年 12 月）。

3. 吳聖青撰，〈《閱微草堂筆記》與《子不語》中兩性關係研究〉（中國文化大學中國文學研究所碩士論文，2000 年 10 月）。

4. 張瓊分撰，〈乾嘉士人鬼神觀試探——以紀昀、袁枚為中心〉（國立清華大學歷史研究所碩士論文，2000 年 6 月）。

5. 張慧珍，〈袁枚小品文研究〉（國立政治大學中國文學研究所碩士論文，1990 年）。

四、期刊論文（依作者姓氏筆畫順序排列）

1. 王麗斐撰，〈袁枚與婦女文學〉，《臺南師院學生學刊》（第十三卷，1991年 12 月），頁 212～224。

2. 王建生，〈蔣心餘與袁枚、趙翼及江西文人交遊〉，《東海大學學報》（第十一期，1994 年 12 月），頁 11～29。

3. 王英志撰，〈袁枚家族考述〉，《聊城師範大學學報（哲學社會科學版）》（第一期，2000 年），頁 105～110。

4. 王英志撰，〈袁枚《子不語》的思想價值〉，《明清小説研究》（第六十三期，2002 年），頁 175～188。

5. 王英志撰，〈袁枚「一造三改」隨園考述〉，《中國典籍與文化》（第三十九期），頁 109～115。

6. 王英志撰，〈袁枚的生死觀〉，《錦州師範學院學報》（第二十四卷第二期，2002 年 3 月），頁 22～25。

7. 王英志撰，〈關於隨園女弟子的成員、生成與創作〉，《井岡山師範學院學報（哲學社會科學）》（第二十三卷第一期，2002 年 2 月），頁 18～25。

8. 王英志撰，〈狂放之性與閒適之趣〉，《中國韻文學刊》（第一期，2003年），頁 41～45。

9. 王忠祿撰，〈論袁枚詩歌的民主意識〉，《甘肅教育學院學報》（第十九卷第二期，2003 年），頁 21～25。

10. 毛文芳撰，〈晚明閒賞美學之品味鑑識系統〉，《國立編譯館館刊》（第二十六卷第二期，1997 年 12 月），頁 239～263。

11. 毛文芳，〈閒賞——晚明美學之風格意涵析論〉，《中正大學中文學術年刊》（第二卷，1999 年 3 月），頁 23～50。

12. 包雲志撰，〈袁枚與「隨園食單」〉，《中國飲食文化基金會會訊》（第十卷第一期，2004 年 2 月），頁 16～19。

13. 石玲撰，〈袁枚詩歌的歷史承遞意義〉，《新亞論叢》（第四卷，2002 年 8月），頁 220～224。

14. 朱龍祥、陸洛撰，〈流行歌曲歌迷偶像崇拜的心態與行為初探〉，《應用心理學》（第八卷，2000 年 12 月），頁 171～208。

15. 江慧君撰,〈如醉如痴迷偶像〉,《中央月刊》(第二十八卷第四期,1995年4月),頁 45～48。

16. 成英姝撰,〈偶像之必要〉,《幼獅文藝》(第五五七期,2000 年 5 月),頁 76～77。

17. 李宇宙撰,〈疾病的敘事與書寫〉,《中外文學》(第三十一卷第十二期,2003 年 5 月),頁 49～67。

18. 李志孝撰,〈《聊齋誌異》與《子不語》比較研究〉,《天水師專學報》(第十八卷第四十一期,1998 年),頁 23～26。

19. 李志孝撰,〈審醜:《子不語》的美學視點〉,《甘肅高師學報》(第四卷第一期,1999 年),頁 31～34。

20. 李莉撰,〈淺析《子不語》卷五之〈奉行初次盤古成案〉〉,《青海民族學院學報》(第一期,2003 年),頁 28～31。

21. 李丹博撰,〈袁枚駢文試論〉,《廣西師範大學學報(哲學社會科學版)》(第三十四卷第二期,1998 年 6 月),頁 57～63。

22. 李曉光撰,〈隨園故址考辨〉,《東南文化》(第五期,1999 年),頁 96～99。

23. 余淑瑛撰,〈袁枚其人及其性靈說〉,《嘉義技術學院學報》(第五十八期,1998 年 6 月),頁 105～123。

24. 林智莉撰,〈陶淵明〈飲酒二十首〉的三重悲哀〉,《臺灣大學中國文學研究所中國文學研究》(第十三期,1999 年 5 月),頁 269～286。

25. 邱燮友撰,〈袁枚〈落花〉詩探微〉,《第六屆中國詩學會議論文集》(臺北市:萬卷樓圖書股份有限公司,2002 年 12 月初版),頁 69～92。

26. 周佩芳撰,〈袁枚詩論美學研究〉,《國立臺灣師範大學國文研究所集刊》(第四十四期,2000 年 6 月),頁 383～511。

27. 周敏華撰,〈陶淵明〈飲酒詩〉淺析〉,《中國語文》(第九十卷第六期,2002 年 6 月),頁 79～82。

28. 周紹賢撰,〈偶像身後行銷──本尊告別,分身無限延伸〉,《突破雜誌》(第一五○期,1998 年 1 月),頁 42～43。

29. 洪蘭撰,〈破除偶像崇拜迷思〉,《幼獅少年》(第三三三期,2004 年 7 月),頁 61～62。

30. 高大威撰,〈典律重構:袁枚論《詩／經》〉,《第六屆中國詩學會議論文集》(臺北市:萬卷樓圖書股份有限公司,2002 年 12 月初版),頁 93～147。

31. 孫康宜撰,〈性別的困惑──從傳統讀者閱讀情詩的偏見說起〉,《近代中國婦女史研究》(臺北市:中央研究院近代史研究所,第六期,1998 年 8 月),頁 109～118。

32. 曹淑娟撰，〈從自敘傳文看明代士人的生死書寫〉，《古典文學》（第十五集，2000 年 9 月），頁 205～243。

33. 連文萍撰，〈袁枚研究資料目錄初編〉，《國立中央圖書館館刊》（第二十六卷第二期，1993 年 12 月），頁 197～208。

34. 張曉風撰，〈古典小說中所安排的疾病和它的特徵〉，《中外文學》（第三十一卷第十二期，2003 年 5 月），頁 26～48。

35. 張慧珍撰，〈論袁枚對袁宏道性靈說之沿革──從「情」、「才」、「學」三者觀之〉，《大陸雜誌》（九十九卷一期，1999 年 7 月），頁 31～37。

36. 張慧珍撰，〈袁枚遊記作品之探討〉，《輔英學報》（第十五期，1995 年 12 月），頁 235～243。

37. 張健撰，〈袁枚的不飲酒詩二十首析論〉，《明道文藝》（第二六一期，1997 年 12 月），頁 150～161。

38. 張百清撰，〈形象行銷──偶像商品魅力無法擋〉，《突破雜誌》（第一三五期，1996 年 10 月），頁 66～67。

39. 陳金木撰，〈網際網路與學術研究兼論區域網路中的清代詩學資源〉，《第六屆中國詩學會議論文集》（臺北市：萬卷樓圖書股份有限公司，2002 年 12 月初版），頁 149～194。

40. 陳美慧撰，〈「隨園詩話」有關「紅樓夢」一段話及其版本考釋〉，《古今藝文》（第三十卷第二期，2004 年 2 月），頁 47～53。

41. 陳旻志撰，〈至情祇可酬知己──袁枚與隨園女詩人開啟的性靈詩觀〉，《鵝湖月刊》（第二十八卷第一期，2002 年 7 月），頁 26～38。

42. 陳寒鳴撰，〈袁枚反正宗傳統的早期啟蒙思想〉，《中國社會科學院研究生院學報》（第三期，2002 年），頁 79～111。

43. 馮藝超撰，〈《子不語》中冥界故事研究〉，《中華學苑》（第四十四期，1994 年 4 月），頁 209～233。

44. 馮藝超撰，〈《子不語》的成書、取材來源及創作態度試探〉，《國立政治大學學報》（第六十九期，1994 年 9 月），頁 123～140。

45. 蔣宜芳紀錄，〈「世變中的文學世界」系列座談會之六　世變中的通俗與雅道──再思晚明與晚清的文化與社會〉，《中國文哲研究通訊》（第十卷第三期，2000 年 9 月），頁 1～29。

46. 劉雲興撰，〈讀袁枚〈鬼買缺〉和〈枯骨自贊〉〉，《學習與探索》（第一〇九期，1997 年），頁 126。

47. 鄭曉江撰，〈論陶淵明之生死哲學〉，《中國文化月刊》（第二七三期，2003 年 9 月），頁 70～97。

48. 鄧伯宸撰，〈典範與偶像〉，《新觀念》（第一五〇期，2001 年 4 月），頁 40。

49. 劉詠聰撰,〈「曲園不是隨園叟,莫誤金釵作贄人」——袁枚與俞樾對女弟子態度之異同〉,《嶺南學報(創刊號)》(第一期,1999 年 10 月),頁 417～472。

50. 謝大寧撰,〈儒隱與道隱〉,《國立中正大學學報》(第三卷第一期,1992 年),頁 121～147。

51. 顏崑陽撰,〈在巨形偶像崇拜的背後〉,《文訊月刊》(第一九二期,2001 年 10 月),頁 8～9。

52. 魏玓撰,〈偶像、商品與迷之間的危機遊戲〉,《動腦》(第三三九期,2004 年 7 月),頁 17。

53. 韓石撰,〈"惡"的展現:論袁枚和《子不語》〉,《南京師大學報》(第一期,1995 年),頁 79～83。

54. 龔鵬程撰,〈憐花意識:才子文人的心態與詩學〉,《中國文學與文化研究學刊》(香港:香港大學中文系,第一期,2002 年 6 月),頁 47～82。

附　錄

附錄一：袁枚病中詩、自挽詩、告存詩、自壽詩繫年

凡　例

一、關於袁枚病中詩、自挽詩、告存詩、自壽詩繫年的取材，是根據王英志
先生所輯編《袁枚全集》，第一冊中的《小倉山房詩集》，《小倉山房詩集》
是按袁枚年齡時序，編年所成的詩集。再參考王英志先生所著《袁枚評
傳》一書中的「隨園先生年譜」（頁 628～647），此年譜是王英志先生依
方濬師編纂的年譜校註而來。互相對照二書，完成此詩繫年。

二、以下袁枚病中詩、自挽詩、告存詩、自壽詩繫年，按袁枚年紀、清朝皇
帝年號記年、西元、《小倉山房詩集》卷次、篇名、頁碼，依袁枚的生命
時序編排。

三、繫年上有「☆」號者，是表示《子不語》一書成書時間。有「＊」號者，
是表示自挽詩、告存詩、自壽詩的撰寫時間。年份上無任何記號者，是
表示袁枚所作病中詩的時間。

27 歲～28 歲，乾隆壬戌七年～癸亥八年（1742～1743），卷三

　　27 歲紀事：是年翰林散館，試翻譯，置下等，閱卷大臣鄂文端公所定也。
　　　　　　　啓名大恨，召先生往賜飯，與深語，且曰：「汝爲外吏必職辦。」
　　　　　　　先生問及當代諸名臣，文端云：「汝到江南，有一眞君子，不
　　　　　　　爲利動，不爲威懾，守其道生死不移者，可交也。」問何人，
　　　　　　　曰：「顧琮也。我此時不必通書，汝見時但道是我門生，渠必
　　　　　　　異目相待。」先生到淮見顧公於總河署，果如舊相識。臨別，

先生求顧公教誨，公曰：「君聰明，任君行去，但要大處錯不得，可緊記老夫語。」先生嘆爲眞儒者之言。

時上命保薦陽城馬周一流人，留松裔侍郎留保命公擬時務奏疏一通，大加矜寵，即欲以先生應詔，疏已具矣，先生以外用，喜得薄俸養親，若辭乃止。

桐城張藥齊侍郎聞先生改外，向其兄文和公作元相語曰：「韓愈可惜。」

需次白門，寓王俣岩太史家。

初試溧水知縣，太翁自廣西來，慮先生年少不諳吏治，乃匿姓名詢諸塗，有女子告曰：「吾邑袁公，政若神明，眞好官也！」太翁大喜，騎驢直入縣署，合邑傳爲佳話。

28 歲紀事：由溧水改知江浦，復從江浦改知沭陽。值旱，先生作〈苦灾行〉。六月二十一日詩成，二十三日即得大雨。

赴贛榆鞫獄。

沭陽有吳某，就館洪氏，妻昏夜被殺，主名不立。洪氏子與其奴，互有誣，先生屢訊不決，遂成疑獄。偶與何獻葵刺史言及，刺史曰：「此獄固難辦，然君亦未盡心。」先生問故，刺史曰：「君何不將二囚合繫之，陰使人察其所言，再分繫之，使人爲鬼嘯以�之，或眞情可得。」先生撫然若失，悔計不出此也。

〈苦瘡〉，頁 41〜42

〈借病〉，頁 2〜43

35 歲〜36 歲，乾隆庚午十五年〜辛未十六年（1750〜1751），卷七

〈姑蘇臥病〉，頁 109

〈病中謝薛一瓢〉，頁 110

〈謝吳令魏濬川問病〉，頁 110

39 歲，乾隆甲戌十九年（1754），卷十

39 歲紀事：八月十九日，先生抱病，至除夕未理髮。

側室陶氏，亳州人，工棋善綉，癸亥來歸，生女名成姑，八月四日陶病亡。

葬業師史先生中於西湖之葛嶺。

高先生守村訪先生于白下，解孔、孟專攛必宋儒，有心得者，先生洒然異之。

終養文書，已准部覆。

編詩十卷。

40 歲，乾隆乙亥二十年（1755），卷十一

　　40 歲紀事：移家入隨園。

41 歲，乾隆丙子二十一年（1756），卷十二

　　41 歲紀事：還武林，過葵巷舊宅，有詩紀事。

　　　　　　九月，先生患暑瘧，早飲呂醫藥，至日昳忽嘔逆，頭眩不止，其太夫人抱之起，覺血氣自胸僨起，命在呼吸。有同徵友趙黎村來訪，家人以疾辭，趙曰：「我解醫理。」乃延入診脉、看方，笑曰：「易耳，速買石膏。」加他藥投之，甫飲一勺，如以千鈞之石，將腸胃壓下，血氣全消，未半盂，沉沉睡去，額上微汗，朦朧中，聞太夫人喵曰：「豈非仙丹耶？」睡須臾醒，趙君猶在坐，問思西瓜否，曰：「想甚。」即命買西瓜，曰：「憑君盡量，我去矣。食片時，頭目爲輕，晚便食粥。次日，趙君來曰：「君所患陽明經瘧，呂醫誤爲太陽經，用升麻羌活升提之，將妄血逆流而上，惟白虎湯可治，然亦危矣。」未幾趙君歸，先生送行詩云：「活我固知緣有舊，離君轉恐病難消。」

42 歲，乾隆丁丑二十二年（1757），卷十三

43 歲，乾隆戊寅二十三年（1758），卷十四

    43 歲紀事：甥韓執玉，幼通「十三經」，年十三舉茂才，與先生舉茂才時
          僅差一歲，喜以詩贈。執玉更名琮琦。

          四妹雲扶，于歸揚州汪氏。

          六月二十九日，陸姬生男，不舉。

  〈病中作有序〉，頁 262～263

  〈病起對月〉，頁 264

44 歲，乾隆己卯二十四年（1759），卷十五

    44 歲紀事：作〈諸知己詩〉，王公蘭生居首，殿以李秀才名世，共十三人。
          十一月，三妹素文卒。素文名機，嫁高氏子者，夫無行，訟之
          官而絕之。

          是年江南鄉試，丹陽貢生何震負詩一冊踵門求見，年五十餘，
          自云：「苦吟半生，無一知己。如先生亦無所取，將投江死矣！」
          先生駭且笑，為稱許數聯，何大喜而去。黃星岩戲吟云：「虧
          公寬著看詩眼，救得狂人蹈海心。」

  〈又病〉，頁 295

  〈少宰裘叔度典試江南，事畢登程，入山視疾〉，頁 296

  〈不寐〉，頁 297

47～48 歲，乾隆壬午二十七年～癸未二十八年（1762～1763），卷十七

    47 歲紀事：尹文端公時督兩江，嫌先生蹤迹太疏，先生呈詩云：「不是師
          意懶行，尚書應諒草茅情。聽來官鼓心終怯，換到朝靴足便
          驚。老眼書銜愁小字，詩人得寵怕虛名。閒時每看青天月，長
          恐孤雲累太清。」一生品詣，於此可見。

          弟香亭樹舉京兆試。

          嫁女于蘇州蔣氏。

    48 歲紀事：香亭會試，成進士，出宰正陽。

          婿蔣某卒。

  〈病起贈薛一瓢〉，頁 350～351

49 歲，乾隆甲申二十九年（1764），卷十八

    49 歲紀事：二月初八日生女，十一月十八日又生一女。

先生五弟卒。按先生同祖弟尙有阿三，皆香亭胞弟，名字亦無考。

有《咏刀》詩云：「出匣一條冰，寒光射眼來。非關報仇事，生就殺人才。」夏伯音藏無名氏先生詩注云：「聞先生在尹文端公座上，有江南吏極力傾軋同官詩，文端出一七言屬吟，先生即刻作此。其人見詩，大驚作焉。

53～54 歲，乾隆戊子三十三年～己丑三十四年（1768～1769），卷二十一

53 歲紀事：德州盧雅雨先生見曾家居八年，以兩淮運使提引下獄死。先生有〈十月四日揚州吳魯齋明府〉、〈招同王夢樓、將春農、金棕游平山堂即席〉詩，蓋吊雅雨先生作也。雅雨孫相國文肅公，每讀此詩，輒涕泣數日，王褒門人廢〈蓼莪〉章，有以哉！

女阿良卒，先生哭之慟，蔣苕生太史慰之以詩。

三月二十四日，又生一女。

香亭姬人韓氏生一子，從南陽寄信來云嗣先生。

54 歲紀事：劉文清公守江寧，以風言欲逐先生，先生聞信，偏不走謁。逾年，文清托劉廣文要先生代作〈江南恩科謝表〉，備申宛款。文清旋擢觀察，先生贈以五古一章，末云：「公以天人姿，而兼宰相胄。高如冰鑒懸，那有呑舟漏？寧可失之詳，愼毋發之驟。」又云：「氣歛心益明，業廣福彌厚。」蓋規之云。

十二月十六日，葬封翁於隨園之北，僅百步。按先生〈隨園先生六記〉云：「先君子卒於江寧，欲歸葬古杭，慮輿機之艱不果。」「有形家來議園西爲兆域者。余聞往視，則小倉山來脉平遠夷曠，左右有亂陳岸庌，草樹覼髣，封以爲塋，宰如也。遂請於太夫人，扶柩窆焉。」

女阿珍是年十歲，先生有詩云：「阿珍十歲鬈雙丫，又讀詩書又繡花。娘自怒嗔爺自笑，不知辛苦爲誰家。」按此阿珍當生於庚辰。

〈齒疾半年偶覽唐人小說有作〉，頁 436

〈西安觀察沈永之誤聞余得風痹，以狼巴膏見寄，戲答一詩〉，頁 441

55～56 歲，乾隆庚寅三十五年～辛卯三十六年（1770～1771），卷二十二

　　55 歲紀事：楊宏度自邛州來，先生以女阿能寄楊膝下。

　　　　　　　　尹文端公薨於位，先生作六十韵詩哭之，末云：「羊曇腸斷後，永不過西州。」蓋一生知遇之厚，無過於文端也。陳文恭公亦於是年薨逝。文恭嘗問先生，某頗悔疾惡太嚴，先生對曰：「公言未是，如是惡耶，疾之嚴亦何妨？所慮是過也，非惡也。又恐誤善爲惡，則嫉之且不可，而況嚴乎？」文恭悚然謝。

　　　　　　　　妹秋卿卒。

　　〈左臂痛〉，頁 448

61～63 歲，乾隆丙申四十一年～丁酉～戊戌四十三年（1776～1778），卷二十五

　　61 歲紀事：座主鄧遜齋廷尉卒。按戊午科先生與文成公阿桂同出廷尉門，廷尉每稱分校得士一文一武云。

　　62 歲紀事：香亭丁內艱，服闋赴蜀中別駕，作五古七章送之。按香亭以親老呈改近省，應坐補四川寧納側室鍾氏。

　　63 歲紀事：二月九日，先生母章太孺人棄養，年九十有四。

　　　　　　　　七月二十三日，子阿遲生，遲爲側室鍾氏出。時先生族弟春圃觀察鑒在蘇州勾當公事，按江寧方伯陶君飛遞文書，意頗驚駭拆之，但有紅箋十字云：「令兄隨園先生已得子矣。」常州趙映川舍人賀以詩云：「佳問有人馳驛報，賀詩經月把杯聽。」

　　〈眼入夜昏澀見燈輒暎，戲賦二詩〉，頁 507

　　〈齒痛悶坐，戲作長歌〉，頁 508

　　〈人老莫作詩〉，頁 509

　　〈謝悔軒公饋烏鬚藥〉，頁 519

　　〈病足〉，頁 527

　　〈癬〉，頁 528

64～65 歲，乾隆己亥四十四年～庚子四十五年（1779～1780），卷二十六

　　64 歲紀事：掃墓杭州，轉運使陳藥洲夫人，爲李存存先生女，見先生名紙，

驚曰：「此五十年前先君門下士也。」先生贈藥洲詩有「入席
東南名士滿，通家姓氏小君知」句。

香亭官江寧南捕通判。

65 歲紀事：香亭擢廣東太守。

〈瘧〉，頁 568

〈園中芙蓉盛開病中不得見，戲題一絕寄調章淮樹太守、家春圃觀察、香
亭別駕〉，頁 568

〈謝金圃侍郎以舊時督學典試江南，余病中不能走謁，寄詩奉簡〉，頁 570

〈病後作〉，頁 572

66 歲，乾隆辛丑四十六年（1781），卷二十七

66 歲紀事：二月，嫁女鵬姑于溧陽史氏，婿名培輿，抑堂侍郎六子也。

沈省堂觀察垂老添一女，與先生子遲結婚，觀察嘗戲先生曰：
「子但能欺人，不能欺天。」先生驚問，曰：「子性儻蕩，口
無擇言，人道是風流人豪耳；及省其私，內行甚敦，與外傳聞
者不符，豈非欺乎？然而造物暗中報施不爽，使子衰年有後，
終身平善，豈非不能欺天乎？」識者韙之。

仿元遺山論詩，得六十八人，獨不及沈歸愚尚書。

〈病中戲作〉，頁 585

〈衰年雜咏〉，頁 585

67 歲，乾隆壬寅四十七年（1782），卷二十八

67 歲紀事：游天台，登華頂作歌，到石梁觀瀑布，賦天台桃花源詩。歸途
過虹橋倪姓家，其西席張孝廉正宰請見，色甚倨，見先生意不
甚屬，誇其先人元彪最知名，曾與袁子才、商寶意兩公交好。
先生問：「君曾見袁某否？」曰：「袁在年將大耋，安可見耶？」
先生告以「某在斯」，乃愕然下拜。

小住齊次風宗伯家，宗伯久歸道山，其弟周南、世南出宗伯集
屬訂。

觀大龍湫，至靈峰洞。旋由館頭呼蘆䒷船渡江，至永嘉，瞻謝
康樂像。觀瀑石門，謁劉青田祠堂。至縉雲黃碧塘，將宿店矣，
望前村瓦屋，緩緩步焉，主人虞姓迎入茗飲，與語不甚了。還
寓將眠，聞戶外人聲嗷嗷，詢之，則虞姓兄弟齊來，問：「先

生可即袁太史乎？」曰：「是也。」乃手燭照拜，且詫曰：「吾輩都讀太史文，以爲國初人，今年僅逾花甲，是古人復生矣，豈容遽去？」相與舁至其家，供張甚具，次日陪游仙都。虞氏主人名沅，字啓蜀，爲唐永興公後人。是行也，以正月二十七日出門，五月二十七日還山。

〈落齒有悟〉，頁 640

69 歲，乾隆甲辰四十九年（1784），卷三十

69 歲紀年：子遲入學讀書。

香亭時守肇慶，花朝後作嶺南之游；由長江上溯，登小姑峰，泊石鐘山，至廬山，讀〈王文成紀功碑〉；觀瀑香爐峰，過柴桑，亂峰中躡梯觀陶公醉石；上五老峰，從萬松坪東下，一路冰條封山。抵南昌，蔣苕生先生力疾追陪，作平原十日飲。遂登舟，從萬安至贛州，歷十八灘，游南安丫山，度梅嶺，游丹霞錦石岩，順流南下，遍覽觀音岩、滇陽峽、飛來寺諸奇勝。四月抵肇慶，游披雲樓、寶月臺、七星岩，均有詩。啖新興荔枝，訪孫補山中丞於廣州，復探西樵羅浮各勝境。至江門，謁陳白沙祠，守祠者，以明宣宗聘玉見寺。歸游頂湖，遂西上，重至桂林，詢金德山中丞舊事，惟劉仙庵僧恒遠尚能言其顛末。路過瀟湘，宿永州太守王蓬心署，訪愚溪、鈷鉧潭，旋游南岳，登祝融，觀日出，過洞庭湖，再題賈太傅祠，看雪鶴樓，臘底阻風彭澤，在舟中度歲，有自遣詩。次年正月十一日還山，計行程一萬三千餘里。

〈枚方以詩獻中丞而中丞贈詩適至，病中如數奉答，即以留別〉，頁 696～697

〈未盡西樵之勝染疾遽返〉，頁 698

〈服藥有悟〉，頁 698

〈病起游羅浮得詩五首〉，頁 698～699

〈舟中又病誓不服藥〉，頁 706

72～74～75 歲，乾隆丁未五十二年～乾隆己酉五十四年～乾隆庚戌五十五年（1787～1789～1790），卷三十二

72 歲紀年：先生於雍正丁未入泮，至是周花甲矣，作〈重游泮宮詩〉，中

云：「已入鸞宮換短褐，更教雀弁耀銀光。」按各官帽上加珊瑚水精諸頂，生監用銀，始於雍正四年也。

73 歲紀年：十月，重游沭陽，宿呂嶧亭觀察家，自甲子至戊申，四十五年矣。有〈過虞溝題虞姬廟〉詩，虞姬，沭陽人也。

74 歲紀年：二月八日夜，先生夢老僧入門長揖賀曰：「二十二日將還神位。」問是何年月日；曰：「本月也。」少頃又一道士，如僧所云，竟不驗。

秋，先生病，金姬亦病，先是先生得句云：「好夢醒難尋枕畔，落花扶不上枝頭。」自嫌不祥。

劉霞裳曰：「先生非花也，其應在金夫人乎！」壬子金果亡。

75 歲紀年：春掃墓杭州，寓西湖孫氏寶石山莊，臨行賦云：「一盂麥飯手親攜，走奠先塋淚滿衣。生怕歐公遷潁上，瀧岡阡畔紙錢稀。入城要訪舊知交，床上人危塞上遙。璵沙、衛宗，一病危，一謫戍。吹斷山陽一枝笛，此身雖在已魂銷。」孝思交誼，至老益篤。復久疾不癒，作歌自挽，遍索和詩。

〈左足病瘡作〉，頁 775

〈戲答香亭弟問足疾〉，頁 775

〈病中作〉，頁 791

〈奇方伯饋人參形如小佛手〉，頁 798～799

〈謝李太守贈參〉，頁 799

☆

73 歲，乾隆戊申五十三年（1788）──《子不語》成書

*

75 歲，乾隆庚戌五十五年（1790），卷三十二──自挽詩

〈腹疾久而不愈作歌自挽；邀好我者同作焉，不拘體，不限韵〉，頁 799～800

〈諸公挽章不至，口號四首催之〉，頁 800

*

76 歲，乾隆辛亥五十六年（1791），卷三十三

76 歲紀事：三十年前，相士胡文炳相先生六十三生子，七十六考終。後果於六十三歲得子，其年恰符文炳所云之數。至除夕不驗，乃作

〈告存〉詩。按是時先生姊長先生七歲，孺人王氏亦七十又五，故先生詩云：「八十三齡阿姊扶，白頭內子笑提壺。倘非造化丹青手，誰寫〈隨園家慶圖〉？」奇麗川中丞鑴白玉印兩方見贈，一曰「倉山叟」，一曰「乾隆壬子第一歲老人」。

　　〈飲奇方伯寄來藥酒腹疾頓差〉，頁 817

　　〈除夕告存戲作七絕句〉，頁 815～816──告存詩

＊

80 歲，乾隆乙卯六十年（1795），卷三十六──八十自壽詩

　　〈八十自壽〉，頁 874～875

　　〈〈自壽〉詩亦嫌有未盡者，再賦四首〉，頁 876

80～81 歲，乾隆乙卯六十年～嘉慶丙辰元年（1795～1796），卷三十六

　　80 歲紀事：作〈八十自壽〉詩，一時和者麕集，程愛川宗落「愁」字韻云：「百事早為他日計，一生常看別人愁。」和「朝」字韻云：「八千里外常扶杖，五十年來不上朝。」為先生稱賞。

　　　　　　到溧陽，看女鵬姑，再宿紅泉書屋。

　　　　　　子遲就婚苕溪沈氏，再送香亭弟之廣東。

　　81 歲紀事：重九日掃凡民先生墓，先生年逾八十，奠畢愴然賦詩與訣，有「過來兩個十三年」句。

　　　　　　十二月朔日，先生得孫，通所出。

　　〈病十月十八日〉，頁 888

　　〈燈下理書不能終卷，自傷老矣〉，頁 889～890

　　〈殘臘〉，頁 890

82 歲，嘉慶丁巳二年（1797），卷三十七

　　82 歲紀事：病痢甚劇，老友張止原以所製大黃相餉，先生毅然服之，三劑而癒。六月，舊痢又作。

　　　　　　作〈後知己詩〉，自福文襄至纖纖女士，共十一人。

　　　　　　就醫揚州。按吳山尊先生〈倉山外集〉題詞云：「嘉慶丁巳，余僑寓揚州，先生已病，渡江來就醫，寓張氏園中。先生以文伏一世，所至傾倒貴游，扶將單門，雲挾岱潤，風藉春溫。其道既廣，門牆雜進，一技之微，星士畫工，皆附尾借羽，車馬

　　　　塡門，珍錯承筐。公宴客，集各道淵源以自誇異，先生每謂其
　　　　婿藍嘉瑨曰：『山尊不願在弟子之列，而余集中四六文衣鉢當
　　　　授之。』九月二十夜病，又作〈賦絕命詞〉，并賦〈留別隨園〉
　　　　詩，有『我本楞嚴十種仙，掲來游戲小倉巔』句。十一月十七
　　　　日先生卒，嘉慶三年十二月乙卯，葬小倉山北，祔先生父母墓
　　　　之左。」

附錄二：眷戀美色──袁枚詩作中的情欲主體意識初探〔註1〕

一、前 言

　　從明代中期始，學術文化的多元化、平民化蔚爲一大風會，整個思想文化界醞釀著一場巨大的變局。到了晚明時期，「主情」思潮與心學思想相呼應，席捲文壇，其主要精神即是在藝術意義上「主體意識」〔註2〕的覺醒，其中包含著對個人才性的強調，以及對人之情欲的肯定。這股以表達眞情實感、「尊情」、「崇俗」爲主的潮流，對於傳統著重「風化勸懲」之載道觀念的悖離與超越，不僅啓導了晚明文人雅士的俗化，引發其對世俗生活的一種縱情眷戀，更刺激了文學創作領域的巨大變革。這種變革，到了清代，由於社會文化的更新與文體的多樣化發展，在許多不同的層面，皆造成前所未曾預期的結果。我們一方面可以從其藝術創作「藝術性」提高方面，來確認他們所曾有的成就，倘若從思想發展過程中加以觀察，則此一連串的復古與創新、承續與變革，亦皆與明清政治、社會與文化之變遷息息相關。這其間的複雜關聯，亦皆直接或間接觸及「主體意識」與「社會」層面之相關問題，交織出明清文學與思想發展歷程中關於這兩項要素的豐富變化，頗值得探討〔註3〕。故在明清文學與思想發展中「主體意識」的層面，是很值得注意的課題。

　　筆者對於袁枚（1716～1798）生活於盛清時期，其著作與所說的思想言論，亦是處在「主體意識」覺醒的洪流中，其行徑與言論相當的多樣性、可變性，筆者對袁枚充滿好奇心。在學術界中對於袁枚的相關研究論文資料，

〔註1〕 本篇小論文是筆者之拙作，已通過中正大學中研所碩士專班論文集刊之內外審查，准予刊載，待編輯後印行。

〔註2〕 中研院中國文哲所研究員王瓊玲女士所言：「個人對於自身存在之自覺與認知，而此種自覺與認知使得自我面對客體時，成爲一個價值之反省者與行動之決定者」。請參見「『明清文學與思想中之主體意識與社會』國際學術研討會」，《中國文哲研究所通訊》（臺北：中央研究院中國文哲研究所，第十二卷，第四期，2002年12月），頁3。從以上所言，可瞭解到主體意識是表示著，個人對自我的認知，當「主體意識」成爲人們、藝術家、作者等的判斷依據的時候，一切的存在會有意義，都是因爲認知的人認爲有意義時，這時意義才是眞實的。在人的主體意識成型時，他的心中在面對客體時，自然有其心中預設的考量，也就是所謂生命個體的「理想」。

〔註3〕 請參見「『明清文學與思想中之主體意識與社會』國際學術研討會」，《中國文哲研究所通訊》（臺北：中央研究院中國文哲研究所，第十二卷第四期，2002年12月），頁2。

數量不在少數，然研究的方向大概在，「性靈說」、「《隨園詩話》詩論」、「《隨園食單》」、「袁枚與其女弟子」、「袁枚的思想」、「《子不語》」、「文學觀」、「古文觀」、「生死觀」、「《隨園詩話》的文化觀察」……等方面。袁枚的一生是不離男女情欲生活，若是要言及袁枚風流情感研究，就筆者所見的研究論文資料中，就以王英志《袁枚評傳》〔註4〕與龔鵬程〈憐花意識：才子文人的心態與詩學〉〔註5〕，二人對袁枚的研究較多涉及風流情感這個面向。就以王英志先生與龔鵬程先生二人，這二份研究的著重點來比較，王英志先生偏重在袁枚對女色與婦女的觀念上；龔鵬程先生偏重在袁枚的憐花情結與其詩學的研究上。這二位研究者均提出袁枚好美色的看法，筆者所見卻發現這二位研究者所得的結論判斷，是相異的：王英志認為袁枚的好美色，在他進入老年後好色之心已淡，但仍是對婦女們極關愛，已與好色之情欲無關；龔鵬程認為袁枚的尋花問柳的行徑與詩論，是關涉袁枚自身之憐花意識的。

　　筆者在前人們的研究基礎上與自己對袁枚著作的解讀，認為袁枚作詩的風格與主張均是「主性靈」，在如此的前提下，詩人的情感與意念流露於詩中，自是當然的，所以要從此類詩人的詩作中，觀察出詩人的性格特質，是可行的。袁枚曾被趙翼評論言：「其人與筆兩風流，紅粉青山伴白頭。」〔註6〕一位人筆皆風流的作家，他風流的情感在詩作中呈現怎樣的情欲主體意識？〔註7〕他好美色的性格，是否會因著自己的年老色衰而淡去了呢？

二、袁枚與男色交遊之詩作

　　袁枚曾在〈答朱石君尚書〉中，談到對於自己生平行徑的說明：「枚今八十一矣，夕死有餘，朝聞不足，家數已成。試稱於眾曰『袁某文士』，行路之人或不以為非，倘稱於眾曰『袁某理學』，行路之人必掩口而笑。夫君子之所以比德於玉者，以其瑕瑜不相掩故也。如必欲匿其瑕，皇其瑜，則玉之真者少矣！良醫之所以不治疥癬者，以其無傷大體故也；如必攻治之，恐轉為心

〔註4〕請參見王英志著，《袁枚評傳》（南京：南京大學出版社，2002年5月第一版第一次印刷），頁158～168。

〔註5〕請參見龔鵬程撰，〈憐花意識：才子文人的心態與詩學〉，《中國文學與文化研究學刊》（香港：香港大學中文系，第一期，2002年6月），頁47～82。

〔註6〕請參見王英志編，《袁枚全集》（江蘇：江蘇古籍出版社，1993年9月第一版第一次印刷），第壹冊，〈讀隨園詩題辭〉《小倉山房詩集・序》，頁3。以下的引註若再引用此書，僅列書名、卷次、頁次。

〔註7〕依據註1對「主體意識」的說解，此處的「情欲主體意識」意指著：人內心中，對於自己的情欲的覺知與認同，而有情欲行為的抉擇與表現。

腹之憂也！」〔註8〕袁枚或許對當時社會輿論給他的看法，心中有所自知，所以他在信中才會有自我圓場的說法。寫此信時，袁枚已八十一高齡了，他對自己的情色風流行徑，做了一些說明，袁枚接著回憶前塵的一些風流韻事：「追溯平生跡弛處，東山所挾，記憶難清；元則所憐，絲毫無染。皇天后土，實聞此言。惟其無所愧於心，是以無所擇於口，風流自賞，言過其實，惟恐人不知，是則枚之過也。」〔註9〕在追憶中，袁枚對於曾經挾妓、選姬妾、喜男色的點滴情事，已不復清晰記憶了，所以袁枚只能模糊的說，自己與男女之色無染。同時袁枚反省自我，平生言過於實，故造成當時的人對袁枚的批判〔註10〕。袁枚當時為自己的辯解值得我們信賴，或是時人的指責所說是實情，從他的詩作中細細推敲，可以幫助我們更進一步了解袁枚的情欲主體意識。拙文就以《小倉山房詩集》為主，需要時並旁及與袁枚相關的著作作為探討。

在乾隆四年（己未1739年）袁枚二十四歲，考上進士時興奮之情自不在話下，於《小倉山房詩集》卷二〈臚唱〉與〈瓊林曲〉二首詩中可為證。〈臚唱〉「一聲臚唱九天聞，最是三珠樹出群。我愧牧之名第五，也隨太史看祥雲。宴罷瓊林有所思，曲江風裡立多時，杏花一色春如海，他日凌霄那幾枝？」〔註11〕詩中喻含著其經一番波折，才得至天下聞的功名，袁枚心中欣慰之情流露在詩中。〈瓊林曲〉：「……此時意氣似雷顛，此際連鑣渺列仙。雕憶翠娥崔象載，……明知過眼原是夢，爭奈當場欲上天？天家待士有恩光，……不到月宮遊，那識娥嬋好？不奪錦標歸，誰信驪龍巧？……」〔註12〕

〔註 8〕　請參見王英志編，《袁枚全集》（江蘇：江蘇古籍出版社，1993年9月第一版第一次印刷），第伍冊，〈答朱石君尚書〉《小倉山房尺牘》，卷九，頁181。以下的引註若再引用此書，僅列書名、卷次／篇名、頁次。

〔註 9〕　請參見〈答朱石君尚書〉《小倉山房尺牘》，卷九，頁184。

〔註10〕　章學誠《文史通義・詩話》：「詩話論詩，非論貌也。就使論貌，所以稱丈夫者，或魁梧奇偉，或豐碩美髯，或豐骨棱峻，或英姿颯爽，何所不可？……甚至盛稱邪說，以為禮制但旌節婦，不褒貞男，以見美男之不妨作嬖。斯乃人首畜鳴，而毅然筆為《詩話》，人可戮而書可焚矣。」章學誠在這裡提出相當嚴正的批評，也就是在章學誠的眼中，袁枚是位對男女性關係胡來之人，更是將他視為人首畜鳴。請參見王英志編，《袁枚全集》（江蘇：江蘇古籍出版社，1993年9月第一版第一次印刷），第捌冊，附錄三，《袁枚評論資料》，頁4。

〔註11〕　請參見〈臚唱〉《小倉山房詩集》，卷二，頁17。

〔註12〕　請參見〈瓊林曲〉《小倉山房詩集》，卷二，頁17。

如此中第之樂，真是非此輩中人，而不能有此感懷的。夾帶著意氣風發的態勢，亦在此時，袁枚與伶人有了不解之緣。《隨園詩話》卷四有一段言及：「乾隆己未，京師伶人許雲亭名冠一時，群翰林慕之，糾金演劇。余雖少年，而敝車羸馬，無足動許者。許流目送笑，若將睞焉。餘心疑之，未敢問也。次日侵晨，竟叩門而至，情欵綢繆。餘喜過望，贈詩云：『笙清簧煖小排當，絕代飛瓊最擅場。底事一泓秋水剪？曲終人反顧周郎。』」〔註13〕這是袁枚親近男色的例子，而且袁枚先有被許雲亭吸引的動念，後再遂其願，更爲如此之情事而作詩以誌。

　　其實袁枚在與許雲亭交會之前，袁枚曾在雍正年間於《隨園詩話》卷四留下一記載：

> 雍正間，京師伶人劉三，色藝冠時，獨與翰林李玉淵先生交好。蘇州張少儀觀察爲諸生時，封公謫戍軍臺，徒步入都，爲父贖罪，一時有三子之稱，蓋云公子、才子、孝子也。沿門托鉢，尚缺五百餘金，偶于先生席上言及此事。劉慨然曰：「此何難？公子有此孝心，我能相助。」遂徧告班中人云：「諸君助張，如助我也。」擇日，設席江南會館，請諸豪貴來，己乃纏頭而出，一座傾靡，擲金錢者如雨，果得五百餘金，盡以與張；而封公之難遂解。余丙辰入都，在先生處見劉，則已老矣。但聞先生未第時，甚貧，劉愛其才，以身事之。余疑而不信。偶過薙髮鋪壁上，無名氏題云：「欲得劉三一片心，明珠十斛萬黃金。一錢不費偏傾倒，妬殺江南李翰林。」方知果眞實事也。〔註14〕

這裡袁枚應是感於色藝皆冠的劉三，對待李玉淵是以眞心惜才的心意，而以身事之的事蹟。又劉三助成張少儀的孝心，而伸出援手的義行。在劉三號召之下，進行募款的事，結果豪貴們皆擲金錢如雨，可見得在當時的男風之盛行。有如此之風潮，也不是人人都能接受並與男色交往，而袁枚決然選擇加入此風，因此在《隨園詩話》中對男色的闡述不在少數。〔註15〕

〔註13〕請參見袁枚著，《隨園詩話》（臺北縣：漢京文化事業有限公司，1984年2月初版），卷四，第四十條，頁116。以下的引註若再引用此書，僅列書名、卷次／條次、頁次。

〔註14〕請參見《隨園詩話》，卷四，頁116。

〔註15〕袁枚云：「大司空裘叔度，時爲庶常，云：『袁郎走馬出京華，折得東風上苑花。一路香塵南國近，苧蘿村是阿儂家。』『畫壁旗亭句浪傳，藍橋歸去會神仙。從今厭看閒花草，新種湖頭並蒂蓮。』蓋調余狎許郎也。」請參見《隨

　　在蔣敦復所撰《隨園軼事》中對袁枚與男色情誼的記載頗多，引用此處的資料，在於瞭解從他人的敘述中，可見到更真實的狀況。此書中〈手箚召歌郎〉、〈施曼郎〉、〈張郎〉、〈袁郎〉、〈尹文端公侍者李郎〉、〈許雲亭〉、〈孌童之自始〉、〈歌郎送別〉、〈吳下重逢兩供奉〉、〈金鳳〉、〈桂官〉、〈華官〉、〈曹玉田〉、〈吳文安、陸才官〉、〈乞釋修髮匠之歸束〉〔註16〕等諸篇是與袁枚好

園詩話》，卷一，頁30。

袁枚：「唐人詩話：『李山甫貌美，晨起方理髮，雲鬢委地，膚理玉映。友某自外相訪，驚不敢進。俄而山甫出，友謝曰：『頃者誤入君內。』山甫曰：『理髮者，即我也。』相與一笑。余弟子劉霞裳有仲容之姣，每遊山，必載與俱，趙雲松調之云：『白頭人共泛清波，忽覺沿堤屬目多。此老不知看衛玠，誤誇看殺一東坡。』」請參見《隨園詩話》，卷二，頁46。

袁枚云：「高明府繼允有蘇州薛筠郎，貌美藝嫻，賦秋月云：『風韻亂傳杵，雲華輕入河。』旅思云：『如何野店聞鐘夜，猶是寒山寺裡聲。』曉行云：『並馬忽驚人在後，貪看山色又回頭。』皆有風調。筠郎隨主人入都，卒於保陽。高刻其遺稿，屬餘題句，餘書三絕，有云：『絕好齊、梁詩弟子，不教來事沈尚書。』」請參見《隨園詩話》，卷三，頁97。

袁枚云：「蔡孝廉有青衣許翠齡，貌如美女、而夭。記性絕佳，嘗過染坊，戲焚其簿，坊主大駭，翠齡笑取筆為默出之：某家染某色，及其價值，絲毫不誤。」請參見《隨園詩話》，卷七，頁246。

袁枚云：「人有邂逅相逢，慕其風貌，與通一語，不料其能詩者；已而以詩見投，則相得益甚。丙辰冬，餘遊土地廟，見美少年，揖而與言，方知是李玉洲先生第三子，名光運，字傳天。問余姓名，欣然握手。次日見贈：『燕地逢仙客，新交勝故知。高才偏不偶，大遇合教遲。書劍懷情侶，風霜感歲時。慚予初學步，何以慰相思。』時予才弱冠，廣西金撫軍疏中首及其年；傳天閱邸，先知余故也。丙戌二月，餘遊寒山，一少年甚閒雅，問之，姓郭，名淳，字元會，吳下秀才，素讀予文者。次日，與沙門初同來受業。方與語時，易觀手中所持扇，臨別，彼此忘歸原物。次日，詩調之云：『取來紈扇置懷中，忘卻歸還彼此同。搖向花前應一笑，少男風變老人風。』秀才見贈五古一篇，洋洋千言，中有云：『琴書得餘聞，判花作禦史。飛絮泥不沾，太清雲不滓。多情乃佛心，汎愛真君子。禪有懽喜法，聖無緇磷理。所以每到處，風花纏杖履。』乙酉三月，尹文公扈駕馬墜，余往問疾，在軍門外，遇美少年，眉目如畫，未敢問其姓名，悵悵還家。俄而戶外馬嘶，則少年至矣。曰：『先生不識東興阿乎？阿乃總鎮七公兒。幼時先生到館，曾蒙贈詩。興阿和韻云：『蒙贈珠璣幾行字，也開智慧一分花。』餘驚喜，問其年。曰：『十八矣。已舉京兆。』」請參見《隨園詩話》，卷八，頁277。

〔註16〕請參見王英志編，《袁枚全集》（江蘇：江蘇古籍出版社，1993年9月第一版第一次印刷）第捌冊，《隨園軼事》。所引《隨園軼事》的資料來源，依序為該書之頁6、頁8、頁17、頁18、頁18〜19、頁19、頁56、頁56、頁57、頁77、頁77、頁77、頁78、頁78、頁89。以下的引註若再引用此書，僅列書名、頁次。

男色相關之內容。這些與袁枚同性相吸的男性，均是具有美色或是能爲詩者，雖是有同遊同臥之情事，未必見得絕對有性關係，反倒是彼此間的相知相惜情感濃厚。由外在男性美色的吸引，而致情生，雖然情建立於彼此之間，但是情緣維繫並不長久，分分合合不定，所以產生思念或是死別的情傷，這些都促動著袁枚詩作的形成。從《小倉山房詩集》中可找到兩雄之情的痕跡與回憶。〔註17〕

　　以下循著袁枚豐富的詩作紀錄，進行搜尋兩雄間情感之詩的內涵意蘊：

（一）相遇相惜──與歌伶交遊之詩作

1. 贈予「許雲亭」之詩作：《小倉山房詩集》卷二〈贈歌者許雲亭〉。
　　〔註18〕

2. 贈予「尹文端公侍者李郎」之詩作：《小倉山房詩集》卷二十三〈贈李郎〉。〔註19〕

3. 贈予「楊華官」之詩作：《小倉山房詩集》卷二十三〈席上贈楊華官郎小字華官，沈文慤公子曰澧蘭〉。〔註20〕

4. 思「桂郎」之詩作：《小倉山房詩集》卷二十四〈桂郎歸後，是夕客寓憮然不能成寐〉。〔註21〕

〔註17〕袁枚云：「病中何事最相宜？惟有攤書力尚支。悦耳偶聽窗外鳥，賞心只看自家詩。一生陳迹重重在，萬裏遊蹤處處追。吟罷六千三百首，恍如春夢有回時。」舉出此詩是爲了説明，袁枚的詩作中所描述的內容，是可以見其一生行跡作爲的。請參見〈病中不能看書，惟讀《小倉山房詩集》而已〉《小倉山房詩集》，卷三十七，頁910。

〔註18〕詩云：「皮弦金柱小琵琶，上巳浮橋阿子家。引得周郎屢回顧，長安春在《一枝花》。」詩云：「霓裳曾巳列仙班，天上重來解珮環。應是玉皇憐絕藝，特留一闋在人間。」請參見《小倉山房詩集》，卷二，頁22。

〔註19〕袁枚云：「郎爲尹文端公從者，別七年矣。入山感舊，與至書舍，檢文端公手迹，皆郎當年所持來者，於邑不已，因口號三絕句贈之。」詩云：「未入門先兩眼紅，知卿感舊意忡忡。十年重到前遊處，可是山中是夢中？」詩云：「風臺月榭幾回新，世事滄桑那可論！一個漁郎比前老，桃花相見也消魂。」詩云：「上相當年賜和章，是騎馬替傳將？而今同啓紗籠看，一紙雲煙淚萬行。」請參見《小倉山房詩集》，卷二十三，頁469。

〔註20〕詩云：「一曲歌成《楊白花》，生男從此重楊家。泥金替寫坤靈扇，當作三生繫臂紗。」詩云：「幽情眞個澧蘭如，前箄標題字豈虛？檢點《待兒小名錄》，不禁腸斷沈尚書。」詩云：「美如任育兼看影，清比荀郎似有香。禁得風前訴幽咽，華清閣下詠《霓裳》。方演《長生殿》」請參見《小倉山房詩集》，卷二十三，頁472。

〔註21〕詩云：「春未歸時花巳歸，落花那識晚春悲。分明一樣燈前坐，鬥覺寒生恰爲

5. 「曹玉田」送袁枚到京口，袁枚大喜之詩作：《小倉山房詩集》卷二十四〈吳門返棹，曹郎玉田仿桂生故事送余京口〉。〔註22〕

6. 與「吳文安、陸才官」在三十年後，久別重逢，有感之詩作：《小倉山房詩集》卷二十四〈吳下歌郎吳文安、陸才官供奉大內已有年矣，今春為葬親故乞假南歸，相遇虎丘略說天上光景，且云此會又了一生。余亦惘惘情深，淒然成詠〉。〔註23〕

7. 贈「慶郎」之詩作：《小倉山房詩集》卷二十五〈贈慶郎〉〔註24〕、〈再贈慶郎〉。〔註25〕

　　以上所引之詩，皆為袁枚對男色的企慕懷思、交往情悅、別離時的不捨、別離後的思念、重逢的感念……等情感，這樣的情感有如男女情愛，詩中袁枚的抒寫並沒有明確涉及性關係的書寫，但是張在舟《曖昧的歷程——中國古代同性戀史》提及〈吳門返棹，曹郎玉田仿桂生故事送餘京口〉詩中有一句「不肯離花過一宵」，解釋為「為了消解情欲，他是天天晚上需要有人在床上相陪的。」〔註26〕如此的推論是有些偏離的，因此首詩中並無言及床，或是暗示床的文字，所以不應說「在床上相陪」的。上述的這些歌伶在生理上都是男性，然在詩中袁枚比喻的詩句，實有值得玩味之處，「桃花相

　　　　誰？」詩云：「浮生聚散若情多，五日纏綿奈汝何！今夜江城月如雪，玉人何處一聲歌？」請參見《小倉山房詩集》，卷二十四，頁484。
〔註22〕詩云：「不肯離花過一宵，花迎花送兩回潮。桂枝月下香才謝，玉樹風前影又飄。何必吳娘誇打槳，但逢子晉便吹簫。笑儂雅抱生春手，到處鶯弦續斷膠。」請參見《小倉山房詩集》，卷二十四，頁484。
〔註23〕詩云：「宜春苑裡歸來客，三十年前識面多。絕代何堪都白髮，貞元朝士更如何？」詩云：「握手臨歧話再逢，淚痕吹下虎丘風。自言身比天花墜，一到人間一世終。」請參見《小倉山房詩集》，卷二十四，頁487。
〔註24〕有四首詩，擇錄三首。其一：「寂寂朱門當館娃，行行珠字傍窗斜。世間只有張公子，竹齋。解采華林地名第一花。」其二：「蛺蝶雌雄且莫分，女兒香贈女兒熏。遙知燒處雙煙起，化作仙童一朵雲。」其四：「客窗寒重夜眠遲，贈汝吳棉有所思。願得他生為翠被，鄂君身上覆多時。」請參見《小倉山房詩集》，卷二十五，頁508。
〔註25〕有四首詩，擇錄二首。其二：「捲簾招月坐蕭齋，意欲留春事竟諧。寄語阿瞄私誓了：他生爭及此生佳。」其四：「開過紅榴鳥欲飛，相思能不夢依依！願卿身似春潮長，早到胥江晚即歸。」請參見《小倉山房詩集》，卷二十五，頁509。
〔註26〕請參見張在舟，《曖昧的歷程——中國古代同性戀史》（鄭州市：中州古籍出版社，2001年4月第一次印刷），頁335。

見也消魂」、「春未歸時花已歸，落花那識晚春悲。」、「玉人何處一聲歌？」、「不肯離花過一宵，花迎花送兩回潮。」、「自言身比天花墜，一到人間一世終。」、「世間只有張公子，解采華林第一花。」、「蛺蝶雌雄且莫分，女兒香贈女兒薰。」，男色在生理上雖是男性，可是袁枚都將之比喻爲「花」、「玉人」，以正常的兩性關係眼光來看，將男性比喻爲花是有些特別，但是在男色圈中的袁枚，卻不如此認爲，甚至坦蕩的明言「蛺蝶雌雄且莫分，女兒香贈女兒薰。」直言將禮物贈給男色的對象，將受禮者稱爲「女兒」。可知袁枚的心理頭，是將這些男色對象視爲女性化的，這樣的立論，可爲龔鵬程對袁枚之評言「袁枚不信佛不通道，對孔孟經典也無眞正的信仰。他的信仰，其實就是女人（以及女性化的、女性性角色的少男）」〔註27〕，作一搜證補述。

（二）情動美貌與才華——與其男學生劉霞裳交遊之詩作

　　乾隆四十七年（1782），正當袁枚六十七歲時，於《小倉山房詩集》中就出現了一位新面孔劉秀才霞裳，他與袁枚是屬於男色交往中師生情，袁枚爲他而作的詩，是所有男色對象中最多的。以下就按所作詩的時序列出來觀察：

1. 1782 年，六十七歲作：《小倉山房詩集》卷二十八〈贈劉霞裳秀才約爲天臺之遊〉、〈戲霞裳〉、〈至卻金館霞裳悅金鳳，得留一宿〉。

2. 1783 年，六十八歲作：《小倉山房詩集》卷二十九〈霞裳就婚汪氏已五朝矣，芳訊杳然。賦詩調之兼呈新婦〉、〈同霞裳遊黃山，過采石登太白樓〉。

3. 1784 年，六十九歲作：《小倉山房詩集》卷三十〈舟中贈霞裳〉。

4. 1785～1786 年，七十～七十一歲作：《小倉山房詩集》卷三十一〈屏風館詩爲霞裳作〉。

5. 1787～1790 年，七十二～七十五歲作：《小倉山房詩集》卷三十二〈霞裳落第後有北行之志。賦詩留之〉、〈九江觀察福公過訪，見「天女散花圖」而乞之。余雖贈猶憐，賦詩送別，適霞裳亦就渠書記之聘，故第三首〉、〈送霞裳之九江〉。

6. 1791 年，七十六歲作：《小倉山房詩集》卷三十三〈寄霞裳〉。

〔註27〕請參見龔鵬程撰，〈憐花意識：才子文人的心態與詩學〉，《中國文學與文化研究學刊》（香港：香港大學中文系，第一期，2002 年 6 月），頁 61。

7. 1792～1793 年，七十七～七十八歲作：《小倉山房詩集》卷三十四〈到
華頂有懷霞裳〉、〈寄霞裳〉。

8. 1797 年，八十二歲作：《小倉山房詩集》卷三十七〈謝霞裳寄藥方兼訊
問病中光景〉。〔註28〕

　　這段男色師生情，共歷時十六年，與歌伶交往之男色比起來，爲時是最
久的。劉霞裳除與同性之人袁枚交往外，還與異性有情感往來。《小倉山房詩
集》卷二十九中袁枚其詩言「霞裳就婚汪氏已五朝矣，芳訊杳然。」，這裡指
出劉霞裳與汪氏異性結婚。另一〈屏風館詩爲霞裳作〉詩中，所書寫的是劉
霞裳與屏風館一位張女有一宿情。顯示出劉霞裳是位雙性戀者，但重要的是
袁枚他能接受雙性戀者，可說袁枚並沒有強烈地想佔有控制他所鍾愛的男
色，因爲袁枚本人也是一位情感在兩性間迴旋的人。這也意味著，袁枚認爲
儘管劉霞裳與他人相戀或是成婚，都不會影響到袁枚對男色的追求。或許因
爲天下的男色何其多，袁枚可再別覓他者。袁枚在劉霞裳婚後，不顧劉霞裳
正在新婚期間，大膽的邀約劉霞裳一起出遊，更是不避諱地讓劉霞裳的新婚
妻子知道，他約劉霞裳在新婚期間要出遊一事。可見袁枚似乎只在乎自己，
而不尊重與體諒他人（劉霞裳的新婚妻子），只顧與劉霞裳同遊與互訴情懷，
顯見袁枚爲與美色爲伍的自私。袁枚除了賞識劉霞裳的美貌外〔註29〕，應是
還包括著他的「詩才」〔註30〕。袁枚愛好男色，會吸引他的男色是要有「美
色」、「才華」的，以下有反例可爲證，袁枚有則選男色的烏龍事件：〈乞上元
令李竹溪釋枷犯〉〔註31〕二封信，其一：

　　　從尊署歸，過北門橋，見荷校者，嫣然少年，饒有姿媚。問：「何修
　　　而獲此？」曰：「爲賭博耳！」僕記《漢書·列侯功臣年表》，以博

〔註28〕 此處有關袁枚與其男學生劉霞裳交遊之詩作，依序引自，《小倉山房詩集》，
卷二十八，頁 598。卷二十八，頁 604。卷二十八，頁 633。卷二十九，頁 647。
卷二十九，頁 648。卷三十，頁 707。卷三十一，頁 757。卷三十二，頁 791。
卷三十二，頁 801～802。卷三十二，頁 802。卷三十三，頁 805。卷三十四，
頁 823。卷三十四，頁 839。卷三十七，頁 922。

〔註29〕 此詩有云：「霞裳美少年」。可見劉霞裳在袁枚眼中，是具美貌之輩的。請參見
〈同霞裳游黃山，過采石登太白樓〉《小倉山房詩集》，卷二十九，頁 648。

〔註30〕 請參見《小倉山房詩集》，卷三十，頁 707～708，有〈附霞裳詩〉四首。卷三
十一，頁 731，有〈乙巳元旦舟中與霞裳聯句〉一首。卷三十一，頁 762～763，
有〈附霞裳和詩〉四首。

〔註31〕 請參見《小倉山房尺牘》，卷二，頁 41～42。

> 搴失侯者，十餘人。可見天性好賭，自古有之。王侯將相且然矣，
> 況里巷子弟乎？且造物雖巧，生人易，生美人難。談何容易，千千
> 萬萬人，佈置眉目，略略妥當，而地方官不護惜之，反學牛羊，從
> 而踐踏之，忍乎哉？問：「何業？」曰：「修髮匠也！」余髮如此種
> 矣，可速釋之，命原差送來一試其技。唐人詩曰：「休將兩片木，夾
> 殺一枝花。」敬誦之替若人請命，何如？

其二：

> 荷校者來，僕擁髻而出，急令沐薙，誰知奏刀茫然，髮未落而頭先
> 傷，竟是以怨報德！方知彼固店家之酒旗，以貌招，以體薦，而非
> 以技奏者也。磁能引鐵，而欲其牽瓦也，不亦難乎？且諦視之，貌
> 亦不佳，自覺前書之無謂。雖然，彼雖技不佳，貌不佳，而能遇霧
> 裡看花之老叟，又能遇肯聽下情之好官，則其流年月建，固已佳矣！
> 順天者昌，於余心終無悔焉。特再佈知，同爲一笑。

此次袁枚物男色失誤，自己亦覺得好笑。袁枚心中自有選美的標準，但匆匆
見到了修髮匠，乍看之下修髮匠色貌頗好，於是袁枚感知美色而動心，故生
親近之欲念，而書信呈官，希望地方官能「護惜之」，請求釋放爲袁枚修髮。
袁枚的一份惜色憐色的心，地方官成全了他，可是現實與理想總是有差距的，
修髮師爲袁枚修髮時，袁枚發現他是一技術遜色且姿色不佳者，袁枚會以此
評論，他必是重視賞識對象的容貌與才藝。面對此糗事，袁枚仍是自豪的說
「順天者昌，於余心終無悔焉。」，可見他認爲展現人的情欲是順天之事，對
於其好色之心念與行爲，他就是執著「終不悔」。

（三）無飾的情欲——見其交遊之男色與他人交遊的情事，所感發之
　　　詩作

　　這部分要探討的詩作，是袁枚見其交遊之男色與他人交遊的詩作。袁枚
和別人與同一男色交遊，關於這種情事，袁枚並不排斥。以下舉例以證之：〈袁
郎詩爲霞裳補作有序〉云：「在粵東時，袁郎師晉年十七，明慧善歌，爲吳明
府司閽。乍見霞裳，推襟送抱，苦不得一霄接。再三謀得私約某日兩情可中，
忽主人奉大府檄，火速鑿行，郎不得留，與霞裳別江上，涕如縩縭。余思兩
雄相悅，數典殊希，爲補一詩，作桑間濮上之變風雲。」詩云：

> 珠江吹斷少男風，珠淚離離墮水紅。緣淺變能生頃刻，情深誰復識
> 雌雄？鄂君翠被床才疊，荀令香爐座忽空。我有青詞訴眞宰：散花

折柳太匆匆！〔註32〕

另一則事例主角仍是劉霞裳：

> 不料事隔十載，偕嚴小秋秀才遊廣陵，遇計五官者，風貌儒雅，亦
> 慕嚴不已，竟得交歡盡意焉。爲嚴郎貧故，轉有所贈。余書扇贈云：
> 「計然越國有精苗，小能吹子晉簫。哺啜可觀花欲笑，芳蘭竟體筆
> 難描。洛神正挾陳思至，嚴助剛爲宛若招。自是人天歡喜事，老夫
> 無分也魂消。」臨別，彼此瀰淚。小秋作離別難詞云：「花落鳥啼日
> 暮，悲流水西東。悔從前意摯情濃。問東君仙境許儂通。爲底事玉
> 洞桃花，才開三夕，偏遇東風。最堪憐，任有遊絲十丈，留不住飛
> 紅。春去也，五更鐘。隔雲煙、十二巫峰。恨春波一色搖綠，曲江
> 頭明日掛孤篷。偏逢著杜宇啼時，將離花放，人去帷空。斷腸處，
> 瀰盡相思紅淚，明月二分中。」〔註33〕

這二則兩雄相悅的敘述，有一共同主角劉霞裳，但是這二則情事，第一則是
袁師晉主動追求劉霞裳，第二則是劉霞裳主動追求嚴小秋，袁枚是一旁觀者，
對於自己鐘愛的劉霞裳，被追求或是去追求他者，袁枚都沒有阻止。袁枚還
爲劉霞裳的情事作詩爲記。若以「情愛」的角度觀之，情愛的世界中是不容
許有第三者存在的，故這二則情事是很難成立的。若從「情色」的角度觀之，
對交往的對象是無責任義務的，因此這二則情事是可成立。袁枚在這二則情
事中，雖身爲一旁觀者，但是袁枚仍可以感而作詩。那袁枚是被什麼所感呢？
從敘述中可看出是爲兩雄相悅眞情的打動與兩雄欲分別離情的愁緒觸動。然
這二則情事中追求與被追求的起因，是來自於男「色」的美貌，愛慕美色而
兩雄相吸引。相逢後離別的愁情，其背後或許是對美色的依戀不捨，而非以
二人眞摯情愛爲其主要因素。

（四）小 結

袁枚對於男色的喜好對象包括：歌伶、學生、大內供奉、理髮匠……，
可見對象的身分不是必要條件，反倒是以視覺的悅目爲取向，進而疼惜如此
美色，這般「憐花」〔註34〕情結，並不是偶發的，而是袁枚對自己架構認知

〔註32〕請參見《小倉山房詩集》，卷三十一，頁740～741。

〔註33〕請參見袁枚著，《隨園詩話補遺》（臺北縣：漢京文化事業有限公司，1984年
2月初版），卷九，頁808。以下的引註若再引用此書，僅列書名、卷次／條
次、頁次。

〔註34〕請參見龔鵬程撰，〈憐花意識：才子文人的心態與詩學〉，《中國文學與文化研

的心中世界之執著，這樣的執著其實是袁枚之「主體意識」所主導。有位國外學者 Tamsin Spargo（譚馨・史帕哥）對「主體」做這樣的界說：

> 個人並不被視為自主的笛卡兒式主體（我思故我在）；這樣的主體，擁有獨立於語言之外的內在的、本質的認同。但是，我們一般所理解的「自我」儘管相當真實，但卻是一種由社會建構的幻象，一種與各種知識所連結的語言與特殊論述的產品。我或許會相信，「我」具有某種本質、獨特的自我，而我也正處於屢有挫折、不斷進行的表現過程中；在此過程中，我試著藉由語言向他人表現自我與我的意義。但這種個體性與自主性意義下的信念本身，是社會建構的而不是一種對自然事實的認知。同樣的道理，性別似乎是我的認同構成基礎，所以我的性偏好和慾望，感覺似乎對「我認為我是誰」至關緊要。〔註35〕

據 Tamsin Spargo 言下之意，「我認為我是誰」是一種個體性與自主性的信念，所以人會對「我」產生信念，產生信念的因素，除了思想外，還有社會文化的時空情境，在內在與外在因素的二者交互作用下，「主體意識」並不是一個靜態的存在，而是動態的存在。這怎麼說呢？筆者試以袁枚為例說明：袁枚曾云：

> 天下之所以叢叢望治於聖人，聖人之所以殷殷然治天下者，何哉？無他，情欲而已矣。老者思安，少者思懷，人之情也；而使之有「積倉」，有「裹糧」、「無怨」、「無曠」者，聖人也。使眾人無情欲，則人類久絕而天下不必治；使聖人無情欲，則漠不相關，而亦不肯治天下。後之人雖不能如聖人之感通，然不至忍人之所不能忍，則絜矩之道，取譬之方，固隱隱在也。自有矯清者出，而無故不宿於內；然後可以寡人之妻，孤人之子，而心不動也。一餅餌可以終日，然後可以浚民之膏，減吏之俸，而意不回也。謝絕親知，僮仆無所避，然後可以固位結主，而無所躊躇也。己不欲立矣，而何立人？己不欲達矣，而何達人？故曰不近人情者，鮮不為大奸。〔註36〕

究學刊》（香港：香港大學中文系，第一期，2002 年 6 月），頁 47～82。

〔註35〕請參見 Tamsin Spargo（譚馨・史帕哥）著，林文源譯，《傅科與酷兒理論 Foucault and Queer Theory》（臺北市：貓頭鷹出版，2002 年 2 月初版），頁 59。

〔註36〕請參見王英志編，《袁枚全集》（江蘇：江蘇古籍出版社，1993 年 9 月第一版第一次印刷），第貳冊，〈清說〉《小倉山房文集》，卷二十二，頁 374～375。

袁枚看待聖人治世角度，似乎與孔子所見之不同，袁枚取用了孔子所言的「老者安之，朋友信之，少者懷之。」〔註37〕然孔子是立足於治理國家的領導者而言，身為一位儒家治世聖人，他必須使老年人能夠安樂，使朋友們能夠信任自己，使年輕人能夠懷念我，這是儒家的仁德之政，以仁者的胸襟氣度德澤百姓，使得老中少三代能夠安身立命。以袁枚個人的見解，他卻轉換了觀察的位置，袁枚站在被治理的百姓心理觀點，因此他才說「老者思安，少者思懷，人之情也」。百姓中年老的人，他心中的期望是一份安樂生活，年少的人，他心中的期望是被關照提攜，這些想法袁枚認為是人之常情，是人的基本欲望。順著如此的說法，就回應於袁枚所下的論斷「天下之所以叢叢望治於聖人，聖人之所以殷殷然治天下者，何哉？無他，情欲而已矣。」

　　袁枚藉著孔子所言儒家聖人的治世理想，以古時聖人話語，透過袁枚的解讀，跨越了時空，產生了新的詮釋。在盛清時代社會算是安定，不像孔子奮鬥於春秋亂世，袁枚由人民個人角度思索，考量人民需求什麼，能滿足調和人們的基本欲求，方是可治理天下的聖人。孔子是袁枚引為代表儒家聖人的象徵，而袁枚真正想要表達的是自己的見解，所以袁枚將「老者安之，朋友信之，少者懷之」做了一文字敘述的轉換，成為「老者思安，少者思懷」，如此敘述的轉換，恰好將思量的立場，由「治世者」轉換到「被治理的個人」，這樣的轉換才能符合袁枚所考量的論點──「人皆有情欲需求」。袁枚的思想見解，是被他所處社會文化時空情境所烘托，而呈顯出袁枚個人對經典的詮釋。這就是所謂的「主體意識」顯現，是內在思想與外在社會文化的時空情境，二者不斷互動愈發明顯。袁枚主體意識的作用，也可以從袁枚變《詩經》的「詩言志」傳統，而為詩言「性情」與「情欲」這樣的事實得到印證〔註38〕。這是袁枚主體意識中以適人情欲為核心的部分，以改造傳統詩教成為袁枚的詩教，以合乎他重性靈的原則。因此袁枚對男性色貌擇選的理想條件，與男色交遊情誼而發的詩作，都在袁枚的情欲「主體意識」影響範疇中。

以下的引註若再引用此書，僅列書名、卷次／篇名、頁次。

〔註37〕 請參見潘重規著，《論語今註》（臺北市：里仁書局，2000年3月初版），〈公
　　　　 冶長〉，第五，頁99～100。

〔註38〕 請參見高大威撰，〈典律重構：袁枚論《詩／經》〉，《中國詩學會議論文集・
　　　　 第六屆》（臺北市：萬卷樓圖書股份有限公司，2002年12月初版），頁93～
　　　　 147。

三、袁枚與異性交遊之詩作

　　袁枚歸隱後，度過短暫的困難時期，經濟狀況逐漸改善，隨園亦不斷美化，從而成為金陵人文活動的一個中心。袁枚不時地邀請文人雅士集會隨園，賞花觀燈，飲酒賦詩，甚至逍遙自在，似乎事事順心，無憂無慮。其實不然，袁枚也有其隱憂，那就是自乾隆四年（1739）與王氏結婚以後一直無後，雖於乾隆八年（1743）與十三年（1748）連娶陶姬，方聰娘為妾，亦皆未生子，僅分別生一女成姑與鵬姑。乾隆二十二年（1757）四十二歲時納蘇州人陸姬、二十五年（1760）四十五歲時納蘇州人金姬；四十三年（1777）六十二歲時又納蘇州人鍾姬，次年終產一兒名遲。袁枚一生至少納五名小妾。致使袁枚望子之心，如秀才之望榜。但是求子嗣，只是袁枚納妾的表層原因；其深層的原因則是受其風流好色本性的驅使，或者說袁枚為滿足好色本性有了一個「名正言順」的理由〔註 39〕。如此的看法，我們是很難去為袁枚辯護的，連袁枚本身就曾說過：「無子為名又買春」這樣的話。但是我們應完整解讀這首詩：「小眠齋裡苦吟身，才過中年老亦新。偶戀雲山忘故土，竟同猿鳥結芳鄰。有官不仕偏尋樂，無子為名又買春。自笑匡時好才調，被天強派作詩人！」〔註 40〕這是一首自嘲的詩，除了感嘆自己已入中年，還提到今生重大的決定，就是棄官建立隨園，在隨園中將故鄉的景物，營造在隨園裡，所以袁枚才說偶戀雲山忘故土，而與猿鳥自然為鄰伴了，甚至又因無子買春尋樂。這種種的經歷，皆歸因於他為舒展自己詩人才情的理想。所以筆者認為「無子為名又買春」的意義，不只是為傳宗接代或是好色風流的理由，以袁枚來說求其「詩才的展現」，可能也是不能忽視的理由。

（一）多情——為其妻妾所作之詩

　　袁枚曾感慨地說：「余屢娶姬人，無能為詩者；惟蘇州陶姬有二首。」〔註 41〕如此的感嘆惋惜，是對其她諸姬所沒有的，可見袁枚對會作詩姬妾的看重。另外筆者從《小倉山房詩集》全面的觀察，發現袁枚平時對姬妾，並沒有隨便為她們寫詩，當這些姬妾過世時候，會有詩：〈哭陶姬〉〔註 42〕、

〔註 39〕請參見王英志著，《袁枚評傳》（南京：南京大學出版社，2002 年 5 月第一版第一次印刷），頁 158～159。

〔註 40〕請參見〈自嘲〉《小倉山房詩集》，卷十六，頁 323。

〔註 41〕請參見《隨園詩話》，卷六，頁 207。

〔註 42〕請參見《小倉山房詩集》，卷十一，頁 217。

〈哭聰娘〉〔註43〕、〈八月二十七日悼金姬作，哀其爲藥所誤，故有第二首〉〔註44〕、〈九月三日又得二絕句〉〔註45〕。但有二則例外，袁枚於平時寄詩予姬妾：〈寄聰娘〉〔註46〕是兩情相悅之詩、〈寄鍾姬〉〔註47〕是爲袁枚生子後才記之以詩。另又有二則是遭遇曲折可憐的姬妾，袁枚亦都爲她們留下詩作，一爲〈惆悵詞二月二十八日作有序〉：

> 周氏姬待年女也。畜養吳門，爲友人贈去。已而不安於室，仍以見還，則有身矣。爲賦《惆悵詞》四章，仍歸友人。

> 無計奈何花，匆匆細馬馱。珠才還合浦，笛又送《回波》。草色長亭雨，鶯聲《子夜歌》。關心小楊柳，生就受風多。

> 東君太遊戲，一笑送春來。那料蘼無草，先含荳蔻胎。留仙裙宛轉，解珮月徘徊。到底《摟羅歷》，前生注幾回？

> 記否碧城坊，盈盈步畫堂。分箋教認字，前髻待成妝。蘭槳三江月，蓮燈五夜霜。今宵成底事，只剩縷金箱？姬留一箱。

> 老去江淹筆，飛花繞不休。尋春頻入夢，行樂轉生愁。落葉隨風去，垂楊逐水流。二姓。平生惆悵事，強半在蘇州。〔註48〕

袁枚以「關心小楊柳，生就受風多」的心態疼愛著周姬，亦曾教周姬學認字，與周姬曾經纏綿有餘。後贈予友人爲妾，但是周姬仍不忘與袁枚之情，所以友人誤以爲不安於室，所以又將周姬送回袁枚的身旁。然周姬命運真是坎坷，袁枚發現回來的周姬已有身孕，於是忍痛又將周姬送回友人處，讓她「落葉隨風去，垂楊逐水流」，於是袁枚留下感傷「平生惆悵事，強半在蘇州」的嘆語。這整個事件看起來，袁枚好似對周姬情深，其實是待考量的。周姬是袁枚的妾，但袁枚輕易將其送給友人當妾，如果說袁枚對周姬的態度是真情愛的話，怎可能將周姬當作物品一樣的送人呢！從這觀點思考，女性似乎被袁枚物化，需要則來，不缺則去。此事件中周姬是處於弱勢，無從決定自己的去留，亦沒有決定自己命運的主權，她的一切去留都讓男人們擺佈住了。

〔註43〕請參見《小倉山房詩集》，卷二十三，頁475～476。
〔註44〕請參見《小倉山房詩集》，卷三十三，頁816。
〔註45〕請參見《小倉山房詩集》，卷三十三，頁816。
〔註46〕請參見《小倉山房詩集》，卷八，頁144。
〔註47〕請參見《小倉山房詩集》，卷三十，頁693。
〔註48〕請參見《小倉山房詩集》，卷二十，頁395。

另一則爲金鳳齡的故事：

> 金姬小妹鳳齡，幼鬻吳門作婢，余爲贖歸，年十四矣，明眸巧笑，
> 其姊勸留爲蓬室，鳳齡意亦欣然。余自傷年老，不欲爲枯腸之稊，
> 因別嫁隋氏，爲大妻所虐，雉經而亡。余哭以詩。一時和者甚多。
> 新安巴雋堂中翰云：「粉蛾貼幛塵沾幕，……傷哉逝水難歸矣！芳魂
> 仍返倉山早，虛廊簌簌鳴幽篠。」楊蓉裳亦有鳳齡曲：「……願把西
> 施別贈人，……縱教採盡中州鐵，鑄錯無成劇可哀。」〔註49〕

袁枚以爲金鳳齡安排好歸宿，後發現她的婚姻生活並不幸福，受到大老婆的
虐待。袁枚本有機會救回金鳳齡，是得到長州縣長楊鏡村的幫助〔註50〕，但
天不從人願，在官府的公文還未及送至隋氏家中，贖回金鳳齡，她早已自殺
身亡。袁枚原本基於愛護金鳳齡的一片心，卻在不幸的際遇下落幕，自詡爲
「護花」〔註51〕使者的袁枚，是痛心不捨的。如此的悲情事件，激起袁枚的
詩感，發而爲一首懊悔不堪的長詩〈鳳齡某郎半年爲其大妻所虐，自經而亡。
余悔恨無已，賦十六韻哭之〉：

> 萬悔眞何及，千牛挽不回！總緣吾負汝，轉使愛生災。遠把文姬
> 贖，權爲弄玉媒。私情阿姊問，密意舉家猜。花不嫌春老，根思傍
> 舊栽。自慚黃髮短，未稱紫雲陪。妙選乘龍婿，偏招鷙馬才。妒妻
> 威似虎，魔母令如雷。鬢上環簪卸，房中膳飲裁。淒清同病蝶，呵
> 斥過重儓。鳥急籠應放，魚驚網莫開。終年芳訊斷，一夕惡聲來。
> 弱燕空墮，孤芳猛雨催。早知投苦海，悔不嫁哀駘！返璧心猶在，
> 憑棺念始灰。伯仁由我死，羞面見泉臺。〔註52〕

袁枚對金鳳齡事件的書寫，渲染的比其她姬妾還多，其實是她情的歸宿是最
慘烈的，袁枚在這事件中，本是救人者，可是依結果而言，袁枚是此悲情的
協助者，等於是幫兇的角色。這二種截然相反的角色，都爲袁枚所扮演，所
以傷心矛盾的糾結，無法釋放。於是「有必不可解之情，而後有必不可朽之
詩。」〔註53〕所以這樣形成的詩作，就符合了袁枚的性靈說原則。

〔註49〕請參見《隨園詩話》，卷十四，頁496～498。
〔註50〕請參見〈答長洲明府楊鏡村〉《小倉山房尺牘》，卷三，頁61～62。
〔註51〕袁枚云：「嘗爲人題畫冊云：『他生願作司香尉，十萬金鈴護落花。』」請參見
　　　　《隨園詩話》，卷九，頁310～311。
〔註52〕請參見《小倉山房詩集》，卷二十四，頁488。
〔註53〕請參見王英志編，《袁枚全集》（江蘇：江蘇古籍出版社，1993年9月第一版

　　金鳳齡的悲慘遭遇，袁枚是佔重要之關鍵。其實袁枚如果接受金鳳齡自己的選擇，那麼金鳳齡就可以留在隨園生活。袁枚自以年老爲理由，而沒有依金鳳齡的心願。就由袁枚擅自作主，爲金鳳齡配了婚事，就此項來說，袁枚主導了金鳳齡的終身。就男女性平等觀來論，袁枚仍是優勢的支配者，金鳳齡是弱勢的被支配者，導致金鳳齡不幸際遇的因素之一，可能就是與袁枚這種男性支配欲的主體意識脫離不了干係。

　　風流一生的袁枚，面對他的元配王氏，又是如何呢？可從袁枚的〈催妝詩〉做爲觀察的起點：「荊釵微綠布裙紅，自檢青箱有愧容。只好告身親手寫，替卿端正紫泥封。」〔註54〕詩中述著袁枚娶王氏時經濟狀況不是很好，心中覺有慊意，而允諾王氏在未來他會補償她的，可是在袁枚的一生中，他是否有做到呢？答案是否定的。袁枚曾在〈病中贈內〉詩中言：「宛轉牛衣臥未成，老來調攝費經營。千金儘買群花笑，一病才微結髮情。碧樹無風銀燭穩，秋江有雨竹樓清。憐卿每問平安信，不等雞鳴第二聲。」〔註55〕這是袁枚的慊意與感謝之情所作的詩。可是在袁枚所有著作中，他提到對元配王氏愧疚之處，只有這一首詩。等到他的病情好轉之後，袁枚仍是流連在男色、選妾、狎妓的情欲世界裡。說穿了他對王氏的懺悔心，似乎只是他在人生低潮期的偶發事件，可說是曇花一現。袁枚「千金儘買群花笑」的行爲，除了選妾外，還蔓延到狎妓上頭，以下就針對此部分來探討。

（二）憐愛美色——和娼妓交遊之情事與詩作

　　袁枚好色之嗜到何種地步呢？有次袁枚生病，他的友人勸他爲養病應與群花隔宿，但袁枚卻答云：「枚之居處，不避群花，更有說焉：人惟與花相遠，故聞香破戒者有之，逢花必折者有之。若夫鄧尉種之夫，洞庭栽橘之叟，終日見花，如不見花者，何也？狎而玩之，故淡而忘之也。枚自幼以人爲蔔，迄今四十年矣，橫陳嚼蠟，習慣自然。顏淵侍於孔子，自稱『坐忘』：若枚者，可稱臥忘者也。願夫子之勿慮也。」〔註56〕袁枚於此自豪的說自己是「臥忘」者，想必他是自誇自己有柳下惠之定力，不會因爲與女色相處，就縱欲傷身。表示自己時常與女色相處，已經習以爲常，平時情欲都有抒發的管道。不會

　　　　第一次印刷），第貳冊，〈答蕺園論詩書〉《小倉山房（續）文集》，卷三十，
　　　　頁527。以下的引註若再引用此書，僅列書名、卷次／篇名、頁次。
〔註54〕請參見《小倉山房詩集》，卷二，頁19。
〔註55〕請參見《小倉山房詩集》，卷十八，頁366。
〔註56〕請參見〈答相國勸獨宿〉《小倉山房尺牘》，卷一，頁3。

因爲禁欲過久導致過度壓抑，面對女色時生理欲求控制不住。所以袁枚連生病時，都要與美色親近美色，可見他對美色執著的程度之高。袁枚他好色是好「好色」而非庸色，袁枚曾云：「廣東珠娘皆惡劣，無一可者。余偶同龍文弟上其船，意致索然。」〔註57〕由此可知選美色而親近，袁枚是有一心中尺度的。針對這點袁枚很明確的說明：「吾正目中無妓，而心中有妓者也。或曰：問其故，先生曰：『吾目中所見，絕無當意者；心中懸一格以相待，而卻未能得其人。目中無妓，非眞無妓也；無吾心中所願見之妓也。吾心中願見之妓，非如施、嬙不可，殆久不生於天壤。』」〔註58〕筆者猜想袁枚一輩子都在追求一個「絕色」的理想，所以他才如此地尋尋覓覓。以袁枚覓心中「絕色」的心態來看，他永遠都不會滿足的，或許現在身邊有一佳美色，但是隨著自己人生的際遇，難免會再碰到比現在更佳的美色，那袁枚又會把心思投注在較佳的美色身上，關於這個現象可從袁枚物色妓與選妾重美色的行徑中得到證明。因此以嗜「美色」爲要的袁枚，要其對美色對象專情是不可能的。

　　袁枚亦爲他好色的動機作解釋：「惜玉憐香而不動心者，聖也；惜玉憐香而心動者，人也；不知玉不知香者，禽獸也。人非聖人，安有見色而不動心者？其所以知惜玉憐香者，人之異於禽獸耳！」〔註59〕本著如此說詞，袁枚將自己定義在人的境界，他表示他是一位見美色必動心者。而至於袁枚認爲因人懂得惜玉憐香，而將此惜玉憐香的行爲，作爲人與禽獸之分界。袁枚這樣的見解，是在爲自己選色行爲鋪路。這怎麼說呢？禽獸對於色之好壞，是無辨識力的，但是人高明於禽獸的地方，在於抒發情欲時的對象，人有選擇的能力。會去揀選「玉」、「香」來憐惜，對於「陋」與「醜」之色就差別待遇了。因此袁枚之於情欲對象的挑揀是偏世俗化的。袁枚曾幫落難的妓脫離困境的事蹟，試著通過這一事件來觀察袁枚對一未熟識之妓，如此煞費苦心的用意何在：

> 蘇州太守孔南溪，風骨冷峭，權貴不敢以情幹。青樓金蘂仙以事挂法，一時交好，無能爲之道地。乃遣人至白下，求余關說。余與金甚疎，僅半面耳。竊念：書中語倘不詳爲親狎，轉生孔之疑；乃寄簡云：「僕老矣，三生杜牧，萬念俱空；只花月因緣，猶有狂奴故態。

〔註57〕請參見《隨園詩話》，卷七，頁230。
〔註58〕請參見〈心中有妓〉《隨園軼事》，頁79。
〔註59〕請參見〈說好色〉《隨園軼事》，頁15。

今春到治下，欲為尋春之舉；而吳宮花草，半屬虛名；接席銜杯，
了無當意。惟女校書金某，含睇宜笑，故是佼佼於庸中。遂同探梅
鄧尉而別。刻下接蕭娘一紙，道為他事牽引，就鞫黃堂，將有月缺
花殘之恨。其一切顛末，自有令申，憑公以惠文冠彈治之，非僕所
敢與聞。只念此小妮子，焦葉有心，雖知捲雨；而楊枝無力，只好
隨風。偶茵溷之悮投，遂窮民而無告。似乎君蒙宣聖復生，亦當在
『少者懷之』之例，而必不『以杖叩其脛』也。且此輩南迎北送，
何路不通？何不聽請於有力者之家，而必遠求數千里外之空山一
叟？可想見夫子之門墻，壁立萬仞；而非僕不足以替花請命耶？元
微之詩云：『寄與東風好擡舉，夜來曾有鳳凰棲。』敬為明公誦之。」
孔得簡後，覆云：「鳳鳥曾棲之樹，托擡舉於東風；惟有當作召公之
甘棠，勿剪勿伐而已。」二簡風傳一時。〔註60〕

袁枚為了犯官的青樓金蕤仙開脫，展現其見色而動心的事實，若說袁枚所動
的心是憐憫之心，要保此色不受傷害，這樣的因素是可以接受的。但更進一
步的看，據王鑑容的研究云：「體制龐大的《隨園詩話》是作者袁枚個人對詩
歌創作的看法，或與詩友們討論交流的談話紀錄，看似沒有頭緒、雜論無章
的一千九百九十九條獨立的詩話，置於當時的文學社會語境下，經過不同層
次、不同面向的話語分析，詩話與文學聲譽的關係悄然連結，其中潛在強烈
的文學傳播意識也彷彿呼之欲出。」〔註61〕袁枚搭救青妓的事蹟載於《隨園

〔註60〕請參見《隨園詩話》，卷九，頁 299～300。

〔註61〕王鑑容提到《隨園詩話》具有文學的傳播性，同時為袁枚帶來聲名。請參見
　　　　王鑑容撰，〈傳播、聲譽、性別──以袁枚《隨園詩話》為中心的文化研究〉
　　　　（國立暨南國際大學中國文學研究所碩士論文，2002 年），頁 6。這在《隨園
　　　　詩話》中可以找到例證。「余過處州，想遊仙都峰，以路遠中止。出縣城，到
　　　　黃碧塘，將止宿矣，望前村瓦屋羃如，隨緩步焉。與主人虞姓者，略通數語，
　　　　即還寓，將弛衣眠，聞戶外人聲嗷嗷，詢之，則虞氏見余名紙，兄弟六七人
　　　　來問：『先生可即袁太史耶？』曰：『然。』乃手燭上下照，詫曰：『我輩讀太
　　　　史稿，以為國初人。今年僅花甲，是古人復生矣，豈容遽去？願作地主，陪
　　　　遊仙都。』于是少者解帳，長者捲席，諸奴肩行李，相與舁至其家。余留詩
　　　　謝云：『我是漁郎無介紹，公然三夜宿桃源。』」此條所記，是指袁枚的文學
　　　　作品刊印後，有一定量的讀者群，故才有村人感其文名，而對袁枚禮遇接待。
　　　　故袁枚文學的傳播性對他的聲名有提昇作用，而且袁枚文學作品的暢銷性頗
　　　　高。請參見《隨園詩話》，卷十二，第九十條。袁枚云：「余刻詩話、尺牘二
　　　　種，被人翻板，以一時風行，賣者得價故也。」表示袁枚的文學作品暢銷程
　　　　度不錯。請參見《隨園詩詩補遺》，卷三，第十六條，頁 630～631。

詩話》中，在《隨園詩話》的文學傳播性中，這個事蹟會傳播出去，對袁枚而言，他搭救受困的妓人，在妓的社群中會得到正面的評價，拉近袁枚與妓人群體的互動關係〔註62〕。如此看來，這樣的事件，就可能成為袁枚尋求美色的助力。

袁枚的詩作中也有與妓有關的詩：「附草休教附蒺藜，落花何必落污泥？玉兒一死真難得，可惜蕭郎貨色低。」〔註63〕此詩中袁枚表達對妓的哀惜之情，有為其打抱不平的情緒反應，責怪蕭郎的不懂憐香惜玉的行為，並對不懂憐香惜玉的人評價低劣。袁枚這樣的詩作經讀者閱讀傳播後，無形中又提升了袁枚在妓社群中的聲譽。在此若誤以為袁枚的譴責，是對男女平權的正面提倡，那就錯了。對於已成為歷史的有名娼妓美色，袁枚也不失其憶念感懷之情，袁枚就曾為一色藝冠昔時的娼妓「張憶娘」作詩：「五十年前舊舞衣，丹青留住彩雲飛。開圖且自簪花笑，不管人間萬事非。想見風華一坐傾，清絲流管唱新聲。國初諸老鍾情甚，袖角裙邊半姓名。當日開元全盛時，三千宮女教坊司。繁華逝水春無恨，只恨遲生杜牧之。」〔註64〕雖袁枚沒有親見或與張憶娘來往，他只聽有關張憶娘的傳聞與見其「簪花圖」，袁枚就有上列憶想之情的詩作。從其詩中感受到無法親見張憶娘風姿的感嘆，對自己生無法與張憶娘同時，沒有可與之成為知己覺得遺憾，惋惜之情在詩中自然流露，這應是袁枚求美色的心態在作祟。對美色的賞鑑，可說是袁枚性格上的興趣，對妓美色的憶想、追尋、惋惜、憐惜的情愫。似乎恨不得所有的美色，都能與自己交往親近。袁枚又因此創作了詩，又籍此與同好、讀者分享，讓聞者能傾聽他的理想，筆者認為詩可能是袁枚情欲抒發的出口之一。

（三）小　結

從袁枚為其妻妾所作之詩，或是與妓往來書寫的詩，其詩感的啟動，最原始動力起於嗜好美色。袁枚為他妻子所寫的詩作中，是充滿愧疚與謝意的，這是一時的，因袁枚從來未曾對其妻作補償；然為妾所作之詩是死後的哀思情與遭逢乖舛的悲憫之情，然這些妾們也都不曾得到，袁枚的專情對待；對

〔註62〕袁枚云：「多謝吳娘金叵羅，為儂齊唱〈百年歌〉。曲終人散先生笑，又遇人間春夢婆。」這是袁枚八十歲時，妓人們為袁枚祝壽，而齊唱〈百年歌〉，袁枚特以詩記下此情此景。袁枚就是與妓人們有交情，才有此番祝壽的場面。請參見〈三月二日〉《小倉山房詩集》，卷三十六，頁875。
〔註63〕請參見〈聞蘇州丁姬事有感〉《小倉山房詩集》，卷三十四，頁830。
〔註64〕請參見〈題「張憶娘簪花圖」並序〉《小倉山房詩集》，卷七，頁109。

妓較多著墨的除色藝之外，是掬予妓命運困阨的同情不忍，不過這些同情似乎都有附帶目的的。袁枚曾經這麼說：

> 余好詩如好色，得人佳句，心不能忘。〔註65〕

> 余常謂，美人之光，可以養目，詩人之詩，可以養心。〔註66〕

> 余以爲詩文之作意用筆，如美人之髮膚巧笑，先天也，詩人之徵文用典，如美人之衣裳首飾，後天也。至于腔調塗澤，則又是美人之裹足穿耳，其功更後矣。〔註67〕

由此觀之袁枚的詩與美色關連密切，要說袁枚是一遊於男女情欲之人，也可以說他是一位欲徧歷美色之人。眾裡尋她千百度，就爲心目中的理想「美色」。袁枚遊於美色、情欲抒發所作的詩或書寫，成爲袁枚性靈說詩作的特色之一。

　　遊於男女美色情欲世界的袁枚，他交遊的對象有男女性別的差異。袁枚的詩作與交遊都涉及雙性之間，他個人所抱持的心態是如何？以下試論述之。

四、袁枚詩作中的情欲意涵

　　袁枚標榜性靈的詩作，詩之情境能引起讀者共鳴，那在詩中的情與敘述事件，必須是眞切的。袁枚所處的時代背景：「大約從晚明開始，社會上的審美趣味的女性化日趨明顯，其最直接的表現是對男性容貌的審美標準上——當時的人們普遍認爲一個容貌接近于女人的男人是美貌的男子。入清後，這種傾向愈趨嚴重。從明清兩代的人物畫及小說插圖上可以發現，當時的畫家已不再喜歡唐宋時期的那種身材高大、留著髭鬚的中年男子形象，而喜歡畫沒有髭鬚的纖弱的年輕男子，透出一種女性化的傷感。」〔註68〕這是一個男風普遍存在的時空，在袁枚與男色的交往與詩作中，發現這些男性都是女性化的男子，不是陽剛氣質的男子，反倒是陰柔氣質的男子。以性別而言，生理上是絕對的男子，但是在心理上與打扮上是女性化了的。就以劉霞裳爲例，他是袁枚的弟子，具有女子般的美貌與詩才。除了與袁枚一樣的男性欣賞外，

〔註65〕請參見《隨園詩話補遺》，卷三，第二十六條，頁637。
〔註66〕請參見《隨園詩話》，卷十六，第四十六條，頁555。
〔註67〕請參見《隨園詩話補遺》，卷六，第九條，頁714。
〔註68〕請參見吳存存著，《明清社會性愛風氣》（北京：人民文學出版社，2000年6月第一版第一次印刷），頁262。

亦有女性心儀於他，可見清代對於女性化的美男子，不管男性或是女性都有可能會欣賞的。

　　然以袁枚爲中心而言，袁枚對劉霞裳的情誼是超越了師生情誼的。其本身的性別在心理與生理上，都是屬男性的，因此對男色的之情袁枚是以男性之立場，而沒有所謂的「性別面具」〔註69〕這種性別面具是戴在女性化的男子上，既然如此袁枚與男色相處來往，更不可能涉及「性別越界」〔註70〕的實際問題與文學的書寫，他從始至終都是以男性爲中心的。那袁枚對於妻妾之情，更不遑多論是以男性自居的，以他爲「得子」的傳統心態上努力，就是最有力的證據。

　　袁枚以男性爲出發去欣賞或是狎近美色。袁枚曾在〈愛物說〉云：「婦人從一，而男子可以有媵侍，何也？曰：此先王所以扶陽而抑陰也。狗彘不可食人食，而人可以食狗彘，何也？曰：此先王所以貴清而賤濁也。二者皆先王之深意也。」〔註71〕他對於婦女得從一位丈夫而終；而男人卻可以娶妾，同時可擁有多位的女性，這是種差別待遇，亦是雙重價值標準。袁枚這樣的認同，無異是位「男性中心論者」〔註72〕。他的愛好涵蓋了女性的美色與女性化男子的美色，凡能使他因美色的對象產生「哀感頑艷」的情愫〔註73〕，似乎就能使他得到性格上的滿足，而能順其情欲爲詩。從這樣的角度看，似乎詩與袁枚的性格有著互爲因果的關聯。爲了成就性靈詩人的真性情，袁枚須在情欲中遊歷而有真切的體驗〔註74〕。這些體驗有何用意？是爲展現性靈

〔註69〕孫康宜云：「通過虛構的女性聲音所建立起來的託喻美學，我將之稱爲『性別面具』。之所以稱爲『面具』，乃是因爲男性文人的這種寫作和閱讀傳統包涵著這樣一個概念：情詩或政治詩是一種『表演』，詩人的表述是通過詩中的一個女性角色，藉以達到必要自我掩飾和自我表現。」請參見孫康宜撰，〈性別的困惑——從傳統讀者閱讀情詩的偏見說起〉，《近代中國婦女史研究》（臺北市：中央研究院近代史研究所，第六期，1998 年 8 月），頁 113。

〔註70〕張小虹云：「男／女各種性別對應與轉換之關係，從文本層次上的性別錯亂（陰性化的男人、陽性化的女人、雌雄同體的焦慮）到敘述層次上的性別掙絜（女性作者／敘事者與男性角色間的權力消長），都開放出重拆解、建構性別之可能，經由不斷之越界以充分表現認同之遊移不定。」請參見張小虹著，《性別越界》（臺北市：聯合文學出版社有限公司，1995 年 3 月初版），頁 111。

〔註71〕請參見〈愛物說〉《小倉山房文集》，卷二十二，頁 372。

〔註72〕請參見陳文新著，《袁枚的人生哲學》（臺北市：揚智文化事業股份有限公司，1995 年 12 月初版一刷），頁 18。

〔註73〕請參見《隨園詩話》，卷六，第四十三條，頁 183。

〔註74〕袁枚云：「玉山東下屏風館，茶肆盈盈春色滿。劉郎慣聽唱廝波，穩坐羊車頭

詩中的真性情，又他性格上對美色極愛好，此二者產生互需填補的作用。關於他對情欲的認知，他以為人的情欲應自然表現出來不應去抑制。

　　人的性格既已養成，性格的影響時效是持久至終身，袁枚對美色的愛好既是他的性格之一，應有至老死不渝的現象才是。事實上在袁枚的人生末年，除了有八十二歲高齡外，他還患有疾病在身，就現實而論他無法再追逐、狎近男性或女性的美色，袁枚是否就會放棄對美色的堅持呢！這一年他曾說：「看破浮生一夢中，醫巫何必召匆匆？世無天女休貪色，心有如來便不空。雲來雲去還見月，花開花落且隨風。薴然寐後遽然覺，桑戶歌聲尚未終。」〔註75〕這是他回答有人勸他參禪的詩作，從中袁枚對愛好美色的希求，看來有看破的樣子，無心意於此。筆者想這未必，袁枚雖無法再與美色們自由自在來往，但與交友之人書信往來仍頻繁，藉書信聯繫再加上往昔的經驗臆想，袁枚對美色的眷戀是不曾間斷的。

　　筆者發現袁枚在八十一與八十二歲兩年間，袁枚可說是既老又病。按照一般常理推論，此時的袁枚應是如他詩中所言「世無天女休貪色」般的喪氣。可是筆者從袁枚這兩年間的詩作，發現他的行為，並不是像他所說的對美色的

不轉。興夫貪吃六班茶，引入長陵小市家。竹徑白飄千點雪，茆亭紅出一枝花。抽艎有女來相迎，口是杭音張是姓。斜溜嬌波目不停，驚郎玉貌將奴勝。郎意三分妾十分，瑤光奪婿今宵定。行李先行郎未行，探懷無物贈傾城。自憐螢火單身客，那有庚桑一宿情！佳人暗啟縷金箱，代取纏頭賜阿娘。挑燈親製黃昏散，把盞同餐窈窕湯。千金一刻呢呢語，戒體摩挲心更許。三更問字學侯芭，一局彈棋輸玉女。夜漏難將海水添，汝南雞叫五更天。願甘同夢情何極，怕誤行期起更先。班馬已經嘶陌上，弓鞋猶是立門前。天涯分手太匆匆，落月啼鳥盡惱公。何日柔卿能解籍，何時阿軟得重逢？劉郎歸向舟中坐，細說前因淚潛墮。老我聽來感不禁，教郎身受如何過？回首蓬山路已遙，勸郎自懺莫魂消。冶容易惹天花染，莫再他生作宋朝。」舉此首詩為例說明，袁枚好美色，遊於情欲的實際體驗，而將實際體驗的感動作為詩。擁有美貌的劉霞裳，是袁枚的男弟子，袁枚時常邀他一起出遊，此次他們來到了滿是春色的屏風館，有位張姓女郎見劉霞裳美貌，對劉霞裳特別有好感，如同詩中所言，郎意三分妾意十分，互有好感彼此訴鍾情，張姓女郎與劉霞裳經過一夜的互通款曲，面對即將分手時，二人已有不捨分別的離情，彼此不想分別卻不能不分手。劉霞裳此番的情欲經歷，袁枚在場參與了，因此對於整個過程相當了然，袁枚為此石光電火的短暫情感分合所感，尤其是情感面臨分手的離情，讓袁枚「聽來感不禁」，故為這段自然流露的情欲交會，袁枚作詩以記。請參見〈屏風館詩為霞裳作〉《小倉山房詩集》，卷三十一，頁757。

〔註75〕請參見《小倉山房詩集》，卷三十七，頁923。

需求灰心了。其例證有：〈歌者天然官索詩〉〔註76〕、〈薦霞裳與揚州轉運曾賓谷先生，附之以詩〉〔註77〕、〈謝霞裳寄藥方兼訊病中光景二首〉〔註78〕，這三首詩是歌者向袁枚索詩，及曾與袁枚交往的男色往來之詩，可見袁枚對於美色、情欲是沒有絕斷的。再者還有袁枚在人生的最後二年中，與其女弟子間的詩作，比這之前出現數量較多。這二年間共有十三首〔註79〕，之前的八年間有九首〔註80〕。袁枚曾在寫給他的女弟子的詩中云：「小池清淺像銀河，閑倚紅欄看綠波。晴日不愁游女少，美人終竟大家多。春陰似夢花都睡，積雨收聲鳥亦歌。寄予金閨詩弟子；幾時來訪病維摩？」〔註81〕袁枚欣賞女弟子的觀點，亦有美色的品評部分。袁枚在八十一歲那年中也有關女弟子的詩作云：「出門納屨便行矣，歸里臨期轉黯然。不是伊桑戀三宿，只愁丁鶴別千年。賓朋心惜風中燭，祖餞筵開雪後天。更有金閨女弟子，牽衣捧杖倍纏綿。」〔註82〕袁枚雖在老病中，但是一有與美色相伴或與之同遊，他都倍覺纏綿之情在心中。由此看來，袁枚在人生的晚年招收女弟子，並不只是單純的提倡婦女作詩的客觀用心而已。從袁枚與女弟子有關的詩作中，仍可找出袁枚好美色的主觀因素在其中。至於袁枚人生的最後二年間，與女弟子有關

〔註76〕請參見《小倉山房詩集》，卷三十六，頁879。

〔註77〕請參見《小倉山房詩集》，卷三十六，頁889。

〔註78〕請參見《小倉山房詩集》，卷三十七，頁922。

〔註79〕《小倉山房詩集》，卷三十六，〈題侄婦戴蘭英「秋燈課子圖」〉，頁877。〈題竹宜夫人「玉堂春曉圖」二首〉，頁877。〈張素香校書以扇求詩二首〉，頁878。〈寓佩香女士聽秋閣，主人未歸，蒙左蘭城，家岸夫分班治具。都統成公廩以詩來，同至焦山餞別〉，頁893。〈佩香歸和〉，頁894。〈駱佩香女士「歸道圖」二首〉，頁903。〈題妙巾女子「瓊樓倚月圖」六首〉，頁903。〈題歸佩珊女士「蘭皋覓句圖」〉，頁906。〈題「天平攬勝圖」爲珊珊女子作二首〉，頁906。〈臘月十四日別蘇州還山作〉，頁908。卷三十七，〈昨冬下蘇松喜又得女弟子五人〉，頁916。〈歸佩珊女公子將余〈（擬）重赴鹿鳴、瓊林兩宴詩〉，以銀鈎小楷繡向吳綾，見和廿章，情文雙美。余感其意愛其才，賦詩謝之五首〉，頁924。〈纖纖女子金逸〉，頁929。合計共十三首。

〔註80〕《小倉山房詩集》，卷三十一，〈女弟子陳淑蘭窗前開紅蘭一枝，遺其郎君鄧秀才來索詩三首〉，頁742。〈題浣青夫人詩冊五首〉，頁760。卷三十二，〈題漪香夫人「采芝圖」附來書〉，頁772。〈答碧梧夫人附來札〉，頁783。〈謝女弟子碧梧、蘭友題「隨園雅集圖」三首〉，頁788。卷三十四，〈京口宿駱佩香女弟子家七日，賦長句六章寄之〉，頁837。〈小池一首再寄佩香〉，頁838。〈題駱佩香「秋燈課女圖」〉，頁845。〈二閨秀詩〉，頁847。合計共九首。

〔註81〕請參見《小倉山房詩集》，卷三十四，頁838。

〔註82〕請參見《小倉山房詩集》，卷三十六，頁908。

的詩作會較密集，可能袁枚老病期間無法自在出遊，或親身與美色相伴，而藉以與女弟子往來的詩作中，來滿足對美色的想像，或是與女弟子往來而有纏綿之感，更進一步地有情欲的懷想。〔註83〕

　　除了因男、女美色之情，而創作的詩作外。美色在袁枚詩作的書寫上呈現另一有趣的現象，袁枚一生寫了一些以「梅」為詩的作品，有將美色轉稼到梅上的情形〔註84〕。有關「梅」的詩作約二十六首〔註85〕，其中〈菩提場古梅歌限「大」字，與蘭坡學士作〉云：「我生愛梅如愛色，得此傾國療搔疥。初疑導從萬玉妃，水晶宮闕搖環珮；又疑白象散天花，牟尼珠子穿旌斾。」〔註86〕

　　「梅」是袁枚所甚喜之植物，他愛的程度可比於美色。由此二十六首有

〔註83〕 袁枚云：「蘇州有女士，曰金纖纖，名逸。生而媒娜，有天紹之容。」請參見〈金纖纖女士墓志銘〉《小倉山房（續）文集》，卷三十二，頁587。袁枚云：「女弟子席佩蘭……容貌媒娜……以小照屬題，余置袖中，……佩蘭小照幽艷，余老矣，不敢落筆，帶至杭州，屬王玉如夫人為之布景，孫雲鳳，雲鶴兩女士題詩詞，余跋數言，以志一時三絕云。」請參見《隨園詩話補遺》，卷八，第十一條，頁767。由這二處資料來看，身為老師的袁枚，對於自己的女學生，竟毫無避嫌地讚美女學生的姿態美色，可見袁枚對人情欲的表現，只要是順其情欲自然地表現，並無對象差別的，這一點雖是打破傳統禮教對情欲的約束，但是又隱約透露出男性的自以為是，對女性的不尊重。

〔註84〕 筆者欲作這部分的探討，是為袁枚終其一生好美色是不間斷的現象，從其詩作中找更多的例證。

〔註85〕 《小倉山房詩集》，卷十，〈買梅〉、〈種梅〉、〈看梅〉，頁178。卷十，〈二月朔日孟亭、筠軒先後探梅，得「探」字〉、〈折梅〉、〈白衣山人畫梅歌贈李晴江〉，頁179。卷十，〈菩提場古梅歌限「大」字，與蘭坡學士作〉，頁180。卷十二，〈答孟亭訊梅〉，頁231。卷十六，〈梅花塢〉，頁304。卷十七，〈早開梅凍傷矣，慰之以詩〉，頁344。卷二十，〈路上憶園中梅花〉，頁403。卷二十四，〈題童二樹畫梅〉，頁488～489。卷二十四，〈看梅鄧尉遊程氏逸園，園主在山老人外出矣，題詩留贈〉、〈在鄧尉中憶家中梅花，芄然有作〉，頁496。卷二十五，〈梅〉，頁541）。卷二十六，〈感瓶中梅〉，頁575。卷二十六，〈六合唐梅歌有序〉，頁578。卷三十，〈方伯饋盆梅〉，頁725。卷三十一，〈題張熙河孝廉《梅花詩話》即送遊峨嵋〉，頁762。卷三十二，〈正月二十六日陶怡雲移尊賞梅，坐客董觀橋太史等七人以「繞屋梅花三十樹」為韻，得「樹」字〉，頁784。卷三十三，〈今春風雪連綿梅花殘損，為賦一詩〉，頁804。卷三十七，〈憶梅〉、〈折梅插瓶供之寢室，省往看之勞〉，頁911。卷三十七，〈花朝前一日周蘭坡學士，王孟亭太守，塗、沈、秦、陶四秀才，看梅隨園，分得「鶯」字，限七古體，禁用瓊、瑤、玉、雪等字及梅花典故〉，頁960。卷三十七，〈種梅〉、〈看梅〉，頁968。

〔註86〕 請參見《小倉山房詩集》，卷十，頁180。

關梅的詩，筆者發現一有趣現象。當袁枚沒有老病，可逍遙的到處遊歷山水間與人接觸，此時詩中對梅的寄情較淡；反而在他老病期間，很難外出，更別說離開隨園了，此時他詩中對梅的寄情甚濃。其中〈種梅〉與〈看梅〉二首同主題的詩，出現在袁枚三十九歲（甲戌 1754 年）與八十二歲（丁巳 1797 年）的詩作中。見美色而生憐愛情感的袁枚，對梅就如同對美人一樣。在這兩個年度的「梅」詩作中，寄寓對美色的情感，程度上是不同的：三十九歲所作之〈種梅〉、〈看梅〉：

〈種梅〉

十丈春山雪量，一枝短襯一枝長。安排要得橫斜致，閑與園丁話夕陽。

〈看梅〉

最朝東處枝先發，漸有風來雪大飄。同是看梅誰仔細？主人暮暮復朝朝。才是半梢如白龍，忽出千朵春雲濃。三更以後看不見，明月一重霜一重。一般玉露總無私，山北山南分早遲。恰使人心憐舊雨，最開多是隔年枝。山空養慣高情性，春早長留好歲華。恰惱一林香太遠，教人尋得著吾家。

八十二歲所作之〈種梅〉、〈看梅〉：

〈種梅〉

迎來水綠山青處，種到參橫月落辰。我聘梅花如聘婦，入門才是我家春。紅籬翠竹板橋東，保護瓊瑤不受風。四面香雲千片雪，孤亭一個放當中。

〈看梅〉

曲曲長廊雪打頭，啾啾翠羽漾春流。香心飽滿春風歌，熏得樓臺影亦愁。自春花片作春糧，仙鶴肥如白鳳凰。問是客來誰引見，幽人領著玉千行。巡簷索笑兼招客，護雨遮風又懶眠。閑處春愁忙處醉，與他同瘦十多天。笑將雙鬢鬥橫斜，自曳藤條呼晚霞。尚有一枝山背後，絕無人看只開花。

三十九歲之詩作中，梅花與袁枚情感的互動，是屬從袁枚單方向的，袁枚沒有附與梅，和袁枚的情感對話現象；然在八十二歲之作中，梅與袁枚似乎一同擁有情感的主體，兩者之情感在袁枚的臆想下彼此互動，袁枚對梅的認同如「娉婦」，同入一家門的親密關係，若有客人來到隨園，「幽人領著玉千行，

巡簷索笑兼招客」，梅的地位被袁枚提至如同隨園主人的地位。袁枚曾在〈折梅插瓶供之寢室，省往看之勞〉一詩中云：「巡簷終竟怕迎風，忍折花枝伴老翁。笑汝林家爲外婦，不曾迎到洞房中。夢醒羅浮月影涼，美人何在但聞香。呼童慢把衾裯捲，且讓殘花睡滿床。」〔註87〕倘若袁枚對梅，因其美色而生喜愛的情感，不夠深厚的話，怎可能將梅有如此之喻呢！如此費了一些工夫，對袁枚詠梅詩的探究，更爲袁枚終生是沒有自絕於美色愛戀的性格，找到一些證據。

五、結　語

　　以上從袁枚詩作中情欲主體意識的觀察，可瞭解袁枚對男色、女性情欲的流露，這是他的性格偏好「好美色」使然。從袁枚的詩作中作情欲主體意識的觀察，筆者發現袁枚的情欲主體意識有一些特質：（一）表露無分男女性別的情欲。（二）順情欲從不刻意壓抑。（三）在傳統的思想中爲自己的情欲行爲或書寫，尋找依據來源。（四）多情不專情。（五）好憐花、護花之美名。（六）詩是其情欲的出口之一。（七）男性中心論。（八）情欲世俗化。（九）女性有被物化的傾向。（十）臆想是滿足情欲的方法之一。（十一）招收女弟子是他老病時，塡補情欲缺口的手段之一。在這一些袁枚詩作中呈現出來的情欲主體意識，是以袁枚「眷戀美色」之性格貫串在其中的。袁枚爲隨園作記的〈隨園六記〉中，將所建之園林爲何取名「隨」園呢？他曾說：「嘗讀《晉書》，太保王祥有歸葬、隨葬兩議，方知『隨』之時義，不止嚮晦入宴息已也。……餘以一園之故，冒三善而名焉。誠古今來園局之一變，而『隨』之時義通乎死生晝夜，推恩錫類，則亦可謂大矣，備矣，盡之矣。」〔註88〕這裡袁枚所詮釋「隨」的意義，所用的「嚮晦入宴息」〔註89〕是取自《易經》的「隨卦」。袁枚藉此在說明他爲人處事的心態，在生活中的人事物都讓其隨

〔註87〕 請參見《小倉山房詩集》，卷三十七，頁911。

〔註88〕 袁枚云：「塋旁隙地曠如，余仿司空表聖故事，爲己生壙。將植梅花樹松，與門生故人詩飲其中。若是者何？子隨父也。壙界爲二，俾異日夾溝可瘞。若是者何？妻隨夫也。壙尾留斬板者水數處。若是者何？妾隨妻也。沿塋而西，有高嶺窣衍而長，凡僕從、庖養、婢嫗之亡者，聚而瘞焉。若是者何？僕隨主也。嗟乎！古人以盧墓爲孝，生壙爲達，瘞狗馬爲仁。餘以一園之故，冒三善而名焉。」此處引袁枚對「三善」的解釋，作爲「隨」字義的佐證。請參見〈隨園六記〉《小倉山房文集》，卷十二，頁209。

〔註89〕 請參見南懷謹，徐芹庭註譯，《周易今註今譯》（臺北市：臺灣商務印書館股份有限公司，1995年10月修訂版第九次印刷），頁126～127。

時而運作，順著自然或人文環境的時勢，不用刻意非得一定要怎麼做才行，掌握「變化」而遂己意而適懷爲原則。也因爲這樣的原則，所以袁枚對「隨園」有三次改造的情事。同時袁枚也是爲適己所好，在〈隨園四記〉中言：「人之欲，惟目無窮。耳耶，鼻耶，口耶，其欲皆易窮也。目仰而觀，俯而窺，盡天地之藏，其足窮之耶？……園悅目者也，亦藏身者也。人壽百年，悅吾目不離乎四時皆是，藏吾身不離乎行坐者是。」〔註90〕由此可測知袁枚適意悅心者在於「悅吾目」，因目可使人之欲沒有窮盡。他可得其欲而常愉悅，其關鍵在「目」所「視」之形色者，可見袁枚是相當重視感官的賞心，尤以視覺感官爲甚。

　　明顯表露他是依「變」來遂己之意，所以當然袁枚對傳統男女性別的規範，他是不贊成墨守成規的。因爲他要變不倡情欲的「舊」傳統，爲當時社會流行的情欲風潮。重要的是袁枚自身喜好美色，爲尋訪美色，他交遊在男、女的情欲世界裡。然袁枚是順自己情欲之輩，在他的生活中情欲之展現是很平常的。依袁枚性靈詩的原則，他的詩作中出現關乎個人情欲的書寫，是應然的。他在老病之時，透過書信與美色取得連繫、心中臆想昔日交往過的美色。此外袁枚透過詩作，將美色寄寓在「梅」上頭，在其人生末年時，甚至附予梅有情感主體的想像，與袁枚互動而有情感的激盪。這樣袁枚就使得詠梅的詩，有了美色形象的存在，因此又讓袁枚順了他與美色相伴相隨的理想。袁枚性靈詩作中情欲主體意識的部分，與其好美色性格欣趣與滿足自我情欲需求是互動不息的。以上論述是筆者拙見，若有缺罅不宜之處，懇請學界前輩們指導提攜！

〔註90〕請參見〈隨園四記〉《小倉山房文集》，卷十二，頁207。